Walter Schönthaler
Der CEO

Der Realwirtschaft gewidmet.

Walter Schönthaler

Der CEO

Roman

Bibliografische Information der Deutschen
Nationalbibliothek: Die Deutsche Nationalbibliothek
verzeichnet diese Publikation in der Deutschen
Nationalbibliografie, detaillierte bibliografische Daten
sind im Internet über http://dnb.dnb.de abrufbar.

© 2019 Walter Schönthaler
Foto: Shutterstock 108406259, Mopic

Herstellung und Verlag
BoD – Books on Demand, Norderstedt

ISBN: 9783748156925

VORWORT

Die Geschichte des Felix Penzinger beginnt im Jahre 1969, als noch das Bild des *ehrbaren Kaufmannes* die Vorstellung von Unternehmern prägte. In einer Zeit, als die Unternehmer noch dafür geachtet und geschätzt wurden, dass sie vielen Menschen Arbeit gaben. Vor vierzig Jahren war die Strategie des Personalabbaus als betriebswirtschaftliche Methode zur Steigerung von Effizienz und zum Pushen der eigenen Aktienkurse von der Öffentlichkeit noch nicht allgemein akzeptiert, sondern hatte zur Konsequenz, dass der betreffende Unternehmer seinen guten Ruf verlor. Ein Konkurs oder Ausgleich war für den Unternehmer und seine Familie, insbesondere in den Dörfern der Provinz, automatisch mit gesellschaftlicher Ächtung verbunden. Als der Mühlenbetrieb von Felix´ Vater von einem Tag auf den anderen in die Insolvenz schlittert, zweiundsechzig Mitarbeiterinnen und Mitarbeiter ihre Arbeit und die Unternehmerfamilie Penzinger ihre komplette Existenz verlieren, bekommt der erst dreizehnjährige Felix die Schattenseite dieser unternehmerischen Ethik und die Gnadenlosigkeit des soziale Räderwerks der Siebziger-Jahre zu spüren.

Im Juni 2009, vierzig Jahre nach dem schicksalhaften Ereignis des Konkurses wird die Erzählung fortgesetzt. Felix ist inzwischen Geschäftsführer und Miteigentümer einer Papierfabrik und muss einen Übernahmeversuch des EGT-Konzerns abwehren. Sein Gegenspieler ist der frühere Konkursverwalter Varus, der Felix vor vier Jahrzehnten gedemütigt und unter Druck gesetzt hat.

Der Zeitsprung von vier Jahrzehnten in der Erzählung ermöglicht es, fundamentale Unterschiede zwischen der realwirtschaftlich dominierten Wirtschaft der siebziger Jahre dem überwiegend finanzwirtschaftlich geprägten System der Jetztzeit bewusst zu machen.

Welche allgemeinen Erkenntnisse kann man nach vier Jahrzehnten in der Wirtschaft beobachten, sodass man sich motiviert fühlen kann, darüber einen Roman zu schreiben?

Da ist zunächst die wenig überraschende Tatsache, dass die Entscheidungen in Unternehmen nicht – wie in den Lehrsälen der Handelsakademien, Fachhochschulen und Wirtschaftsuniversitäten oft behauptet wird – ausschließlich nach dem Prinzip der Rationalität und des ökonomischen Prinzips getroffen werden. Dass es nicht immer der Beste ist, der sich in der Marktwirtschaft durchsetzt. Dass sich die Märkte nicht in Form einer *unsichtbaren Hand* zum Wohl der Gemeinschaft von selbst regulieren. Und dass es nicht den Tatsachen entspricht, dass große Unternehmen und Konzerne keinen ideologischen Unterbau hätten und nur nach dem ökonomischen Prinzip funktionierten.

Ein Vergleich der heutigen Medienberichte mit jenen der Siebziger Jahre zeigt, dass sich der wirtschaftliche Focus der Medien in den letzten vier Jahrzehnten grundlegend verschoben hat. Beim Blick auf die Wirtschaftsseiten der Online- und Print-Medien springen heute folgende Schlagwörter entgegen: *Investoren, Bankenrettung, Eurorettung, Nullzinspolitik."* Diese Themen haben in den siebziger, achtziger und neunziger Jahren in der öffentlichen Wahrnehmung kaum eine

Rolle gespielt. Denn in dieser Zeit dominierte der Begriff des *Unternehmers.*

Die gerade die *Unternehmer* haben gegenüber den *Investoren* in den letzten Jahrzehnten in der Öffentlichkeit deutlich an Bedeutung verloren. Sie können diese Tatsache selbst ganz einfach überprüfen: Googeln Sie auf Ihrem Smartphone die beiden Begriffe *Investor* und *Unternehmer.* Nehmen Sie nur die deutschsprachigen Ergebnisse, damit die Vergleichbarkeit beider Begriffe gegeben ist. Zum Suchbegriff „Investor deutsch" spuckt die Suchmaschine von Google ca. 140 Mio. Ergebnisse aus. Wenn Sie den Suchbegriff „Unternehmer" in die gleiche Suchmaschine eingeben, erhalten Sie nur ca. 50 Mio. Hits. Über Investoren wird im deutschsprachigen Raum des Internets also fast drei Mal so viel berichtet wie über Unternehmer. Der Unterschied zwischen Unternehmer und Investoren ist allerdings nicht gering, sondern er ist fundamental. Warum?

Alle Unternehmer sind Investoren. Aber sind alle Investoren auch Unternehmer? Es wird oft so behauptet und auch in den Medien berichtet. Aber es ist falsch und es ist eine fatale Verwechslung. Jeder Unternehmer ist auch ein Investor, aber nicht jeder Investor ist auch ein Unternehmer. Im Gegenteil: Finanzinvestoren agieren selten wie klassische Unternehmer. Denn die Geschäftsmodelle von Investoren und Unternehmern sind so gegensätzlich wie *Credit Default Swaps* und die Entwicklung einer neuen Spitzen-Technologie.

Der Unternehmer will ein überlegenes Produkt oder Dienstleistung anbieten und mit Gewinn verkaufen. Dazu benötigt er einen überlegenen *Kundennutzen.* Deshalb hat der Unternehmer unablässig den Markt, seine Kunden und den Nutzen seiner Produkte und Dienstleistungen im Auge.

Der Finanzinvestor hingegen ist Experte für Kredit und Geld, er orientiert sich am *Shareholder Value*. Er muss von der Führung der Unternehmen selbst überhaupt nichts verstehen. Bei Schwierigkeiten verkauft er seine Papiere. Das ist auch in Ordnung so, solange man die beiden Geschäftsmodelle nicht miteinander vermischt, indem man etwa Unternehmen ausschließlich nach Kriterien des Investors beurteilt.

Der Unternehmer im Sinne des Eigentümers kümmert sich um sein Unternehmen bei jedem Wetter, er kämpft bei Schwierigkeiten, denkt in Generationen, kann und will auch nicht verkaufen, sein persönliches Schicksal ist mit seinem Unternehmen eng verbunden. Auch der Unternehmer wirtschaftet nicht aus edlen Motiven. Er will und muss Gewinne machen, um wieder investieren zu können. Aber der Focus des Unternehmers liegt auf dem Markt, seinen Produkten und Dienstleistungen, der permanenten Verbesserung seiner Produkte oder Dienstleistungen, der Innovation und dem Marketing der *Value Proposition*.

Natürlich hat auch der Unternehmer ein Interesse am Wert seiner Aktien, aber der Aktienkurs genießt nicht sein primäres Interesse. Ein Unternehmer richtet seine Aufmerksamkeit nicht auf das kurzfristige Steigen des Aktienkurses, sondern auf die langfristige Entwicklung des Unternehmens am Markt. Wichtiger als der Aktienkurs sind dem Unternehmer die Wettbewerbsfähigkeit seines Unternehmens und seine Stellung am Markt. Auch wenn ihm das nicht immer passt und nicht immer leichtfällt. Denn der Unternehmer hat gar keine andere Wahl. Er darf sich nicht, wie ein Investor, nur am *Shareholder Value* orientieren – der Unternehmer muss sein Unternehmen danach ausrichten, den Nutzen für seine Kunden zu schaffen und ihn permanent zu verbessern. Um das zu erreichen, wird der Unternehmer viele unterschiedliche Parameter im Unternehmen beobachten und aktiv verändern: Deckungsbeiträge, Investitionen, Qualitäts-Management, Forschung und Entwicklung, Cash Flow, Liquidität. Der Unternehmer braucht dazu keine *Stock Exchange*. Unternehmen haben schon existiert, bevor Börsen überhaupt entstanden waren. Die Marktwirtschaft braucht also in erster Linie tüchtige Unternehmer. Ohne Unternehmer können die Investoren und die Finanzmärkte kein Wachstum schaffen, indem sie Kapital für Innovationen auch in sehr frühen Phasen der Entwicklung bereitstellen.

Die Marktwirtschaft funktioniert nur in Freiheit. Aber Freiheit bedeutet nicht Regellosigkeit. Wettbewerb bedarf klarer Regeln, deren Einhaltung durchgesetzt werden muss. Regelsetzung ist ein notwendiger Bestandteil von Innovations- und Entwicklungspolitik. Das trifft in besonderem Maße auf die Finanzwirtschaft zu, die sich seit der Finanzkrise 2008 immer mehr von der Realwirtschaft abgekoppelt hat und versucht, den Zusammenbruch des Fiat-Money-Systems durch Nullzinspolitik und Schuldensozialismus zu verhindern.

1. Teil
OKTOBER 1969

OKTOBER 1969

Gestern, am 25. Oktober 1969, war Barbara, das Dienstmädchen weggegangen. Felix wusste, dass sie nie wieder in das Haus zurückkehren würde. Barbara hatte ihn jeden Abend in einem großen Aluminiumbottich gewaschen, der in der Küche neben dem Holzofen stand. Es gab keinen Warmwasserspeicher im Haus, und so musste das kalte Wasser auf den konzentrischen Platten des Holzofens erwärmt werden. Jeden Abend um halb sieben, wenn das Abendessen begann, nahm Barbara den großen metallenen Bottich, stellte ihn auf die etwa einen Meter hohe, massive Holzkiste und füllte den Bottich mit warmem Wasser. Dann musste sich Felix ausziehen und hineinstellen. Nachdem die Holzkiste für den zwölfjährigen Buben zu hoch war, benutzte Felix einen kleinen Schemel, um auf die Kiste und den Aluminiumbottich zu gelangen.

Felix stand auf der Holzkiste wie auf einem Podest. Sozusagen unter den Augen der Öffentlichkeit fing Barbara an, den Buben mit Schwamm, Seife und dem Wasser des Bottichs zu waschen. Eigentlich war es mehr eine Massage als eine Wäsche. Oben, als bewegliches Monument auf seiner Holzkiste, war er zwar nackt und schutzlos den Blicken der Abendgesellschaft ausgesetzt, aber er profitierte auch von der erhöhten Perspektive des Beobachters. Während Barbara ihren Schwamm in das lauwarme, allmählich abkühlende Wasser tauchte, um seinen Körper von oben bis unten abzuwaschen, beobachtete Felix seinen Vater, Hubert Penzinger und seine Stiefmutter Stephanie beim Abendessen.

13

Auch den Prokuristen Härtling hatte Felix früher da unten beobachtet. Der Prokurist aß gern eine bestimmte Sorte Schinkenwurst, aber er war stolz auf seine schlanke Figur und hasste Fett nicht nur aus Eitelkeit, sondern auch, weil er alles was fett war, nicht gut verdauen konnte. Messer und Gabel benutzte er mit erlesener Eleganz, er agierte lässig, mit beinahe aristokratischer Gelassenheit. Sein roter Jaguar stand frisch gewaschen und hochglanzpoliert vor der Garage. Auf dem Teller des Prokuristen lag immer die gleiche Art von Schinkenwurst - oder das was davon noch übriggeblieben war, nachdem Barbara die weißen, kreisrunden Fettteilchen mit einem Messerchen säuberlich entfernt hatte. Es gehörte zu einer der zahlreichen Marotten Härtlings, dass er seine abendliche Wurst ausschließlich in dieser entfetteten, gesäuberten Form zu sich nahm. Das auf diese Weise verstümmelte Fleisch sah so erbärmlich aus, dass der Junge sich fragte, ob es möglich war, dass man mit einer gemarterten Wurst Mitleid empfinden konnte. Dort, wo zuvor die weißen Fettaugen waren, klafften nach der Radikal-Exstirpation durch Barbaras Messer kleine, kreisrunde Löcher im Fleisch, die wie schwere Verletzungen aussahen. Vielleicht war es aber gerade diese eigentümliche Spleenigkeit Härtlings, der so großen Eindruck auf Stephanie machte.

Auf der erhöhten Position seines Zuschauer-podiums konnte Felix also jeden Abend ein Schauspiel verfolgen. Solcherart waren die Verhältnisse also auf merkwürdige Weise umgekehrt, verdreht. Die Schauspieler saßen unten, auf ihren Sesseln, der einzige Zuschauer hingegen stand nackt auf der Bühne. Es war absurd, so wie vieles in dem kleinen Ort Ellend irgendwo im österreichischen Waldviertel, hart an der toten Grenze zur Tschechoslowakei, ein Jahr nach dem Ende des Prager Frühlings. Felix empfand es als ein seltsam ambivalentes, mehrschichtiges Gefühl, dass er Abend für Abend das Benehmen der Tischgesellschaft beobachten konnte, während er gleichzeitig nackt war und dabei mit einem weichen Schwamm von einem Mädchen sanft massiert wurde.

Sein Vater, der Besitzer eines Mühlenbetriebs, besaß eine kraftvolle Vitalität, die er nicht zu verbergen trachtete. Mit verlässlicher Regelmäßigkeit verschwand er nach dem Abendessen zum Kartenspielen ins Wirtshaus. Aufgrund seiner Körpergröße und seiner guten Konstitution vertrug der Mühlenbesitzer Hubert Penzinger ein erstaunliches Quantum an Alkohol. Zur Durchsetzung seiner Argumente prügelte er sich gelegentlich mit seinen Zechbrüdern, zumeist Bauern aus dem Ort. Seinen schlechten Ruf als naturburschiger Machtmensch trug er in der ganzen Gemeinde wie eine exklusive Auszeichnung mit sich herum.

Hubert Penzinger war der erste im Ort gewesen, der ein Motorrad besessen hatte. Eines Abends war er auf dem Heimweg nach einem triumphalen Erfolg beim Bauernschnapsen nach dem Einkippen von sieben Krügel Bier mit seinem Motorrad frontal gegen eine Schwarzföhre gerast. Anschließend war er dann elf Tage im Koma gelegen und vier Wochen im Rollstuhl gefahren. Nach seiner wundersamen Genesung hatte er jedoch keinen Anlass dafür gefunden, sein Leben zu ändern. Einmal mehr hatte er die kraftvolle Unbeugsamkeit seines ausgeprägten Charakters eindrucksvoll unter Beweis gestellt. Hubert Penzinger war weiterhin ins Wirtshaus gegangen, hatte diejenigen, die sich wider besseres Wissen darauf eingelassen hatten, mit ihm Karten zu spielen mit wachsender Routine über den Tisch gezogen, ging in seiner tausendfünfhundert Hektar Jagdpacht der Jagd nach den Gamsbärten, den Geweihen der Hirsche und den Röcken der Mädchen nach und war, für alle augenscheinlich, der erste Mann im Ort.

Der Mühlenindustrielle Hubert Penzinger war der uneheliche Sohn eines Waldviertler Erdäpfelbauern. Als rotznasiger Bastard hatte er schon früh lernen müssen, sein Leben in die Hand zu nehmen. Seine Mühle hatte er demzufolge allein, gänzlich ohne fremde Hilfe und ohne Startkapital aufgebaut.

Nach dem Krieg war das Geschäft rasch gewachsen, hatte sich prächtig entwickelt, und bald beschäftigte die Penzinger-Mühle fünfundfünfzig Arbeiter und sieben Angestellte.

Aber heute, an diesem Spätherbstmorgen des Jahres 1969, war das alles zu Ende gegangen. Die Sozialversicherung der Arbeiter hatte den Konkurs der Penzinger-Mühle beantragt. Hubert wusste noch nicht, was das bedeuten würde. Er konnte ja keine Bilanz lesen. Die bei ihm im Betrieb beschäftigten Arbeiter würden eben noch ein paar Tage warten müssen, bis ihr Lohn in Form der abgezählten Geldscheine und Münzen in Papiersäckchen mit Abrechnungsstreifen ausgezahlt wird, dachte Penzinger.

"Die Leute sollten doch froh sein, dass sie überhaupt etwas zu arbeiten haben!" hatte Penzinger vor ein paar Tagen dem Gewerkschaftsfunktionär ins Telefon gebrüllt. Und jetzt war der Konkurs eingeleitet, und er konnte die Löhne nicht zahlen, weil ihm die Hausbank als Reaktion auf den Konkursantrag der

Anstalt für Sozialversicherung alle Kredite fällig gestellt hatte.

Seit der Buchhalter Härtling die Firma fluchtartig verlassen hatte - das war vor etwa einem halben Jahr gewesen - herrschte Chaos in den Büchern, und Hubert hatte nicht die leiseste Ahnung von Finanzen. Er war ein Meister im Umgang mit seinesgleichen, mit den Bauern, die ihm den Weizen und den Roggen für seine Mühle verkauften. Der Einkauf der Rohware und das tiefe Verständnis seiner bäuerlichen Lieferanten war Huberts ureigenes Metier, hier hatte er seiner Mühle den entscheidenden Vorteil verschafft. Vom Rechnungswesen verstand er jedoch so gut wie nichts. Heute, im Herbstnebel 1969, war er am Ende angelangt. Der ganze Ort wusste es. Viele Gegenstände im Haus und in der Fabrik waren bereits verpfändet oder wurden von Gläubigern unverzüglich abgeholt.

Am raschesten hatte die Telefongesellschaft reagiert. Die Techniker der Post waren bereits am frühen Morgen da gewesen. Der Anschlusskasten des Telefons wurde kurzerhand abgeschraubt und mitsamt dem Apparat mitgenommen.

Beim Hinausgehen räusperte sich der ältere der beiden Monteure und stammelte in ungeschickter Verlegenheit: "Tut mir leid. Was uns angeschafft wird, müssen wir erledigen. Auf Wiederschauen."

Der jüngere, offenbar noch Lehrling, packte den Montagekoffer und folgte wortlos seinem Meister. Felix schien es, als ob die beiden sich während des Hinausgehens insgeheim zulächelten. Mit Beklemmung dachte er an die nächste Unterrichtsstunde in Maschineschreiben. Bis jetzt war es ja noch relativ einfach gewesen. Für seine Übungen hatte er sich die

Schreibmaschine im Büro ausgeborgt. Um ins Büro, zu seiner Schreibmaschine zu gelangen, brauchte er nur die Stufen von der Küche, welche im ersten Stock der Villa gelegen war, zum Büro ins Erdgeschoß hinuntergehen.

Aber heute war die Tür zum Büro verschlossen. Felix blieb vor der verschlossenen Türe stehen. Unwillkürlich, ohne dass er erklären konnte warum, betrachtete er seine Hände. Schlimm genug, dass ich nicht Schreibmaschine schreiben kann, dachte Felix. Aber er konnte nicht nur nicht Maschine schreiben, er hatte auch noch schmutzige Hände, wie ein Kohlenarbeiter, der seine Handschuhe vergessen hatte. Er dachte an Barbara, das Dienstmädchen. Dabei stellte er sich vor, wie sie sich vor seinen schmutzigen Händen ekeln würde. Er ging wieder hinaus in seine Wohnung, um seine Hände gründlich mit Bürste und Schichtseife zu waschen. Barbara war neunzehn. Ihre Eltern hatten sie schon zu den Penzingers in die Arbeit geschickt, als sie erst sechzehn war.

Gestern war Barbara weggegangen – für immer. Felix hatte man nicht gesagt, warum. Aber es hatte großen Krach gegeben. Seine Stiefmutter war zuerst hysterisch geworden, später hatte sie geweint und sich schließlich in ihrem Zimmer eingeschlossen.

Felix suchte mit wachsender Verzweiflung nach einer Möglichkeit, um an die Schreibmaschine heranzukommen. Er wusste, die Prüfung nächste Woche würde entscheidend sein. Seine bisherigen Leistungen im Maschineschreiben waren allesamt mit *Nichtgenügend* beurteilt worden. Es war grotesk. Er würde der erste Schüler der Handelsakademie sein, der nur deshalb durchfallen würde, weil er nicht Maschineschreiben konnte. Wenn er jetzt keine Schreibmaschine bekäme, würde er seine Hausaufgaben nicht tippen können, und es war ihm klar, dass er im Maschineschreiben hoffnungslos in Rückstand geraten würde, denn die fehlenden Übungen ließen sich in der kurzen Zeit bis zur nächsten Klassenarbeit ohne Schreibmaschine nicht durchführen.

Zuerst dachte er daran, über das Fenster von der Bachseite in das Büro einzusteigen, um die Schreibmaschine in die Wohnung mitzunehmen. Aber das Risiko, dabei ertappt zu werden, war groß. Er hatte keine Angst, dabei abzustürzen, aber man würde ihn des Diebstahls bezichtigen, denn die Schreibmaschine war ein Teil der Konkursmasse geworden, sie gehörte nun den Gläubigern, wie der Sozialversicherungsanstalt oder den Banken oder den Arbeitern, die auf ihren Lohn warteten.

Es gab nur eine einzige Möglichkeit, legal an die Schreibmaschine heranzukommen: Er musste seinen Vater bitten, sie aus der Konkursmasse herauszulösen.

Felix stieg die Holzstufen hinauf ins Wohnhaus. Der Vater lag auf der kleinen roten Couch im ungeheizten Nebenzimmer. Er lag regungslos auf dem Rücken und starrte auf den Plafond.

"Papa. Bitte entschuldige die Störung. Ich möchte dich was fragen..." krächzte Felix, dessen Stimme vor Aufregung heiser war.

"Was willst du? Falls du das noch nicht bemerkt hast: wir sind bankrott - erledigt, kaputt. Die Krankenkasse hat Konkurs angesagt. Am liebsten tät ich mich erschießen, aber ich bin ja kein Feigling. Sogar das Telefon haben sie mir abgedreht. Und für dich wird es Zeit, was Anständiges zu lernen. Du musst Geld verdienen. Oder glaubst du etwa, dass wir dich hier unter diesen Umständen noch länger durchfüttern können!"

Enttäuschung, Verzweiflung und Zorn packten Felix mit einer Kompromisslosigkeit, die keine Gegenwehr erlaubte. Aber er hatte Pech, denn er war noch zu klein. Felix konnte sich noch nicht so wehren, wie er es vermocht hätte, wäre er ein paar Jahre älter gewesen. Seine Stimme kam ihm irgendwie überhöht vor, etwas zu kindlich, um Eindruck zu machen. Jetzt, im entscheidenden Augenblick, konnte er kaum sprechen. Alles, was er herausbrachte, war ein flüsterndes Zischen. Felix hasste seine helle Sopranstimme. Die meisten seiner Schulkollegen hatten bereits den Stimmwechsel bekommen und waren im Schulchor der Handelsakademie in die männlichere Tenorgruppe versetzt worden, nicht aber Felix, der dies mit aller Kraft wollte, ja brauchte. Mit dieser Stimme, das wurde ihm klar, hatte er keine Möglichkeit, zu gewinnen. Jeder Kampf würde unweigerlich verloren gehen. Hoffnungslos war es, Hubert herauszufordern. Aber Felix wusste, dass das nur ein Teil der ganzen Katastrophe war. Das Unglück würde erst richtig ausbrechen in den nächsten Tagen, wenn der Konkurs nach und nach überall bekannt wurde. Am Ende würde die Schande unerträglich sein.

"Papa…", flüsterte Felix in hellem Sopran, "bitte kauf die alte Schreibmaschine, die unten im Büro steht, oder löse sie wenigstens aus der Konkursmasse heraus. Ich habe in ein paar Tagen eine Prüfung in Maschineschreiben, in der Handelsakademie, dort lernt man genau das vermeiden, was uns jetzt passiert ist."

Im selben Augenblick schon wurde ihm bewusst, dass er sein flehentliches Ersuchen in seiner Aufregung mit der falschen Argumentation vorgetragen hatte, aber da hatte er es schon ausgesprochen, oder genauer gesagt, er hatte es ausgestoßen, er hatte es reflexhaft herausgewürgt, ohne dass er es ihm vorher gewusst geworden war.

Die Dissonanz zwischen dem, was er gesagt hatte, und der Art, wie er es gesagt hatte, ließ die naive Aufrichtigkeit seiner Bitte komisch aussehen. Er hatte seinen Vater um etwas bitten müssen, in einer Situation höchster Verzweiflung. Wer in höchster Verzweiflung bittet, das hatte er nun auf schmerzhafte Weise lernen müssen, der macht sich lächerlich. Ja, Felix war auf dem Weg, allmählich eine lächerliche Figur zu werden. Seine Bewegungen wirkten linkisch, denn er war in letzter Zeit viel zu schnell gewachsen und bei weitem zu leichtgewichtig, im Verhältnis zu seiner Körpergröße. Beim Fußballspiel hatten sie ihn erst nach längeren, umständlichen Beratungen in die erste Klassenmannschaft aufgenommen, er stellte einen schwierigen Fall dar, einen Grenzfall eben. Ein Fußballteam besteht halt nur aus elf Spielern, und er war der unbedankte Zwölfte. Aber es gab eine Sportart, die Felix ausgezeichnet beherrschte: Er war Spitzensportler im Hochspringen und im Laufen. Leider machte ihm die Ausübung dieser Disziplinen solche Freude, dass er nicht selten auf den eigentlichen Zweck des Fußballspieles vergaß. Irgendwann kam irgendeiner seiner Mitspieler auf die Idee, ihm den Spitznamen *Drachensteiger* zu verpassen. Vielleicht wäre es besser gewesen, er hätte seine langen Beine beim Kicken etwas weniger hochgeschleudert. Er schämte sich wegen seiner linkischen Bewegungen, und die Komik des leptosomen Extremismus, die er Tag für Tag in ungewollter Weise verkörpern musste, empfand er als tiefe Demütigung.

Leider blieb er von diesen Empfindungen auch in dem Augenblick nicht verschont, als er seinen Vater um etwas bitten musste. Wie so oft, so hatte auch diesmal wieder sein Unbewusstes den Archetypus des Drachen Steigers in ihm aufsteigen lassen, um ihn für die Verletzung seiner Würde zu bestrafen.

Hubert Penzinger wusste keinen Ausweg aus der Situation, in der er sich jetzt befand. Jahrelang hatte er geschuftet, um das Unternehmen aufzubauen. Und jetzt war er Bankrott und als Mensch war er war vernichtet. Das ganze Dorf, ja das ganze Tal verachteten ihn. Hubert liebte seinen Sohn, aber er konnte es ihm nicht sagen. Denn er wusste nicht, wie er mit ihm kommunizieren konnte. Der Bub war ihm ein Rätsel. Nicht nur, dass der jeden Sonntag zum Pfaffen in die Messe ging, er musste dort auch noch den Oberministranten abgeben. Jeden Sonntag verlas Felix die Lesung aus der Bibel. Der ganze Ort wunderte sich. Er hätte diesen Unfug nicht zulassen sollen.

Auch diesmal fand er nicht den richtigen Einstieg, fand nicht den richtigen Inhalt und Modus, um mit seinem Sohn zu sprechen:

"Als ich in deinem Alter war …", sagte Hubert Penzinger, "…hab' ich Tag und Nacht schuften müssen. Es wird Zeit, dass auch du jetzt was lernst. Ich kann dich wirtschaftlich nicht mehr erhalten. Die Schreibmaschine im Büro unten, die solltest du vergessen. Ist ja eh egal, denn in der Handelsakademie kannst Du sowieso nicht mehr bleiben. Der Doktor Van Russ, oder wie der heißt, dieser Amtswalter, oder wie man das nennt, hat das ganze Büro, den Zugang zur Werkshalle und zur Lagerhalle versiegeln lassen und auf alle Gegenstände einen Kuckuck gepickt. Sonst hätte ich ja längst ein paar Maschinen herausgenommen und verkauft. Aber glaubst ich geh ins Gefängnis wegen einer Schreibmaschine, die du sowieso nicht mehr brauchen wirst? Geh einfach arbeiten in die Fabrik oder wandere nach Australien aus – ich habe' zwar kein Bargeld mehr, aber ein paar Golddukaten kann ich dir noch geben, die reichen für die Reise."

Felix war geschockt, entsetzt, grenzenlos enttäuscht, er griff an die Türklinke, wollte hinauslaufen, aber er konnte sich im ersten Augenblick nicht bewegen. Das Blut pulsierte in den Fingern, irgendwas schob ihm Tränen in die Augen, er war nahe daran, sich einfach fallen zu lassen. Aber dann drückte er die Türklinke nach unten, so ruckartig, dass sie beim Loslassen mit einem unangenehmen Geräusch nach oben schnappte, drehte sich um, ging wie in Trance aus dem Zimmer.

Wie sollte er den morgigen Tag überstehen? Felix umrundete mehrmals den staubbedeckten Biedermeiertisch, klopfte während des Gehens mit der Faust auf den Tisch, zwei Schritte, eins, zwei, klopf, eins, zwei, klopf. Eins und zwei und klopf auf den Tisch, klopf auf den Tisch, schlag' auf den Tisch, auf den schwarzen Biedermeiertisch und eins, zwei geht er jetzt im Kreis und immerfort im Kreis um den Tisch. Ob sich durch das fortwährende Gehen im Kreis Trittspuren bildeten, Gehpfade, kreisförmige Fußpfade der Verzweiflung? Die Jahresringe auf der großen runden Tischplatte waren trotz der schwarzen Imprägnierfarbe deutlich zu sehen. Auf dem weichen Holz konnte man die Maserung des Holzes mit dem Fingernagel nachziehen, verstärken oder durchkreuzen. Es kam ihm immer schon merkwürdig vor, dass sie zwar alte

Biedermeiermöbel besaßen, die auf dem Dachboden verstaubten, aber kein warmes Wasser in der Küche.

Erst in diesem Augenblick war ihm vollständig bewusst geworden, dass die Penzingers jetzt entweder etwas noch nicht, oder etwas nicht mehr besaßen, denn alles Vermögen gehörte nun den Gläubigern. Manche Leute haben einen Boiler, andere wiederum haben keinen Boiler. Wir sind die einzigen im Ort, folgerte Felix, deren Warmwasserspeicher der Krankenkasse gehörte.

"Ja, wir haben keinen Boiler - einen Boiler hab' ich nicht…", intonierte Felix, überwältigt vom Triumph seiner hoffnungslosen Verzweiflung, den Refrain in der Melodie der sozialistischen Internationale. Seltsam, dass er sich gerade jetzt an seinen ersten und zugleich letzten Besuch bei den *Roten Falken* erinnern musste, bei der er diese Melodie gehört hatte.

Er war bei der sozialistischen Jugend nicht aufgenommen worden, weil er der Sohn eines Unternehmers gewesen war. Würde man ihn jetzt aufnehmen, wo er der Sohn eines Bankrotteurs war? Jetzt würde man ihn erst recht nicht aufnehmen, folgerte Felix. Man würde ihn nirgendwo aufnehmen.

Eine plötzliche Anwandlung von Scham stoppte seinen Anfall. Er hatte sich von seiner Verzweiflung überwältigen lassen und dafür schämte er sich jetzt. Er schämte sich über sein Weinen und dann schluchzte über seine Beschämung, über die Schande, über die Zerstörung seiner Existenz. Jetzt, in der vollkommenen, intensiven Verzweiflung musste der liebe Gott herhalten. Ja, er musste ihm jetzt helfen. Hatte er ihm nicht ewige Unschuld geschworen, würde er seine Keuschheit nicht eintauschen können gegen ein bisschen Macht, ein bisschen Auserwähltsein, war er nicht der Oberministrant, war es nicht Felix, der die Lesung lesen durfte? Konnte er nicht immer noch Pfarrer oder wenigstens ein Mönch werden, wenn es mit der Handelsakademie nicht klappen würde? Immer noch hatte er die Chance. Im Kloster würde man ihn brauchen, Mönche würden ihm Latein, Griechisch, Hebräisch lernen, er würde in Würde existieren. Ein Ehrenmann sein, in Würde leben können, geachtet werden, das wollte er.

Draußen im Ort war es bereits dunkel geworden, das Zimmer war nicht geheizt, Felix legte sich aufs Bett, er putzte sich nicht die Zähne, wusch sich nicht im blechernen Lavoir. Aber er zog seinen Pyjama an und dachte noch lange an die Mönche, an Barbara und an die bevorstehende Prüfung in Maschine Schreiben - an alles zunächst abwechselnd, dann durcheinander.

Auch im Schlaf kam er nicht davon los, es vermischte sich alles, so dass er schließlich davon träumte, dass ein Mönch das Evangelium von einer Schreibmaschine herunterlas, auf dem der Kuckuck des Gerichtsvollziehers klebte.

Allmählich, nach dem unablässigen Betrachten der Schreibmaschine bemerkte er, dass es seine Büroschreibmaschine war.

Ein Zettel mit dem Evangelium war eingespannt, der sah aus wie frisch getippt. Barbara stand neben dem Tabernakel, unter dem ewigen roten Licht. Sie trug ein kunstvoll besticktes Kleid und eine zierliche goldene Krone. Ihr dickes, dunkelbraunes Haar war in Zöpfen geflochten und hochgesteckt.

Sie lächelte wie die Jungfrau Maria auf dem uralten Altarbild in der Pfarrkirche, das Herz voller

Liebe, die Augen sehnsüchtig nach oben, auf den Altar gerichtet.

Felix schwebte wie ein Kosmonaut, schwerelos und lässig über dem Altar, er breitete die Arme aus, ein Durchlauferhitzer mit bläulicher Flamme sprang an, hunderte blaue Gasflammen stiegen nach oben, Blut tröpfelte aus Felix′ Handflächen und von seinen Füßen auf das Papier, das in der Schreibmaschine auf dem Altar eingespannt war, aber die Blutstropfen verwandelten sich in Wörter, sobald sie auf das Papier gefallen waren.

„*Willkommen, Abu Pecuniarius!*" stand auf dem Pergamentpapier.

Felix konnte sich nicht erklären, was dieser Text bedeuten sollte. Plötzlich hatte er eine verrückte Idee, die ihn im Traum nicht mehr losließ.

Ist es möglich? fragte sich Felix unablässig. War es wirklich möglich?

Hatte Felix ein neues Kapitel des Evangeliums geschrieben?

DAS BILD DES BUNDESPRÄSIDENTEN

Keiner im Klassenzimmer hatte eine Ahnung, wer es getan hatte. Fakt war, und das konnte jeder mit freiem Auge sehen, dass auf dem Wappen des österreichischen Bundesadlers ein Werbekleber für die Kondommarke *Olla* klebte. Das seltsame Arrangement bekam eine skurrile Note durch die Tatsache, dass schräg gegenüber das huldvoll lächelnde Bildnis des Herrn Bundespräsidenten hing. Und es schien, als hätte *Unser sehr geehrter Herr Bundespräsident* jetzt endlich einen Grund gefunden für sein unerklärliches Grinsen, welches zuvor durch nichts motiviert erschien. Eigentlich war die Tragweite der ganzen Aktion niemanden bewusst geworden. Schüler denken in der Regel nicht politisch. Aber diese Sache hatte offenbar eine politische Dimension, zumindest für den Buchhaltungsprofessor Berger.

"Wer hat den Aufkleber auf das österreichische Bundeswappen geklebt!"

Noch nie zuvor war Berger so aufgebracht gewesen, jedenfalls konnte sich Felix an keine vergleichbare Situation erinnern. Was jetzt kam, war nicht mehr der bloße Tadel des Lehrers die Rede eines ehrgeizigen politischen Beamten, der Schuldirektor oder vielleicht sogar mehr werden wollte.

"Der österreichische Staat hat für euch diese Schule gebaut. Wir haben dieses Land aus dem Schutt des Krieges wieder errichtet, damit die nachfolgende Generation darauf aufbauen kann. Das Bundeswappen ist das Symbol unserer freiheitlichen Demokratie. Einer von euch hat das Staatswappen beschädigt. Wer von euch ist es gewesen?"

Nur mit Mühe konnte sich Berger beherrschen. Sie saßen auf ihren Sesseln vor ihren Holzbänken und hielten den Atem an. In solchen Sekunden ist man sich selbst der nächste. Niemand meldete sich. Die Luft im Zimmer war zum Schneiden. Vierundzwanzig pubertierende Buben und Mädchen, die Buben erst ziemlich am Anfang, die Mädchen beinahe schon am Ende ihrer Entwicklungsphase zum Erwachsenen. Schon wieder hatten sie in der Pause vergessen, das Fenster zu öffnen.

Es war nicht Felix, der den Aufkleber auf das Bundeswappen geklebt hatte. Aber er hätte es sein können. Mutig genug war er ja und seine anarchistischen Tendenzen kannte jeder in der Klasse. Mit seinem gepunkteten Acrylpullover im Leopardenmuster war er sowieso jedes Mal das Zentrum der Aufmerksamkeit. Zudem kam noch, dass er seit seinem Bankrott irgendwie von den anderen abgerückt war. Aber den Aufkleber hatte er nicht aufs Bundeswappen geklebt.

Berger hat mich im Verdacht, natürlich glaubt er, dass ich es war, dachte Felix.

"Falls sich derjenige, der es getan hat …", insistierte Dr. Berger, noch um eine Spur gereizter, aber bereits am Höhepunkt seines Zorns, – denn Berger begann sich in diesem Augenblick zu fragen, ob er sich noch unter Kontrolle hatte – und ein zukünftiger Schuldirektor, davon war Berger überzeugt, musste sich immer und in jeder Situation unter Kontrolle haben,

"...sich nicht meldet, werde ich ein paar spezielle Fälle prüfen."

Die Stille war quälend. Die nervöse Transpiration der Schüler intensivierte den schlechten Geruch, der in der Luft stand.

"Felix Penzinger!", sagte Berger schließlich und öffnete das Klassenbuch.

"Erkläre mir mal den Unterschied zwischen einem Konkurs und einem gerichtlichen Ausgleich. Ist ja nicht so schwer, die Frage, für den Praktiker, nicht wahr?"

Felix war – und das wunderte ihn selbst – gar nicht überrascht. Er war, und das wusste er mit erstaunlicher Sicherheit, am absoluten Tiefpunkt seiner menschlichen Würde angekommen. Berger hatte ihn, bewusst oder unbewusst, an seinem empfindlichsten Punkt getroffen. Was niemand wusste, in diesem Raum mit den fest montierten Klappsesseln, in diesem überheizten Zimmer mit der stickigen Luft:

Der Schüler und Oberministrant Felix Penzinger hatte seine Würde in den Mittelpunkt seines Lebens gestellt, ja seine ethische Integrität war der unverrückbare Fixpunkt, war die Basis von Felix´ individueller Lebensphilosophie.

Warum das so war, wusste er selbst nicht. Es war einfach immer schon so gewesen, es musste schon da gewesen sein. Keinesfalls bildete seine Erziehung die Ursache für diesen selbst auferlegten moralischen Imperativ, ganz bestimmt nicht. Aber vielleicht hatte er zu viele dieser illustrierten Rittergeschichten über *Prinz Eisenherz* gelesen?

War *Prinz Eisenherz, der edle Ritter*, erhältlich in kleinformatigen, kolorierten Heftchen in jeder Trafik um drei Schilling, für die moralische Ausrichtung des Felix Penzinger verantwortlich?

Jedenfalls war der Konkurs nicht mehr der Konkurs seines Vaters, er war in Felix' persönliche Verantwortung übergegangen. Felix hatte den Konkurs seines Vaters quasi adoptiert.

Als Dr. Berger Schritt für Schritt näher kam, eröffnete sich ihm eine Allegorie, die ihm in diesem Augenblick skurril und absurd vorkam:

Der Konkurs hatte sich eigenmächtig als Felix' Privatvermögen auf der Aktivseite seiner persönlichen Handelsbilanz gestellt, sich selbst in seinem ganzen Umfang buchmäßig erfasst und schwerstens bewertet. Und das geschah, ohne dass er es so wollte.

Es war ihm plötzlich klar geworden: er war die Karikatur eines Handelsschülers, er war die materialisierte Antithese zum wirtschaftlich handelnden Menschen, zum *homo oeconomicus*, geworden.

Über Nacht hatte er den Alptraum des Kaufmannes erreicht, in noch nie dagewesener Rekordzeit. Andere würden Jahre brauchen, um Bankrott zu gehen. Felix hatte es von einem Tag auf den nächsten, ganz ohne eigenes Zutun, gänzlich ohne *Anstrengung* geschafft. Schon in der ersten Klasse Handelsakademie hatte er seine Unfähigkeit überzeugend demonstriert.

Wozu geht man denn in die Handelsakademie, fährt täglich beinahe zwei Stunden mit der Eisenbahn vom Hundert-Seelen-Kaff Ellend in die Kleinstadt Altenstätt?

War er täglich bloß deshalb um sechs Uhr früh aus dem Bett gekrochen, hatte sich hastig mit kaltem Wasser im Lavoir die Hände gewaschen, war er bloß deshalb im Morgengrauen, in aller Herrgotts Früh zum Bahnhof von Ellend gegangen, mechanisch, die

Schultasche auf dem Rücken, den Kopf voller unge-
machter Hausaufgaben? Bloß um seinen Konkurs an-
zusagen? Vor all seinen Mitschülern?

Uninteressant und lächerlich gemacht, nicht
mehr ernst genommen mit seinem viel zu engen, durch
zu heißes Waschen eingegangenen Pullover mit dem
Leopardenmuster?

Mit seinen viel zu langen, ungewaschenen
strohblonden Haaren, mit der speckigen Schnittlauch-
Frisur, seinen dunklen Augen, den zu großen
Drachensteiger-Füßen, mit seinen Abortdeckel-Händen,
viel zu groß und breit, seinem untergewichtigen, wenig
gepflegten, leptosomen Körper und der zwitschernden
Sopranstimme?

Erst durch das leise klackende Geräusch des
hochschwingenden Klappsessels war ihm aufgefallen,
dass er sich erhoben hatte, so wie es sich für einen
Schüler gehörte, im Jahre 1969. Wenn man sich schon
nicht die Haare schneidet, so kann man sich ja wohl
wenigstens aus seinem Sitz erheben, wenn man etwas
gefragt wird.

Sollte Felix dem Lehrer oder der an ihn gestellten
Frage die Referenz erweisen, oder beiden in ihrer
Kombination, dem synergetischen Effekt der Qual, die
Felix nun durchstehen musste?

Natürlich wusste er die Antwort auf die gemeine
Frage des Buchhaltungsprofessors. Ja, es stimmte, dass
der Konkurs keinen Neuanfang erlaubte. Ein Konkurs
war etwas Endgültiges, er drang in die Privatsphäre. Der
Konkurs nimmt Besitz von allem, was ein Mensch hat
und ist. Der Konkurs stürzt den ersten Mann im Dorf
und setzt ihn an die letzte Position.

Felix hatte in einem Soziologiebuch gelesen, dass man diese Position als *Nullposition* bezeichnete. Man war in seinem sozialen Umfeld nichts mehr wert, man hatte seine Identität, den Bezugsrahmen zur Umgebung verloren.

Beruf des Vaters: Mühlenbesitzer? – nein. Mühlenarbeiter? – nein. *Konkursit?* – ja! Konkursit - das war der richtige Ausdruck.

Ein Konkursit ist der Detaillist des Konkurses. Ein bäuerlicher Kleinunternehmer, der bankrott gemacht hat. Ein Konkursit eben. Eine Null. Bitte sehr, er war kein Bankrotteur. Das wäre zu viel der Ehre gewesen.

Ein Bankrotteur, Herr Professor Doktor Berger, ein Bankrotteur würde den Konkurs elegant, umsichtig und raffiniert geplant und implementiert haben. Oder *es* wäre ihm zufolge eines Casinobesuches *passiert*, als lässliche Malaise, als *mode de vivre*, oder so. Ein Bankrotteur würde in Ausgleich gehen, die Schuldner würden ihm gestatten, seinen Betrieb weiterzuführen, man kann doch einen Gentleman nicht im Stich lassen?

Aber Hubert Penzinger, dem Emporkömmling, diesem Parvenü, würde niemand helfen. Fast jeder freute sich über sein Unglück, man mochte ihn nicht leiden. Die richtige Ordnung der Dinge war wiederhergestellt.

Felix stand aufrecht vor der Schulbank, blickte auf den ewig lächelnden Herrn Bundespräsidenten und brachte kein Wort heraus. Aber jedermann im Klassenzimmer konnte ihm beim intensiven Nachdenken zusehen. Zwei, drei, vier Sekunden vergingen und Felix sagte nichts und Dr. Berger sagte auch nichts mehr.

Eine allmählich definitiv werdende Gewissheit legte sich ins Klassenzimmer, zwischen die schlechte, mehrfach ein- und ausgeatmete Luft der vierundzwanzig Schulkinder – oder waren es schon Erwachsene – niemand vermochte es mit Sicherheit zu sagen – die Gewissheit, dass Berger zu weit gegangen war. Auch Berger selbst begann es allmählich zu bemerken.

Felix sagte so intensiv nichts, dass es beklemmend still wurde und nachdem im gesamten Zimmer keiner mehr eine Bewegung oder wenigstens ein Geräusch machte, wurde die Stimmung unerträglich.

Wenn zwei Dutzend Menschen auf 80 Quadratmetern alle dasselbe tun, nämlich nichts als bloß zu atmen, zu denken, zu fühlen, ihre Jausenbrote und die in den Mägen halbvergorene Schulmilch zu verdauen, und wenn diese perfekte Gleichförmigkeit auch nur für den verhältnismäßig kurzen Zeitraum von Sekunden abläuft, dann entsteht eine wahrhaftige Stimmung.

Wahrscheinlich war es diese spürbare Wahr-haftigkeit, die das plötzliche Geständnis des wirklichen *Staatswappenschänders* auslöste:

Der Schüler Walter Leitenbauer hob seinen Arm, stand auf und erklärte mitten in die schneidende Stimmung und in die schlechte Luft hinein:

"Ich bin's gewesen, Herr Professor. Ich habe das Kondompickerl auf das Staatswappen gepickt. Ich bitte um Entschuldigung. Bitte, es tut mir leid."

Mit einem Satz hatten sie jetzt alle die Rollen getauscht, denn Berger – er konnte es nicht verhindern, dass es passierte – hatte sich mit seinem falschen Verdacht vor der ganzen Klasse blamiert und folglich, wie im Zwang, flüsterte Berger aus einem plötzlichen, inneren Impuls heraus:

"Schande!"

Obwohl er das Wort nur leise ausgeatmet hatte, wussten alle im Klassenzimmer, dass er sich selbst damit gemeint war. Und daher ahnten sie alle, dass Doktor Berger verloren hatte, sein Angriff gegen Felix war ins Leere gegangen und die ganze Klasse hatte es mitbekommen.

Und so hatte Felix im Augenblick einer bitteren Lebenserfahrung einen triumphalen Sieg errungen. Auf irgendeine Weise war dies allen bewusst, nur Felix selbst wusste es noch nicht.

ELLEND

"Du bist ja wachsbleich, Bub!"

Frau Meisinger war wie üblich jeden Freitag in die Altenstätt hinausgefahren, wie die ländliche, vorwiegend bäuerliche Bevölkerung im weiteren Umkreis von Altenstätt ihre Bahnreisen in die Kleinstadt bezeichnete.

Anna Meisinger hatte sich in der Stadt ein neues Bügeleisen gekauft. Eines jener sündteuren, neumodischen Geräte, mit denen man die Wäsche mit Dampf behandeln konnte. Ihre Schwiegermutter würde natürlich wieder keppeln. Anna Meisinger aber war keine Frau, die sich auf eine Streiterei mit ihrer über achtzigjährigen, bettlägerigen Schwiegermutter einließ.

Der Gescheitere gibt nach hatte sie zeit ihres Lebens, unablässig, zu jeder passenden wie unpassenden Gelegenheit gehört. Und kaum eine Bäuerin nahm diesen Leitspruch ernster als Anna Meisinger, und von den vielen angeblichen Lebensweisheiten, welche einem Menschen vom Land nun einmal unaufgefordert eingetrichtert werden, war ihr diese die liebste geworden.

Die Standardausrede der bequemen Verlierer war ihr Leitspruch geworden. Anna wollte ihre Ruhe haben, sie wollte keinen Streit, und im Laufe der Jahre war sie etwas dicklich geworden, und so fesch wie vor zwanzig Jahren beim Kirtag mit Dominik war sie auch nicht geblieben. Das viele Arbeiten und das viele Ruh-Haben-Wollen hatte sich halt auch äußerlich ein wenig niedergeschlagen.

Aber der junge Bursch neben ihr im Abteil sah wirklich so schlecht aus, dass er sie neugierig machte.

35

"Ist dir nicht gut? Du schaust krank aus. Du wirst mir doch nicht erbrechen, hier im Abteil, gell? Vielleicht sollte man ein Fenster öffnen."

Anna Meisinger zog kräftig an dem dicken Lederriemen, den man zum Öffnen des Waggonfensters benutzte. Oft musste sie sich darüber ärgern, dass man einige Waggonfenster überhaupt nicht mehr öffnen konnte, weil die Herren Studenten die speckig glänzenden Lederriemen mit ihren Taschenmessern zerschnitten und die Holzgriffe an ihren Enden herausgenommen hatten.

In Wirklichkeit waren die meisten von diesen sogenannten Studenten bloß freche Halbstarke. Die wenigsten standen von ihrem Sitz auf und ließen die älteren Bauersfrauen Platz nehmen, wenn sie mit ihren Rucksäcken und den Kunstledertaschen vom Jahrmarkt wieder in ihr Tal hineinfuhren. Trotzdem tat ihr dieser blasse Bub mit dem gespitzten Gesicht leid.

Felix hörte das Rucken des Waggonfensters und spürte die frische, kalte Luft, ein wenig durchsetzt mit der typischen Eisenbahnluft, die entsteht, wenn Braunkohle durch den Schornstein der Eisenbahn in die kalte Winterluft verbrannt wird und der Zug in eine Biegung des Friessnitztals einfährt.

"Zu wem gehörst du denn?" fragte Anna dreist. Im Bewusstsein ihrer situationsbedingten Überlegenheit befragte sie ihn in der Art der Landwirte des neunzehnten Jahrhunderts, die Kinder als ihren Besitz betrachteten, eine Reminiszenz auf die jahrhunderte-lange Leibeigenschaft, welche sich von Generation zu Generation, allerdings in jeweils leicht abschwächender Form, fortsetzte. Über all die Jahrhunderte hatten die Bauern das ihnen von außen aufgezwungene System der

Leibeigenschaft auch auf ihre Familie übertragen und solcherart verinnerlicht, und über Jahrhunderte hindurch unsterblich gemacht. Aber der verärgerte Gesichtsausdruck des Burschen erschreckte sie, und sie korrigierte sich sogleich, denn dieser Bursch war ja eigentlich schon kein Kind mehr, und daher war die Fragestellung in dieser Form unangebracht.

"Also, wo sind S' denn Zuhause. Wo müssen S' denn aussteigen, junger Herr?" verbesserte sie sich.

"Ich fahre nach Ellend" flüsterte Felix. Wieder dieses Gefühl, nichts wert zu sein, nirgendwo zugehörig zu sein, kein Arbeiterbub zu sein, kein Juniorchef eines Unternehmers, kein Handwerkersohn, kein anständiger Mensch zu sein, keinen Wert zu haben, keine Würde, nicht mal eine Schreibmaschine, nicht einmal das Öffnen des Eisenbahnfensters wert zu sein, ein Konkursit und Versager sein zu müssen. Und in dem Moment schon wusste Felix, dass er sehr dumm gewesen war und einen Fehler gemacht hatte.

"In Ellend wohnen Sie? Da kenn ich mich gut aus." Anna war neugierig geworden auf den hageren Burschen, dessen zarte Gesichtszüge mit seinem ernsthaften, dunklen Blick in einem eigentümlichen Gegensatz standen. Ein hübsches Milchgesicht mit dem Blick eines Vierzigjährigen, dachte sie.

Aber jetzt sagte Felix nichts mehr, er betrachtete sein Gegenüber wie ein Botaniker ein Blatt mit Läusen. Von da an sagte die arme Anna Meisinger nichts mehr, und sie saßen sich eine halbe Stunde gegenüber, ohne ein Wort zu sagen.

"Auf Wiedersehen." Felix griff hastig nach seiner Schultasche und stand abrupt auf.

Er konnte sich noch vage an das erstaunte Gesicht der Frau Meisinger erinnern, aber nicht mehr ans Aussteigen. Bei der kleinen Zughaltestelle verlor er die Orientierung, obwohl er hundertmal den Weg nach Hause gegangen war. Es waren die gleichen Bäume, das gleiche Wartehäuschen mit den obszönen Sprüchen voller Rechtschreibfehler, das gleiche Bahngleis, der gleiche Weg, aber der Winkel hatte sich geändert. Ja, das Bild war *gesprungen,* die Winkel hatten sich von außen nach innen gebogen und die Gegenstände standen vollkommen ohne Bezug da.

Etwas fehlte. Es musste etwas Wichtiges sein, denn Felix fühlte sich selbst wie ein Gegenstand, ohne Zugriff, ohne Einfluss auf seine Umwelt. Vor wenigen Augenblicken noch war jedes Ding durch ihn mit seiner individuellen Bedeutung gefüllt worden und dadurch mit Felix´ höchstpersönlichen Hoffnungen, Absichten und Zwecken besetzt gewesen.

Jetzt hatte er die Kontrolle über seine dingliche Umgebung verloren. Es war nicht mehr Felix selbst, der die Bedeutung seiner Wahrnehmungen festlegte, die Machtverhältnisse hatten sich umgekehrt. Das Umfeld definierte und beherrschte ihn. Die Wirklichkeit hatte ihre Eignung als Gestaltungsmittel seines Bewusstseins verloren. Er konnte seine Umwelt nicht mehr ausreichend mit gedanklichen Inhalten füllen. Das kleine Wartehäuschen war nicht mehr – so wie früher – ein Symbol der Hoffnung. Es war nicht mehr geeignet, Felix daran zu erinnern, dass er vielleicht schon in ein paar Jahren von Zuhause wegziehen und sein eigenes Leben gestalten könnte.

Das Aktive, Gestaltende hatte sich von Felix entfernt und – was alles noch schlimmer machte – die

Energie war von ihm weg und auf seine Umgebung übergegangen. Jeder Mensch, jeder Gegenstand war in der Perspektive von Felix' Bewusstsein um die Gestaltungsdimension reduziert worden. Felix stand neben dem Bahngleis und drehte sich im Kreis. Es war ihm, als wäre er neuerlich, als ein zweites Wesen neben ihm selbst in seinem Kopf entstanden. Dieses Wesen konnte kein Mensch sein, denn es fehlte ihm die Fähigkeit zum vorausschauenden Denken, es übte über die Umgebung keine psychische Macht aus, beherrschte sie nicht, im Gegenteil, er wurde von ihr beherrscht, und weil Felix sich diesem Zustand nicht entziehen konnte und sich bei vollem Verstand seines reduzierten Bewusstseinszustandes bewusst war, quälte ihn eine dumpfe Angst.

Auf den großen Kastanienbaum neben der Haltestelle auf dem Weg zur Mühle war er oft geklettert, hatte Kastanien mit einer langen Holzlatte heruntergeschlagen. Im vergangenen Sommer, als sich seine Welt noch im Lot befand, war er so hoch wie möglich auf den Baum geklettert, ganz nach oben, er hatte sich auf den letzten tragenden Ast gesetzt, der gerade noch stark genug war, um sein Gewicht zu halten, das belebende Gefühl des Abenteuers genossen und von der Großstadt geträumt, in der er einmal wohnen würde, wenn er fähig sein würde, sein eigenes Geld zu verdienen und sein Schicksal selbst in die Hand zu nehmen. Die Veränderung, die eingetreten war, betraf nicht die äußerliche, stoffliche Dimension, denn die Struktur seiner Welt war unverändert geblieben.

Im objektiven Vergleich mit heute Morgen, als Felix bei seinem täglichen Weg zum Bahnhof von Ellend an dem großen Kastanienbaum am Waldrand vorbeigegangen war, fehlte nichts und es war nichts hinzugefügt worden, es waren keine sichtbaren äußeren Veränderungen geschehen. Und dennoch konnte sich Felix seinen Kastanienbaum nicht mehr vollständig bewusst machen, denn der nichtmaterielle Teil des Baumes war verloren gegangen. Der Kastanienbaum war zu einem bloßen, rohen Stück Materie degeneriert. Alle Objekte, die Welt, das gesamte Universum hatten eine Dimension verloren, sie waren ihrer richtunggebenden Aura verlustig gegangen.

Ein Baum ohne Erinnerungen, eine Straße ohne Hoffnung, eine Welt ohne Freude. Felix war *weniger* geworden, hatte sein Bewusstsein reduziert und alles war plötzlich merkwürdig *ver-rückt*. Felix war an seiner Welt verrückt worden, seine Befindlichkeit in seiner höchstpersönlichen Wirklichkeit hatte sich verschoben.

Jetzt ging Felix an ebendiesen ehemals in seinem geistigen Besitz stehenden Kastanienbaum vorbei und seine Gedanken gaben ihm keinen Raum für seine Zukunft. Und was noch schlimmer war - er erinnerte sich nicht mehr an die Vergangenheit. Er lebte in der Welt der nackten, kalten, augenblicklichen Gegenwart.

Es war eine kalte Welt ohne Vertrautheit, ohne menschliche Wärme. Sein menschliches Bewusstsein, welches seine Vergangenheit nicht mehr abrufen konnte, fand keine Heimat in der Zukunft mehr, weil jeder Versuch der Projektion der Gegenwart in die Zukunft nur wieder in der Gegenwart endete. Felix selbst war es, der sich verändert hatte, nicht seine Umgebung. Er hatte einen Teil seines Bewusstseins verloren, er hatte aufgehört, die Dinge des Lebens mit spiritueller Energie aufzuladen. Irgendetwas hatte seine emotionale Kraftquelle abgeschaltet. Die Energie des vorwärts

Gerichteten war erloschen. Die mitleidslose Stofflichkeit der Gegenwart hatte ihn überwältigt, weil sein Bewusstsein durch eine tiefe Depression geschwächt worden war.

Das Spektrum seiner gedanklichen Antizipation war auf einen kleinen, dunklen Punkt geschrumpft. In der neuen, kalten Welt des Felix Penzinger war es dunkel geworden. Irgendwie, er konnte es sich nicht erklären, auf welche Weise, hatte er den Weg zur Mühle gefunden, und jetzt saß er bleich und verwirrt in seinem Zimmer mit den schwarzen Biedermeiermöbeln.

Er war aus der Bahn geworfen worden, auf den Müllplatz des Schicksals. Er wusste, es würde nie mehr wieder so sein wie vorher.

Die ganze Nacht blieb er schlaflos, er schwitzte in seinem Bett wie im Hochsommer, er konnte sich nicht erklären, was mit ihm geschehen war.

VARUS

Erst bei Anbruch des Morgens verließen ihn seine dunklen Gedanken für eine Zeit des bewusstlosen Schlafes. Felix musste sich doch im Schlaf regeneriert haben, denn beim Aufwachen stellte er mit Erleichterung fest, dass er den ausgeglichenen, robusten und gesunden Zustand seines Bewusstseins wiedergefunden hatte.

Aber ein Blick auf die Uhr zeigte, dass es bereits heller Tag war. Felix musste viele Stunden in tiefer Bewusstlosigkeit geschlafen haben, denn er hatte selbst das enervierende Geräusch des mit Schlüssel und Stahlfeder aufgezogenen Weckers nicht wahrgenommen.

Nachdem der Zug nach Altenstätt schon weg war, war an einen Schulbesuch freilich nicht mehr zu denken. Trotzdem musste er sich lange quälen, um den Entschluss zu fassen, einen neuerlichen Versuch zur Erlangung der Schreibmaschine zu unternehmen.

Im Büro der Mühle, welches im Erdgeschoß des Wohnhauses untergebracht war, saßen ein junger, etwa dreißigjähriger Mann im dunkelblauen Maßanzug und eine wasserstoffblonde, sehr dünne Frau, der es gelungen war, ihr Aussehen durch die Nutzung kosmetischer Mittel in einem entschieden besseren Licht erscheinen zu lassen. Felix war so überrascht, dass er an der Türschwelle stehen blieb.

"Junger Mann! In meiner Eigenschaft als Konkursverwalter muss ich Sie darauf hinweisen, dass sie die Räumlichkeiten dieses Büros nicht mehr betreten werden dürfen, solange das Konkursverfahren noch nicht abgewickelt ist."

Der Konkursverwalter verzichtete auf seine namentliche Vorstellung, hob stattdessen seine Lesebrille von der Nase und legte sie mit einer affektiert-langsamen, halbkreisförmigen Bewegung auf die aufge-blätterten Seiten des Hauptbuchs.

"Meine Assistentin, Magistra De Vaal", ergänzte er mit der Betonung und Gestik eines Reitstallbesitzers bei der Präsentation seines besten Rassepferdes. Seine Assistentin strich über die Hüftfalten ihres Minirocks, räusperte sich, sagte jedoch nichts und betrachtete Felix wie ein seltenes Tier im Zoo.

Ohne Scheu und mit einer Mischung aus starrender Neugierde und offenem Amüsement ließ sie ihren Blick in alle Richtungen laufen, solcherart seine verzweifelte Verwirrung mit echtem Interesse explo-rierend.

"Aber... ich brauche meine Schreibmaschine, um die Hausaufgabe machen zu können", stammelte Felix verwirrt.

Nachdem Felix jedoch nicht nur überrascht, sondern auch verzweifelt war, sprach er unsicher und drucklos, und daher wusste er irgendwann in der Mitte seiner Bemerkung, in jenem Sekundenbruchteil, den er brauchte, um die Luft für den Nebensatz mit der Begründung einzuatmen, dass er wie ein dilettierender Tölpel reagiert hatte und er seine Schreibmaschine nie mehr bekommen würde.

"Nach der Konkursordnung bin ich verpflichtet, alle Gegenstände der Konkursmasse sicherzustellen, damit sie im Interesse des Gläubigerschutzes einer wirtschaftlichen Verwertung zugeführt werden können. Bis alle Sicherungsübereignungen, Eigentumsvorbehalte und alle Gegenstände erfasst und bewertet wurden, sind alle Massegegenstände einer Nutzung nicht zugänglich, da ein Gebrauch der Büroeinrichtung, insbesondere wenn es sich um Sachwerte des Umlaufvermögens handelt, einen zwingenden Abschreibungsbedarf durch Wertverlust und damit eine Verringerung der Konkursmasse nach sich ziehen würde."

Der Masseverwalter griff zu seiner Lesebrille und setzte sie wieder auf seinen Nasenrücken.

"Das heißt, sie dürfen ihre Schreibmaschine nicht mehr benutzen", interpretierte die Assistentin lässig, öffnete ihr Handtäschchen, entnahm einen kleinen Spiegel und den Lippenstift und akzentuierte mit outrierter Konzentriertheit ihre Lippenkonturen, die Wichtigkeit und Absolutheit ihrer Tätigkeit durch vollkommene Hingabe an den stummen, liebevollen Dialog mit ihrem Taschenspiegel unterstreichend.

"Verstehen Sie doch", flüsterte Felix, "…morgen früh muss ich die Hausübung in Maschinschreiben abgeben, im ganzen Ort gibt es keine Schreibmaschine, außer dieser hier …"

"Es tut mir wirklich leid, junger Mann, aber ich kann und darf keine Ausnahme machen" antwortete der jugendliche Konkursverwalter etwas zu schnell und fügte hinzu:

„Ich nehme an, du bist der Juniorchef, sofern man das jetzt noch sagen kann …"

Der Doktor Engelbert Varus hatte erst voriges Jahr die Zulassung als Anwalt bekommen und der Penzinger-Konkurs war der erste Job des Engelbert Varus als Masseverwalter. Natürlich fiel es ihm nicht schwer, die Sprach- und Wehrlosigkeit des Kindes auszunutzen.

Unmittelbar nach Abschluss seines Jus-Studiums war Engelbert Varus zwei Jahre Rechtspraktikant im Landesgericht gewesen, und dort hatte er gelernt, wie man mit Unterschichtleuten und Proleten verkehrt: seine demonstrative Geringschätzung signalisierte er mit dem Übergang zur Du-Anrede.

Das einseitige *Du* in Verbindung mit dem Gebrauch der juristischen Fachsprache, *duzieren und dozieren*, wie er seine Strategie selbst zynisch bezeichnete, betrachtete er als legalen rhetorischen Gewaltakt der Intellektuellen gegen Unterprivilegierte und Kleinkriminelle und in beiden Kategorien seiner Untermenschen sah er wenig Unterschied.

Varus hielt die von ihm entwickelte und perfektionierte *Du-Do-Taktik* auch gegen jugendliche Bankrotteure für durchaus adäquat. Gegen sprachliche Gewaltausübung half nur die Methode der Dialektik oder die Anwendung der zynischen Polemik, aber dieses Mittel würde dieser Halbwüchsige sicherlich noch nicht beherrschen, dachte Varus.

Immer, wenn Felix in seinem Stolz getroffen wurde, weil er seine Würde und Integrität angegriffen sah, reagierte Felix mit Mut und Konsequenz. Er hatte oft darüber nachgedacht, warum das so war, ja es verblüffte ihn sogar selbst, denn niemand hatte ihm seinen ganz persönlichen Ethik-Kodex vermittelt.

Aber vielleicht war es tatsächlich der Lektüre der *Prinz-Eisenherz*-Heftchen zuzuschreiben, dass Felix seine innere Sicherheit rasch wiederfand.

"Als Juniorchef müsste ich nach dem Handelsrecht im Handelsregister eingetragen sein. Ich denke, das müsste ihnen bekannt sein, nachdem Sie so viel über die Konkursordnung wissen. Außerdem ist zur Ausübung eines Gewerbes die Volljährigkeit erforderlich. Mit zwölf Jahren bin ich noch weit davon entfernt, diese Voraussetzung zu erfüllen. Leider. Wäre ich ein sogenannter Erwachsener, so würde ich mich wehren dürfen. Mit den Geschäften meines Vaters habe ich nichts zu tun. Aber ich denke, wir sind uns vorher noch nicht begegnet, oder? Leider haben Sie sich nicht vorgestellt, und so kann ich Sie nicht einmal in unserem Haus begrüßen."

Varus reagierte zunächst mit einer Mischung aus Überraschung und Verärgerung, aber dann fand er die Reaktion dieses Rotzbuben durchaus stimulierend.

Vielleicht hatte er hier doch noch einen einigermaßen brauchbaren Gegenspieler gefunden, so dass er hoffen konnte, die Abwicklung des Konkurses würde weniger langweilig werden als das üblicherweise der Fall war.

Der Vater dieses Burschen hier, dieser Hubert Penzinger, war ein Tölpel, ein Idiot, der seinen Betrieb in den Bankrott geführt hatte, mit acht Klassen Volksschulbildung konnte der nicht einmal seine Bilanz lesen, geschweige denn verstehen, wie das Rechnungs-wesen seines Betriebes funktionierte.

Das Unternehmen hatte nur so lange existieren können, als dieser Parvenü seine Lieferanten, auch allesamt Bauern, versteht sich ja von selbst, an der Nase herumführen konnte.

Aber dann hatte dieser Trottel sich wegen einer Grundstücksspekulation ausgerechnet mit dem Bürger-meister von Altenstätt angelegt und das war ihm natür-lich nicht gut bekommen. Und dieser junge Lümmel da, er wollte auch noch frech sein.

"Anscheinend ist dir die Ernsthaftigkeit der Situation noch nicht bewusst. Der Konkurs umfasst sämtliche Gegenstände des Anlagevermögens und des Umlaufvermögens… - wenn du verstehst, was ich meine, junger Mann." Der junge Rechtsanwalt genoss es sichtlich, in seiner amtlich bescheinigten Funktion als Konkursverwalter über das Vermögen anderer zu bestimmen, ohne das wirtschaftliche Risiko für seine Handlungen tragen zu müssen,

„Sämtliche, also alle, wirklich alle Vermögensteile", wiederholte er feierlich, "… gehören nicht mehr deinem Vater. Das Haus, die Grundstücke deines Herrn Vater, die Jagdpacht, der Schmuck der Frau Mama, die Akten im Büro, inklusive der Rechenmaschinen und der Schreibmaschine, plus das Papier, die Maschinen, das Auto, die Lastkraftwagen, das Rohmaterial, die Emballage, kurzum alles, was hier oder anderswo im Besitz der Firma oder deiner Eltern war, gehört jetzt den Gläubigern - verstehst du mich, Bursche?"

Varus legte eine Kunstpause ein, um seine Ansprache mit affektierter Wichtigkeit fortzuführen.

„Nachdem es sich bei der Firma Hubert Penzinger um eine Personengesellschaft handelt, bei der auch das Privatvermögen der Familie in unbegrenzter Höhe für die Schulden der Firma haftet, gehört auch das Fernsehgerät in die Konkursmasse. Aber deine alten Hausschlapfen darfst du behalten. Verstehst du mich?"

Varus klopfte auf den Schreibtisch wie ein Richter, der mehr Aufmerksamkeit und Respekt vom Angeklagten einfordern möchte.

„Ich mache dich darauf aufmerksam, dass eine Entnahme von Gegenständen der Konkursmasse strafrechtlich verfolgt wird. Fehlt auch nur ein Teil, wirst du wegen gemeinen Diebstahls angeklagt und wirst du verurteilt, dann bist du vorbestraft so wie es vermutlich dein Herr Papa sein wird, wenn das Gericht zur Erkenntnis kommt, dass er sich der vorsätzlichen oder grob fahrlässigen Krida, also der Schädigung seiner Gläubiger aus eigennützigen Motiven schuldig gemacht hat."

Mit theatralischer Gestik, so als wäre er im Parlament, hob er ein Dokument und hielt es Felix vor die Nase.

„Dein Vater schuldet seinen Kreditgebern immerhin zwei Millionen Schilling. Sag deinem Vater, er soll ja nicht auf dumme Ideen kommen, etwa in der Nacht in die Fabrik einzusteigen und sich ein paar Maschinen unter den Nagel zu reißen. Deja vu! So dumm ist das Gericht auch nicht, dass wir nicht längst eine detaillierte Inventarliste angefertigt haben. Wenn nur der Verdacht besteht, dass ein Sack Nägel fehlt, lasse ich euch den Strom abdrehen. Ich denke, wir haben uns verstanden."

Oft hatte Felix schon schlimme Alpträume erlebt, manche hatten mehrere Sekunden gedauert, eine Ewigkeit in Anbetracht der Umstände.

Aber dieser Alptraum war real und er dauerte länger. Im Augenblick der tiefen Demütigung reagiert der Körper heftig, der Verstand hektisch, aber die Zunge wie gelähmt.

Felix prüfte in einem Sekundenbruchteil alle denkbaren Antworten. Am Ende einer halben Sekunde wusste er aber, dass es keine gab.

Plötzlich griff Felix in seine rechte Hosentasche, machte zwei kurze Schritte, hielt dem schreckensstarren Varus die geballte Faust vor das Gesicht, öffnete sie langsam und nahm dann mit der anderen Hand, Daumen und Zeigefinger wie eine Pinzette benutzend, etwas von der geöffneten Handfläche herunter.

Es war ein Zehnschilling-Stück. Er warf es in die geleerte Kaffeetasse des Anwalts. Ping, klirrte die Münze sanft rotierend.

"Das ist alles, was ich noch hatte", sagte Felix eisig. "Ich spende es ihrer Konkursmasse - aus meinem Privatvermögen."

Ehe Varus noch reagieren konnte, hatte sich Felix schon umgedreht und das Büro verlassen.

HÄRTLING

Engelbert Varus hatte sich sein erstes Amtswalten nun denn doch etwas anders vorgestellt. Insgeheim ärgerte es ihn, dass ihn dieser blassgesichtige, grüne Lümmel in Gegenwart seiner Assistentin bloßgestellt hatte. Dabei war er es doch gewesen, der alle Trümpfe in der Hand gehabt hatte.

Erica De Vaal hatte ihr Jurastudium gerade erst abgeschlossen und arbeitete seit ein paar Wochen als Rechtspraktikantin in seiner Sozietät. Ihr Vater war einer der bekanntesten Wirtschaftskapitäne der internationalen Stahlindustrie. Sie verfügte über erstklassige Manieren und über die seltene Gabe der spielerischen, naturgegebenen Arroganz, die in ihrem Berufsstand unverzichtbar war. Sie hatte eine hervorragende Erziehung genossen und demonstrierte ihre durch Geburt erworbene Zugehörigkeit zu einer kleinen gesellschaftlichen Elite, "…welche die Buchstaben der bürgerlichen und staatlichen Autorität in selbstverständlicher Weise auf die Rechtsunterworfenen transformierte" wie es ihr Varus erklärt hatte, „…um das Schicksal des produktiven Plebs durch die Kunst der Rechtsinterpretation zu determinieren."

Im teuren Internat in der Schweiz hatte sie nicht nur drei Fremdsprachen gelernt, sondern sich auch gleichsam als Nebenprodukt eine brillante Rhetorik und ein hervorragendes, selbstbewusstes Auftreten erworben, so dass sie nun ihren weiblichen Intellekt und Charme spielerisch zur Geltung zu bringen konnte.

"Wo, zum Teufel ist dieser Buchhalter, wie hieß er doch gleich, Frau Kollegin?" brummte Varus ärgerlich. Soll ich mir jetzt auch noch die Namen dieser

Tölpel merken, dachte Varus. Es ist empörend, dass heutzutage jeder Analphabet ein Gewerbe ausüben kann, es ist skandalös, dass sich immer wieder Bürger finden, die diesen Parvenüs Geld leihen, damit sie dann mit geborgtem Geld bankrottmachen. Und damit nicht genug, kommen sie einem auch noch rotzfrech und unverschämt.

"Härtling, Diplomkaufmann Günther Härtling", gurrte die Magistra mit ihrer kultivierten Stimme.

"Der ist irgendwo in der Fabrik unterwegs. Er leitet mit der Frau des Inhabers die Buchhaltung und das Rechnungswesen. Soll ich in der Zwischenzeit versuchen, Frau Penzinger zu erreichen?"

"Nein, warten wir lieber, bis der Buchhalter zurückkommt. Mit der Frau des ehemaligen Besitzers können wir nachher reden. Im Übrigen glaube ich nicht, dass die Ehefrau auch nur die leiseste Ahnung von dem hat, was hier passiert ist.", lächelte Varus.

"Sie haben recht, Herr Doktor, anscheinend hat ihr der Buchhalter lediglich ein paar Buchungssätze eingetrichtert. Von Betriebswirtschaft dürfte sie keinen blassen Dunst verstanden haben, sonst hätte sie gewusst, dass der Betrieb mit einer kleinen, relativ simplen Umschuldungsaktion leicht zu retten gewesen wäre."

Der Buchhalter Günther Härtling war auf dem Weg von der großen Werkshalle ins Büro, um Varus und dessen Assistentin zu treffen. Er war nicht gerade begeistert gewesen, als er von Varus zu einem Lokalaugenschein in den Betrieb gebeten wurde, den er zwar mitgeholfen hatte, zu ruinieren, aber den er in den letzten sechs Monaten seit seiner Kündigung, nicht mehr betreten hatte. Den Weg durch die Fabrik, den er ging, hatte er in den vergangenen Jahren mehr als tausendmal beschritten, heute aber war es, so hoffte er, das letzte Mal gewesen.

"Darf ich Sie was fragen, Herr Diplomkaufmann?"

Die stämmige Arbeiterin mit dem durchdringenden Schweißgeruch und dem achselnassen Arbeitskittel kam zögernd näher.

"Werden wir jetzt alle unsere Arbeit verlier'n? Tschuldigen Sie bitte, dass ich Sie frage. Aber man sagt, dass der Chef in Konkurs geht. Wahrscheinlich wird hier zugesperrt, und wir miass'n alle geh'n. Sagen Sie, Herr Dokta, hab i recht?"

Kriecherisches Gesindel, ärgerte sich Härtling. Was bezweckte dieses Volk mit der absichtlich falschen Anrede. Wollten die sich etwa über ihn lustig machen? Nie hatte er behauptet, ein Doktorat zu besitzen. Allmählich müssten diese schwitzenden Eiweißklumpen das doch wissen. Klar: es war sicher wie das Amen im Gebet, dass bei einem Konkurs alle ihre Arbeit verlieren würden. Aber das würde erst der Anfang sein. Schon in ein paar Tagen würden sie draufkommen, dass ihnen nur ein Teil ihres Gehalts ausbezahlt wird, Urlaubsgeld und Weihnachtsremuneration können sie sich auf jeden Fall abschminken. Und dann würde der Wirbel erst so richtig losgehen. Gut, dass er rechtzeitig, schon vor sechs Monaten, einvernehmlich gekündigt hatte.

Varus würde Härtling nicht für den Konkurs verantwortlich machen können, im Gegenteil, er würde den Buchhalter dringend brauchen - ohne dessen Wissen und Insider-Informationen wäre er aufgeschmissen. Gerade noch mit einem blauen Auge davongekommen. Stephanie Penzinger war eine großzügige Frau, sie hatte ihren Ehemann überredet, einer einvernehmlichen

Lösung seines Vertrags zuzustimmen. Und Penzinger, dieser Esel, der das österreichische Arbeitsrecht als Hirngespinst der Kommunisten abtat, und sich deshalb immer geweigert hatte, die Rechtsfolgen der einschlägigen Gesetze zu beschäftigen, hatte nicht mitbekommen, dass er Härtling durch seine Zustimmung zu einer saftigen Abfertigung verholfen hatte. Dieser Esel hat ja eine solche Klassefrau gar nicht verdient, dachte Härtling.

"Herr Dokta, entschuldigen Sie...", die Arbeiterin nahm einen neuen Anlauf... – Diese Person ist so was von penetrant!

"Aber gute Frau, machen Sie sich keine Sorgen, es wird schon alles in Ordnung kommen" log Härtling und grinste schräg.

Die Arbeiterin zögerte kurz. "Brauch ich mir also keine Sorgen machen!", stieß sie dann erleichtert hervor. Härtling nickte ihr huldvoll zu und lächelte freundlich.

"Herr Dokta, i dank' Ihnen ganz herzlich für die Auskunft"- Endlich vertrollte sich dieser Trampel, dachte Härtling erleichtert und atmete tief durch.

Morgen früh würde er zurück in die Stadt fahren, die Koffer standen schon gepackt im Wirtshaus. Natürlich war es unabwendbar, dass er noch einige Male hierherkommen musste; sozusagen außer Dienst, als Konsulent für den Masseverwalter, aber bis dorthin würden die Arbeiter schon gekündigt sein, so etwas geht schnell. Selbstverständlich würde der Rechtsanwalt ein paar Fragen haben. Er war wirklich froh, dass er immer alles hundertprozentig korrekt und professionell abge-wickelt hatte. Die Buchhaltung und das gesamte Rech-nungswesen waren in tadellosem Zustand, das war er schon seinem Ruf schuldig.

Stephanie Penzinger ... Man muss sich das einmal vorstellen! Ihr sauberer Ehemann betrog sie – in ihrem eigenen Haus – mit ihrer Bediensteten, sie aber hielt ihrem Hubert, diesem Bauern, eisern die Treue, spielte mit ihm seit mehreren Monaten Katz und Maus, sie ließ sich zu einem Abendessen nach Wien einladen, mit Kerzenlicht, ein paar guten Gläschen Château Mouton Rothschild, einem Haufen Domestiken und einem ausgefuchsten Ober, der schon vorher anständig geschmiert worden war. Alles vom Besten, er hatte alle Register gezogen. Aber obwohl sie beeindruckt gewesen war, ließ sie ihn dann trotzdem wie einen verliebten Tanzschüler vor dem Hotelzimmer stehen.

Es war schon merkwürdig, dass er jetzt so sentimental war. Vor sechs Jahren, als er in dieses jämmerliche Kaff noch nicht gekannt hatte, war er mit seiner beruflichen Existenz am Ende gewesen, aber der Job bei Penzinger hatte ihn gerettet.

Vierundzwanzig Jahre, fast ein Viertel Jahrhundert, hatte Härtling seine Privilegien als Einkaufsleiter und oberster Chef des Rechnungswesens bei einer der größten Brauereien im Land verwaltet. Seine Position war machtvoll, er war in der Firma geachtet, bei den Lieferanten hingegen gefürchtet. Als Einkäufer von Material, Maschinen und ganzen Produktionsanlagen war er mächtiger als der Brauereibesitzer gewesen. 113 Weihnachtskarten und ebenso viele Pakete hatte er einmal gezählt:

"...dürfen wir Ihnen auf diesem Wege, sehr geehrter Herr Direktor Härtling, unsere tiefe Verbundenheit durch ein bescheidenes Weihnachtsgeschenk Ausdruck verleihen, in der Hoffnung, auch in Zukunft zu den Stammlieferanten ihres allseits geschätzten Hauses zählen zu dürfen. Mit dem Ausdruck vorzüglicher Hochachtung verbleibe ich, Ihr sehr ergebener ...”

Die Sache mit den Geschenken wurde Jahr für Jahr schlimmer, sodass sie ihm allmählich selbst unheimlich wurde. Als Einzelprokurist verfügte Härtling über die alleinige Dispositionsgewalt über sämtliche Bestellungen im Haus.

Richtig begonnen hatte es zunächst mit einer Geschäftsreise nach London. Er hatte sein Flugticket über das Reisebüro eingekauft, wie immer mit seiner privaten Kreditkarte bezahlt und dann die Reiseabrechnung für die Firma gelegt. Penibel, exakt, übergenau. Die von ihm ausgelegten Reisekosten, einschließlich der Kosten für das Flugticket wurden von der Brauerei, wie üblich, innerhalb von ein paar Tagen auf sein Konto überwiesen. Doch nach drei Wochen hatte er noch immer ein Guthaben auf dem Spesenkonto, denn die Rechnung des Reisebüros war noch nicht eingetroffen. Was macht ein anständiger junger Mann, wenn einmal eine Rechnung, auf die er wartet, um sie zu bezahlen, nicht kommt? Er ruft beim Reisebüro an und reklamiert seine eigene Verbindlichkeit.

“Sie haben mir das Flugticket nach London noch nicht verrechnet. Da muss ein Irrtum in ihrer Buchhaltung passiert sein. Ich warte schon seit Wochen auf ihre Rechnung, damit ich sie zahlen kann, schließlich habe ich sie ja schon meiner Firma in Rechnung gestellt.”

Was geht in so einem Menschen vor, der so blöd ist? Günther Härtling, der reine Tor. Ein *guter Junge*.

Am anderen Ende der Leitung gespieltes Entsetzen:

"Ja, danke. Ich werde gleich nachschauen."

Fünf Minuten Stille, dann kommt sie zurück ans Telefon.

"Von uns aus ist die Rechnung sofort weitergeschickt worden an die Fluglinie. Kann sein, dass sie dann, irgendwo dazwischen, verloren gegangen ist. So was kommt leider manchmal vor. Wir sind ein großes Reisebüro und wickeln viele Arrangements ab, die meisten für Großunternehmen, wie für ihre Firma. Ich hoffe, Sie sind mit unserem Service zufrieden und unsere konstruktive Geschäftsbeziehung entwickelt sich *dennoch* positiv."

Hatte sie jetzt *dennoch* oder *deshalb* gesagt?

Ja. Sie hatte *dennoch* gesagt, aber *deshalb* gemeint.

Damit, so könnte man meinen, war die klare und offensichtliche Angelegenheit auch schon erledigt. Nicht jedoch für ihn, den jungen Härtling.

Heute noch spürt er die peinliche Berührtheit eines ertappten Narren, wenn er daran denkt, was er damals getan hatte. Denn er hatte damals – es erschien ihm heute unglaublich dumm - nach weiteren zwei Wochen neuerlich angerufen und die Rechnung urgiert.

"Entschuldigen Sie, aber das Geld ist immer noch nicht abgebucht, obwohl die Firma mir den Betrag schon auf mein Privatkonto gutgeschrieben hat."

Man stelle sich das einmal vor: Gibt es so was? Kann und soll man sich dafür entschuldigen, dass man daran gehindert wird, seine Rechnung zu zahlen?

Entschuldigen Sie bitte die fehlende Entschuldung hätte er sagen können, wenn er an der Nicht-Entschuldung Schuld gehabt hätte.

Aber das war ja nicht der Fall. Gerne hätte er sich entschuldigend entschuldet, aber man ließ ihn nicht, deshalb musste er sich dafür entschuldigen, dass man seine Entschuldung nicht zulassen wollte.

Lange Atempause am Telefon, schließlich eine männliche Stimme:

"Herr Direktor Härtling wollen mir bitte nicht ungehalten sein, aber die Recherche nach dem fehlenden Verrechnungsbeleg musste aus Kostengründen eingestellt werden. Ich empfehle mich. Bleiben Sie uns *dennoch* - da war es wieder, dieses *dennoch* - verbunden. Wir dürfen und herzlich empfehlen. Einen schönen Tag noch. Auf Wiederhören!"

Jetzt hatte er verstanden.

So hatte also sein finanzieller Aufstieg begonnen. Zwanzig Jahre lang hatte er nichts anderes getan, als sich auf einem schmalen Grat zwischen den Abgründen seiner eingeborenen, heftigen Gier und der offenkundigen Korrumpierbarkeit entlang zu tasten und sich dabei gleichzeitig den gewundenen Pfad seines sozialen Aufstiegs empor gearbeitet.

Auf diese Weise hatte er es in zwei Jahrzehnten geschafft, es zu *bescheidenem* Wohlstand zu bringen. Er hatte sich ein Grundstück und ein Haus gekauft, nebst einer Eigentumswohnung in einer der besten Gegenden der Stadt und einer Sammlung von 238 Bierkrügen, so wie es sich für den stellvertretenden Generaldirektor einer Brauerei gehört. Während der ganzen zwei Jahrzehnte hatte er sich nie in plumper Weise bestechen lassen, sondern war stets dem eleganten Prinzip der Flugticket-Methode treu geblieben.

Nie lag die Verantwortung für den *Irrtum* bei ihm, immer vergaßen andere, die Rechnung zu schicken. Und so verfügte Härtling über den seligen Schatz der bürgerlichen Redlichkeit, der ihm Nacht für Nacht zum tiefen Schlaf eines redlichen Bürgers verhalf, was sich hervorragend auf seinen ausgezeichneten Gesundheits-Zustand auswirkte.

Eines Tages war er dahintergekommen, dass die zig Millionen Flaschen, in die sie das übrigens wirklich ausgezeichnete Bier füllten, in Osteuropa wesentlich billiger zu beschaffen waren als im Inland. Sie waren zwar qualitativ etwas schlechter als Bierflaschen, die in der Glasfabrik in Niederösterreich hergestellt wurden und gingen daher leichter zu Bruch, aber die Kosteneinsparung für die Firma würde dennoch gewaltig sein. Denn der Einkaufspreis einer tschechischen Bierflasche betrug nur knapp zwei Drittel des Flaschenpfands, so dass die Brauerei an jeder Mehrwegflasche, die nicht mehr in die Fabrik zur Wiederbefüllung zurückkam, noch ein zweites Mal verdiente. Härtling präsentierte seine Idee den Eigentümern der Brauerei. Noch heute kann er sich erinnern, wie begeistert die gewesen waren.

Nun hatte aber die tschechische Glasfabrik nicht genügend Liquidität, um die Rohstoffe für eine so große Menge von Flaschen zu beschaffen, es musste also eine Bank die Finanzierung der Transaktion übernehmen. Er sprach daher mit der Hausbank, diese gründete kurzerhand eine Handelsfirma in Vaduz, und schon lief die Sache *wie geschmiert*.

Er bestellte die Flaschen bei der Handelsfirma in Liechtenstein, diese garantierte dem osteuropäischen Hersteller die Finanzierung, dafür durfte sie die Flaschen zu einem Preis einkaufen, der um fünfundzwanzig Prozent niedriger war, als jener, den sie an die Brauerei weiterverrechnete. Härtling war bereit zu schwören, dass er nie auch nur einen einzigen Schweizer Franken von diesen fünfundzwanzig Prozent gesehen hatte, das Geld diente ausschließlich dazu, die Finanzierungsrisiken der Hausbank abzudecken.

Als er sich dann sein Haus gekauft hatte, zeigte sich die Bank unerwartet großzügig. Nicht dass die Bank ihm etwas geschenkt hätte, eher geht ein Bankdirektor durch ein Nadelöhr, als dass er etwas verschenkt. Aber ohne dass er es gewollt hatte, bekam Härtling einen äußerst großzügigen Kreditrahmen, mit dem er im ersten Augenblick gar nichts anzufangen wusste. Auf Empfehlung der Bank verwendete Härtling den Kreditrahmen für den Ankauf von Wertpapieren. Die Bank hatte dann vergessen, für den Kredit Zinsen zu verrechnen. Und es ist denen in der Bank auch hartnäckig nicht aufgefallen. Also hatte Härtling den Kreditrahmen voll ausgeschöpft und geborgtes, zinsenloses Geld in Wertpapieren angelegt.

Natürlich hatte Härtling nicht eine x-beliebige Aktie gekauft, wozu gibt es denn Wertpapierberatung mit Insiderinformationen der Bank? Und Härtling ist nie enttäuscht worden. Gleich in den ersten zwei Monaten stieg der Kurs der Aktien um 55 Prozent, und er kassierte eine halbe Million ab, ohne einen Finger krumm zu machen. Damals musste er sich an seine erste Erfahrung mit dem Reisebüro erinnern.

Schon nach kurzer Zeit begann er sich an das Phänomen der vergessenen Privatrechnungen so zu gewöhnen, dass er richtig ungehalten sein konnte, wenn versehentlich welche eintrafen.

Vor allem neue Lieferanten hatten anfänglich eine wahre Sucht, Rechnungen für private Dienstleistungen oder Lieferungen zu schicken.

Eine Verhaltensstörung, die sich jedoch in den meisten Fällen nach kurzer Zeit von selbst erledigte.

Bis es dann, vor ein paar Jahren – er bereitete sich gerade auf sein Firmenjubiläum vor – zu einer schicksalhaften Panne kam.

Irgendein Querulant in der tschechischen Glasfabrik, vielleicht war es so ein Idealist wie er es zu Beginn seiner Karriere gewesen war, gab dem LKW-Fahrer irrtümlich die Frachtpapiere für jene die Handelsfirma in Liechtenstein mit, die aus einem schlichten Briefkasten bestand und irgendeinen anderen Narren in der Buchhaltung der Brauerei, (er erinnerte sich, dass er zu Beginn seiner Karriere ähnlich dumm gewesen war), störte es, dass die Bierflaschen auf dem Weg von der Tschechoslowakei über Liechtenstein nach Österreich um ein Viertel teurer geworden waren.

Innerhalb von fünf Minuten war er seinen Job los und die ganze Jubiläumsfeier zu seiner Firmenzugehörigkeit musste entfallen. Die Leute in der Brauerei, die ihn wegen einer solchen Kleinigkeit gefeuert hatten, waren kleinkarierte Menschen, die nichts von Finanzierung verstehen, dachte Härtling. Der Betriebsrat schickte ihm dann die Urkunde zu Weihnachten mit der Post nach. Fünf Monate lang versuchte er dann vergeblich eine neue Anstellung zu finden.

Bis er dann, über Vermittlung eines alten Freundes, den Hubert Penzinger in einem Wirtshaus irgendwo draußen in der Provinz getroffen hatte. Eigentlich war er für Härtling die Rettung, denn nach der Bierflaschen-Affäre hätte er nie mehr eine Anstellung gefunden. Härtling sagte Penzinger schon zu, da hatten sie noch kein Wort über die Gage gesprochen, aber Hubert Penzinger war nicht misstrauisch geworden.

"Wissen Sie, Herr Penzinger, ich brauche eine neue, berufliche Herausforderung."

Selbst wenn sein Arbeitsort Djibouti gewesen wäre, er hätte in der damaligen Situation auch nicht nein gesagt, dachte Härtling.

Und jetzt steckte Härtling, wiederum völlig unverschuldet, so wie nach der wunderbaren Wertvermehrung der Bierflaschen, mitten in einem Konkurs. Er würde höllisch aufpassen müssen, um aus der Angelegenheit unbeschadet wieder herauszukommen. Härtling stürmte nervös durch die Tür des Büros, die Absätze seiner handgemachten Schuhe hämmerten hektisch auf den glatten Parkettboden.

"Genagelte Schuhe trägt er, dieser windige Gartenzwerg", dachte Varus.

"Herr Doktor Varus, nehme ich an", säuselte Härtling süffisant, "…ich habe schon viel von ihnen gehört und bin erfreut, sie hier zu treffen, obwohl wenig Anlass zur Freude besteht."

Zielstrebig eilte er auf die attraktive Assistentin des Konkursverwalters zu, um ihr einen Handkuss aufzudrücken.

STILLE RESERVEN

Eine ernsthafte Unterredung unter Fachleuten des gleichen Genres verläuft im Normalfall sachlich und zielgerichtet, und so war denn auch die Befragung Härtlings durch Varus und Fräulein De Vaal lediglich von kurzer Dauer.

Härtling war erstaunt über die Leichtigkeit, mit der es ihm gelang, die beiden Konkursverwalter zu überzeugen, dass seine Tätigkeit in der Firma Penzinger auf verwaltende und ausführende Arbeiten beschränkt gewesen war. Seine Behauptung, dass er auf die Geschäftsentwicklung des Unternehmens überhaupt keinen Einfluss gehabt hatte, wurde ohne weiteres Nachfragen akzeptiert.

Varus konzentrierte die Befragung des Buchhalters Härtling ausschließlich darauf, eventuelle Vermögenswerte, die in der Bilanz unterbewertet waren, aber im Unternehmen vorhanden waren, aufzuspüren. Derartige Reserven wurden im Fachchinesisch der Unternehmensberater *stille Reserven* genannt. Mit Fortdauer der Befragung glaubte der Prokurist in den stillen Reserven eine neue Bedeutung zu erkennen, die den Charakter eines *stillen Gegengeschäfts* hatte:

Je kooperativer Härtling sich bei der Auffindung der stillen Reserven verhielt, desto größer würde der Mantel des Schweigens sein, den Varus über die wenig heldenhafte Rolle breiten würde, die der Buchhalter Günther Härtling beim Penzinger-Konkurs gespielt hatte.

Varus war fest entschlossen, hinsichtlich der Höhe der Konkursquote, die ja auch ein Parameter für seine Leistung als Masseverwalter war, einen neuen

Rekord aufzustellen. Varus´ Strategie war klar: Die Gläubiger würden zunächst von den niedrigen Schätzwerten geschockt sein. Die Banken, Arbeitnehmer und Lieferanten würden empört sein über die scheinbare Hoffnungslosigkeit des Konkursverfahrens. Varus würde den Gläubigern zuerst eine Konkursquote von 45 Prozent der jeweiligen Forderungen vorschlagen, was nichts anderes bedeuten würde, als dass die Gläubiger mehr als die Hälfte der Rechnungsbeträge verlieren würden. Energische Proteste - am meisten würden sich natürlich die Banken und die Gewerkschaften aufregen - würden folgen.

Für die Schlagzeilen in den Medien, insbesondere in den Lokalzeitungen, würde er selbst sorgen, denn er hatte exzellente Kontakte. Aber dann würde er, Doktor Engelbert Varus, auftreten wie der *Deus ex machina*.

Vor seinem geistigen Auge sah er sich bereits auf den Titelseiten der Altenstätter Lokalblätter.

Katastrophale Penzinger-Pleite: Engelbert Varus will retten, was noch zu retten ist.

Die PR-Wirkung für sein Anwaltsbüro würde unbezahlbar sein, zumal ja Rechtsanwälte und Wirtschaftstreuhänder aufgrund ihrer Standespflichten nicht direkt werben durften. Als Freiberufler lebt man ja vom Renommee, und dazu braucht man natürlich die Öffentlichkeit, dachte Varus. Dann, nach dem großen Wirbel, würde Varus die aufgebrachten Kreditgeber beruhigen und ihnen versprechen, alles in seiner Macht Stehende zu tun, um die Konkursquote zu erhöhen und solcherart den Schaden für die ahnungslosen Gläubiger zu reduzieren.

Engelbert Varus sah sich schon als Star einer eigens einberufenen Presskonferenz:

"Als Masseverwalter und Wirtschaftstreuhänder fühle ich mich den Kreditgebern, Arbeitern und Angestellten verpflichtet, die in gutgläubiger Weise der Familie Penzinger vertraut haben, indem sie ihre finanziellen Mittel, ihre Ersparnisse und ihre produktive Arbeitskraft zur Verfügung gestellt haben."

Das würde er den Medien und der staunenden Öffentlichkeit vollkünden.

Als nächsten Schritt würde er die stillen Reserven in den Vermögensteilen dadurch aktivieren, dass er die Vermögenswerte zu Preisen veräußerte, die weit über den Buchwerten gelegen waren.

Nach seinen Berechnungen würde er durch diesen Trick die Quote nachträglich auf knapp achtzig Prozent bringen. Bei einem durchschnittlichen Rohgewinn von 30 % der Forderungen würden die Gläubiger nicht nur ihre Kosten ersetzt bekommen, sondern auch noch einen kleinen Gewinnaufschlag von 5 % für die Forderungen aus dem Konkurs ziehen.

Die smarte Magistra De Vaal hatte recht: der Konkurs wäre vermeidbar gewesen, aber jetzt war es zu spät. Dieses Unschuldslamm von einem Buchhalter hier wusste genau, wo die stillen Reserven verborgen waren. Er würde ihn benutzen und der Buchhalter würde froh sein, unbeschadet herauszukommen, daher würde er mit Sicherheit mitspielen – es war die perfekte Symbiose.

Am Ende würde dieser Konkurs noch ein Geschäft werden, von dem alle profitieren würden.

Alle, bis auf die Penzingers natürlich, denn Penzinger und seine Familie waren ruiniert, und zwar bis ans Lebensende. Dazu kam die gerichtliche Untersuchung wegen vorsätzlichen Betrugs oder zumindest fahrlässiger Krida, welche obligatorisch war in solchen Fällen, die Öffentlichkeit will schließlich *Gerechtigkeit*.

Tausende kleine Dummköpfe, die es aus eigener Unfähigkeit nie zu etwas gebracht hatten, würden sich endlich einmal freuen können, dass einer, den sie schon immer beneidet hatten, in aller Öffentlichkeit hingerichtet wird, dachte Varus.

Gottlob hatte dieser Buchhalter gleich von Anfang an begriffen, was er von ihm wollte. Sag mir wo die Bewertungsreserven sind, und ich verzichte darauf, dich an den Pranger zu stellen.

Dieser Günther Härtling, dachte Varus war ein gewitzter Bursche, denn er hatte bei Frau Penzinger eine einvernehmliche Lösung seines Vertrages erwirkt, die so formuliert war, dass der Eindruck entstehen musste, als hätte Penzinger den armen Buchhalter hinausgeschmissen. Vermutlich, weil sich der Angestellte geweigert hatte, die Bücher zu manipulieren?

Ob Penzinger, der Idiot, überhaupt wusste, was ihm das Entgegenkommen seiner Frau kosten würde? Härtling hatte durch die Umwandlung seiner Kündigung in eine einvernehmliche Auflösung auf legale Weise Abfertigungsansprüche von mehreren hunderttausend Schillingen erworben, und Varus war durch die Konkursverordnung verpflichtet, diese Ansprüche in der Liquiditätsrechnung auszuweisen.

Auf diese Weise waren sich alle drei, Varus, seine Assistentin und der Buchhalter über die gemeinsame Strategie bei diesem Konkursverfahren sehr rasch einig geworden, ohne dass eine explizite Absprache überhaupt erforderlich gewesen war.

In seltener Eintracht stiegen die drei die Holzstufen zu den Wohnräumen der Familie Penzinger oberhalb des Büros hinauf. Die Villa war zwar geschmacklos eingerichtet und es gab keinen Warmwasserspeicher. Aber der Zustand des Hauses war erstklassig. Der Wert, zu dem es in den Büchern stand, belief sich auf etwa zehntausend Schilling.

Aber Varus wusste: der Schätzwert der Villa und des Grundstücks lag bei mindestens eineinhalb Millionen.

Da er für den Verkauf der Immobilie genügend Zeit hatte, würde er die Liegenschaft sogar weit über den Schätzwert verkaufen können.

Penzinger saß auf einem Holzschemel in der Küche neben dem Fenster, er kehrte den Besuchern den Rücken zu und war gerade dabei, eine fast leere Doppelliterflasche mit Weißwein zum Mund zu führen. Im Aschenbecher, der auf dem Boden stand, lagen die zerdrückten Reste dutzender Zigaretten. Varus war schockiert, das Fräulein De Vaal fasziniert und der Diplomkaufmann Härtling klopfte an die offenstehende Küchentür und krächzte mit rauer, nervöser Stimme:

"Herr Penzinger, die Herrschaften vom Gericht möchten mit ihnen sprechen."

Hubert Penzinger öffnete die Tür und drehte sich taumelnd in Richtung der Eintretenden, musterte sie wie die Viecher in der Rinderhalle des Raiffeisenverbandes von oben bis unten und sprach dabei kein Wort.

"Tag, Chef ...", stammelte Härtling, dem das Entsetzen über den Anblick seines ehemaligen Brötchengebers in Versalien im Gesicht stand.

Penzinger sah furchterregend aus. Er hatte seit dem Konkursantrag der Sozialversicherung nicht nur kaum geschlafen, sondern auch im Hinblick auf

Körperpflege und Rasur vollständigen Verzicht geleistet. Seine Abstinenz im Hinblick auf die Hygiene hatte er jedoch nicht auf den Alkoholkonsum übertragen, denn es war nicht der erste *Doppler*, den Hubert seitdem geleert hatte.

"Gnädige Frau, meine Herren, willkommen in ihrem Haus", lallte Hubert.

"Meiner Seel', wenn ich gewusst hätte, dass sie mir heute einen Besuch abstatten, hätte ich mein Sonntagsgewand angelegt. Der Champagner ist mir leider schon ausgegangen. Wollen Gnädigste bitte Platz nehmen, der Herr Doktor van Russ ebenfalls, und du kennst ja eh den Hausbrauch, Härtling. Setz dich halt irgendwo hin, nimm dir ein paar Radeln Schinkenwurst. Aber heute musst du dir die Fettaugen selbst mit der Nagelschere ausschneiden. So ändern sich die Zeiten, gell."

"Mein Name ist Varus, Doktor Varus – Van Russ wäre eine interessante Variante für Schwerhörige", antwortete der Rechtsanwalt kühl.

"Anscheinend sind Sie heute nicht in der richtigen Verfassung für eine sinnvolle Unterredung, Herr Penzinger. Was wir Ihnen mitzuteilen haben, ist bitterer Ernst und bietet keinen Anlass für derbe Scherzchen. Sollen wir besser morgen wiederkommen, wenn sie hoffentlich wieder nüchtern sind?"

Hubert stellte die Doppelliterflasche auf den Boden, stand auf, erstaunlicherweise ohne dabei zu wanken, nahm sein kariertes Sakko von dem an der Innenseite der Eingangstür aufgeklebten Plastikhaken, ging mit ein paar Schritten in die Mitte des Raumes, wo er breitbeinig, aber kerzengerade, mit durchgedrückten

Knien und hochaufgerichtet, wie ein Delinquent vor der Hinrichtung stehen blieb und murmelte:

"In Ordnung. Ich bin bereit. Aber sprechen sie laut und deutlich, damit ich alles richtig verstehe. Vergessen Sie nicht, unter uns bin ich der einzige, der nicht studiert hat. Dafür habe ich schon mit acht Jahren am Bauernhof arbeiten dürfen, nachdem mein Vater an Typhus gestorben war. Ich habe die Volksschule *sub auspicis praesidentis* absolviert, leider habe ich den Hauptschulabschluss erst nachholen dürfen, als ich schon einundzwanzig war. Eine Karriere auf der Universität ist mir verwehrt geblieben, wie sie sehen. Ich kann Ihnen gar nicht sagen, was peinlicher ist, das Ablegen der Hauptschulprüfung mit einundzwanzig Jahren, oder das bankrottieren mit vierundvierzig. Aber diese Frage brauchen Sie mir nicht zu beantworten, Doktores."

"In beiden Disziplinen haben wir wenig Erfahrung", sagte Varus, "…aber ich danke Ihnen, Sie haben uns gleich aufs Thema gebracht. Wie ich Sie einschätze, legen Sie nicht viel Wert auf poetische Einleitungen. Sie wissen, dass über das Vermögen ihrer Firma und über ihr Privatvermögen als alleinhaftender Einzelunternehmer der Konkurs eröffnet wurde."

Hubert Penzinger holte umständlich eine Zigarette aus der Jackentasche, entzündete sie mit einem Phosphorzündholz am Absatz seines Schuhs, wobei er etwas das Gleichgewicht verlor, aber es dann doch noch schaffte, in den stabilen Zustand zurückzukehren und murmelte in gedankenverlorener Beiläufigkeit: "Worauf sie einen lassen können".

Dann besann er sich plötzlich, warf einen alkoholstarren Blick auf das Fräulein De Vaal und fügte dann bedauernd hinzu: "Die gnädige Frau Doktor möge entschuldigen."

Diese begann hektisch an ihrem Rock zu streichen und sah demonstrativ aus dem Fenster, Härtling grinste breit, Varus würgte tapfer an einem Wutanfall.

"Machen wir's kurz: Nächste Woche bekommen Sie eine Vorladung zum Gericht, dort leisten Sie dann ihren Offenbarungseid. Sämtliche Vermögensteile, Wertgegenstände, et cetera, mit Ausnahme ihrer persönlichen Bekleidung und den Nahrungsmitteln, die Sie für Ihren Bedarf benötigen, gehören zur Konkursmasse und dürfen ohne meine ausdrückliche Erlaubnis oder die Erlaubnis des Gerichts weder veräußert noch verwendet werden. Die Weinflasche hier können Sie, von mir aus, behalten. Das Haus und das Auto werden versteigert. Sie können bis zur Versteigerung, die in etwa drei Wochen stattfinden wird, hier wohnen bleiben.

Geben Sie mir bitte die Autoschlüssel. Ich danke für ihre Gastfreundschaft. Wenn Sie noch Fragen haben, können sie mich während der Bürozeiten in meiner Kanzlei anrufen.

Die Tatsache, dass die Telefongesellschaft den Hausanschluss ihres Telefons gesperrt hat, berechtigt sie nicht, den funktionsfähigen Telefonanschluss unten im Büro der Masseverwaltung zu verwenden.

Wenn Sie also schon unbedingt telefonieren müssen, denn benützen Sie eine öffentliche Fernsprechzelle oder gehen Sie zum Postamt. Wir müssen sparen. Ich wünsche einen guten Abend."

Varus stand auf, nickte Hubert kurz zu, ohne ihm die Hand zu geben, drehte sich würdevoll um und schritt durch die Tür hinaus, das Fräulein De Vaal folgte ihrem Chef trotz ihrer Stöckelschuhe mit den hohen Stiftabsätzen in fast perfekter Schrittsynchronisation.

Aus einem plötzlichen Impuls heraus, dessen Motive ihm selbst nicht einsichtig geworden waren, versuchte Härtling bei seinem Abgang Hubert, seinem Ex-Chef die Hand zu geben.

Härtlings Versuch misslang jedoch, da Hubert Penzinger unvermittelt, offenbar aus einem Instinkt für falsche Gefühle, einen reflexhaften Schritt zur Seite tat, solcherart die Berührung in brüsker Weise unterlaufend.

Härtling drehte sich darauf beleidigt um und stürmte im Eiltempo aus dem Raum; es war ihm jetzt sichtlich nicht mehr wohl in seiner Haut.

SONNTAGSGEWAND

Sonntagmorgen. Jeder, der so wie Felix am Land aufgewachsen ist, weiß, dass der Sonntag in der Provinz kein gewöhnlicher Tag ist, sondern – in krassem Gegensatz zu den Sonntagen in der Stadt, die sich kaum von den Samstagen unterschieden – ein Tag war, an dem das zu geschehen hatte, was vorgeschrieben war. Und es gab – weiß Gott an einem Sonntag viele Vorschriften. Zunächst hatte man an einem Sonntag das Sonntagsgewand anzulegen: Die ländliche Tugend der Wochentage, die Bescheidenheit, war an diesem Tag ins Gegenteil verkehrt. Der Sonntag war jener Tag, an dem man all das demonstrativ zur Schau stellte, was man den Rest der Woche in harter Arbeit erworben hatte.

Der Sonntag war der Tag des sublimierten Statuskampfes, bei dem die Balzkleidung angelegt wurde. An einem Sonntag holte man die schöne Jacke aus dem Schrank, die man zu Weihnachten unter der unerbittlichen Auflage bekommen hatte, sie nur an einem Sonntag zu tragen. Sogar am Weihnachtstag war das neue *Sonntagsgewand* nur kurz probiert worden, es musste wieder ausgezogen werden, denn sie war für den Sonntag bestimmt. Bei Penzingers wurde jeden Sonntag das Radio eingeschaltet, um die populärste Sendung des Landes zu hören.

"Was gibt es Neues, das euch erfreue, bei dieser singenden, klingenden Sonntagsplauderei", ertönte die Kennmelodie, jeden Sonntag pünktlich um neun Uhr vormittags wurde Radio gehört, unvermeidlich, unausweichlich, es musste sein, es gab keinen Pardon. Ausgerechnet am Morgen, in der explosivsten Stunde dieses gottgeweihten, gottverdammten Sonntags, in einer Zeit, wo der Aggressionspegel ein Maximum erreicht hatte, wo jeder Landbewohner schon beim Aufwachen gequält wurde durch die bloße Tatsache, dass heute der zwanghafte Sonntag war, wurde das Gehirn durch Operettengesang, Mundartgedichte und seichte Witzchen gefoltert. *"Habe die Ehre die Madeln, servas die Buam!"*

Die Radiosendung am Sonntagmorgen war eine zwanghafte Fassade aufgesetzter, unechter Fröhlichkeit, welche die rigide Lebensform der kleinbürgerlichen Zwanghaftigkeit und Fremdbestimmtheit perfekt widerspiegelte. Seichte Witzchen ließen das Übermaß an aufgestauter Aggression über das Ventil des inszenierten Gelächters stoßweise entweichen, und am Ende stand die Drohung, unablässig Woche für Woche wieder zu senden: *"Auf dieser Welle von Österreich kommen wir wieder, am nächsten Sonntag, ich bin so frei. Tam-tam-tam-dei!"*

Nichts zu machen, kein Entrinnen möglich. Dem Sonntag konnte man nicht entrinnen. Der Sonntag, der Tag des Müssens, der Tag der wiederkehrenden Qual, der Tag des Rituals. Am siebenten Tage aber ruhte Gott, und die Menschen mussten ihm huldigen, so stand es in der Schrift. Auch der liebe Gott braucht was zu lachen, und offenbar verfügte *Er* über einen skurrilen Humor, dachte Felix.

Hubert musste sich rasieren an diesem Tag des Herrn, und Stephanie Penzinger musste sich am Sonntag die Haare waschen. Aber im ganzen Haus gab es kein Badezimmer, nicht einmal ein Waschbecken. Hubert hielt Badezimmer für überflüssig - man braucht sie ja viel zu wenig, eh nur am Sonntag – meinte er und schließlich war er als Bauernbub im umfassenden Universum der Bauernküche aufgewachsen,

"Wer nicht verweichlicht ist, braucht kein Badezimmer. Wenn einer unbedingt duschen will, kann er ja in der Garage mit dem Schlauch duschen", brachte er seine sozialdarwinistische Hygienephilosophie auf den Punkt.

Und so kam es, dass im Haus der Penzingers Betten, Vasen, Kästen und Tische herumstanden, die im besten Jugendstil gefertigt worden waren. Hubert hatte die komplette Jugendstileinrichtung im Krieg gegen eine Fuhre Holz getauscht, während es im ganzen Haus keine Waschgelegenheit gab, nicht einmal eine Dusche. Und so spielte sich mit unerbittlicher Konsequenz jeder Sonntag vor dem schmiedeeisernen Wasserhahn in der Küche das gleiche vorprogrammierte Drama ab, als wäre es ein rituelles Opfer, das man der Dorfgemeinschaft darbringen musste, ein Tribut an die Gemeinde, im Namen des lieben Gottes, untermalt von den Operettenarien der "lieben Gäste unserer heutigen Sendung."

Erster Akt: Die Tür öffnet sich, zu den Klängen des Liedchens "Das Schneeflockerl und das Rußflankerl" erscheint Hubert, übernächtigt, den Restalkohol seines sauren Welschrieslings vom Vorabend noch in den Adern, graue Bartstoppeln im Gesicht, in der linken seine aufklappbare Rasierklinge und den Rasierpinsel, in der rechten einen kleinen rechteckigen Spiegel aus billigem, teilweise schon blindem Fensterglas, in einer blauen Plastikumrahmung.

Zweiter Akt: Die sonntäglichen Kult-Gegenstände der Körperpflege, Klinge und Pinsel, werden in das Waschbecken in der Küche neben der Tür zum Speiskammerl abgelegt und der Spiegel mithilfe eines Drahtbügels am gekrümmten Wasserhahn aufgehängt, der die Form eines kleinen Schiffs-Steuerrads hatte: mit vier Speichen zum Auf- und Zudrehen. Für einen zweiten Wasserhahn bestand keine Veranlassung, da Warmwasser nicht vorhanden war. Die Wasserzufuhr erfolgte durch eine Pumpe, die im Keller des zweigeschossigen Hauses installiert war, und die – ließ man den Hahn längere Zeit aufgedreht – nach einer Zeitspanne von fünfeinhalb Minuten, welche genau kalkulierbar war, mit einem Geräusch ansprang, welches sich wie ein jaulendes Alphorn anhörte, was in Verbindung mit der outrierten Operettenmusik aus dem stoffbespannten UKW-Empfänger ein einzigartiges akustisches Ambiente entstehen ließ.

Dritter Akt: *"Mei Muatterl woar a Weanerin"* tönte es aus dem Radio, und die musikalische Wasserpumpe, es schien Felix, dass sie jeden Tag variantenreicher werden würde, jaulte im konvulsischen Takt der Stromstöße zu den Klängen des lamentierenden Wienerlieds. Nach dem, was in den letzten Tagen passiert war, war es natürlich kein Wunder, dass gerade heute die Stimmung besonders gespannt war.

Vierter Akt: "Felix, geh hol mir bitte meine Schlapfen", stieß Hubert ungemütlich zwischen den Zähnen hervor, während Stephanie aufgeregt hin und herlief, um das Frühstück in Etappen aus dem Speisekammerl zu holen, dabei jedoch jedes Mal große Mühe hatte, an Hubert vorbeizukommen. Denn dieser war gerade dabei, mit sichtbarem Widerwillen, unter akrobatischen Verrenkungen in den Spiegel glotzend, sich bei offenem Wasserhahn und laufender Wasser-pumpe zu rasieren. Natürlich wollte er dabei vermeiden, sich bei dieser Prozedur größere Wunden zuzufügen. Felix apportierte wie befohlen die Hausschuhe, (eine

Verweigerung hätte die vorzeitige Eskalation der Katastrophe zur Folge gehabt) und platzierte sie fußgerecht neben Huberts Penzingers Stammplatz.

Stephanie, die seit der Entlassung von Barbara nicht mehr gewohnt war, die Hausarbeit zu machen, wurde bereits wieder nervös, so dass ihr mitten in einer Arie des *Kammersängers* aus dem stoffbespannten UKW-Empfänger im Speiskammerl der Deckel einer Holzkiste auf den Daumennagel fiel.

Die Sirene der Mühle heulte, wie jeden Tag um halb zehn, wenn die Pause zu Ende ging, und so verbreitete sie auch an diesem Sonntag ihren ohrenbetäubenden Lärm. Es war Zeit für den Kirchgang.

Der Mesner in der frisch renovierten, erst kürzlich in feierlicher Weise vom Herrn Erzbischof eingeweihten Ortskirche läutete die Glocken zum Gottesdienst, was Felix einen Vorwand gab, auf sein Frühstück zu verzichten und sich auf den Weg zur Kirche zu machen.

Wie üblich hatten sich einige Dorfbewohner vor der Kirche zu einem kleinen Schwätzchen aufgestellt. Sie verstummten augenblicklich, als Felix die Stufen hochstieg und alle beobachteten ihn, wobei Form und Intensität der Anteilnahme, die sie ihm angedeihen ließen, je nach Temperament unterschiedlich ausfiel.

Einige starrten ihm offen mitten ins Gesicht, glotzten ungeniert, so als wäre er ein Fernsehapparat, bemüht, jede, auch die kleinste Gemütsregung zu registrieren, um nur ja nicht irgendetwas Interessantes zu versäumen, während die anderen sich lauernd im Hintergrund hielten und nur von Fall zu Fall herüberblickten, um die Höhepunkte des Programmes nicht zu verpassen. Felix war ein dreidimensionales Unterhaltungsprogramm geworden, ein Dorfmedium.

Der Bankrott des größten Arbeitgebers im Ort und der Niedergang einer geachteten Familie, den man *live* erleben konnte, bildete eine spannende Geschichte in Fortsetzungen, an der man aktiv teilhaben und solcherart seine Freude haben konnte. Und Felix war der unfreiwillige Hauptdarsteller.

Direkt neben dem Stiegenaufgang stand Waltraude. Sie war zwei Jahre älter als Felix und daher als Mädchen naturgemäß schon in der nächsten Lebensphase und kaum mehr von den Herausforderungen der Pubertät geplagt. Mit fünfzehn dachte sie insgeheim bereits ans Heiraten. Mädchen in diesem Alter suchten sich oft schon eine gute Partie aus, während die Burschen noch intensiv damit beschäftigt waren, sich ein Moped zu kaufen, ihre Position im Wirtshaus einzunehmen, in die erste Mannschaft des örtlichen Fußballvereins aufgenommen zu werden, ihre Unverzichtbarkeit durch die Aufnahme in die freiwillige Feuerwehr zu beweisen, im Pfusch ihr Haus zu bauen, das mit großer Wahrscheinlichkeit nie vollständig fertig werden würde, früh zu heiraten und ein paar Kinder in die Welt zu setzen, um ihre Position in der dörflichen Gemeinschaft zu festigen.

Waltraude war ein zierliches, blasses Mädchen mit langen schwarzen Haaren. Sie stand unschlüssig und scheinbar unmotiviert vor dem Tor der Dorfkirche und betrachtete ein koloriertes Heiligenbildchen, das sie als Belohnung für die Offenlegung ihrer intimen Geheimnisse nach ihrem Beichtgang vom Pfarrer, Dechant Heinrich, geschenkt bekommen hatte.

"Hallo Traude", sagte Felix, lächelte traurig und blieb am Ende des Stiegenaufgangs stehen. Vor zwei Wochen hatte er sich ein Herz gefasst und sie ins Dorfgasthaus auf ein Cola eingeladen. Zu seiner Überraschung hatte sie die Einladung angenommen. Um ihm das Ausmaß der Gnade zu verdeutlichen, die sie ihm erwiesen hatte, gestand sie ihm, dass sie noch nie zuvor mit einem Burschen in ein Gasthaus gegangen wäre. Nur mit Felix war sie mitgegangen, mit sonst niemandem.

Waltraud war eine der Stützen des Kirchenchors, im Dorfs-Jargon auch *die Orgelweiber* genannt. Sie war immer adrett gekleidet. Felix war vernarrt in ihre langen, schwarzen Haare und in ihr hübsches, rundliches Madonnengesicht, welches aber etwas ausdrucksschwach war. Aber dieser einzige, kleine Mangel – der etwas stumpfe Blick ihrer schönen großen Augen - blieb Felix, der alle seine Idealvorstellungen von der Weiblichkeit in Waltrauds ausdrucksloser Schönheit wiederzufinden glaubte, hinter der bedingungslosen Verklärung, die er der schönen Waltraude, dem Subjekt seiner schwärmerischen Liebe zuteilwerden ließ, verborgen. Regelmäßig, jeden Sonntag erschien sie zum Gottesdienst, sie galt als die Unschuld in Person, bald hatte sie den Spitznamen *die Heilige* erworben, worauf sie sichtlich stolz war, aber am meisten war Felix von Waltrauds bigotter Schamhaftigkeit fasziniert.

Felix war in Liebesfragen ein Purist, er glaubte also an die wahre Liebe und infolgedessen zweifelte er keinen Augenblick daran, dass es wirkliche und reine Liebe war, welche die Waltraude dazu gebracht hatte, mit ihm ein Cola im Gasthaus zu trinken. Dieses Privileg hatte Waltraude zuvor noch niemandem gewährt und mit Recht konnte Felix daher annehmen, dadurch einen nicht unbedeutenden Vorsprung gegenüber seinen zahlreichen Mitbewerbern errungen zu haben.

Aber seit man im Ort wusste, dass der Pleitegeier über den Penzingers nicht nur kreiste, sondern auch schon gelandet war, war nichts mehr so wie vorher. Natürlich hätte das Felix wissen müssen, er hätte damit rechnen müssen, aber Felix hatte bislang zu wenig Gelegenheit gehabt, um sein Unglück voll begreifen zu können.

Der *heiligen Waltraude* war es so offensichtlich peinlich, mit Felix ins Bildprogramm der Sonntagsmesse zu kommen, dass sie beide nur völlig verdattert und regungslos nebeneinanderstanden. Sie brachte kein Wort heraus, sie verstand nicht, warum Felix jetzt, in dieser Situation in aller Öffentlichkeit mit ihr sprechen musste. Hier vor allen Leuten musste dieses wandelnde Gerippe den Eindruck erwecken, als hätten sie etwas miteinander, nur weil sie vielleicht einmal mit ihm im Gasthaus gewesen war.

Der gute Ruf ist für ein Mädchen im Dorf das wertvollste Kapital, das du hegen und pflegen musst, wenigstens bis du einmal unter der Haube bist, erinnerte sich Waltraud an den Grundsatz, den ihr ihre Großmutter immer wieder eingetrichtert hatte. Aber so stehen lassen wollte sie diesen Tölpel auch wieder nicht. Einerseits tat er ihr leid, andererseits war sie peinlich berührt und die Dorfbewohner erwarteten ihre Reaktion. Sie wusste nicht, was sie sagen sollte, und so sprach sie aus, was ihr gerade durch den Kopf ging:

"Hallo, Felix. Kommst du nächste Woche noch in die HAK? Oder stimmt es, dass du jetzt als

Hilfsarbeiter in die Papierfabrik nach Friessnitz arbeiten gehen wirst?"

Felix zögert, setzt zweimal an, um eine Antwort zu finden, vergeblich, er schafft es nicht, bringt kein Wort heraus, sieht ihr in die jungfräulichen Madonnenaugen, sagt immer noch kein Wort und geht dann weiter, bahnt sich den Weg durch die Kirchengemeinde, an den Schulkollegen vorbei, die ihn beim Näherkommen plötzlich nicht mehr anstarren, sondern ihre Köpfe wegdrehen, geht durch das Kirchenportal und biegt wie jeden Sonntag in die Sakristei ein, um sein Ministrantenkleid anzuziehen und auf die Ankunft des Herrn Pfarrer zu warten.

Felix war kein gewöhnlicher Ministrant, denn er besaß das große Privileg, jeden Sonntag die Lesung lesen zu dürfen. Er besetzte eine wichtige, unverrückbare Rolle im strengen, ritualisierten Ablauf der Messe. Felix war neben dem Herrn Pfarrer der einzige, der jeden Sonntag an die gesamte Pfarrgemeinde das Wort richten durfte, und in seiner Eigenschaft als *Oberministrant* verfügte er über jenes Prestige, welches sich ableitete aus der geborgten Autorität des Herrn Pfarrer und der Unfehlbarkeit der Heiligen Schrift, die er lesen durfte. In der Sakristei waren Felix´ Kollegen, die Ministranten Franz und Karl, in eine heftige Diskussion verstrickt, die sie jedoch abrupt beendeten, als Felix eintrat.

Pfarrer Heinrich stürzte in die Sakristei, als ob er in großer Eile wäre, reichte Felix feierlich die Hand, er tat dies jedoch nicht so, als würde er seinen Assistenten begrüßen wollen, es sah eher wie das Kondolieren der Trauergäste bei einem Begräbnis aus.

"Felix! Schön, dass du auch da bist."

"Ich bin immer da, Herr Pfarrer, jeden Sonntag, das wissen sie doch", flüsterte Felix irritiert, und plötzlich, ohne dass er wusste warum, tauchte das Bild des Jesus vor ihm auf, der von Judas verraten wurde, es war die Gestik des Handgebens, die das Bild in ihm aufsteigen hatte lassen, es könnte ähnlich gewesen sein.

"Ich muss doch die Lesung lesen. Aus dem Brief des Apostel Paulus an die Korinther. Habe ich recht, Hochwürden?" Felix musste dem Herrn Pfarrer mit seinem Nachsatz ungewollt einen Gefallen getan haben, denn der wirkte jetzt irgendwie erleichtert.

Der Pfarrer lächelte, schüttelte den Kopf und sagte dann: "Denkst du nicht, dass irgendwann einmal ein anderer auch drankommen sollte?"

"Ein anderer Apostelbrief? Ich glaube nicht, dass ich mich da irre. Vorigen Sonntag habe ich Paulus an die Römer gelesen, also ist der nächste der Korintherbrief, da bin ich mir ganz sicher", sagte Felix.

"Du irrst dich nicht, aber trotzdem hast du mich nicht richtig verstanden. Es geht nicht darum, welcher Brief gelesen wird, sondern wer ihn liest. Ich habe nachgedacht. Es ist nicht richtig, dass von euch dreien immer nur du allein die Lesung liest. Daher halte ich es für gerechter, wenn heute einmal Franz drankommt", sagte der Pfarrer und verfiel wie immer, wenn er sehr aufgeregt war, in jenen eingelernten, halb singenden, halb sprechenden Kirchenton, der für gewöhnlich beim Absingen von Chorälen Anwendung findet.

"Es muss der Gerechtigkeit Genüge getan werden. Auch du musst einmal verzichten lernen, Felix. Du hast deine Sache sehr gut gemacht, du kannst von euch dreien sicher am besten lesen, aber auch die anderen müssen einmal die Möglichkeit ..."

"Das kann doch nicht Ihr Ernst sein", stieß Felix hervor. "An jedem anderen Tag, aber nicht heute!"

"Nein, habe ich gesagt - und dabei bleibt es!", wiederholte der Pfarrer, verärgert über den Gefühlsausbruch des Buben, der ihm den erforderlichen Respekt verweigerte.

"Wenn du einmal Pfarrer werden willst, musst du vor allem Gehorsamkeit lernen."

"Aber verstehen Sie doch, Herr Pfarrer, der Zeitpunkt ist gänzlich ungünstig, ist furchtbar schlecht …"

Felix fühlte, wie ihm die Tränen ins Gesicht schossen. "Tun Sie's nicht, Herr Pfarrer Nicht heute! Bitte nicht!", stammelte Felix fassungslos.

Klar wusste Pfarrer Heinrich, dass die Penzingers bankrott waren, natürlich war es zutiefst bedauerlich, dass es ausgerechnet den besten unter seinen Ministrantenbuben erwischt hatte, aber auch ein Pfarrer kann seiner Glaubensgemeinschaft nicht alles zumuten.

Beinahe ein Drittel seiner Kirchgänger hatte bis gestern bei Penzinger ihre Brötchen verdient, sie gingen jetzt über Nacht ihrer Arbeit und ihres Einkommens verlustig und mussten außerdem noch um ihr sauer verdientes Weihnachtsgeld bangen, das die meisten noch dazu schon im Voraus längst ausgegeben hatten.

Penzinger, dieser absolut unmoralische Mensch, er hatte vielen im Ort Leid zugefügt, der war sogar aus der Kirche ausgetreten. Er hatte die Notlage der Arbeiter nach dem Krieg zur Befriedigung seiner persönlichen Profitgier ausgenutzt. Man hörte, dass kaum einer seiner Arbeiter mehr als den kollektivvertraglichen Mindestlohn ausbezahlt bekam. Nie hatte Penzinger für die Kirche gespendet, nur Spott und Hohn für die *Pfaffen* übriggehabt.

Es war einfach unakzeptabel, dass der Sohn Penzingers, obwohl er ein guter Bub war, ein lieber Bub mit Herzensbildung, mit Einfühlungsvermögen, dass der Sohn des Bankrotteurs den Gläubigern seines Vaters aus der Bibel vorliest, sie darüber aufklärt, was sie zu tun hätten, sie über ihre Sünden und Laster belehren würde.

Denn aus dem Mund des jungen Penzinger würde das Evangelium einen völlig entstellten Sinn ergeben. Ein Skandal würde unvermeidlich sein, die in den letzten Jahren mühsam aufgebauten Beziehungen zur Arbeiterschaft und zur Gewerkschaft würden unweigerlich in die Brüche gehen. So was war nicht in Ordnung, dieser Bub, so anständig er war, unter diesen Umständen durfte es nicht sein, die Kirche wäre nächsten Sonntag praktisch leergefegt, niemand würde mehr zur Messe kommen. Der Bub würde es irgendwann verstehen - vielleicht.

Felix wischte sich die Tränen aus den Augen und begann, mechanisch, wie aufgezogen, sein Ministrantenkleid auszuziehen. Dann faltete er sein Messkleid sorgfältig zusammen und legte es in die Schublade in der Sakristei, verschloss die Schublade, wie es nach der Beendigung eines Gottesdienstes üblich war, zog den Schlüssel ab und gab ihn seinem Kollegen Franz.

"Ich werde nicht mehr in die Kirche kommen, nie mehr wieder!", sagte Felix und ging zur Tür hinaus, bleich, aber ohne auch nur die geringste äußerliche Regung zu zeigen.

"Versündige dich nicht, Bub", flüsterte Pfarrer Heinrich eine jener Standardfloskeln, die er immer dann benutzte, wenn ihm sonst nichts mehr einfiel.

Später, als dann Franz die Lesung las, ging ein zufriedenes Raunen durch die versammelte

Seelengemeinde. Der große Hirte hat wieder ein paar neue Schafe dazugewonnen, dachte Pfarrer Heinrich, als er die Predigt mit den Worten schloss: "... gib uns unser tägliches Brot und unseren gerechten Lohn, aber vergib unseren Schuldigern."

Der gutmütige, aber geistig behinderte Dallmaier Sepp, der wie gewohnt auf seinem Stammplatz im letzten Bankerl hinter der Sakristei, saß, lächelte wissend und zeigte mit dem Finger auf den Kirchenausgang. Selbst er, mit seinem eingeschränkten Verstand, hatte verstanden, wie alles gemeint gewesen war.

Als Felix nach Hause zurückkehrte, war Barbara verschwunden. Unter der verschlossenen Tür zu seinem Zimmer hatte sie ein Blatt Papier hindurch geschoben.

Lieber Felix, ich bin entlassen worden. Ich gehe nach Australien. Es tut mir sehr leid. Ich hab' dich lieb und wünsche dir alles Gute, Deine Barbara.

Barbara war für Felix eine Art Ersatzmutter. Seine Mutter kannte Felix nur aus Fotos, sie war bei seiner Geburt gestorben.

VERSCHÜTTETE MILCH

Auf seinem Weg von der Kirche zurück in sein Elternhaus, das nicht mehr seines war, da es schon nächste Woche versteigert werden würde, begegnete Felix einer kleinen Gruppe von Kirchgängern.

Diese Männer kamen absichtlich zur Messe zu spät, um sich dann irgendwo hinten in den letzten Stehplätzen hinstellen zu können. Durch den Trick des Zuspätkommens konnten sie sich das lästige Niederknien ersparen, durften aber trotzdem – als passive Beobachter der Messe – für sich in Anspruch nehmen, ihrer Bürgerpflicht als gute Christen durch ihre Anwesenheit beim sonntäglichen Gottesdienst genüge getan zu haben.

Denjenigen unter ihnen, die nicht nur über etwas Beobachtungsgabe, sondern auch über die seltene Gabe der Intuition und Empathie verfügten, fiel nicht nur auf, dass Felix sich nicht auf dem Weg zur Kirche, sondern in die Gegenrichtung bewegte, sie fühlten auch, dass mit dem Buben irgendetwas nicht stimmte, dass etwas mit ihm geschehen war, das den Grund seiner Seele erschüttert hatte.

Ja, in grundlegender Weise hatte sich Felix verändert und in seinem ganzen Bewusstsein war er ein anderer geworden, und es war offensichtlich, dass die Person, die in die Kirche hineingegangen war und die jetzt herausgehende nur mehr wenig gemeinsam hatten.

Es war das Gleiche passiert, wie gestern im Gymnasium. Felix war jetzt zum zweiten Mal von seinem *Bewußtseinssprung* erwischt worden.

Irgendetwas, das ihn mit der Welt verbunden hatte, war jetzt abgetrennt, die Bilder, die er sah, waren ihm weggekippt.

Konnte ein Mensch die Welt auf zwei verschiedene Arten sehen? Gab es die Möglichkeit, dass sich jemandem das Gleiche auf so vollkommen unterschiedliche Weise manifestierte?

Existierten mehrere Abbilder der Welt? Was würde das bedeuten? Felix hatte irgendwann einmal etwas über Bewusstseinsspaltung gelesen, aber er hatte keine Hinweise darüber entnehmen können, ob derjenige, dessen Bewusstsein sich gespalten hatte, in der Lage war, die Spaltung selbst zu erkennen. Er selbst hingegen hatte sich nicht verändert, zumindest dachte das Felix in dem Augenblick, als sich seine äußere Umwelt veränderte. Felix folgerte daraus, dass die Ursache seiner Wahrnehmungsstörung nicht die berühmte *Schizophrenie* sein konnte, denn der Schizophrene konnte im Augenblick der Bewusstseins-Spaltung sicher noch nicht wissen, dass er sich gespalten hatte. Oder etwa doch?

Litt er am Ende etwa nur unter einer zeitweisen Unterbrechung der Blutzufuhr? Oder an einer Stoffwechselerkrankung des Gehirns?

Oder waren die Berichte über die Schizophrenie bloß unpräzise, weil sie von Gesunden durch Beobachtung von Kranken vorgenommen worden waren und jene, die an Bewusstseinsspaltung erkrankt waren, nicht fähig waren, ihre Erkrankung zu beschreiben?

War diese Krankheit überhaupt beschreibbar, wo ihm doch bloß das Vokabular der *Normalen* zur Verfügung stand?

Felix jedenfalls glaubte, dass sich seine Umwelt verändert hatte, aber er selbst derselbe geblieben war, aber selbst das konnte er nicht hundertprozentig sicher sagen. Unbestritten blieb für ihn: Felix Penzinger fühlte sich hoffnungslos, der vitale Antrieb und die Kraft die Initiative in seinem Leben zu ergreifen, war erloschen.

Von einem Augenblick auf den anderen hatte er seine Lebensfreude verloren, irgendetwas, das vorher da war, sein strahlendes, optimistisches, gestalterisches Etwas fehlte ihm jetzt, der aktive Teil seiner Lebenskraft war verschwunden.

Oder hatte sich nur der Blickwinkel, unter dem Felix die Dinge wahrnahm, verändert? Die Straße war die Straße geblieben, aber sie trug jetzt eine unterschiedliche Information.

Während die Autobahn seines gesunden Bewusstseins eine direkte und klare Verbindung zu seiner Seele hervorrief, die ihn einlud, an ihr entlangzugehen, war die Landstraße der depressiven Beziehungsebene jetzt bloß vorhanden, sie existierte bloß, aber ohne Sinn.

Die Dinge der Außenwelt hatten zwar eine Gestalt, aber keine Verbindung zu seiner Seele, zu seinem reflektierenden Menschsein. Er machte keine Pläne mehr, er dachte nicht mehr voraus. War es das gewesen?

Die Dinge dieser *zweiten Welt*, in der er sich in unfreiwilliger Weise befand, hatten keine Seele und daher wollte man sie nicht beeinflussen. Es schmerzte, in einer solchen Welt zu leben, man konnte es nicht leben nennen, es war ein passives Dahinvegetieren. Felix Penzingers Angst, nie mehr wieder in seine vorherige

Bewusstseinsebene zurückzufinden, wurde mit jeder Sekunde stärker.

Felix ahnte, er fühlte, dass er einen Punkt seiner Erinnerung finden musste bei dem er seine Seele *ankern* konnte. Von diesem Fixpunkt wurde er sich dann zurücktasten können. Aber so sehr er sich auch bemühte, sich zu erinnern, so fand Felix dennoch trotz äußerster Willensanstrengung keinen derartigen Ankerpunkt.

Er versuchte, sich in einen Zustand intensivster Meditation zu versetzen, aber es gelang ihm nicht, denn dafür war er viel zu unruhig, er war der Panik nahe. Er probierte, sich an seinen letzten Ferienaufenthalt am Hochsee vor zwei Jahren zu erinnern, an die Zeit von damals, als er so glücklich war.

Felix Penzinger arbeitete hart daran, sich dieses Glücksgefühl wieder in Erinnerung zu rufen, er quälte sich in äußerster, extremer Weise, sein Bewusstsein zurückzufinden - aber gelang ihm nicht und so wankte er zurück, ohne sein lebendiges, aktives Bewusstsein wieder erlangt zu haben.

Obwohl die ganze *zweite Welt* für Felix unbekannt war, so wusste er doch den Weg nach Hause, denn die Struktur der äußeren Welt war gleichgeblieben, lediglich ihre Information hatte sich verändert.

Um ein Zusammentreffen mit Hubert und Stephanie zu vermeiden, schlich er die Holzstufen zur Dachkammer hoch, die vor kurzem noch von Barbara bewohnt worden war, setzte sich auf einen Sessel und litt mit geschlossenen Augen, dabei immer wieder eine Rückkehr in seinen früheren Bewusstseinszustand versuchend.

Dennoch musste seine Stiefmutter sein nachhause Kommen bemerkt haben, denn sie kam die Stiegen hochgeschlichen, mit verweinten Augen, leise vor sich hin schluchzend, einen fürchterlichen Ausdruck im Gesicht.

Hubert und Stephanie mussten sich auf Leben und Tod gestritten haben, und in der Tat hatte sich die gespannte Atmosphäre des Sonntagmorgens diesmal in einer Woge enthemmter, ungebremster Aggression entladen.

Obzwar solche Eruptionen aufgestauten Hasses bei den beiden keine Außergewöhnlichkeit mehr darstellten, so waren sie doch für gewöhnlich nur von kurzer Dauer, da sie üblicherweise damit endeten, dass Hubert in Richtung Wirtshaus aus dem Haus stürmte, die Tür mit einer großer Wucht und Heftigkeit zuwerfend, sodass bei diesen Ausbrüchen regelmäßig der Verputz aus dem alten Türrahmen rieselte.

Doch diesmal war es anders als sonst gewesen, die Dramaturgie hatte sich verändert: Unmittelbar nachdem Felix das Haus verlassen hatte, um zur Kirche zu gehen, war der hochgradig erregten und nervösen Stephanie am Herd die Milch für den Frühstückskaffee übergegangen.

Beim Versuch, die verbrannte Milch mit einem Geschirrtuch vom Herd zu fegen, hatte sie sich die Hand verbrüht, solchermaßen den Auslöser gebend für einen spontanen, überschwappenden Impuls von schmerzhafter Wut und Verzweiflung.

"Du gemeiner Schuft!", würgte sie zwischen den Zähnen hervor, "der ganze Ort weiß schon, dass das Dienstmädchen von dir schwanger ist. Sie hat es überall herumerzählt. Du hast mich bis auf die Knochen blamiert und lächerlich gemacht, ich kann mich nirgends mehr blicken lassen!"

Bei den letzten Worten wurde sie von einer solchen Welle von Empörung, Enttäuschung und Selbstmitleid erfasst, dass sie nur mehr schluchzen konnte.

Die Verzweiflung hatte Stephanie gepackt, und ihr angeborener Sinn für Dramatik manifestierte sich in einer herzzerreißenden Geste der Hilflosigkeit, sie schlug ihre Hände vor ihrem Gesicht zusammen und wimmerte in stoßartigen Wogen, so wie es nur eine Frau in der höchsten Verwundung tun konnte, und deshalb war es nicht weiter verwunderlich, dass sogar Hubert wie gelähmt war, er war fassungslos über diese gewaltige Springflut weiblicher Verzweiflung, die ihm entgegen schwappte.

Wie immer versuchte er also, die ganze *hysterische Angelegenheit*, denn eine solche war er für ihn ja bloß, nach Möglichkeit zu ignorieren, nicht ahnend, was in der Folge passieren würde.

Hubert legte seinen Rasierpinsel weg, klappte sein Messer zu, wischte sich den restlichen Rasierschaum mit dem Handtuch vom Kinn und beschloss, sich seine Erschütterung nicht anmerken zu lassen.

"Was regst du dich denn so auf. Barbara ist halt schwanger geworden, so was kann passieren. Du weißt doch ganz genau, dass unsere Ehe seit Monaten nur mehr auf dem Papier besteht. Du spielst die Grande Dame mit dem Härtling in der Stadt, aber ich darf hier mich zu Tode arbeiten. An deiner Stelle würde ich ganz schon meinen Mund halten und ein bisschen über mich selbst nachdenken."

Da stieg schlagartig die Erinnerung in ihr hoch. Was vor etwa zwei Jahren geschehen war, konnte sie nie vergessen.

Es hatte Streit gegeben und Hubert hatte sie ins Gesicht geschlagen. Immer wieder musste sie daran denken, musste sich zwangserinnern, wenn sie nachts wach in ihrem Bett lag, allein in ihrer hoffnungslosen Einsamkeit.

Hubert war es gewesen, der alles verdorben hatte. Und jetzt sollte es auch noch ihre eigene Schuld sein, dass Hubert sie betrogen hatte. Plötzlich erkannte sie, dass jetzt das endgültige Ende ihrer Ehe gekommen war, sie wusste es mit einer plötzlichen, sicheren Gewissheit, die sie wie ein Stromstoß ins Zentrum ihrer Empfindungen getroffen hatte. Nein, das war keiner der üblichen Sonntagsstreits mehr, es war das letzte Mal, es war zu Ende, heute würde sie Schluss machen. Aus. Schluss. Ende.

Stephanie ließ sich von ihrer Empörung so überwältigen, dass sie keine Kontrolle mehr über sich hatte, sie konnte und wollte nicht mehr denken, sie konnte nur mehr reagieren, eine programmierte Reaktion lief in ihr ab, der Schmerz überflutete ihr Denken und ließ ihr keine andere Chance als blindlings und reflexartig auf die ungeheuerliche Demütigung, die ihr Hubert zugefügt hatte, zu reagieren.

Stephanie fasste die neben dem Herd abgestellte Milchkanne und entleerte sie langsam vor Hubert auf den Küchenboden.

"Wir sind geschiedene Leute", sagte sie mit einer Klarheit und Festigkeit im Ausdruck, die nur die vollkommene Verzweiflung zulässt.

"Ich fahre morgen zu meinem Rechtsanwalt nach Altenstätt und lasse mich von dir scheiden. Ich will mit dir nie mehr etwas zu tun haben, nie mehr, hörst du", sagte Stephanie, schlug die Tür zu und lief die Stufen zur Dachkammer hoch, wo Felix in eine tiefe und verzweifelte Depression versunken war.

Außer sich über tiefe Kränkung, die ihr Hubert zugefügt hatte, bemerkte sie die qualvolle Depression nicht, in welcher Felix verstrickt war.

"Bub, du musst jetzt ganz stark sein", eröffnete Stephanie ohne weitere Umschweife.

"Ich werde mich von Hubert scheiden lassen und von hier fortgehen. Du kannst mitkommen, wenn du willst. Aber du musst dein Studium aufgeben. Wir gehen in die Textilfabrik arbeiten. Du und ich. Ich werde als Hilfsarbeiterin anfangen. Du kannst vielleicht eine Lehre machen, wenn in der Fabrik noch eine Lehrstelle frei ist."

"Ich habe keine Kraft mehr", flüsterte Felix in tiefer Verzweiflung. Er wusste jetzt mit Sicherheit, dass er sterben wollte.

DER KRETZENBERG

Josephine Sterzinger packte ihren Rucksack und machte sich, so wie jeden Sonntag, auf den Weg auf den rund tausend Meter hohen Kretzenberg. Woche für Woche bewältigte sie den anstrengenden Aufstieg, obwohl sie schon sechsundsiebzig Jahre alt war. Je nach dem Grad der Sympathie, den man ihr im Ort entgegenbrachte, nannte man sie *die Kräuteroma* oder *die Kräuterhexe,* aber kaum jemand wusste, wie sie eigentlich wirklich hieß.

Sie war in den letzten Kriegsjahren nach Ellend gezogen. Über ihr Schicksal war nur bekannt, dass ihr einziger Sohn im Krieg gefallen war.

Voriges Jahr war auch ihr Mann gestorben, und seitdem lebte sie allein. Niemand wusste genau, was Oma Sterzinger auf dem Kretzenberg zu suchen hatte oder vielmehr suchen wollte.

Fest stand, dass sie jeden Sonntagabend in der Dämmerung zurückkam, und aus ihrem Rucksack ragten dann ein paar Reisigbüschel und längliches, grünes Farnkraut heraus.

Nachdem sie nach ihrem einzigen Sohn auch noch ihren Mann verloren hatte, war die Sterzinger-Oma äußerlich immer mehr ausgetrocknet, ja sie hatte ihre äußerliche Präsenz in dieser Welt, in der alle geliebten Menschen gestorben waren, auf ein Minimum reduziert, solcherart ihre materielle Komponente nach und nach zurückgezogen, auf jenes Ausmaß an körperlicher Schrumpfung, das ein gesunder Mensch in lebendigem Zustand erreichen konnte.

Ihre Entwicklung stand damit in krassem Gegensatz zu den meisten Ellender-Witwen ihrer Altersgruppe, die nach und nach, im Zeitraffer betrachtet, wie ein Germteig aufgingen und im Regelfall an mehr oder weniger scheußlichen Krankheiten mit pittoresken Bezeichnungen litten: Gürtelrosen, Gallensteine, Gicht, Gelenksrheumatismus und ähnliche Deviationen gehörten im Dorf zum Alltag wie das absichtliche Zuspätkommen in die Kirche.

Die Oma Sterzinger jedoch war bloß hager und faltig geworden, tiefe Spuren ihres Lebens waren auf ihrem schmalen Gesicht wie Landschaften eingegraben, auf dem rechten Nasenflügel wand sich eine Krampfader in bläulichen Mäandern, ihre schneeweißen, flachsigen Haare trug sie zu einem Zopf auf dem Hinterkopf hochgesteckt.

Beim Unkrautschneiden hatte sie sich irgendwann die Sehnen des kleinen Fingers durchgeschnitten. Es entsprach ihrer disziplinierten Lebenseinstellung und ihrer Härte zu sich selbst, dass sie es nicht für nötig hielt, wegen einer solchen *Lappalie* den Doktor zu bemühen, und daher blieb der kleine Finger der rechten Hand gekrümmt, wie die scharfe Handsichel, mit der er vor beinahe vierzig Jahren durchtrennt worden war.

Das Zentrum ihrer Erscheinung bildeten ihre wasserblauen Augen. Ihre großen, strahlend hellen Augen waren umzingelt von tiefen, unregelmäßig zulaufenden Falten, die sich im Laufe eines Lebens, welches Freude und Leid im Übermaß gebracht hatte, in ihrer gegerbten Haut eingegraben hatten.

Das ganze Gesicht befand sich im Zustand einer weit fortgeschrittenen, vielleicht auch schon kompletten Reifung. Im Zentrum dieses ledernen Furchengesichts blickten die Augen der Oma Sterzinger, hellblaue, junge Augen, die ohne die geringste Spur einer Trübung waren, jedoch aufgeladen mit Energie und Lebenskraft. Die Augen eines starken Menschen, das Gesicht einer ausgeprägten Persönlichkeit. Zügig, mit federndem Schritt trug sie ihre fünfzig Kilogramm Körperlichkeit, das Leichtgewicht eines alten, gedörrten Körpers die Asphaltstraße entlang, hinüber zur bachseitigen Straßenseite, zum Bahndamm, über den schlammigen Kartoffelacker des Schrainerwirts, bei der Penzinger-Mühle vorbei, hinauf zum Steinbruch.

Knapp unterhalb des steilen Hohlweges bückte sie sich plötzlich, löste mit vorsichtiger Zärtlichkeit eine dunkelgrüne, farnartige Pflanze mit ausgefransten Blättern mitsamt der Wurzel aus dem Waldboden.

"Waldfranzel, mein Waldfranzel", murmelte sie, und schüttelte bedächtig die Erde von der Wurzel der Pflanze. Es hatte vor zwei Tagen geregnet, so dass das Heilkraut nach dem Trocknen seine optimale Wirkung entfalten würde. Der Fleischhauerin, die unter Gelenksrheuma litt, würde sie mit dem Kraut jetzt wieder helfen können.

Sie hielt das grünliche Farnkraut gegen das gelb gedämpfte Abendlicht des Septembertages, zog die Struktur des Gewächses mit ihrem knochigen Zeigefinger nach, betrachtete es wie einen Edelstein und verstaute es dann vorsichtig in ihrem Rucksack, mit der gleichen meditativen Hingabe wie der Pfarrer Heinrich heute Vormittag die Monstranz im Tabernakel verschlossen hatte.

Am Hochstand oberhalb des Kalksteinbruchs saß Felix, der sich so sehr wünschte, aus dieser Welt verschwinden zu können.

Der hochtoxische Cocktail von Tabletten, den er geschluckt hatte und der Doppelliter Wein, mit dem er den Gifttrank hinuntergespült hatte, machte ihn gleichermaßen apathisch wie verrückt. Seine depressiven Horrorgedanken verwirrten und quälten ihn unablässig.

So ähnlich musste sich ein Horrortrip mit LSD anfühlen, räsonierte Felix mit dem Rest des Verstandes, der ihm noch geblieben war. Lungen-Gedärme-Luftzirkulation hinter geistigen Gefängnismauern eines verstümmelten Bewusstseins. Luft geht durch Nase und Lunge, aber der Kopf wird nicht klar, die Seele ist krank. Einsamkeit ist totaler Neutralismus, dachte Felix. Bin ich denn tatsächlich nur eine Eiweißzelle im kosmischen Körper, benutzt mich die Natur als Schließmuskel ihrer evolutionistischen Orgien?

Felix saß fantasierend auf dem kalten Boden vor den geschlossenen Türen seines Bewusstseins. Irgendwo musste er den Schlüssel zum Wohnzimmer seiner Seele verloren haben, und jetzt war er gefangen im Kerker seiner Hoffnungslosigkeit. In der beginnenden Dunkelheit fühlte er das Schlagen seines nutzlosen Herzens.

Das Herz ist nur ein Muskel, es gibt nichts Edles in dir, mein Lieber, sagte Felix zu sich, er fing an, über sich Gericht zu halten. Beobachte doch deinen Körper, befahl er sich. Was siehst du?

Der Rotz rinnt dir aus der Nase. In der Mitte deines Gesichtes erhebt sich eine pickelige, fleischige Masse. Aus zwei faltigen Löchern sickert unablässig eine Verschmelzung aus Wasser und verfaultem Fleisch. Leicht debil zieht dieser zähe Extrakt unablässig dem Nasenloche zu, wird durch tiefes Luftholen wieder in das haarige, schleimige Naseninnere zurückgezogen, wo es von neuem versucht, dem dunklen Loch zu entrinnen. Dadurch entsteht ein ständiger Kampf zwischen Rotz und Nase, ein permanentes Auf und Ab, eine geräuschvolle, trotzige und rotzige Konflikt-situation. Einerseits die röchelnde Faulwassermischung, andererseits die pfeifende Druckluft, widerstrebend und stur in der Veranlagung, pöbelhaft in der Tendenz.

Ja, er bot ein Bild gequälter Kreatürlichkeit. Im Großen wie im Kleinen. Immer wieder war er – über Jahre hinweg – früh aufgestanden, denn er glaubte, zunächst unerschütterlich, später auch wider besseres Wissen, dass der morgendämmernde Tag bedeutsamer sein würde, als der vergangene. Aber als die Stunden vorüber waren, musste Felix erkennen, dass er wieder nur nutzlos Zeit verschwendet hatte.

Mit seiner bloßen Existenz hatte er sinnlos geprasst. Bewaffnet mit dieser Erkenntnis, hatte er beschlossen, seinem quälenden Bewusstsein ein Ende zu setzen. Nach einer Nacht ohne Schlaf war er aufgestanden, nicht mal die Zähne hatte er sich geputzt, er wollte die blanken Empfindungen eines Tieres fühlen, das zur Schlachtbank geführt wird.

Er war die knarrenden Holzstufen zum Dachboden hinaufgestiegen, wo unterhalb der letzten Stellage, gleich neben den alten, ausgeleierten Straßenschuhen und Gummistiefeln eine alte Schuhschachtel mit Medikamenten vor sich hin staubte.

Kopfschmerztabletten gegen die Migräne des Prokuristen Härtling, der sich Löcher in die Schinken-wurst schneiden ließ, Tabletten gegen Stuhlverstopfung, die seine Stiefmutter regelmäßig benutzte (sie benutzte sie so regelmäßig, dass sie ohne diese Tabletten überhaupt keinen Stuhlgang mehr vollbrachte), Bronchialtabletten für Hubert, der damit seinen staccatoartigen Raucherhusten kurieren wollte, was ihm allerdings nur mit mäßigem Erfolg gelang, sowie die Schlaftabletten von Stephanie.

Felix hatte also alle diese suizidalen Energiebeschleuniger in Huberts alten Jagdrucksack gestopft, dazu eine Doppelliterflasche mit Grünem Veltliner, welcher als Transportmittel der kombinierten Medikamente in den Magen dienen sollte, ein einfaches Klappmesser mit rotem Holzgriff aus der Trafik, ein *Taschenfeitel* also, zum Aufschlitzen der Pulsadern und eine Wäscheleine aus Plastik, die vermutlich stark genug war, um seinen Körper am Hals so lange festzuhalten, bis das Leben sich ausgezuckt hatte und die lästigen Reflexe zu Ende gezappelt waren.

Und jetzt saß er hier am Hochstand am Kretzenberg, hatte alle Tabletten geschluckt, zwei Liter sauren Wein getrunken, sich die Wäscheschnur mit einem Lassoknoten um den Hals gelegt und an einem armdicken Ast oberhalb seines Kopfes festgebunden. Lediglich das Aufschlitzen der Pulsadern hatte er trotz mehrmaliger Versuche, bei denen er sich tüchtig geschnitten hatte, nicht richtig geschafft.

Er blutete zwar aus zwei Schnittwunden, aber Felix war sich nicht sicher, ob die beiden Schnitte tief genug sein würden, um ihn rasch und nachhaltig auszubluten.

Aber für einen dritten Schnittversuch bestand jetzt keine Gelegenheit mehr, denn er hatte das Taschenmesser nach dem Fixieren der Plastikleine irgendwo in den Wald hinunter geschleudert, um zu verhindern, dass er sich im leider unvermeidbaren Todeskampf selber wieder abschneiden konnte.

Als die Wirkung der Tabletten einsetzte und er allmählich bewusstlos wurde, zog sich die Schnur an seinem Hals zusammen. Ich werde mein Leben auszucken, ich werde zucken, bis es zu Ende ist, dachte Felix.

Ja, er wollte sterben, er war fest entschlossen, und das war das einzige, was Felix an sich selbst noch menschenwürdig fand. Ein Mann muss seinen Weg gehen, hatte er irgendwo in einem Prinz Eisenherz-Heftchen gelesen. Er war ein Ehrenmann, obwohl es ihm schmerzlich klar wurde, dass er an Prinz Eisenherz nicht heranreichen würde.

Felix Penzinger war ein Pleitier, aber er würde sterben wie ein Mann mit Würde. Es fröstelte ihn, in den Ohren begann es zu rauschen, er wurde müde, aus der Nase floss Sekret. Es war eigenartig, dass er wieder an den Rotz denken musste, vielleicht war dies der obsessive Ausdruck für die tiefe Verachtung, die er sich selbst entgegenbrachte.

Plötzlich wusste er, warum die katholische Kirche es ablehnte, Selbstmörder zu bestatten.

Selbstmord machen, erkannte Felix in seiner Kombination aus Horrortrip und Delirium, ist eine revolutionäre Auseinandersetzung mit Gott. Der Selbstmörder rebelliert gegen die Ordnung der Welt, indem er sich weigert, die ihm zugedachte Rolle im kosmischen System erfüllen. Im Suizid verweigert der Diener die Gehorsamkeit gegenüber seinem Meister.

Was war er denn, der Herr *Konkursit Junior*, anderes als ein Stück Rotz, ein kleines zähes Stück Materie im Gesamtsystem des Elender Weltensystems. Ein zähes, verbissenes, mit vollstem Einsatz arbeitendes Stück rotziger Materie war er, welches aus seinem jämmerlichen Milieu, der Stätte seiner Produktion, aufs schleunigste entfleuchen wollte. Aber auf der Gegenseite wirkte die kraftvolle Stupidität des animalischen Lebenstriebes, welcher in sturer Blödheit immer wieder versuchte, das unter Entbehrung und Schmerzwehen geborene Rotzglöckchen in den klobigen, faltigen Leib der materiellen Welt zurückzuziehen.

Felix wurde mit fortschreitender Bewusstlosigkeit immer mehr verwirrt. Die Mutter des Lebens, dachte er, unter spastischen Zuckungen wölbt sie ihre Löcher, verzieht und krümmt sich in heftigen Konvulsionen und rüsselt den Rotz mit verzweifelten Anstrengungen immer wieder aufs Neue in ihr Inneres. Der Rotz allerdings, erbärmlich süffelnd und stotternd, ein Zustand, welcher durch das ständige Aufziehen verursacht wird, versuchte, sich festzuklammern, seine neuerliche Arretierung zu verhindern. Dabei röchelt er auch – unter blubbernden Verblasungen.

Mit fortschreitender Dauer wird der Kampf immer bitterer, der Konflikt eskaliert. Aber die Energie – auch der triebhaften Elemente – ist begrenzt. Der Rotz scheint sich durchzusetzen. Die Emigration scheint zu gelingen. Lautlos schreiende Partikel von Sekret fallen auf Felix´ abgetragenen Acrylpullover, vermischen sich mit dem Blut aus den Schnittwunden am Handgelenk.

Mit zunehmender Müdigkeit sinkt Felix allmählich nach hinten, die Plastikleine um seinen Hals zieht sich immer fester, schnürt die Blutzufuhr zum Hirn ab, langsam versinkt Felix in einen wattigen Zustand, jeder Herzschlag pocht in den Ohren.

Es ist mir das Herz in das rechte Ohr gerutscht, denkt Felix, ein Zustand wie unter Wasser, alles rauscht, der Strick hat sich schon tief in den Hals eingeschnitten, wahrscheinlich hat die Haut am Hals schon konturierte, rote Striemen mit kleinen Falten an der Stelle, wo sich der Lassoknoten eingräbt.

Felix zwingt den Kopf nach hinten, gleich falle ich den Hochstand hinunter und ich zapple nur noch ein wenig, die Arme würde ich nicht mehr hochbringen, der Strick viel zu tief im Hals, das Rückgrat wird es mir abreißen, phantasiert Felix.

Die dicke Anna Meisinger taucht in seinen Gedanken unverhofft auf, sagt "Bub, tu dich nicht versündigen", öffnet Felix die Hose und ihre fleischfarbene dicke Kombinège und setzt sich verkehrt auf Felix, so als wäre Felix ein Schaukelstuhl wippt sie nach vorn und nach hinten und die Schlinge um Felix´ Hals zieht sich ganz fest zu, aber die feiste Anna Meisinger wippt wieder nach vorn und die Halsschlinge lockert sich und Felix holt Luft, nein Felix muss, er muss nach Luft japsen, er kann nicht verhindern, dass er japst, aber das ganze Blut ist nach unten geströmt und aus dem Magen drängen beim Luftholen die säuerlichen, halbvergorenen Reste der gestrigen Mahlzeit, die Tabletten und der viele Wein, aber die Anna Meisinger lehnt sich jetzt wieder fest an ihn, schlägt mit ihrem Hinterkopf in sein Gesicht, ein stumpfes, empörendes Schmerzgefühl in Felix´ Nase, ganz toll ist sie geworden, sie lässt ihn nicht mehr nach vorn wippen, es würgt und beutelt ihn und Erbrochenes quillt aus der Nase, da kippt der Stuhl und Felix fällt in die Schlinge, er hat keinen Kontakt mehr zum Boden, das Summen in den Ohren verschwindet schlagartig.

Die Meisingerin steigt plötzlich wie ein angestochener Luftballon in die Luft, er sieht sie langsam von unten nach oben emporsteigen, sie schaut noch einmal durch ihre fettglänzenden Schenkel und sagt empört: "Die Lausbuben können heutzutage nicht einmal mehr grüßen."

Oma Sterzinger war zwar mit der Zeit schwerhörig geworden, aber ihre wasserblauen Augen waren mit fortschreitendem Alter beim Blick in die Entfernung nicht schlechter, sondern noch schärfer geworden. Nur auf kurze Distanzen konnte sie nicht mehr sehr gut sehen.

Aus einem Impuls heraus blickte sie auf den Hochstand oberhalb des Kalksteinbruchs. Irgendetwas war dort, was dort nicht hingehörte.

Was war dort, oder was hing dort? Ein Mantel, ein Wetterfleck? Oder war das eine Gestalt? Ein Mensch!

Josephine Sterzinger legte den frisch aus-gegrabenen *Waldfranzel* in den Rucksack und verschnürte ihn mit ihren knochigen, langen Fingern, die schwarzen Wollhandschuhe bedeckten nur die Hälfte der Finger, das erste Glied jedes Fingers war frei, denn Josephine mochte eine Beeinträchtigung ihres Tastsinns, und sei es auch nur eine geringfügige, nicht leiden.

Noch im Weglaufen schulterte sie ihren Rucksack und lief mit elastischen, weit ausholenden Schritten zum Hochstand, stieg, ohne den Rucksack abzunehmen, die Stufen aus Rundholz hinauf, bohrte und kratzte ihre dünnen Finger zwischen die straff gespannte Wäscheleine und Felix´ Hals und zog einige Male an der Plastikschnur, was allerdings vergeblich war, denn die Schnur ließ sich keinen Millimeter aufziehen.

Das Gesicht des Buben war bereits bläulich unterlaufen, aus dem Mundwinkel tropften einige säuerlich riechende Fäden von schleimiger Konsistenz.

101

"Es ist genug, Herrgott", murmelte sie. Verzweifelt versuchte sie, den Kopf und den Oberkörper des Jungen hochzuheben, aber auf diese Weise war die Schlinge nicht aufzubekommen, sie konnte den schweren Oberkörper des Buben nicht halten, musste ihn fallen lassen, wieder in die Schlinge, aber es machte ohnehin nichts mehr aus, der Knoten war zum äußersten zugezogen.

Felix' Kopf fiel zurück in die Schlinge, es machte einen Ruck, der Kopf senkte sich nach hinten und verfiel in eine zarte Pendelbewegung.

Bei flüchtiger Beobachtung sah Felix wie ein Sonnenanbeter im Schwimmbad aus, die Augen geschlossen, das Kinn hochmütig nach oben gereckt, den Kopf stolz nach rückwärts geworfen, lässig nach links und rechts pendelnd, nur das Erbrochene im Mundwinkel und die rote Plastikschnur störten den ganzheitlichen Eindruck demonstrativer Lässigkeit.

Josephine Sterzinger kniete am Boden, direkt neben dem Holzpfosten, an dem das Seil gespannt war, riss sich die Fingernägel an der Plastikschnur ein, in dem Versuch, den oberen Knoten am Ast zu lösen.

Da fand sie direkt neben sich die Weinflasche, plötzlich hob sie die Flasche hoch und zerschlug sie an einem Stein am Boden, dann begann sie, mit der scharfen Bruchkante der Flasche das Plastikseil durchzusäbeln. Es dauerte endlos lange.

Sie hatte die Hoffnung beinahe aufgegeben, als die Schnur riss und der leblose Körper des Buben auf den weichen Waldboden fiel.

Sie stieg den Hochstand hinunter, zog die Plastikschnur von Felix' Hals, schlug ihm mehrmals mit geöffneter Handfläche ins Gesicht, beugte ihn vornüber, drückte auf seinen Rücken, drehte den leblosen Körper wieder herum. Sie massierte mit ihren Fäusten Felix´ Magen, riss seinen Mund weit auf, um das Erbrochene herauszuholen, fuhr ihm mit dem Zeigefinger in beide Nasenlöcher, hauchte ihm ihren Atem ein, immer wieder, verzweifelt, mit der Wut einer Frau, die ihre Liebsten alle schon verloren hatte.

"Der deformierte Bundesadler bekommt ein Konkurspickerl", dachte Felix.

Durch einen flimmernden, gelbroten Nebel hindurch blickten ihn die wasserblauen Augen der Kräuteroma an, und mit einem Atem, der erstaunlich frisch und gar nicht unangenehm roch, flüsterte die Oma Sterzinger mit leiser, beherrschter Stimme, aber in ernsthaftem, gefährlich drohendem Unterton: "Mach so was nie mehr wieder!"

Hinterher konnte es Felix nicht mehr sagen, was es war, das ihn so sehr rührte, oder vielmehr in tiefster Seele erschütterte. Vielleicht waren es ihre Wasserblauaugen, die Krampfadern an der Nase, die ledrigen Falten, der Atem der alten Kräuterhexe, die zwei Liter Wein, ein beginnender Schaden im Gehirn durch den langen Sauerstoffmangel, die kombinierten Tabletten, die ungeputzten Zähne und der Ekel vor sich selbst.

Felix fing unvermittelt zu schluchzen an, kniete vor der alten Oma Sterzinger, und weinte das erste Mal seit vielen Jahren. Und das Erstaunliche dabei war, dass er gleichzeitig kotzen musste, in gleichmäßigen, schüttelnden Wellen heulte und spie er, und es bleibt bis dato unbestimmt, ob er der einzige war oder geblieben ist, der dieses virtuose Kunststück jemals zustande gebracht hatte.

DER HOLZBOTTICH

Felix öffnete die Augen. Er saß in einem großen Holzschaffel im Keller des alten Eisenbahnerhäuschens, in dem die alte Oma Sterzinger ihr wundersames Dasein fristete. Rundherum, auf dem kalten Steinboden, lag Erbrochenes, hinter dem glühend heißen Ofen – die Oma musste ihn mit bis obenhin mit Kohlen befüllt haben, war eine Hanfschnur gespannt, an der seine Kleider hingen, daneben war die Unterwäsche der alten Sterzinger zum Trocknen aufgehängt.

Er saß nackt in einem großen hölzernen Trog. Ein blutiges Kaninchenfell hing auf einem der rostigen Fleischerhaken an der Wand. Felix schien es, als könnte er das Blut des Tieres noch im Keller riechen. Auf dem fleckigen Holzstuhl neben dem rotglühenden Ofen stand ein blechernes Lavoir mit blauschimmernden, geäderten Gedärmen, prallvoll noch mit der halbverarbeiteten Nahrung des abgestochenen Kaninchens. Im Mittelalter, so hatten sie im Geschichte-unterricht gehört, hatte man zum Tode verurteilte Menschen an einen Baum gebunden, den Bauch geöffnet und die Gedärme am Baum festgenagelt, um die Verurteilten mit Prügeln und Peitschen solange um den Baum zu treiben, bis ihre Gedärme vollständig abgewickelt waren. Es würgte und krampfte ihn in immer kürzeren Intervallen. Es ekelte ihn, aber er konnte es nicht unterdrücken, denn es waren bloße Reflexe.

"Wir müssen das Gift aus dem Körper kriegen! Zum Arzt können wir nicht fahren, denn wenn dich der Doktor in diesem Zustand sieht, kommst du auf die Psychiatrie, mit deinen zerschnittenen Handgelenken weiß der sofort, was passiert ist", flüsterte die Oma, hob den grünen Tonkrug, fasste Felix bei seinen langen Haaren am Hinterkopf und setzte ihm ein Glas mit bräunlicher, bitterer Flüssigkeit an die Lippen.

"Du musst das jetzt alles trinken. Der Kräutertee verdünnt das Gift. Du musst alles Gift ausscheiden. Ich kann dir ja nicht den Magen auspumpen. Trink!"

Felix konnte nicht schlucken, plötzlich bekam er keine Luft mehr, musste sich wieder übergeben, konnte sich nicht mehr rechtzeitig hinausbeugen und daher nicht verhindern, dass das Erbrochene an den hölzernen, rissigen Seitenwänden des Trogs hängenblieb und langsam abrutschte. Die alte Sterzinger holte den roten Plastikschlauch, spritzte das Gespeibsel auf den Holzboden des Schaffels und zog den Holzstöpsel heraus. Das Wasser mit den erbrochenen, halbverdauten Speiseresten begann mit einem gurgelnden Geräusch auf den Steinboden abzufließen.

Als sie das Kanalgitter vom Boden hochhob, bemerkte sie, wie Felix´ Oberkörper rutschte und langsam zusammensackte und sein kalkweißes Gesicht in das abfließende Wasser eintauchte. Verzweiflung und Wut überwältigten sie. Sie dachte an ihren Sohn Franz, der im Russlandfeldzug für den verrückten Nazi-Gröfaz sinnlos gestorben war. In diesem Augenblick, wo sich die Zeit verschiebt und der Grenzwert des Unendlichen sich auf null reduziert, hatte sie die Erinnerung wie eine plötzliche Einblendung vor sich. Sie sah ihn nicht nur, sie spürte seine Existenz, seine Anwesenheit. Franz Friedrich Sterzinger, neunzehnjährig zur deutschen Wehrmacht einberufen - Russlandfeldzug… - ein Sohn, wie sich ihn jede Mutter nur wünschen konnte. Aus der Erzählung ihres Kameraden hatte sie sich — in ihrer

Fantasie - ihr eigenes Video, ihre eigenen Bilder geformt, was damals, im August 1941 in Russland mit ihrem Sohn Franz geschehen war:

Zwei Dutzend Soldaten auf einem Wehrmachts-Lkw irgendwo in Polen, oder waren sie schon in Russland?

Franz Sterzinger, der jüngste Obergefreite der ganzen Kompanie, er saß auf dem hintersten Eckplatz der Sitzbank auf dem offenen Militärlaster, sie fuhren über eine unasphaltierte Landstraße, es war mitten im Sommer und Franz Sterzinger dachte an Olga. Sie hatte Franz beim Abschied ihre Arme um den Nacken gelegt. Sie stand auf ihren Zehenspitzen, sie blickte ihm in die Augen, wie es nur eine liebende Frau tun kann, mit einem Arm hielt er Olga an ihren Hüften umfasst, seine Finger umwickeln eine Strähne ihrer Haare. Plötzlich legt sie ihm die Hand auf seine Augen, er sieht nicht mehr den Tränenschimmer in ihrem Gesicht, denn sie stößt ihn weg und läuft, so schnell sie kann, die staubige Landstraße hinunter.

Franz muss wieder zu seiner Kompanie zurückfahren, und jetzt sitzt er auf diesem Lastkraftwagen und befehligt seinen Zug, aber er denkt nur noch an sie.

Heute ist ein heißer Tag, nur der Fahrtwind kühlt, aber der Obergefreite Franz Friedrich Sterzinger hat noch immer seinen großen, unbequemen Troßsack am Rücken und er möchte ihn jetzt abnehmen. Die Soldaten sitzen zusammengekauert auf der offenen Ladefläche, sie sitzen mit ihren Rucksäcken am Rücken an die Bordwand angelehnt und dösen übermüdet und leicht vornübergebeugt, mit geschlossenen Augen vor sich hin.

Den Kopf übervoll mit den Gedanken an seine Olga steht Franz Sterzinger im fahrenden Lkw auf, um seinen Rucksack abzunehmen. Der Soldat Fritz Kumminger gibt später als Zeuge zu Protokoll, dass auf den vorangehenden Straßenabschnitten kein einziger Tunnel gewesen sei. Er wisse nicht, warum der Zugsführer Sterzinger gerade in diesem Augenblick von der Sitzbank des offenen Militärtransporters aufstehen und seinen verdammten Rucksack abnehmen wollte. Der Kopf Sterzingers sei durch die Wucht des Aufpralls auf der Tunneleinfahrt beinahe vollständig vom Rumpf getrennt worden, es hätte ein Geräusch gegeben, wie wenn man einen Fußball aus kurzer Distanz an eine Betonmauer schießt. Dieses Geräusch würde er nie mehr, in seinem ganzen Leben nicht, vergessen können. Mehr als eine Woche verging, bis der Postbote bei Josephine Sterzinger anklopfte und ein recommandiertes heeresdienstliches Schreiben der Kommandantur Danzig überbrachte.

"Wir bedauern, dass Ihr Sohn, der Obergefreite Franz Friedrich Sterzinger, geboren am 17.10.1925 ... in heldenhafter Weise sein Leben für sein Deutsches Vaterland hingegeben hat. Heil Hitler!"

Und jetzt liegt da Felix, dieser blasse, pickelige Bursche mit den langen, blonden Haaren halbtot in ihrem Holztrog. Da überkam die alte Sterzinger ein mächtiger Zorn, den sie auch mit den jahrelang geübten Mitteln ihrer eisernen Disziplin nicht mehr wirksam entschärfen konnte. Sie würde es nicht hinnehmen, dass dieser dumme Bursch jetzt starb. Dieser Kerl, den sie beim Suchen des Waldfranzelkrauts gefunden und dann unter Aufbietung all ihrer Kräfte vom Kretzenberg herunter geschleppt hatte.

Er musste am Leben bleiben, dieser ungepflegte, magere, widerliche Lausbub. Was dieser Depp sich eigentlich gedacht haben mag? Mein Bub, der Franz, hat sterben müssen, weil ein wahnsinniger Verbrecher die ganze Welt in einen Krieg verwickelt und Franzel zum unrichtigen Zeitpunkt seinen Rucksack abnehmen wollte.

Und Felix, dieser junge Bursche hier, dieses dumme Kind, will den Rucksack, den ihn das Schicksal umgehängt hat, jetzt auch nicht tragen, will sich als zwölfjähriger Verzweifelter umbringen, weil ein paar erwachsene Deppen sein Leben zerstört haben.

Josephine Sterzinger packte Felix mit dem Rautekgriff unter der Achsel, zog ihn hoch, ergriff den Wasserschlauch, drehte den Wasserhahn auf und spritzte Felix das eiskalte Wasser ins Gesicht, auf Brustkorb, Unterleib, Beine. Felix stand nun aus eigener Kraft, es schüttelte ihn am ganzen Körper. Die alte Sterzinger schlug ihm mit der flachen Hand ins Gesicht: "Wach auf, Bub. Mir stirbt keiner mehr weg!"

Felix rappelte sich langsam hoch, stützte sich auf Knie und Ellenbogen, musste sich wieder übergeben, aber die Erinnerung kam zurück. Das demontierte Telefon, das Verschwinden Barbaras, der Konkurs, der Professor, der ihn vor seinen Schulkameraden verhöhnt hatte, das unerklärliche Grinsen des Herrn Bundespräsidenten, der vergebliche Versuch, den Brief des Apostel Paulus zu verlesen, der Hochstand, und diese verrückte Alte, die ihn losgeschnitten und seine Pulsadern mit einem Fetzen verbunden hatte.

Noch nie in seinem Leben hatte er sich so geschämt. Immer wieder musste er sich übergeben aber sie brachte ihm eine große Karaffe mit frischem Wasser und motivierte ihn immer wieder, es zu trinken. Es hatte den Anschein, als würde sein ganzer Körper permanent auslaufen. Am Ende schleppte sie ihn hoch in die Küche, rieb ihn am ganzen Körper mit Franzbranntwein ab, heizte den Ofen ein und setzte ihn zum Herdfeuer. Als es ihm am Abend wieder besser ging, wusste er, dass sie ihm das Leben gerettet hatte. Aber er wusste nicht, ob er sich darüber freuen sollte. Sie brachte ihm einen Teller mit heißer Hühnerbrühe, an der er sich den Mund verbrannte.

„Du hast einen Blasebalg im Mund. Benutze ihn, wenn du deine Suppe isst. Die Suppe ist heiß, aber du musst sie essen. Benutz deinen Blasebalg, dann kannst du sie abkühlen."

Die Sterzinger war schon eine merkwürdige Alte. Der Unsinn mit dem Blasebalg gehörte wohl zu ihren zahlreichen, spleenigen Eigentümlichkeiten. Dennoch war Felix beeindruckt, nicht von dem Inhalt der blasebälgischen Äußerung an sich, sondern von deren Ausprägung, der Art wie der Satz, die einzelnen Wörter, Vokale und Konsonanten ausgesprochen, oder vielmehr ausgedehnt wurden. Felix konnte spüren, wie die Laute in Wörter transformiert wurden und in akustischen Schallwellen auf den Molekülen erwärmter Atemluft daher ritten.

Dann jedoch, mit unvermittelter Plötzlichkeit ventilierte sich – ein gedehntes "Blaa-ssee-boig" durch die graurosa Greisenlippen, gefolgt von der ruckartigen Definition der örtlichen Befindlichkeit, der Lokation ebendieses Blasebalgs, dieser befände sich nämlich – und das erst verhalf dem Blasebalg als Luftpumpgerät zu wirklicher Nützlichkeit, weil es das Instrument für

Jedermann in jeder Situation quasi universell verwendbar mache – dieser befände sich also im "Muundt."

Punktum.

Felix rätselte, ob die Sache mit dem Blasebalg schlichtweg Unfug war oder ob sich ein tieferer philosophischer Sinn dahinter verbarg, aber trotz intensiver Reflexion waren ihm im Hinblick auf die Enträtselung des Blasebalgs keine großen Fortschritte gegönnt.

Es musste sich ja doch nur um das blödsinnige Gemurmel einer sehr alten und etwas seltsamen Frau handeln, dachte Felix, schlürfte vorsichtig ein paar Löffel von Oma Sterzingers brandheißer Kraftbrühe, stellte die Suppenschüssel auf den Nachtisch zurück und erhob sich vorsichtig aus dem Sessel neben dem Ofen, was ihm augenblicklich heftige, stechende Schmerzen oberhalb der Augen tief in den ganglischen Windungen seines Schädels verursachte.

Es kostete ihn große Mühe, sich auf den alten zerkratzten Küchenstuhl neben dem Fenster zu schleppen. Dort fiel ihm auf, dass überall auf dem Fenstersims getrocknete Pflaumen herumlagen. Einige waren fest auf vergilbten Zettelchen aufgetrocknet, andere sahen schon aus, als ob sie im Laufe der Wochen, während der sie dort gelegen hatten, allmählich in die gelbstichigen *Kaszettelchen* eingewachsen waren.

Die Vermischung der Werbeaufschriften mit den Additionsexempeln des Dorfgreißlers und den Aufschriften der Oma Sterzinger, mit Tintenblei in schöner, dekorativer Kurrentschrift gekringelt, ergab seltene und originelle Kombinationen. *Alma-Käse, Libella, Mannerschnitten, Gösser-Bier. Lintschi-Tante Geburtstag - Karl Meier 17.6.1905, ein Liter Milch, zwei Äpfel,*

Bichelbauer–Leich, Pfarrkirche Ellend – (mit der *Leich* war offenbar ein Begräbnis gemeint).

Am Fensterkreuz lagen verschiedene Postkarten, teilweise schon älteren Datums, herum. Der Küchenschrank, welcher die gesamte Breitseite der Küche ausfüllte, war vollgefüllt mit goldbeschrifteten, in naiven Stil kolorierten alten Kaffeehäferln und Bierkrügeln mit Sprüchen wie *Gruß aus Mariazell* sowie Untertassen und ein paar Kuchengabeln, Kaffeelöffeln und anderen Restbeständen einer alten Besteckgarnitur aus Silber.

Neben dem hölzernen Abwasch, deren roter Warmwasserhahn lediglich der Dekoration dienen musste, weil er Zeit seines Existierens nie funktioniert hatte, stand eine alte Anrichte mit einer Standuhr. Schräg vis-à-vis glühte der alte Universalofen, die konzentrischen, kreisrunden Einlegeöffnungen sahen aus wie die Jahresringe jener Holzstämme, die durch sie von oben in den Ofen eingeschoben wurden, eine bemerkenswerte Analogie, schien es Felix.

Die Oma Sterzinger verfügte über ein fotografisches Gedächtnis und an alle ihre Erinnerungen hatte sie eine kleine Lebensweisheit gebunden. So führte sie sozusagen ihre Erinnerungen an der langen Leine ihrer höchstpersönlichen Interpretationen und Kommentare spazieren. Aber welche Erkenntnis sie aus diesem speziellen, tragischen Fall, in den sie da geraten war, beziehen würde, blieb ihr noch verborgen.

Dieser spindeldürre, sensible Bub, an der Schwelle zum Erwachsenen, dieser Mannbub also, der unglückliche Sohn seiner Eltern, der doch mit ihnen kaum eine Eigenschaft gemeinsam hatte, diese aus der Art geschlagene hautblasse, nach männlichem Schweiß riechende Eigentümlichkeit, aschfahl und bleich, dieser trotz seiner Hagerkeit körperliche Dominanz ausübende Verzweiflungstäter, dieser baumlange, blondhaarige Selbstbeschädiger war ihr ans Herz gewachsen.

Sie wischte ihm mit einem sauberen uralten Waschlappen über die schweißnasse Stirn, massierte seine kalten Füße mit ihren kastanienbraunen, knochigen Fingern, blickte prüfend in seine dunklen, düsteren Mannbubenaugen.

"Du musst es nehmen, wie es kommt. Was andere Menschen dir angetan haben, dafür werden sie sich irgendwann verantworten müssen, spätestens wenn sie in ihrem Totenbett liegen und in der Stunde ihres Todes, wenn sie plötzlich erkennen, was sie in ihrem Leben falsch gemacht haben"

Sie sprach leise, überlegt, jeden neuen Gedanken mit einer kleinen, ruhig geführten Handbewegung einleitend, die durch Kastaniensaft gebeizten Finger ihrer Hände halbkreisförmig gegeneinander führend, eine harmonische, bedächtige Bewegung, die damit abschloss, dass sich die miteinander korrespondierenden Fingerspitzen beider Hände sanft anstupsten und mit Ausnahme des gekrümmten kleinen Fingers eine nicht zur Gänze abgeschlossene, annähernd kegelförmige Faltung vollführten.

Es war eine überlegte, zelebrierte Teilfaltung ihrer nussgebeizten, unterkühlten Knochenhände, die sie abschätzig als *meine Nusspranken* titulierte.

Die Oma Sterzinger also faltete ihre gebeizten Nusspranken, strich Felix mit dem verfilzten, lauwarmen Waschlappen über die Stirn und sagte:

„Bub, du musst jetzt wieder zurück in dein Elternhaus gehen."

Sie ließ einen abgelutschten Zwetschgenkern aus ihrem Mund in die Handfläche gleiten.

„Du wirst also deine Schule fertigmachen, deine Matura ablegen und deinen Weg gehen. Und ich werde dir dabei helfen, wenn es notwendig sein sollte."

Felix hob zunächst resignierend, wie abwehrend seine Hand, dann aber schaute er der alten Sterzinger in ihre hellblauen Wasseraugen.

So sehr er sich auch dagegen auflehnte. Sie hatte Recht – und er hatte keine bessere Alternative. Felix nickte ihr zu. Er würde kämpfen müssen.

KONKURSMASSE

Felix kehrte zurück in das Haus seiner Eltern, es gehörte jetzt zur *Konkursmasse*. Vom Elternhaus war es über Nacht zum Masse-Haus geworden, denn es war bereits zur Versteigerung ausgeschrieben, in großen Schlagzeilen konnte man es in der Lokalzeitung lesen *Penzinger-Villa wird versteigert*. Jeder wusste über das Schicksal der unglücklichen Penzingers – manche bis ins kleinste Detail - Bescheid, und die Affäre in der Kirche war im ganzen Ort für mehrere Tage das bevorzugte Diskussionsthema geblieben. In der Tat war es erstaunlich, wie rasch und *elegant* der Pfarrer den Penzinger-Buben abserviert hatte, den Buben, der immer schon geglaubt hatte, er sei was Besseres.

Man sprach viel über die Penzingers, die jetzt ein reiches, unerschöpfliches Reservoir an schönen Skandalgeschichten darstellten; eine pikante Sensation jagte die andere, und so brachten die Unglücklichen unfreiwillig ein permanentes Unterhaltungsprogramm dar.

Bald verbreitete sich im ganzen Ort eine Art euphorische Abscheu, die sich mit der aggressiven Empörung der selbsternannten, bigotten Dorfmoralisten kombinierte.

Hubert Penzinger war praktisch von einem Tag auf den anderen vom geachteten Bürger, den man beneidete, aber auch insgeheim fürchtete, zur Null geworden.

Varus hatte ihm die Schlüssel zu den Fabriks-toren abgenommen, die Eingangstüren versiegeln lassen und ihm verboten, die Mühle jemals wieder zu betreten. Schließlich hatte er ihm auch das Auto konfisziert, sodass Hubert fortwährend an der Stätte seiner Schande bleiben musste, mitten im Ort, von empörten Ex-Mitarbeitern umgeben, die um ihren Lohn bangten.

Seine Frau lebte mit ihm in Scheidung. Das Dienstmädchen, das von ihm schwanger war, war nach Australien ausgewandert. Der Buchhalter Härtling wurde schon lange nicht mehr im Ort gesehen, er hatte sein Zimmer im Dorfgasthaus hastig, aber ohne großes Aufsehen geräumt.

Nur der Masseverwalter Engelbert Varus mit seiner hochgestochenen Assistentin war während von Zeit zu Zeit im Büro anzutreffen. Den Penzingers hatte man buchstäblich alles weggenommen, nicht nur das Telefon, sondern auch einen Großteil der Jugendstilmöbel, man hatte ihnen nur das Nötigste gelassen. Ein geheimes Blockhaus an einem versteckten Ort mitten im Wald am Kretzenberg war das einzige, was Hubert Penzinger – durch die Unkenntnis des Varus - noch geblieben war. Aber er ahnte, dass ihm auch diese letzte Zufluchtsstätte nicht mehr lange bleiben würde.

Es wunderte niemanden, dass Hubert den tiefen Absturz, die Vernichtung seiner Existenz, die innerhalb von wenigen Tagen wie im Zeitraffer inszeniert worden war, nicht verkraften konnte.

Kein Mensch im Dorf hatte erwartet, dass Hubert angesichts so katastrophaler Lebensumstände weiterhin im Dorf bleiben würde. Allgemein wurde angenommen, dass die ganze Penzinger-Familie entweder im Kollektiv oder einzeln Selbstmord begehen, sich im Suff ertränken oder auswandern würde. Doch nichts dergleichen geschah, die Penzingers blieben im Ort, auf diese Weise ununterbrochen mit ihrer Schande konfrontiert, ohne eine Fluchtmöglichkeit zu ergreifen, die sich bei einigem Willen hätte finden lassen.

Stephanie und Hubert wurden schon ein paar Tage später im Bezirksgericht Altenstätt ohne viele Umstände geschieden.

Felix weigerte sich, der Aufforderung seines Vaters nachzukommen, die Ausbildung an der Handelsakademie abzubrechen, um in die knapp zwanzig Kilometer von Ellend entfernte Papierfabrik nach Friessnitz arbeiten zu gehen, weil er wusste, dass die Fortsetzung seiner Ausbildung die einzige Chance war, um ein vollständiges Abstürzen zu vermeiden. Seine Intuition und sein Verstand signalisierten ihm eine klare Botschaft: Wenn er jetzt aufgeben würde, würde er nie mehr die Kraft für einen Neubeginn aufbringen. Es schien ihm daher unter den gegebenen tristen Umständen noch am sinnvollsten, so rasch wie möglich in die Großstadt zu übersiedeln und dort eine neue Existenz aufzubauen. Felix würde die fehlenden Klassen Handelsakademie in der Stadt nachholen, für Stephanie würde sich schon irgendwo ein *Posten* als Buchhalterin finden.

Aber was dann nach der Scheidung passierte, überraschte, ja verblüffte alle Beteiligten, die aktiven wie die passiven Beobachter, also praktisch das ganze Dorf, und bereicherte das Penzinger-Drama um eine weitere Komponente:

Stephanie verließ noch am Tage der Scheidung das zur Versteigerung stehende Haus, war jedoch trotz der inständigen und verzweifelten Bitten Felix´ nicht dazu zu bewegen, in die Großstadt zu übersiedeln. Er hatte mit der Kraft guter Argumente versucht, sie zu überreden, aber seine logische Argumentation fruchtete nichts, denn aus Gründen, die sie nicht preisgab und die sich Felix nicht erklären konnte, wollte Stephanie in der Nähe des Desasters zurückbleiben.

Felix konnte seine Stiefmutter letztlich nicht motivieren, sich in die schmerzlindernde Anonymität der Großstadt zu flüchten. Sie blieb und er fuhr weiter täglich mit dem Zug nach Altenstätt in die Handelsakademie.

Seine Stiefmutter, unerbittlich gegen sich selbst, auch zu Felix, der noch minderjährig war und ihr daher aufgrund des Sorgerechts auf Gedeih und Verderb bis zur Volljährigkeit ausgeliefert war, zog in eine kleine Gemeindewohnung im Nachbarort und forderte Felix auf, ihr dorthin zu folgen.

Aber Felix weigerte sich und blieb im Haus, obwohl er wusste, dass er dort nicht bleiben konnte, weil es in Kürze versteigert werden würde.

Tatsächlich war das Penzinger-Haus sehr schnell verkauft, was jeden überraschte, ausgenommen den Konkursverwalter Varus und den Buchhalter Härtling. Der Kaufpreis war nicht sehr hoch, aber das Zigfache des Buchwertes und außerdem noch beträchtlich höher als im Schätzgutachten angegeben. Felix und Hubert wurden eine Frist von einer Woche gesetzt, um das Haus zu räumen und an den neuen Besitzer zu übergeben.

An einem Dienstagmorgen, mitten im Dezember, ein paar Tage vor Weihnachten, fand Felix in der Küche einen von Hubert unterschriebenen, aber noch ungeöffneten Einschreibebrief vom Handelsgericht in Altenstätt.

Am Datum der Unterschrift konnte Felix sehen, dass das Schreiben schon seit mehreren Tagen ungeöffnet am Küchentisch gelegen hatte. Hubert hatte zwar den Erhalt bestätigt, aber das Schreiben nicht geöffnet. Seit dem Absenden des Schreibens war auf diese Weise bereits mehr als zwei Wochen verstrichen.

Das Schreiben war zwar an seinen Vater adressiert, betraf ihn selbst aber vermutlich ebenso wie seinen Vater. Lange überlegte Felix, ob er das Recht hatte, den Brief an seinen Vater zu öffnen.

Nach den Regeln, die er sich für sein Leben gesetzt hatte und von der Basis seines persönlichen, individuellen Rechtsempfindens ausgehend war er davon überzeugt, dass es jetzt genug sein musste mit den plötzlichen, eruptiven Schicksalsschlägen.

Felix riss das Kuvert an der Seite auf, holte tief Luft, atmete durch, versuchte ein innerliches Lächeln, sammelte all seine Sinne, um sich zu beherrschen, mit der erfrischenden, positiven Energie, wie sie für kurze Zeit nur den pubertierenden Jugendlichen zu eigen ist, die – obgleich noch in kindlicher Empfindung – mental bereits die Schwelle zum Erwachsenen überschritten hatten. Und so kam es, dass ihn der erneute Schicksalsschlag mit großer Wucht im Zentrum seines Selbst erwischte.

Das Schreiben enthielt die amtlich-lakonische Aufforderung, dass das Haus bis zum Jahresende zu räumen sei. Das Haus sei versteigert worden und der neue Besitzer, eine Export-Import-Firma, würde es am 1. Jänner 1970 in Besitz nehmen. Die Frist für den Einspruch gegen den Bescheid war vor zwei Tagen abgelaufen.

Obwohl Felix zweifellos derjenige war, der von dem Inhalt des Schreibens am meisten betroffen war, hatte das Handelsgericht das amtliche Schreiben nur an seinen Vater gerichtet.

Denn Felix, der erst dreizehn war, daher noch minderjährig und nur beschränkt geschäftsfähig war, existierte für die Behörde im juristischen Sinn überhaupt nicht. Das Schlimmste stand ihm also noch bevor. In wenigen Wochen und unmittelbar nach Weihnachten würde Felix obdachlos sein.

Zur selben Zeit fand im Ortsgasthaus von Ellend eine außerordentliche Sitzung des Jagdausschusses statt.

Öllinger, Kasper und Heidenreich, die drei Jagdgranden, im Ortsmund oft scherzhaft *die heiligen drei Könige* genannt, sowie vier weitere Mitglieder des Jagdausschusses hatten sich im Extrazimmer des Gasthofs in Ellend auf den besten Plätzen des Stammtischs platziert und warteten auf die erlauchten Herren Jagdpächter.

Die sieben Mitglieder des Jagdausschusses waren die mit Abstand größten Grundbesitzer im Ortsbereich von Ellend, jeder von ihnen besaß mindestens fünfzig Hektar Wälder, Wiesen und Felder. Dahinter rangierte bereits Hubert Penzinger, genauer gesagt war dies so bis zum Konkurs, denn jetzt besaß Penzinger – jeder wusste das im Ort – überhaupt nichts mehr, abgesehen von dem Recht, in dem über fünfhundert Hektar großen Gebiet der acht Bauern als einer der Jagdpächter dort die Jagd auszuüben.

Schon immer war das Jagdrecht eines der größten Privilegien im Ort gewesen. Wer es besaß, der gehörte zur Elite, zur dünnen, handverlesenen Führungsschicht des Ortes.

Hubert spürte schon beim Eintreten in das Extrazimmer des Dorfgasthauses, dass etwas in der Luft lag. Es schien, als ob jeder der anwesenden Wirtshausbesucher einschließlich des Wirts darum bemüht waren, ihre Beziehung zum Bankrotteur Penzinger neu zu definieren, und man sah es ihnen an, wie ihnen dieses Umgruppieren gesellschaftlicher Strukturen zu schaffen machte.

Keiner von ihnen war bisher mit einer so extremen Veränderung des sozialen Dorfgefüges konfrontiert gewesen. Sicherlich, es war schon vorgekommen, dass einmal ein Bauer einige Hektar Grund verspielt hatte, vor zwei Jahren war sogar einem Dorfbewohner das gesamte Haus abgebrannt und der Unglückliche war plötzlich von einem Tag auf den anderen vor dem Nichts gestanden.

Einem anderen Mitglied der Dorfgemeinschaft war die Frau davongelaufen. Eines Tages war sie einfach in den Zug gestiegen und im krassen Gegensatz zu den mehrheitlichen Prophezeiungen der Schnapskartenrunde im Wirtshaus blieb sie bis heute verschwunden.

Die Frau des Kartenspielers war nie wieder in Ellend aufgetaucht.

Natürlich lieferten all diese Ereignisse den Gesprächsstoff für viele Tage, einige Zeit später tauchten sie als moralisierende Dorfgeschichten in phantasievollen Variationen auf, durchsetzt von flachgeistigen Wirtshausanalysen, Vereinfachungen und subjektiven Interpretationen.

So bildeten die gescheiterten und die tragischen Figuren den Stoff für Wochen, ja sogar Monate, in einer Zeit, die an Ereignissen nicht gerade reich war und in der das Fernsehen in das entlegene Tal von Ellend erst vereinzelt nach und nach vordrang, mit Hilfe von meterhohen Dachantennen, die im permanenten Kampf gegen die dauernden wetterbedingten Störungen standen, die sich in Rauschen, Bildläufen und Bildschatten vielfältigster Art bis zu gelegentlichen Totalausfällen manifestierten, was vor allem bei Gewitter und Schneefall besonders lästig war.

Die Dorfgemeinschaft nahm Anteil an dem Schicksal jedes einzelnen, ja sie musste es sogar tun, denn jeder einzelne war mit dem anderen unweigerlich konfrontiert, sie trafen in regelmäßigen Intervallen zusammen, zu fixen Terminen, etwa beim Kirchgang am Sonntag und beim Schnapsen im Gasthaus am Samstagabend. Man war gezwungen, miteinander sein Auskommen zu finden und daher fand sich auch beinahe immer wieder ein Weg, soziale Veränderungen zu berücksichtigen.

Dem Kleinhäusler, dem im vorigen Jahr der Hof abgebrannt war, hatten alle im Dorf geholfen. Denn es war das ungeschriebene Gesetz des Dorfes, dass jedem, der unverschuldet in Not geraten war, von jedem Dorfbewohner, der etwas auf sich halten wollte, Hilfe anzutragen war.

Selbst Hasardeuren wie dem Hinteregger-Bauern, der bei einem einzigen Besuch im Casino in Wien, in einem Anfall von Idiotie und jugendlichem Übermut, Haus und Hof verspielt hatte, brachte man ein Mindestmaß an Achtung entgegen.

Der junge Hinteregger wurde allerorts, als der blamable Vorfall bekannt wurde, ohne viel Umschweife nach dem Muster vorangegangener Ereignisse als den Prototyp des leichtsinnigen Deppens klassifiziert, und so war er von diesem Zeitpunkt an mit diesem Etikett in der Ortsgemeinschaft positioniert. Obwohl sein Missgeschick über mehrere Generationen hinweg nicht in Vergessenheit geraten würde, blieb er im Dorf als akzeptierte Person.

Für gewöhnlich blieb einem Dorfbewohner daher eine bestimmte Punzierung für sein ganzes Leben, denn in der Enge und Begrenztheit des Dorfs ging nichts verloren.

Daher hatte die Geschichte von der im Casino verspielten bäuerlichen Existenz zwar in all den Jahren an Aktualität und Frische verloren, aber sie war noch nach zwanzig Jahren nicht vergessen und sorgte bei passender Gelegenheit immer noch für ein wenig Heiterkeit und etwas Schadenfreude.

Die dörfliche Gemeinschaft war unerbittlich und allgegenwärtig, aber sie gewährte in der Regel die Absolution für lässliche Sünden und in den meisten Fällen blieb die gesellschaftliche Integration des Abweichlers unangetastet, obzwar die gesellschaftliche Position, also die soziale Hierarchie durch solche Ereignisse gravierend verändert wurde.

Niemand wäre jedoch auf die Idee gekommen, dem Hinteregger-Bauern den Platz im Wirtshaus streitig zu machen, weil er Haus und Hof im Casino verspielt hatte. Aber noch lange würde man ihn damit aufziehen und das Image eines leichtsinnigen Deppens würde ihm sein ganzes Leben lang bleiben.

Aber dieser Penzinger!

Wie sollte man so einen Fall behandeln, zumal es einen solchen noch nie gegeben hatte. Hier war einer buchstäblich von ganz oben nach ganz unten gestürzt, von der Spitze der gesellschaftlichen Pyramide war dieser unglückliche, gottverdammte Mensch nun auf eine Art *Nullposition* gefallen.

Sogar der alte Zöcherl Fritz, ein notorischer Trinker, arbeitslos und mehrfach wegen Diebstahls vorbestraft, stand höher als dieser Herr Fabrikbesitzer.

Dieser superschlaue Geschäftemacher, dieser arrogante Emporkömmling, der hinter jedem Rock her war, der Mercedesfahrer, der Kapitalist, der nichts arbeitete, aber jeden dritten Wettbewerb im Bauernschnapsen gewann.

So mancher Dörfler konnte sich noch gut an die bösen Streiche des Hubert Penzinger erinnern, denn in einem Dorf geht nichts verloren, ein Dorf ist geschichtsbewusst.

Dorfbewohner haben ein gutes Gedächtnis, Sinn für Tradition und ein langfristiges Bewusstsein für Vergangenes. Dorfgeschichten wachsen schnell und gedeihen üppig.

KATZENSCHMAUS

Hubert Penzinger und sein Freund und Jagdleiter Heidenreich hatten sich mit den Besuchern des Gasthauses in Ellend so manchen bösen Scherz erlaubt. Sie hatten ihren Spaß gehabt, aber sich dabei einige Feinde eingehandelt.

Den bisher bösartigsten und gemeinsten Streich hatten sei vor gut zehn Jahren inszeniert.

Penzinger und Heidenreich kommen an einem Samstagabend im Juli nach einer Treibjagd ins Gasthaus, um das Wochenende gebührend zu feiern, beide im Jagdanzug, bereits leicht angesäuselt – offenbar hatten sie bereits Zwischenstation im Nachbarort gemacht – in bester Alkohol-Laune stellen sie ihre Schrotflinten in die Ecke des Stammtisches, nehmen ihre Rucksäcke ab:

"Zwei Krügel Bier und neue Schnapskarten!"

Einer der am Nachbartisch sitzenden Männer, er ist Arbeiter in der Fabrik Penzingers, steht auf und grüßt seinen Arbeitgeber höflich.

„Weidmannsheil, Herr Chef! Darf ich fragen, ob Sie etwas geschossen haben?"

Hubert steht auf, öffnet den Rucksack und zeigt dem Arbeiter seine Ausbeute, im Rucksack befinden sich ein paar Fasane. Heidenreich verkündet stolz:

"Im Kofferraum liegen noch drei Hasen, ein Fuchs und eine …"

"Nichts verraten, Sepp!", unterbricht ihn Hubert. Plötzlich von einem seiner verrückten Einfälle getroffen, flüstert er seinem Freund etwas ins Ohr, worauf beide in schallendes Gelächter ausbrechen. Dann steht Hubert Penzinger auf und richtet eine improvisierte Ansprache an die Wirtshausgäste.

"Liebe Freunde! Herr Josef Heidenreich und meine Wenigkeit haben heute wirklich großes Jagdglück gehabt und wir möchten euch daher alle zu einem Wildessen einladen. Sepp, der ja, wie ihr alle wisst, ein ausgezeichneter Koch ist, wird, das Einverständnis unseres Wirts vorausgesetzt, gleich damit beginnen, das frische Wild in der Gasthausküche zuzubereiten. In einer Stunde sind wir fertig, bis dahin lade ich euch alle auf einen Umtrunk ein, können auch mehrere Runden sein, wenn's sich nicht vermeiden lässt. Ich hoffe, auch du bist damit einverstanden, Ferdinand", schloss Hubert seine Ansprache.

"Geht in Ordnung", sagte dieser, "wenn ihr eine Runde ausgebt, anständig getrunken wird und ihr mir fünfzig Schilling für die Reinigung bezahlt, stelle ich euch die Küche zur Verfügung."

„Einverstanden!"

Hubert Penzinger und Heidenreich tragen daraufhin ihre Rucksäcke aus den Kofferräumen ihrer Autos in die Gasthausküche.

Heidenreich, der ein gelernter Koch ist, bereitet den Wildbraten ebenso perfekt zu, wie er ihn anschließend den Gästen im Wirtshaus serviert. Der Wildbraten wurde unter den Lobpreisungen der Eingeladenen und mit zwei weiteren Runden Freibier restlos aufgegessen.

Am Ende hockten die Dorfbewohner satt und zufrieden mit den Resten ihrer Gratisbiere und Gratisvierteln im Gastzimmer, über dem immer noch der gute Bratenduft der schussfrischen Wildtiere lag.

Die satten Wirtschaftsgäste stocherten in selbstzufriedener Hingabe mit ihren Zahnstochern zwischen den Zähnen herum, um auch die letzten zwischen den Zähnen hängen gebliebenen Fasern der Köstlichkeiten ihrem Verdauungstrakt zuzuführen, satte Zufriedenheit begleitet durch angeregte Unterhaltung im Wirtszimmer, vereinzelt war verhaltenes Rülpsen zu vernehmen, die Attribute eines überaus erfolgreichen Abends.

Mit Ausnahme der beiden Köche, Hubert Penzinger und Sepp Heidenreich, hatten alle Wirtshausgäste am Festschmaus teilgenommen.

Da öffnet sich die Tür zur Küche und Heidenreich bringt ein großes Tablett mit den Resten eines Kadavers. Auf dem Tablett liegt der Kopf eines Tieres, daneben sind die Pfoten und der Schwanz drapiert, Körper und Innereien des Tieres fehlen.

Erst bei näherem Hinsehen bemerken die Gäste mit Entsetzen, dass es die Reste einer Katze sind. Der große schwarze Kopf eines verwilderten Hauskaters liegt in einer dünnen, hellroten Blutlache, die gelben Katzenaugen starr geöffnet.

"Werte Jagdgesellschaft", eröffnet Hubert Penzinger feierlich in die plötzliche Stille hinein, in der man eine Stecknadel fallen hören kann.

"Auf diesem Tablett befinden sich die kümmerlichen Reste unseres köstlichen Wildbrets. Sollten diese beim sehr geehrten Publikum noch weiteres Interesse finden, so wird es uns eine Ehre sein, auch diese Teile zuzubereiten."

Ungläubiges Erstaunen, gepaart mit blankem Entsetzen, jemand versucht ein verlegenes Kichern, verstummt jedoch sofort, als es einer nicht mehr zur Toilette schafft und sich auf den Wirtshaustisch übergeben muss.

Unter dem schallenden Gelächter Hubert Penzingers und Sepp Heidenreichs springen zwei weitere Festgäste auf und laufen auf die Toilette. Einer schafft es nicht mehr rechtzeitig und übergibt sich zeitökonomisch in das Bierglas des Nachbarn, nachdem er sekundenlang wie hypnotisiert auf das Erbrochene des Vorläufers gestarrt hatte.

Das Entsetzen ist real, der scharfe Geruch des Erbrochenen löst weitere Sprints zur Toilette aus, dann folgt urplötzlich eisige Stille, so dass Penzinger und Heidenreich das Lachen im Hals gefriert und jetzt müssen sie blitzartig erkennen, dass es kein guter Scherz war, ihren Gästen die Teile einer alten verwilderten Hauskatze ins Wildessen zu mischen.

"Ferdinand, eine Runde Schnaps für Alle!" ruft Hubert zum Wirt.

Aber nach und nach stehen alle auf, keiner der so brutal Gedemütigten sagt mehr ein Wort; sie verlassen das Gasthaus grußlos.

Einige, die nicht in Penzingers Mühle beschäftigt sind, können ihren Zorn über die erlittene Demütigung nur mehr mühsam unterdrücken.

Aber Kasper, der Obmann des Jagdpächter-verbandes, ballt die Fäuste, spuckt vor Hubert Penzinger auf den Boden und droht mit belegter Stimme, aber gefährlich leise:

"Das wird euch beiden Scherzkeksen noch einmal sehr leidtun."

DIE JÄGER

Jetzt, mehr als zehn Jahre danach, wusste Hubert, dass er die Rechnung für den Katzenschmaus würde zahlen müssen. Der Zeitpunkt war gekommen, an dem man an ihm Rache nehmen würde. Aber er würde es ihnen nicht so leicht machen. Wahrscheinlich haben sie gehofft, ich komme überhaupt nicht zur Versammlung der Jagdpächter, dachte Hubert Penzinger. Auf diese Weise hätte er es seinen Jagdfreunden noch viel leichter gemacht, ihn abzusetzen.

Es war offensichtlich, dass die ihm die Jagdpacht wegnehmen wollten, das einzige, was ihm noch verblieben war. Aber es war nicht seine Art, kampflos aufzugeben. Ein Mann wie Hubert Penzinger musste im Kampf untergehen. Es war offensichtlich, dass er nicht mehr akzeptabel war für dieses Dorf. Man konnte ihn nicht mehr integrieren, wie all die anderen, die ausgerutscht waren, denn er war aus zu großer Höhe abgestürzt, hatte sich verhasst gemacht, er war ein hoffnungsloser Fall für die Dorfgemeinschaft. Er musste untergehen, auf spektakuläre, dramatische Weise, so wie es sich für einen Hubert Penzinger gehörte, so wie es zu ihm passte, zu einem Mann, der keine Kompromisse kannte, immer das härteste Spiel gespielt hatte, immer die maximale Schwierigkeitsstufe gewählt hatte, das höchste Risiko gesucht hatte.

Keiner der Anwesenden grüßte ihn bei seinem Eintreten ins Gasthaus, aber jeder beobachtete ihn mit angespannter Konzentration. Der Geräuschpegel im Gasthaus hatte sich bei Huberts Eintreffen sofort spürbar gesenkt. Niemand gab zu erkennen, dass er Hubert wahrgenommen hatte. Nur Heidenreich, der bereits mit Öllinger und Kasper am Stammtisch Platz genommen hatte, nickte ihm nervös zu. Zum Entsetzen seines Freundes Sepp Heidenreich und zur Verwunderung aller ging Hubert direkt auf den Stammtisch der Jäger zu.

Heidenreich erhob sich bei Huberts Eintreffen von seinem Stammplatz und entfernte sich in Richtung des Pissoirs, wobei er so um Unauffälligkeit bemüht war, dass es allen Wirtshausgästen sofort auffiel.

Jahrelang habe ich mich um die Jagd gekümmert, im Winter habe ich tonnenweise Futter für das Wild finanziert, die neue Hütte am Kegelspitz habe ich gratis aufgestellt, jahrelang habe ich von allen Pächtern finanziell am meisten in die Jagd gebuttert und jetzt setzt man so einen Lackaffen aus der Großstadt auf meinen Platz, durchzuckte es Hubert.

"Penzinger!", rief Kasper dem heranstürmenden Hubert zu, "wir haben eigentlich nicht erwartet, dass du heute kommst, aber wenn du schon da bist, so sollst du wissen, dass du nicht mehr Jagdpächter bist, an deine Stelle tritt der Doktor Neumayr aus Altenstätt."

Es ging so schnell, dass alle verblüfft waren, sogar Hubert selbst. Hinterher erzählte man sich verschiedene Versionen über den Tathergang, vor allem war nicht mehr klar eruierbar, wer was gesagt hatte und warum es zu so einer plötzlichen Eskalation kommen hatte können.

Übereinstimmend waren jedoch die Aussagen der Wirtshausgäste in einem Aspekt. Im Laufe eines derben, verbalen Schlagabtausches hatte der heranstürmende Hubert den schweren Eichentisch mit einer solchen Wucht gegen die Wand geschleudert, dass Kasper und Öllinger keine Chance mehr hatten, aufzuspringen und von dem Tisch in halbsitzender Position gegen die holzgetäfelte Wand des Stammtisches geschleudert wurden, und dass Hubert, außer sich vor Wut, zum Entsetzen aller, den schweren Wirtshaustisch einige Mal ruckartig wie einen Rammbock gegen die Wand stieß, wobei Kasper – obwohl schon vom ersten Anprall verletzt, es schaffte, noch rechtzeitig vor dem zweiten Aufprall über den Tisch zu springen.

Öllinger jedoch saß zu weit in der Mitte der Sitzecke. Er konnte daher nicht mehr aufspringen und wurde daher immer wieder zwischen der Tischkante und der Wand eingeklemmt.

Während Öllinger schließlich stöhnend und klagend mit gebrochenen Rippen liegenblieb, stürzten sich Kasper und zwei junge Burschen auf den rasenden Hubert und schlugen mit Fäusten und Getränkeflaschen auf ihn ein. Hubert packte Kasper beim Hals, wurde jedoch von einer leeren Bierflasche am Kopf getroffen und etwa gleichzeitig traf ihn der wuchtige Fausthieb Kaspers, der Huberts Unterlippe aufplatzen ließ und zwei Zähne aus der Wurzel brach.

Kasper trat ihm ins Knie, so dass Hubert hinfiel. Ein wuchtiger Schlag traf ihn am Kopf, sodass Hubert das Bewusstsein verlor und nur mehr reglos dalag.

Heidenreich war aus dem Klo zurückgekehrt, brüllte „Seid ihr wahnsinnig geworden? Hört sofort auf! Ihr bringt ihn noch um!" rannte zum Vierteltelefon des Gasthauses, das an der Theke stand und rief die Notrufnummer 122.

"Ich habe die Gendarmerie angerufen. Die Kiberer kommen jeden Augenblick! Hört auf! Hört sofort auf!"

Die Kämpfer blieben schwer atmend über dem reglosen Hubert stehen. Die beiden halbwüchsige Burschen, die mit den Bierflaschen auf Hubert eingeschlagen hatten, erkannten eine weitere Chance, sich bei den Jägern zu profilieren, indem sie den bewusstlosen Hubert, der mit dem Gesicht auf dem Boden lag, an den Beinen packten und brutal vor die Tür schleiften. Kasper trat Hubert draußen noch ein letztes Mal ins Gesäß und rief: "Der Arsch kommt uns hier nie mehr wieder herein."

Die angekündigte Gendarmerie kam überhaupt nicht, weil Heidenreich nicht 133, sondern 122 gerufen hatte. Eine halbe Stunde nach der Schlägerei fuhr die Rettung mit Blaulicht vor, etwa zur selben Zeit als Hubert durch die Sirene des Rettungswagens - aus seiner Bewusstlosigkeit erwachte.

Hubert rappelte sich hoch und verschwand in der Dunkelheit hinter einem Holzstoß. Der mit Rippenbrüchen und einer Lungenquetschung schwer verletzte Öllinger wurde indessen von der Sanität ins Krankenhaus nach Altenstätt gebracht.

Mit einer blutenden Platzwunde am Kopf, aufgeplatzter Unterlippe, zwei ausgebrochenen Zähnen, einigen angeknacksten oder gebrochenen Rippen, zahllosen Prellungen und Quetschungen, aber trotzdem noch außer sich vor Wut über die Schmach, die man ihm angetan hatte, war Hubert nach Hause gewankt.

Am Küchentisch lag der Brief des Handels-gerichts. Er erkannte sofort, dass er geöffnet worden war. Auch ohne den Brief geöffnet zu haben, hatte Hubert gewusst, was drinstand. Aber erst jetzt war es für ihn zur unumstößlichen Gewissheit geworden, dass er sein Haus verlieren würde, denn hier stand es jetzt schwarz auf weiß in lesbarem, geöffnetem Zustand.

Angesichts dieser endgültigen Gewissheit empfand Hubert, der Fabrikbesitzer und Unternehmer, eine ungeheure Demütigung. Hubert war ganzen cholerischen Energie im Bruchteil einer Sekunde verlustig gegangen, vollkommen fassungslos mit seiner eigenen Unzulänglichkeit konfrontiert, mühsam nach Gleichgewicht stotternd, mit rasenden Schmerzen am Kopf und im Brustkorb, stieß Hubert die Tür zum Schlafzimmer auf, stand er jetzt vor seinem Sohn.

Felix erwachte aus seinem Schlaf und aus einem Traum. Mit großem Erstaunen stellte er fest, dass er schon zuvor das Eintreffen des Vaters vor dem Haus beobachtet hatte.

Obwohl er geschlafen hatte, wusste Felix sich an alle Einzelheiten seiner Beobachtungen zu erinnern, sah das ungeschickte Suchen Huberts nach dem Haustorschlüssel. Er fand keine andere Erklärung, als dass er die Szenen im Traum gesehen hatte.

Dann ging die Erinnerung an den Traum weiter zurück, sie lief rückwärts. Felix erinnerte sich, obwohl er doch geschlafen hatte, daran bestand kein Zweifel, dass Hubert das Wirtshaus verlassen hatte, nachdem er sich fürchterlich geschlagen hatte.

Er sah, wie drei Männer mit Fäusten auf seinen Vater einschlugen. Aber das musste sich ereignet haben, während er noch geschlafen hatte, es war vor seinem Aufwachen gewesen, es war ein Traum gewesen.

Schon vor dem Aufwachen war Felix im Bilde, er wusste schon vor diesem Ereignis, was passieren würde. Es war ihm etwas Unfassbares, etwas Unbegreifliches zugestoßen: die Zeit war für Felix rückwärtsgelaufen.

Kann in einem Augenblick, an der Schwelle zwischen Traum und Wirklichkeit, die Zeit rückwärtslaufen? fragte sich Felix.

Hubert stand, blutend, verletzt und schwer atmend, im Raum. Als seine Wut versiegt war, setzten die Schmerzen seiner Verletzungen so schlagartig ein, dass sie Hubert den Atem nahmen.

Felix war aus dem Bett gestiegen, er hatte die Fäuste geballt, dass die Fingerknöchel weiß hervortraten.

„Diese verdammten Idioten haben mich zusammengeschlagen" nuschelte Hubert aus seinen angebrochenen Zähnen und der gebrochenen Nase."

Es hörte sich an, als hätte Hubert unter Wasser gesprochen und dabei einen Kaugummi gekaut.

„Ich weiß was passiert ist. Du brauchst mir nichts mehr zu erzählen" flüsterte Felix. Er schaltete das Licht ein, um besser sehen zu können.

„Das sieht ziemlich schlimm aus, Papa" murmelte Felix geschockt vom Anblick seines Vaters.

„Setz dich bitte, damit ich mir das besser anschauen kann."

Hubert fischte eine zerknüllte Zigarettenpackung aus seiner blutgetränkten Jacke und rutschte mit dem Rücken an der Wand langsam auf den Boden nieder. Er schüttelte ein paar Zigaretten aus der Packung, die auf den Boden fielen, suchte sich eine davon heraus und schob sie zwischen eine weniger lädierte Stelle seiner Lippen.

„Kannst du mir Feuer geben? Ich weiß nicht mehr, wo die Zündholzschachtel ist, ich glaub, die hab' ich bei der Prügelei im Wirtshaus verloren."

Felix ging in die Küche und kehrte mit einer Packung Zünder und dem Notverbandskasten in das

Schlafzimmer zurück. Als er näherkam, um die Zigarette in Huberts Mundwinkel anzuzünden, sah er das ganze Ausmaß an Verletzungen, die sein Vater im Gesicht aufwies.

„Das sieht wirklich schlimm aus, Papa. Du musst sofort ins Krankenhaus."

„Papperlapapp! Krankenhaus!" rief Hubert empört, wobei die Zigarette aus seinem Mundwinkel auf den Boden fiel.

„Ein paar Tage regelmäßig mit *Pitralon* gurgeln und alles ist wieder in Ordnung".

„Nichts ist in Ordnung, Papa", sagte Felix, hob die Zigarette vom Boden auf und schob sie seinem Vater wieder zurück in die unverletzte Ecke des Mundwinkels.

„Du musst sofort ins Krankenhaus. Das soll sich ein Arzt ansehen. Das muss geröntgt werden. Überleg doch mal: Du kannst innere Verletzungen haben oder sonst was, was man äußerlich gar nicht sieht. Du gurgelst dann mit deinem Rasierwasser, während du innerlich verblutest!"

Hubert stöhnte auf. „Ausgeschlossen! Wie soll ich ins Krankenhaus kommen? Kannst du mir das sagen, wie das gehen soll, mitten in der Nacht? Das Spital in Altenstätt ist mehr als zwanzig Kilometer entfernt. Diese *Konkursaffen* haben mir das Auto weggenommen. Wie stellst du dir das vor? Soll ich mit deinem alten Tretroller ins Spital fahren. Wir können nicht einmal die Rettung rufen, weil ja kein Telefon mehr haben!"

„Drüben im Gasthaus brennt noch Licht. Der Wirt ist sicher noch da. Ich gehe rüber und bitte den Wirt, dass er die Rettung ruft" sagte Felix entschlossen.

„Bist du verrückt!" rief Hubert entsetzt, wobei er vor Schmerz zusammenzuckte.

„Was sollen denn diese Trottel von mir denken. Die glauben dann, dass der alte Penzinger am Ende …"

Hubert stoppte unvermittelt und Felix sah in Huberts malträtiertem Gesicht, wie sehr entsetzt und fassungslos sein Vater war, im Augenblick der Wahrheit, als ihm klar geworden war, dass seine Existenz ruiniert war. Felix wurde bewusst, dass sein Vater in diesem Moment zum ersten Mal seine Maske abgelegt hatte.

Noch nie war er seinem Vater so nahe gewesen wie in diesem Augenblick der absoluten Wahrheit. Und nie mehr wieder würde es so sein. Aber das wusste Felix noch nicht.

Felix öffnete den Verbandskasten, desinfizierte die klaffende Platzwunde am Kopf seines Vaters mit Jodtinktur und verband die Wunde. Dann ging er hinüber zum Gasthaus.

Es war nicht nur der Wirt noch da, sondern auch der Großteil der Gäste. Kasper hatte ein paar Runden Gratisbier ausgegeben, um seinen triumphalen Sieg über Hubert zu feiern.

Als Felix eintrat, verstummte das Geplapper augenblicklich. Alle glotzten ihm still und ungeniert ins Gesicht. Es dauerte eine kleine Ewigkeit, bis Heidenreich das Schweigen durchbrach.

„Servus Felix, können wir was für dich tun?"

„Ja. Ruft bitte einen Krankenwagen für meinen Vater."

Heidenreich ging zum Telefon und rief ein zweites Mal an jenem Abend die Rettung.

Felix drehte sich um und ging.

135

Kasper konnte nun - am Abend seines Triumphes - seinen Mund jetzt doch nicht halten und höhnte:

„Das kommt davon, wenn man glaubt, man sei was Besseres!"

Felix, der schon halb bei der Tür draußen war, stoppte eine Sekunde und drehte sich dann um.

„Mein Vater hat nie behauptet, etwas Besseres zu sein. Ihr habt geglaubt, er sei besser als ihr, solange er Unternehmer war. Genauso wie ihr jetzt – seit mein Papa Bankrott ist und kein Geld mehr hat - behauptet, er sei schlechter als ihr. Wer das jetzt nicht verstanden hat, kann gern noch mal drüber nachdenken."

Dann wendete er sich zum Wirt und sagte „Danke, dass du den Krankenwagen gerufen hast!"

SUPERBENZIN

Als die Sanitäter gekommen waren, um seinen Vater ins Krankenhaus nach Altenstätt zu bringen, war es bereits halb sechs Uhr morgens gewesen.

In der Morgendämmerung nach der durchgestandenen Nacht machte sich Felix auf den Weg zu Oma Sterzinger.

Erschöpft taumelte er zur Tür herein, er spürte das Pochen seines Herzschlags bis in die Augenhöhlen. Felix fing an zu reden, er redete und redete unablässig und die alte Sterzinger hörte zu. Sie kochte ihm einen Kräutertee und gab ihm drei alte, teilweise bereits verschrumpelte Äpfel, die an den fauligen Stellen mit einem spitzen Messer ausgeschnitten waren.

Schließlich legte sie das Messer beiseite und sagte: "Du wirst deine Ausbildung abschließen und die Matura machen. Bis dahin kannst du in meinem Haus am Dachboden wohnen."

Noch am selben Tag ging er zur Mühle, um seine Sachen zu holen. Fortan hauste Felix auf dem Dachboden der alten Oma Sterzinger. Er hatte ein neues Zuhause gefunden.

Die spektakuläre Schlägerei im Gasthaus von Ellend blieb tagelang das bestimmende Thema, nicht nur in Ellend und den benachbarten Dörfern, die Schlägerei im Dorfgasthof hatte sich bis Altenstätt durchgesprochen. Ein Redakteur einer Regionalzeitung recherchierte die Geschichte, frisierte sie etwas auf und brachte sie groß aufgemacht als Titelstory mit einem Meuchelfoto von Hubert, das ihn als martialisch aussehenden, schwerbewaffneten Jäger vor einer riesigen Strecke von toten Tierkadavern präsentierte. Es war offensichtlich, dass es sich bei dem Foto um eine private Aufnahme handelte, die von einem Jagdfreund Huberts nach einer der zahlreichen Treibjagden aufgenommen worden war.

Felix, der bereits durch die Affäre in der Schule und in der Kirche schwer angeschlagen war, musste jetzt auch öffentlich die Schande seines Vaters mittragen. Durch den Zeitungsartikel expandierten die traurige Berühmtheit und die zweifelhafte Prominenz der Penzinger-Familie auf den gesamten Bezirk. Sein Verbleib an der HAK war fraglich geworden, denn Felix konnte weder von Hubert noch von Stephanie jene bescheidenen Mittel aufbringen, die zur Fortsetzung seines Studiums erforderlich gewesen wären. Und nach wie vor war das Schreibmaschinen-Problem ungelöst. Eine weitere Herausforderung war der geplante Schulschikurs im Februar. Der Kostenbeitrag von achthundert Schilling sollte innerhalb der nächsten zwei Wochen eingezahlt werden. Sollte es ihm nicht gelingen, den Betrag bis zum Fälligkeitstermin aufzubringen, so würde er seine Teilnahme absagen müssen.

Vermutlich wäre Felix der Einzige, der nicht mitfahren würde, wodurch er sich dann noch weiter ins Abseits stellen würde. Er hatte große Angst davor, die neuerlichen Herausforderungen nicht durchzustehen. Je mehr und je angestrengter er darüber nachdachte, desto hoffnungsloser erschien ihm seine Lage. Selbst wenn es ihm gelingen würde, die achthundert Schilling irgendwie zu beschaffen, der Betrag reichte bloß für die Unterbringung und das Essen im Jugendheim, für eine gelegentliche Jause oder für ein Getränk würde er zusätzlich noch mindestens zweihundert Schilling benötigen, schließlich war das Leben in den

Wintersportorten in Westösterreich um mindestens zwanzig Prozent teurer als Zuhause im Waldviertel, dem Land am Eisernen Vorhang, hart an der Grenze zur Tschechoslowakei. Mit seinem verschlissenen Anorak und den Schiern mit Federzugbindung, die aussahen, als hätte er sie von einem alten Heimatmuseum geborgt, würde man ihn auslachen.

24. Dezember 1969 – *Heiliger Abend*. Die alte Sterzinger hatte nicht einmal einen Weihnachtsbaum. Aber als es dunkel wurde, zündeten sie eine Kerze an, eines jener billigen Windlichter, die in einem Glasmantel standen, damit man sie – zumeist zu Allerheiligen – auf Gräber stellen konnte.

Es war dunkel, nur der Schein der Kerze flackerte, draußen regnete es, es kam keine Weihnachtsstimmung auf, aber die alte Sterzinger blickte aus ihren Augen wasserblau in das Gesicht des Buben, und sie kauten getrocknete Pflaumen. Sie schmeckten süß, einige davon waren aber schon etwas faulig.

Am Weihnachtstag räumten sie das alte Gerümpel aus der Dachkammer, in der Felix jetzt wohnte.

Felix ging, um Kohlen für Oma Sterzingers Dauerbrandofen bei Heidenreichs Tankstelle zu holen. Heidenreich war von Beruf Landwirt, aber er hatte erst vor kurzem eine Tankstelle gebaut oder so etwas Ähnliches, denn er handelte außerdem mit Kohlen, Holz und Koks. Sein Büro bestand bloß aus einer schäbigen Baracke und vier Zapfsäulen, je eine für Diesel, Benzin und Superbenzin sowie einem handgemischten Benzin-Öl-Mischer für Mopeds, die man mit einer kleinen Hebelpumpe in einen durchsichtigen Zapfbehälter mit Markierungen pumpen musste.

Die Tankstelle war erst seit ein paar Wochen im Betrieb und der Geschäftsgang war alles andere als gut. Heidenreich ärgerte sich, dass er die Tage zwischen Weihnachten und Sylvester in seiner Zapfsäulenbaracke verbringen musste. Die Leute von der Mineralölfirma hatten ihm eingeredet, dass eine Tankstelle das ideale Zusatzgeschäft für einen Landwirt sei. Und dass die Errichtung der Tankstelle für Heidenreich kaum mit Investitionen verbunden war, steigerte seine anfängliche Sympathie für die Idee beträchtlich. Es war alles so einfach gewesen: Das Grundstück, auf dem die Tankstelle errichtet wurde, gehörte ihm, die Zapfsäulen und die Baracke hatten ihm die staatliche Mineralölfirma aufgebaut, und da er nur der Pächter war und keine Angestellten beschäftigte, waren seine Fixkosten minimal. Sogar den Treibstoff konnte er sechs Wochen schuldig bleiben.

Und was die Bedienung der Tankstelle anbelangte, so machte sich Heidenreich schon gar keine Sorgen, denn sein Konzept – so dachte er – war simpel und effizient: Jeder, der die Tankstelle benutzte, würde sich selbst bedienen und dann nach erfolgtem Auftanken einfach die Klingel drücken und Heidenreich oder seine Frau oder der Opa oder die Oma würden von seinem nur wenige Meter entfernten Bauernhof herüberlaufen und nur mehr das Inkasso vornehmen.

Am Anfang funktionierte die Idee der Selbstbedienung ja noch recht gut, bis Heidenreich eines Tages bei der Treibstoffabrechnung feststellen musste, dass nicht alle, die getankt hatte, auch geklingelt hatten. Und seitdem saß er abwechselnd mit seiner Frau bei der Tankstelle und spielte mit sichtlichem Widerwillen die Rolle des Tankwarts.

"Komm rein, Felix", sagte Heidenreich. Felix setzte sich auf den zweiten Sessel in der Baracke.

"Kannst du mir zehn Minuten auf den Sprit aufpassen? Ich muss geschwind noch was erledigen."

Felix wusste wie jeder im Dorf: Heidenreich war mit seiner komischen Billigtankstelle *ordentlich eingefahren,* er war das Opfer seiner eigenen Knausrigkeit geworden.

"Okay, ich vertrete Sie für ein paar Minuten" antwortete Felix kurz entschlossen.

Heidenreich stapfte zufrieden aus seiner Baracke, war aber kaum um die Ecke gebogen, als ein roter Sportwagen mit Wiener Kennzeichen zur Zapfsäule rollte.

"Superbenzin, Volltanken!", rief der Fahrer, ein Typ mit Sonnenbrille auf dem Kopf.

Er warf Felix lässig die Schlüssel zu. Felix füllte den Tank und putzte sorgfältig nicht nur die vordere, sondern auch die hintere Windschutzscheibe, kontrollierte den Ölstand und füllte etwas Wasser mit Scheibenwaschmittel nach. Er war so nervös, dass ihm beim Schreiben der Rechnung ein Fehler unterlief, so dass er sie zum zweiten Mal schreiben musste. Heidenreichs Handkasse bestand lediglich aus einer Schublade am alten hölzernen Schreibtisch, in welcher er das Geld einfach hineinwarf. Die Sorglosigkeit, mit der Heidenreich mit seinem Geld umging, passte so überhaupt nicht zu seiner angeblichen Knausrigkeit, wunderte sich Felix. Bloß keinen Fehler beim Herausgeben machen, dachte Felix, als er das Wechselgeld nachzählte.

"Das ist für dich, *Burscherl!*"

Der Sportwagenfahrer aus der Großstadt warf eine Zehnschillingmünze auf den Schreibtisch. Felix konnte sein Glück nicht fassen. Innerhalb von nur fünf Minuten hatte er zehn Schilling verdient. Während er noch rechnete, kamen zwei weitere Kunden gleichzeitig. Der Bauer mit dem Traktor tankte sich selbst und wollte sich von Felix nicht helfen lassen, aber schon der nächste Kunde gab ihm wieder Trinkgeld - zwar nicht so viel wie der Sportwagenfahrer - aber ein paar Schillinge waren es jedes Mal.

Als Heidenreich nach zweieinhalb Stunden von seiner Erledigung zurückkam, die von ihm für bloß zehn Minuten angekündigt worden war, hatte Felix zweiundvierzig Schilling Trinkgeld verdient. Zu seinem Erstaunen stellte er fest, dass er in knapp drei Stunden schon etwa ein Zwanzigstel von dem Geld verdient hatte, das er für die Teilnahme am Schikurs benötigte. Wenn er nach der Schule täglich drei Stunden arbeitete, würde er in zwanzig Tagen das Geld für den Schikurs verdient haben. Und auch zeitlich würde es sich bis Ende Februar ausgehen.

Heidenreich überprüfte die Kassa und zeigte sich zufrieden. Er war Bauer mit Herz und Seele und das Herumhocken in der stickigen, engen Baracke der Tankstelle ging ihm schwer auf die Nerven.

Nach einer längeren Nachdenkpause rückte er tatsächlich mit der Idee heraus, auf die Felix insgeheim gehofft hatte:

"Hast du Lust, mich von Zeit zu Zeit zu vertreten? Zahlen kann ich dir natürlich nichts, aber das Trinkgeld darfst du behalten. Und die Kassa muss peinlich genau stimmen. Aber wehe es fehlt was! Alles was am Ende des Tages fehlt, musst du dann selbst bezahlen."

Felix konnte vor Aufregung kaum atmen, geschweige denn antworten.

"Na, was sagst du dazu, Felix?", setzte Heidenreich ungeduldig nach. Natürlich war es ihm bewusst, dass sein Angebot nicht gerade großzügig war, eigentlich war es illegal, Schwarzarbeit eines Minderjährigen und beschränkt Geschäftsfähigen, und obendrein ohne Sozialversicherung.

Dann, nachdem er seine Stimme wiedergefunden hatte, sagte Felix "Einverstanden, Herr Heidenreich. Wenn Sie wollen, komme ich jeden Tag nach der Schule, also am Nachmittag um zwei, an Sonntagen ganztägig, mit Ausnahme der letzten Februarwoche, da ist Schulschikurs."

Felix streckte ihm die offene Hand hin, und Sepp Heidenreich schlug ein.

"Also ist es fix ausgemacht", krächzte Felix, der in den letzten Tagen urplötzlich den Stimmwechsel bekommen hatte und seitdem abwechselnd mit hoher und tiefer Stimme vor sich hin krächzte.

"Auf mein Wort kannst du dich verlassen, Bub!" sagte Heidenreich gönnerhaft, er freute sich, für den Penzinger-Buben etwas tun zu können. Sein soziales Gewissen war beruhigt, und jetzt brauchte er sich auch keine Vorwürfe mehr zu machen, dass er seinen Freund Hubert bei der Schlägerei im Stich gelassen hatte, indem er aufs Klo gegangen war, als es kritisch wurde.

"Ich wünsche Ihnen ein frohes Weihnachtsfest, Herr Heidenreich!" rief Felix und er rannte mehr, als er ging, aufgeregt, glücklich, atemlos kam er angerannt bei der alten Sterzinger.

Sie schlürfte gerade ihren hellbraunen, brennheißen Zichorienkaffee und es stank heftig nach angebrannter Milch, und als Felix schreiend bei der Tür hereinstürzte.

"Ich habe eine Arbeit und kann in der Handelsakademie bleiben!" rief er freudestrahlend. Atemlos erzählte er ihr von seinem neuen Job als Tankwart bei Sepp Heidenreich, der es ihm erlauben würde, die vier Jahre bis zur Matura durchzustehen.

Die alte Sterzinger tauchte ihr altes Brot in den Zichorienkaffee." Gleich nach den Feiertagen geh ich zum Postamt. Das *Postfräulein*... (aus rätselhaften Gründen verwendete sie immer diesen Ausdruck, obwohl die Postbeamtin schon weit über fünfzig war) ...hat einen Anschlag am Postamt ausgehängt. Sie möchte ihre Schreibmaschine verkaufen. Diese Schreibmaschine werden wir dir kaufen, Bub", murmelte sie und zog mit spitzen Fingern die geronnene Milchhaut vom Kaffee.

Felix stiegen die Tränen in die Augen, er konnte nicht sprechen.

Da sagte die alte Sterzinger: "Merk dir das: die Milchhaut ist das Beste am Kaffee." Sie legte die geraffte Milchhaut auf den Kaffeelöffel, um sie genüsslich vom Löffel zu schlürfen, wobei sie ihre Lippen spitzte.

"Wenn du einmal Erwachsen bist, vergiss eines nicht: Bleib ein anständiger Mensch." Felix lächelte glücklich.

„Grins nicht so blöd. Glaub mir, so einfach ist das gar nicht. Magst ein paar Dörrpflaumen?"

Felix fasste den knochigen Arm der alten Frau an ihren graublauen, selbstgestrickten Pulswärmern und legte ihre immer eiskalte Hand an seine Stirn.

„Frohe Weihnachten, Oma" flüsterte Felix.

IM DORFGASTHAUS

Von nun an arbeitete Felix jeden Nachmittag nach der Schule in der Tankstelle als Tankwart und auch alle Wochenenden hindurch. Und so schaffte er vor Beginn des Schulschikurses die Einzahlung der achthundert Schilling für die Kursgebühr.

Mit dem Rest seines Arbeitslohns fuhr er mit der Eisenbahn nach Altenstätt und kaufte sich ein paar neue Schi und einen Schianzug. Leider reichte das Geld nicht mehr für eine neue Schibindung, aber Felix war zuversichtlich, dass die Bindung seiner alten Skier den Schikurs noch überleben würde.

Er kehrte zufrieden mit dem Nachmittagszug nach Ellend zurück und machte sich unverzüglich daran, die alte Schibindung herunterzunehmen und auf den neuen Schi zu montieren.

Obwohl er für eine fachgerechte Montage nicht das richtige Werkzeug hatte, entschloss er sich dennoch, die Bindung selbst auf die Schier zu schrauben. Für die Montage der Bindung stand ihm gewöhnliches Werkzeug zur Verfügung. Er hatte einen Schraubenzieher, ein Lineal und einen Hammer.

Um eine Schibindung zu befestigen, waren diese Werkzeuge jedoch nicht nur wenig geeignet – sie waren, wie sich später herausstellen sollten, geradezu unheilvolle Utensilien.

Felix wusste noch nicht, dass man für die Befestigung einer Schibindung auf den Schiern ein spezielles Werkzeug benötigte, eine Tatsache, die ihm in weiterer Folge noch mit schmerzhafter Deutlichkeit begreifbar werden sollte. Obgleich er schon einige Male mit der Tücke des Objekts in heftiger Konfrontation gestanden war, glaubte er mit der offenen Naivität des Jugendlichen an die Machbarkeit der Verhältnisse, an die unmittelbare Beeinflussbarkeit alles Dinglichen, vor allem aber an das Prinzip der ausgleichenden Gerechtigkeit, welches in den Büchern, die er gelesen hatte, insbesondere in den Prinz Eisenherz-Geschichten, die er liebte, eine zentrale Bedeutung einnahm. Stephanie hatte ihn bereits in die Volksschule geschickt, als er erst fünfeinhalb gewesen war und daher war er in jeder Klasse der Jüngste. Der Direktor der Volksschule hatte ihn anfangs nur mit Vorbehalt akzeptiert aber es stellte sich bald heraus, dass Felix ein begabter Schüler war und bald zu den Besten gehörte.

Seit dem Konkurs, seiner sozialen Degradierung durch den Entzug des Oberministrantenstatus und der peinlichen Schlägerei seines Vaters im Dorfgasthaus betrachtete man ihn im Ort als einen armen Teufel, der einen nichts nützen konnte, dessen Gesellschaft man nicht suchte, der für die dörfliche Gemeinschaft schlichtweg überflüssig, ja wertlos war.

Dazu kam, dass jeder glaubte, sich mit ihm ungestraft ein paar kleine Späßchen erlauben zu können. Eine tragische Gestalt war er, der noch dazu eigentümlich geworden war, ein seltsamer Heini, der nicht richtig lachen konnte. Mit diesem komischen Kerl konnte man sich nicht einmal unbeschwert unterhalten, er hatte die Tendenz, alles zu verkomplizieren, man wurde aus ihm nicht schlau, man wusste nicht, woran man bei ihm war. Sinnlos war es, in diese tragische Existenz seine Zeit und Mühe zu investieren.

Felix hatte also ein schlechtes Renommee, ein lausiges Benehmen, kein Moped, er hatte nichts zu bieten. Er war nachlässig gekleidet, wusch sich die Haare nicht, lud niemals jemand auf ein Bier oder wenigstens ein Cola ein, schaute dauernd finster in der Gegend herum. Nur noch einmal, als sie sich zufällig beim Postamt getroffen hatten, hatte die *heilige Waltraude*, versucht, mit diesem Kerl einfach ein unbeschwertes, nettes Gespräch zu führen, aber Felix war nichts Dümmeres eingefallen, als dauernd seine krausen philosophischen Ansichten zu diskutieren.

Gewiss hatte es sich Felix zum Teil selbst zuzuschreiben, dass er außerhalb der Gesellschaft stand, ja es konnte sogar sein, dass er diese Außenstellung, diesen Sonderstatus unbewusst anstrebte, denn er bewahrte ihn vor jenen schmerzhaften Verletzungen, die für den komplexen Prozess des Heranwachsens typisch und unvermeidlich waren. In seiner speziellen Situation waren die pubertätsbedingten Probleme jedoch noch um ein Vielfaches schmerzhafter, denn seit dem Konkurs hatten sie ihm im Ort die gesellschaftliche Akzeptanz verweigert.

Felix, der Gerechtigkeitsfanatiker, war überzeugt, dass das Ausmaß seines erlittenen Kummers ausreichend war. Er konnte mit Recht erwarten, dass jetzt Schluss damit war. Und er beschloss, dass es ihm einfach egal war, was die Leute über ihn dachten. Aber so sehr er es auch versuchte: Es war ihm, einem dreizehnjährigen Jungen, nicht gelungen, sich aus den Ereignissen seines höchstpersönlichen Umfelds gänzlich abzukoppeln.

Auch eine tragische Figur wie Felix musste einmal den Weg ins Dorfgasthaus finden.

Am Silvestertag hatte er für eine Expedition aus seinem Dachbodenexil bei der alten Sterzinger in das Dorfwirtshaus all seinen Mut zusammengenommen, aber es wurde ihm schon sehr bald bewusst, dass er besser Zuhause bei der Sterzinger geblieben wäre.

Bei seinem Eintreten ins Dorfgasthaus wurde es verdächtig still, so dass es noch deutlicher auffiel, dass keiner seinen Gruß erwidert hatte. Was sollte er jetzt tun? An der Stehbar war kein Platz mehr frei, alle standen dicht gedrängt, keiner machte Anzeichen, für ihn Platz zu machen, so dass er sich nirgendwo hinstellen konnte. Überall nur die spöttischen Gesichter der meist älteren Burschen, verhaltene Missbilligung, aber keine offene Opposition.

Er wurde ungeniert angeglotzt, aber nicht angesprochen, niemand attackierte ihn, offenbar war er für die Burschen nicht einmal mehr geeignet, eine Zielscheibe für Aggression darzustellen.

Für die weiblichen Besucher schien er überhaupt nicht vorhanden zu sein. Keines der Mädchen wollte den Anschein erwecken, als wäre es an dieser tragischen Figur auch nur im Mindesten interessiert.

Felix spürte, wie das unheilvolle Gefühl, das er empfand, langsam von innen nach außen kroch. Er war sicher, dass jetzt jeder seine Verzweiflung deutlich spüren konnte, aber obwohl sein Verstand auf Hochtouren arbeitete, fand er kein Mittel, um der allgemeinen Ächtung zu entgehen.

In der Mitte des Saales war noch ein einziger Tisch frei. Die Tische in der Mitte bleiben immer frei, weil sich derjenige, der sich an diesen Zentrumspunkt setzen würde, nicht verteidigen konnte, dachte Felix.

Es war ihm klar: Wenn Felix sich an diesen Tisch setzen würde, dann würde man ihn nicht mehr ignorieren können, seine demonstrative Anwesenheit würde zwangsläufig Reaktionen auslösen müssen.

Vielleicht würden sie ihn provozieren, hoffte Felix, und es würde zu einer Schlägerei kommen. Eine solche Art der Eskalation wäre einfach und außerdem noch ehrenhaft. Auf diese Art würde er wenigstens seinen ungeheuren Frust und jede Menge an kumulierter Aggression abwerfen können.

Obwohl er natürlich wusste, dass er keine Chance hatte, einen Kampf mit den älteren Burschen zu gewinnen.

Aber das Risiko, dass man ihn weiterhin einfach ignorieren würde, war hoch und deshalb blieb ihm nur der geordnete Rückzug, aber es durfte keinesfalls wie Flucht aussehen. Davonlaufen ist ein jämmerliches Mittel, um einer aussichtslosen Situation zu entgehen. Sie würden ihn auslachen...

Felix blickte ins Gastzimmer und betrachtete jeden einzelnen, Blick für Blick. Dann drehte er sich langsam um und ging.

Erst als er bei der Tür draußen war, bemerkte er mit großem Erstaunen, dass bei seinem Hinausgehen niemand gesprochen und gelacht hatte, sein Abgang aus dem Wirtshaus war in völliger Stille erfolgt.

Ich werde erst dann wieder in dieses Gasthaus zurückkehren, wenn ich dafür einen ausreichenden Grund habe und wenn ich stark genug bin, jeden einzelnen dieser Figuren zu besiegen, schwor sich Felix mit der Würde seines Romanhelden, des Prinzen Eisenherz.

DIE SCHRAUBE

Der Schikurs wurde ein Desaster für Felix. Schon bei der ersten Abfahrt stürzte er mit seinen neuen Schiern, was weiter nicht tragisch gewesen wäre.

Als er jedoch aufstehen und weiterfahren wollte, bemerkte er, dass die Bindung sich beim Sturz vom Schi gelöst haben musste, denn der Oberteil der Bindung war nicht mehr am Schi befestigt, er lag etliche Meter weiter oben im Schnee.

Wie lange dauert es, bis man seine Schier und die einzelnen Teile der dazugehörigen Bindung eingesammelt hat, während der Lehrer und die Schulkollegen mit wachsender Ungeduld warten, weil sie nach der endlos langen Busfahrt endlich, endlich Skifahren wollen? Es dauert unverhältnismäßig lange, es ist für Felix auf absurde Weise so demütigend, dass seine Mitschüler aus der Situation heraus geradezu gezwungen sind, sein Malheur als äußerst komisch zu empfinden.

Er kriecht auf allen Vieren im Schnee, sucht nach einer fehlenden Befestigungsschraube, aber diese bleibt trotz intensiver und verzweifelter Suche verschwunden. Das verhaltene Amüsement der Kollegen schlägt allmählich in Ärger um. Felix, halt uns nicht auf, liest er in den ungeduldigen, gereizten Gesichtern seiner Kollegen. Natürlich, wieder der Felix, der Unglücksrabe. Ironie kann brutal sein, aber wenn man sie zu seinen höchstpersönlichen Lasten empfinden muss, mutiert sie zum blanken Zynismus.

Das Vorbestimmte hat an ihm, dem Aufsässigen, der gegen die Macht des Faktischen revoltieren wollte, ein *Revanchefoul* begangen. Aus diesem Zusammenhang heraus war es daher geradezu zwingend logisch, dass das neue Sportgerät, dass die Kette des Schicksals an ihrer schwächsten Stelle gerissen war.

Die Bindung war gebrochen. Die Verbindung der Bindung mit dem Schi hatte sich gelöst. Der einzige Teil der gesamten Schiausrüstung, den Felix selbst montiert hatte, hatte ihn im Stich gelassen. Er hatte den Fehler seinem ungebremsten Ehrgeiz zuzuschreiben, er allein hatte die Verantwortung zu tragen. Trotz seines enormen Arbeitsaufwands, der in keinem vernünftigen Verhältnis zum Ergebnis stand, war sein Werk letztlich gescheitert. Von all denen, die an diesem Schikurs teilgenommen hatten, hatte er am schwersten gearbeitet, denn es war ihm wichtig gewesen, dass alles wirklich funktionierte, viel wichtiger als es allen Schulkollegen gewesen war. Er wollte ein neues Sportgerät besitzen, ein Ding, das sein Image verbessern und seinen Status heben sollte.

Sein Ansinnen war so lächerlich in seiner Durchschaubarkeit. Über ein Konsumobjekt wollte er ein bisschen mehr Würde ergattern, er trachtete danach, nicht mehr der Letzte sein, er weigerte sich beharrlich, die Position des Untersten einzunehmen, die *Nullposition,* die er nicht akzeptieren wollte, weil sein Vorrat an Ehrgeiz und Eitelkeit viel zu groß war, zu überdimensioniert war im Vergleich zu dem, was sein höchstpersönliches, ihm zugewiesenes Schicksal ihm an Demut und Bescheidenheit abverlangen wollte.

Er war für sein Schicksal nicht gebaut, sein Übermaß an Autonomie war eine Fehlkonstruktion. Felix Penzinger würde sich anpassen müssen, aber noch hatte er seine Lektion nicht gelernt und so würde er noch viele Lehrstunden abarbeiten müssen. Er war seiner Vorbestimmung noch nicht adäquat geworden, er konnte ihr keine würdige Entsprechung geben, er wollte die zugedachte Rolle nicht spielen, seine Position im Universum wollte er heimlich verlassen, Charakter und Schicksal lagen im Krieg miteinander, hatten kein harmonisches Verhältnis zueinander entwickeln können. Das war die Erklärung dafür, warum gerade ihm, der so viel auf sich genommen hatte, um das anfänglich Unmögliche möglich zu machen, das Schicksal die Grenzen des Machbaren demonstrieren musste, die statische Unverrückbarkeit des Vorherbestimmten und die Lächerlichkeit der menschlichen Willenskraft.

Die monatelange Tankstellenarbeit war vergeblich und letztlich nutzlos gewesen, weil Felix ein *Konkursit* war und weil das Schicksal für einen Konkursiten, der ja den Archetypus des Versagers darstellt, kein Erbarmen hat, kein Verständnis aufbringen darf. Für Konkursiten, die schlimmste Spezies der Versager, gibt es keinen Platz an der Theke des Gasthauses daheim in Ellend, das wusste er bereits.

Jetzt bekam er eine weitere Lektion: Auch hier im fashionablen Wintersportort gibt es keinen Platz für solche Leute, hier brauchte man keine armen Teufel, die nur den Platz verstellen und die Berge mit ihrem widerlichen Dialekt beleidigten. Seine hochstaplerische Maskierung hatte sich gerächt. Das schwächste Glied der Kette war gerissen und das gleich zweimal: bei Felix´ Schi und in der Gruppe der ostösterreichischen Schüler, auch hier hatte es den Schwächsten erwischt.

Mit faszinierender Sicherheit hatte das allezeit fehlerfreie Schicksal ihn, den unverschämten Hochstapler seiner Lebensumstände, identifiziert und zur Strecke gebracht, auf elegante Weise unschädlich gemacht. Die Bindung hatte die Bindung verweigert. Die

Materie hatte sich der Macht des Vorherbestimmten, des Faktischen, unterwerfen müssen.

Immer noch warten die Schulkollegen, einer murmelt halblaut "Typisch! Wieder mal der Felix, der Unglücksrabe."

Felix schultert die Skier, steckt die Bindung und die zu wenigen Schrauben in die Tasche seines neuen Anoraks und lächelt, aber es wird ein trauriges Lächeln, es löst unangenehme Gefühle aus.

"Ich gehe nachhause", Felix versucht, lässig und überlegen zu wirken, aber klingt da nicht irgendwo am Ende des Satzes das Aufschluchzen eines dummen kleinen Kindes durch? Aber du wirst doch nicht weinen, Felix.

Um Gottes Willen, nur nicht weinen, hämmert es in seinem Hirn, du unglücklicher, verlassener Clown, du unfreiwilliges Kind, weine jetzt nicht, sonst verlierst du deinen Rest von Selbstwert, was bist du denn für ein Jammerlappen, so benimmt man sich nicht, wenn man ein Mann sein will.

Nur jetzt niemanden zur Last fallen, Rückzug, Flucht, schleunigst verschwinden, heraus aus dem Zentrum der Erniedrigung, wenigstens nicht mehr die Ursache für ein allgemeines Ärgernis sein. Ich bin es, Felix Penzinger, das personifizierte Unglück, und ich werde mich jetzt entfernen von euch, ich entschuldige mich bei euch, ich habe mich überschätzt, ich sollte mich schämen und glaubt mir, ich entschuldige mich mit all meiner Kraft. Glaubt mir, ich würde mich sofort in Luft auflösen, wenn ich dazu fähig wäre, aber es fehlt mir an Brillanz für einen würdigen Abgang.

Aber so Felix bleibt nur das unbeholfene Hinunterstaksen durch den Tiefschnee am Rande der

Piste. Die Schischuhe sind hart und man kann mit ihnen nicht gehen, denn sie sind die erste Generation von Plastikschischuhen, und Felix ist ein Schischuh-Pionier, ein unfreiwilliger Testpilot für eine "sensationelle neue Schischuhgeneration." Aber das weiß er ja noch nicht, der unfreiwillige Komiker.

"Wie weit ist es bis zu unserer Herberge?" fragt er kühn, ja das macht Eindruck, das muss doch Eindruck machen, aber keiner seiner Kollegen mag einen tölpelhaften Prinz-Eisenherz, der nicht mal lachen kann. Lustig wollen die Burschen sein und Spaß wollen die Mädchen haben.

"Nur acht Kilometer? Aber das ist doch ein Kinderspiel" lacht Felix ein unechtes Lachen, sein Gesicht ist wieder so eigentümlich verzerrt, nicht einmal ordentlich lachen kann er mehr.

"Wir sehen uns später in der Herberge, ich mag eh nimmer Skifahren."

Das Jugendheim liegt zwei Ortschaften weiter, mehr als zehn Kilometer entfernt, aber das hat er während der Busfahrt nicht bemerkt.

Erst jetzt, beim Nachhause gehen, wird er zu spüren bekommen, wie weit das ist. Und so muss er sich ganz rasch umdrehen, weil ihm die verfluchten Tränen ins Gesicht steigen. Und er hört noch, wie ihn der Lehrer fragt, ob Felix denn überhaupt den Weg zur Herberge wisse, aber er kann sich jetzt nicht mehr umdrehen, denn die Tränen sind nicht mehr aufzuhalten, und Felix Penzinger, der Kleine, der Unerwachsene, muss jetzt dauernd schluchzen.

Und so geht er los mit seinen neuen Racing-Schischuhen, die Sonne brennt herunter, aber er hat keine Sonnenbrillen, denn Sonnenbrillen haben nur

Weiber auf – das hätte Hubert, sein Vater, immer bei solchen Gelegenheiten behauptet.

Dass man mit den Schischuhen gar nicht gehen kann, nimmt er nicht zur Kenntnis, denn das wäre unlogisch und zu viel des Guten, oder besser gesagt des Schlechten, muss er sich schon wieder korrigieren (er weiß noch nicht, dass er das an diesem Tag noch oft tun wird müssen).

Wenn man mit den Schiern nicht fahren kann, weil die Bindung nicht richtig montiert wurde, scheint ihm ja noch logisch.

Aber dass man mit den Schischuhen nicht gehen kann, so was Blödes gibt's doch gar nicht, kann es gar nicht geben.

Die Straße ist für Autofahrer gebaut, nicht für Fußgänger, das hätte dir schon auffallen müssen, erteilte sich Felix selbst eine Rüge. Ja, es gab verdammt wenig Fußgänger, und der Gehsteig war an manchen Stellen verschwunden, viele Busse hupten ihn an, fuhren gefährlich nahe an ihm vorbei, was ist denn das für ein Irrer, der auf der Bundesstraße, auf der verkehrs-überfluteten Zufahrtsstraße zwischen den Ortschaften mit Schischuhen spazieren geht?

Busse und Autos begegneten ihm mit jungen Leuten, die sich alle schon "irrsinnig" aufs Schifahren freuten, so wie er es kaum noch erwarten hatten können, in der Tankstelle, bei seinem Wochenenddienst, als er sich vorgestellt hatte, wie er über die schneeweißen Pisten mit seinen neuen Wunderschiern hinunter raste, er war ja ein guter Schifahrer, und das war es ja, was er so gerne hätte beweisen wollen. Er verfügte über ausreichendes Können, exzellente Kondition, eine neue,

155

schicke Schiausrüstung ... Sogar das Wetter wäre optimal gewesen.

Er geht weiter, obwohl seine Füße nach und nach anschwellen und bald sich die Haut abschabt an den Fersen, und vorne am Rist, nach und nach auch an anderen Stellen, nach ein paar Kilometer schon platzen die Blutblasen auf und jeder Schritt tut so weh. Jetzt ergibt sich eine gute Gelegenheit, wo er zeigen kann, dass er schon ein Mann ist, denn ein Mann geht weiter, sicherlich spürt auch ein harter Mann den Schmerz, aber ein Mann wie Felix ignoriert ihn.

Ja, Felix gibt schon zu, dass die Augen flimmern, das musste er sich selbst - wohl oder übel - konzedieren, aber er hatte keine Sonnenbrille aufgesetzt - wie diese degenerierten Städter auf der Schipiste.

Ein richtiger Mann schmiert sich keine Sonnencreme ins Gesicht, schon gar nicht ein *Labello* auf die Lippen, auch wenn sie schon rissig sind und beginnen, sich ein wenig zu entzünden. Aber das sind Kleinigkeiten, die jetzt wenig kümmern sollten, dachte Felix.

Weiter, immer weiter... Der Anorak ist zu dick, alles Kunststoff, aber dem Verkäufer in Altenstätt hatte er schon eine Freude gemacht damit, wahrscheinlich hätte er für diesen Polyester-Anorak in der Stadt keinen Käufer mehr gefunden, aber dieser junge Tölpel vom Land.

"Hochmodisch, steht ihnen ausgezeichnet, junger Herr..." hatte der Verkäufer gesagt und Felix wusste jetzt, warum der so gegrinst hatte.

Felix´ Puls rast, es wird ihm übel, er hält am Straßengraben an, muss erbrechen, hoffentlich hat ihn niemand dabei beobachtet, aber er erholt sich rasch und geht weiter und die Ortstafel ist ja schon in Sicht. Nur noch ein paar hundert Meter... ein Sportgeschäft!

Felix stolpert atemlos hinein, mit der vertrauensvollen Naivität der Jugend schließt er noch von sich selbst auf die anderen und glaubt, dass die Frau im Sportartikelgeschäft ihm helfen wird.

Dabei verstößt er gegen ein halbes Dutzend Regeln, die für das Benehmen in einem Fremdenverkehrsgebiet wichtig sind: er ist verschwitzt, atemlos und schmutzig, er spricht Dialekt mit ostösterreichischer Färbung, was seinen Sympathiewert nicht gerade erhöht, er riecht nach Schweiß, hat schmutzige Fingernägel und schon seit Monaten schon seinen Frisiersalon von innen gesehen, er hat nicht die obligatorische Sonnenbrille auf, also kann der sich offenbar keine leisten, er ist jung, verdammt ehrlich und ziemlich naiv.

Er weiß nicht, dass ein Sportgeschäft Profit machen muss und man genau das mit der Reparatur seines billigen Kaufhaus-*Klumperts* nicht kann, ein Sportgeschäft in einem Wintersportort mit solchen Sachen nur Ärger hat.

Die arrogante, schwer parfümierte Verkäuferin stammt aus einer südlichen Provinz, sie möchte ihren Job auch nächstes Jahr wieder bekommen, denn sie liebt den Rummel hier, die verrückten Discos, die braungebrannten Männer, die sie auf einen Drink einladen, ihr Komplimente zuflüstern, sie liebt das Einfache in perfekter Umrahmung, sie macht die äußere Form zum Inhalt ihres Lebens.

Natürlich weiß sie, dass die Chefin nichts weniger mag als Reparaturaufträge, wo außer Arbeit und Ärger nichts herausschaut.

Solche Reparaturen bringen nichts, sie weiß das, sie ist schon lange im Geschäft, sie hat Menschenkenntnis, sie macht es sich einfach, sie beurteilt alle nur nach ihrem Äußeren und damit hat sie sich nicht nur viel geistige Mühe beim Nachdenken, sondern auch schon viel Ärger erspart, denn sie will nichts weniger als Ärger und Komplikationen.

"Möchten Sie nicht gleich ein paar neue Schier kaufen, junger Mann? Wir hätten hier welche im Angebot, als Set, Montage der Automatik-Bindung ist schon inbegriffen."

Wie gern würde er, der arme Felix. Der aber weiß, dass seine Ersparnisse vom Tankstellentrinkgeld für die Reparatur nicht ausreichen.

"Könnten Sie die Schier bitte reparieren? Und bitte, was kostet das?"

Wieder ein verheerender Fehler: Nie fragt man um den Preis einer absolut notwendigen Reparatur, man gibt sich sogleich als wahrhaft *armer Schlucker* zu erkennen.

"Ich glaube nicht, dass eine Reparatur bei uns möglich ist, erstens ist unser Fachmann, der Toni, heute nicht im Dienst und zweitens haben wir nicht die Originalschrauben. Verstehen sie, wir brauchen die O-rrr-i--g-i-n-a-l-schrauben, sonst reißt die Bindung gleich wieder aus und zu tief dürfen wir ja nicht bohren, sonst bremsen ja die Schrauben an der Lauffläche, nicht wahr", kichert sie in der Überzeugung, dass ihr ein wahrhaft köstlicher Scherz gelungen ist. In der Disco würden sie sich unheimlich "abhauen", wenn sie die Geschichte von diesem komischen Heini erzählen würde.

Da zeigt Felix, dass er den langen Marsch doch nicht umsonst gemacht hat: Er dreht sich um und verlässt das Geschäft. Grußlos, aufrecht, stolz, wie es sich für einen Prinz Eisenherz gezieme.

Abends, im Quartier, hat ihm dann der Lehrer die Bindung notdürftig repariert. Sie hielt immerhin zwei Tage, bis sie wieder ausriss.

Als Felix sein Unglück das zweite Mal erlebte, reagierte er beinahe mit Gelassenheit. Er musste einen ganzen Vormittag in der Berghütte sitzen und den anderen beim Schifahren zuschauen, so dass seine Ersparnisse bald aufgebraucht waren, dem Hüttenwirt wurde er langsam lästig. Aber Felix ließ sich von den abschätzigen Blicken des Personals nicht mehr beirren. Er war härter geworden.

Am Nachmittag kam der Lehrer mit dem Ersatzskiern. Sie hatten eine verblüffende Ähnlichkeit mit seinen alten Schiern, die er zuhause in Ellend im Keller von Oma Sterzingers Haus stehen hatte und derentwegen er sich so geplagt und geniert hatte, dass er sein ganzes schwerverdientes Geld ausgegeben hatte, um sich die neuen zu kaufen, die ihm eine bittere Lektion erteilt hatten.

Als der Schikurs zu Ende war, hatte Felix mehr gelernt als nur Skifahren, er war der Champion im Nicht-Schifahren geworden, und das ist eine Disziplin, die noch schwerer ist als ihr positives Gegenteil. Als er nach Hause auf seinen Dachboden zurückkehrte, kam er der Oma Sterzinger sehr viel älter und gereifter vor.

KONKURSORDNUNG

Für Felix begannen sieben schwere Jahre. Das Schicksal forderte ihn heraus. Anscheinend alle Hebel in Bewegung setzend, um sein unglückliches Karma zu säubern, kooperierte es mit dem mächtigen Faktor des subjektiven Zeitempfindens. Die Zusammenarbeit der solcherart Alliierten schien Felix in die Knie zu zwingen. Die Zeit nahm sich zurück, sie schien langsamer zu laufen, verhöhnte ihn durch die monotone Qual jeder einzelnen Sekunde, jedes Tages, jedes Jahres.

Felix´ Tagesablauf bestand im Wesentlichen aus vier Segmenten, die sich regelmäßig wiederholten: Bahn fahren, Studieren, Arbeiten, Schlafen. Jeden Morgen zwang ein blechern rasselnder Alarmwecker sein Bewusstsein, welches über seinem im Zustand des hitzigen Schlafes zusammengekrümmten Körper schwebte, zur Rückkehr in das Gefängnis des Körperlichen.

Selbst im halbbewussten Zustand des Schlafes musste Felix die qualvollen Erlebnisse seiner jüngsten Vergangenheit, befreit von den Begrenzungen des Zeitlichen wieder und wieder in wechselnden, bisweilen abenteuerlichen, skurrilen Traumvariationen erleiden.

Er fuhr jeden Morgen um halbsieben mit der Bahn nach Altenstätt zur Schule, dem Ort seiner täglich beweisbaren Schande, dort lernte er die Bestimmungen der Konkursordnung, er lernte die Bilanzen von Firmen zu lesen, er arbeitete seinen Konkurs empirisch auf, täglich analysierte er die Ursachen seiner Schande und seiner ökonomischen Minderwertigkeit, er tat es mit jener leidenschaftlicher Systematik, zu der nur jene fähig sind, die Schuld auf sich geladen haben, oder, wie in seinem Fall, die Schuld anderer aufgeladen worden war, was beides wohl der Ursache nach anders geartet war, aber nicht nach dem Ergebnis.

Jeden Nachmittag fuhr er zurück nach Ellend, allein in seinem Abteil sitzend, er war ein Sonderling geworden, der seine Mitschüler durch seine krausen Ansichten mindestens verwirrte, nicht selten jedoch durch seinen skurrilen Zynismus vor den Kopf stieß.

Man wusste nie, ob eine Äußerung von ihm ernst gemeint war oder ob sie im Scherz gemacht worden war und so versuchte er das Problem dadurch zu lösen, indem er sich angewöhnte, jene Bemerkungen, die er aus Zynismus und Bitterkeit heraus getätigt hatte, aber als solche nicht zweifelsfrei identifizierbar waren, durch ein Heben seiner Hand anzukündigen.

Aber die Geduld seiner früheren Freunde war bald erschöpft, denn nach und nach war es für alle mit Sicherheit evident geworden, dass Felix ganz offensichtlich einen leichten "Hieb" bekommen hatte, aber nachdem man an ihm bald das Interesse verloren hatte, sein Konkurs an Neuigkeitswert nach und nach verlor und er sich ansonsten unauffällig verhielt, ließ man ihn sehr bald in Ruhe.

Sie ließen ihn allein in seinem Abteil sitzen und beschäftigten sich nicht weiter mit ihm, sie gingen ihm aus dem Weg.

In Ellend angekommen, ging Felix jedes Mal direkt vom Bahnhof zur Tankstelle und arbeitete dort bis zum Abend.

Er war der einzige in der Klasse, der sich schon mit dreizehn Jahren seinen Lebensunterhalt selbst verdient hatte. Dann begab er sich in sein Dachzimmer bei der Oma Sterzinger, machte seine Aufgaben und lernte für die Matura.

Drei Jahre lernte und arbeitete Felix auf diese Weise mit einem genau definierten Rhythmus: Aufstehen, Frühstücken, zum Bahnhof gehen, mit der Bahn von Ellend nach Altenstätt fahren, Handelsakademie, Tankstellenarbeit, Hausaufgaben machen, schlafen. Felix verbrachte täglich zwei Stunden im Zug, sieben Stunden in der Schule, drei Stunden in der Tankstelle, weitere drei bis vier Stunden pro Tag büffelte er für die Matura.

Und nachdem der entscheidende Zeitpunkt der Prüfung immer näher rückte, stieg auch der benötigte Zeitaufwand, den Felix zum Lernen brauchte, so dass die verbleibende Zeit in der Regel nur mehr für wenig Schlaf ausreichte.

Seit mehr als drei Jahren lebte er nun im Dachgeschoss und schlief im Bett des verstorbenen Bahnhofsvorstehers Sterzinger, welches aber an beiden Bettenden durch eine senkrechte Holzplatte begrenzt und deshalb für seine Körpergröße viel zu kurz war.

Nach und nach gewöhnte es sich Felix an, diagonal im Bett zu liegen, um sich zwischendurch im Schlaf zu strecken und dadurch wenigstens für kurze Zeit die sich verkrümmende Wirbelsäule zu entlasten.

Während Felix seinen Lebensunterhalt in der Tankstelle verdiente, besuchten seine Schulkollegen in ihrer Freizeit die Tanzschule, trafen sich regelmäßig im Gasthaus, veranstalteten Feste, zu denen sie Felix, den *komplizierten Heini* nicht mehr einluden, unternahmen gemeinsame Ausflüge, die Burschen verliebten sich alle in dasselbe Mädchen und die Mädchen verliebten sich

162

alle in denselben Popstar, so wie es sich in diesem Alter gehörte.

Felix jedoch, so schien es, entwickelte seit dem katastrophalen Schiurlaub für all diese Dinge kein Interesse mehr, er arbeitete verbissen und mit einer rührenden Ernsthaftigkeit an der Verwirklichung seines Ziels, die Matura zu schaffen, um von Ellend weggehen zu können, weit weg, tausende Kilometer weit, in die Anonymität einer fremden Stadt zu flüchten, wo er dann sein Leben führen konnte, wie er wollte.

Hubert war nach seinem Desaster im Gasthaus und nach acht Tagen Aufenthalt im Krankenhaus von Altenstätt in ein leerstehendes, halbverfallenes Bauernhaus außerhalb der Ortschaft gezogen, welches der Forstverwaltung gehörte. Er wohnte dort illegal, was jeder im Dorf wusste, aber die Dorfbewohner weniger störte als amüsierte.

Es war hochinteressant und faszinierend für die Dörfler anzusehen, wie der ehemals erste Mann im Dorf sich mehr und mehr versoff und seine Gesundheit ruinierte. Hubert Penzinger, der ehemalige Fabrikbesitzer, verfügte über kein Einkommen mehr, und niemand verspürte den Wunsch, dem Ausgeschlossenen eine Arbeit zu geben. Hubert hatte den Zusammenbruch seines Unternehmens nie verwunden.

Er starb am Alkohol und am gebrochenen Herzen. Am 25. Februar 1973, nur wenige Monate nach dem Konkurs, fand man Hubert Penzinger erfroren auf einem Hochstand im Wald. Zusammen mit drei Doppelliterflaschen billigen Weißwein, angezogen wie im Sommer, im Hemd und Halbschuhen.

Zu seinem Begräbnis am Friedhof von Ellend kamen mehr Menschen, als Hubert vom Konkurs im

Oktober bis zu seinem Tod ein halbes Jahr später getroffen hatte.

Plötzlich waren alle im Dorf wieder zufriedener. Der Tod des Bankrotteurs erfrischte die Dorfbewohner. Jeder war froh, dass ihm das Schicksal es Hubert Penzinger erspart geblieben war.

Pfarrer Heinrich las bei dem Begräbnis aus dem Evangelium über die Vertreibung der Händler aus dem Tempel.

Die Jäger begleiteten ihren ehemaligen *Jagdfreund* zu letzter Ruhestätte von der Pfarrkirche zum Friedhof in Ellend, angeführt vom Chefjäger Kaspar, der Jägerkreuz mit dem großen Hirschgeweih bei der Trauerprozession vor sich hertrug wie der Pfarrer die Monstranz.

Die Jagdhörner wurden geblasen, Stephanie schluchzte laut und weinte fast die ganze Zeit und Felix bedauerte es, erst durch den Bankrott seinem Vater ein Stück näher gekommen zu sein. Die Dörfler kamen, um Stephanie und Felix das Beileid auszusprechen.

Am Ende waren alle mit dem Ergebnis des makabren Begräbnis-Events zufrieden gewesen. Es war, als hätte der Tod des Bankrotteurs den ganzen Ort von einem kollektiven Trauma erlöst.

Am Verhalten der Dorfbewohner bemerkte Felix bald, dass sich etwas Grundlegendes verändert hatte. Das erste Mal seit dem Konkurs spürte er beim Begräbnis seines Vaters wieder etwas wie Respekt. Das schwarze Schaf Hubert war geschlachtet und die Schuld war getilgt. Als Folge dieser „Erlösung" gestattete man Felix und Stephanie, wieder ein fast normales Leben im Dorf zu führen.

Aber Stephanie Penzinger konnte diese Chance nicht mehr nutzen, denn sie hatte schon nach kurzer Zeit begonnen, ein gänzlich anderer Mensch zu werden.

Irgendetwas in ihr musste eine große Sucht nach Selbstbestrafung ausgelöst haben, etwas Mächtiges, Unvermeidbares, Unüberwindbares war ihr zugestoßen, passierte ihr permanent. Ein gewisser Drang zur Selbstzerstörung war schon vor dem Konkurs und der Affäre Huberts mit Barbara dagewesen, aber seit diesen Ereignissen war dieser Charakterzug immer mächtiger und dominierender geworden, hatte Stephanies Denken und Handeln zusehends in Besitz genommen, ohne dass es ihr auch nur bewusst wurde.

Die Symptome ihrer Gemütsstörung zeigten sich zunächst daran, dass sie begann, ihre eigenen Wünsche zu manipulieren, umzudeuten, zu verfälschen und schließlich ins Gegenteil zu verkehren. Natürlich war es ihr unmittelbarer, stärkster Herzenswunsch gewesen, aus der unerträglichen Demütigung und der sozialen Ächtung, in die sie Hubert gebracht hatte, zu entfliehen und ihr natürlicher, *richtiger* Impuls war daher, so schnell wie möglich davonzulaufen, alles hinter sich zu lassen, ein neues Leben zu beginnen.

Härtling hatte schon immer ein Auge auf sie geworfen. Nach Ablauf seiner Kündigungsfrist, welche der Buchhalter und Prokurist damit verbracht hatte, in Kanada Lachse zu fischen, fand er eine neue Position in der Geschäftsführung einer Wachsfabrik in Altenstätt.

Dann hatte er einen bemerkenswerten Brief an Stephanie geschrieben, ein Brief, den ihm niemand zugetraut hätte, am allerwenigsten er selbst. Das Schreiben an Stephanie war vollgepfropft mit Poesie und kunstvoll durchzogen von romantischschwärmerischen Passagen. Der Brief enthielt ein Geständnis seiner Liebe für Stephanie nebst einer inständigen Bitte, doch in die Stadt zu kommen, eine Wohnung sei bereits besorgt, und einen Job würde ihr Härtling auch noch verschaffen, wenn sie seine Frau werden würde.

Es war zwar nicht exakt dasselbe, was Stephanie sich gewünscht hatte, aber jetzt hatte sie ihre Fluchtmöglichkeit, Schwarz auf Weiß. Sie bekam ihre Chance, die vielleicht die letzte sein würde, sogar schriftlich.

Aber was tat Stephanie? Sie gab sich die Erlaubnis dafür nicht. Ihr schuldbeschwertes Über-Ich gestattete ihr nicht, aus ihrem entwürdigenden Dasein auszubrechen.

Schließlich nahm sie eine Arbeit als Hilfsarbeiterin in der Textilfabrik in Altenstätt an. Irgendwo in einem Hinterstübchen ihrer strapazierten, unergründlichen Gehirnwindungen keimte eine zerstörerische Opposition, die zu allem, was Stephanie wollte, was sie für sich selbst gut und wichtig fand, kategorisch *nein* sagte. Das war schon so gewesen, als sie noch ein Kind war, es "steckte" in ihr, es ergriff von ihr Besitz, es bahnte sich allmählich den Weg durch ihr Wollen und zerstörte langsam ihre Lebensenergie.

Anfangs war *es* immer nur ein Aspekt geblieben, war im Hintergrund geblieben, eine latente Spielerei mit einem kleinen Spleen, eine geringfügige masochistische Komponente, ja man empfand es sogar als einen *reizvollen Charakterzug* einer jungen Frau, die attraktiv und begehrt war, und deren selbstzerstörerische Tendenz immer wieder von der ihr wohlgesonnen Umwelt korrigiert wurde, durch den *Nachfragedruck* der Männer,

166

vor allem von der aufwärtsdrängenden Gestaltungskraft Huberts, des verrückten Kerls, den sie liebte.

Aber seit die gute Zeit mit Hubert vorbei war, nach dem Bekanntwerden von Huberts Affäre mit Barbara, in den Zeiten, als die Welt über ihr zusammenstürzte, verlor sie sich mehr und mehr aus ihrer Gewalt, indem sie ganz plötzlich aufhörte, dem selbstzerstörerischen Drang ihren Verstand entgegenzusetzen.

Sie konnte oder wollte ihre eigene destruktive Energie nicht mehr *neutralisieren*, wie sie es früher instinktiv immer getan hatte. Das hatte zur Folge, dass ihre Freunde, ihre Bekannten, ihr ganzes soziales Umfeld sich nach und nach von ihr abgewendet hatte. Man wollte sie jetzt nicht mehr, ihr objektiver Marktwert fiel auf den Nullpunkt, dorthin, wo sie ihn insgeheim schon immer als ihr angemessen vermutet hatte.

Und es gab keinen Hubert mehr, der ihre Umgebung dominierte, ihr den Weg zu einem geschützten Spielfeld freischaufelte, wo sie ihre kleinen Abenteuer der Selbstzerstörung schadensfrei ausleben konnte.

Von dem Zeitpunkt des Konkurses an konnte sie ihre Destruktivität ungebremst und ungehindert entwickeln. Bald genügte es ihr nicht mehr, sich gelegentliche Wünsche zu verweigern, sie begann, ihr Denken und damit ihre Intelligenz zu zerstören. Mit verblüffender Geschwindigkeit verkümmerte ihr Sprachschatz, es blieb nur mehr jener kümmerliche Rest, der im Dröhnen und in der trostlosen Mechanik der Fabrikarbeit notwendig war, um die Schichtleistung auf Plan zu halten.

Aus Worten wird Schreien, aus ganzen Sätzen werden gerufene Wörter, ungezügelte Emotion beginnt die Komplexität der Sachlichkeit zu dominieren, unterminiert die kritische Reflexion, die Umgangsformen verkümmern, die Entwicklung läuft nach rückwärts, vieles wird verdrängt, bald erinnert sie sich nur mehr verzerrt an ihre Vergangenheit als Unternehmerin, denn sie braucht nicht mehr mit ihren Geschäftspartnern zu telefonieren, muss sich nicht mehr verständlich ausdrücken, es muss bloß laut und heftig sein, die Form dominiert mehr und mehr den Inhalt, die Substanz verkümmert, die Wahrnehmung wird selektiv.

Stephanie sieht nur mehr das, was sie sehen will, sie hört nur mehr das, was sie hören will, ringsum wird ein Stacheldraht um ihr Bewusstsein aufgebaut. Immer öfter vergisst sie aufs Denken, denn es lohnt sich nicht mehr, es bringt ja doch nur die Kollegenschaft gegen sich auf, sie soll um himmelswillen nicht so schnell arbeiten, sagt man ihr, sonst wird die Betriebsleitung die Normzeiten anheben und "wir alle müssen es noch ausbaden, was du uns mit deiner Arbeitswut antust", sogar der Betriebsratsobmann übt Druck auf sie aus.

Ob sie denn auf den Vorarbeiter-Posten spitz sei? Schämen solle sie sich, den anderen wolle sie den Job wegnehmen, mit dem Abteilungsleiter wolle sie wahrscheinlich ein Verhältnis anfangen.

„Also: bitte um Entschuldigung" sagt sie. Immer wieder entschuldigte sie sich. Sie dachte, das Entschuldigen könnte ja keinesfalls falsch sein. Und sie hatte recht: gegen ihre Entschuldigungen hatte niemand etwas einzuwenden, sie gehörten zu den besten ihrer Art.

Keine andere Frau konnte sich so entschuldigen wie Stephanie Penzinger, ihre Selbstbezichtigungen gehörten zu dem Originellsten, was es in der Schichtarbeit zu hören gab, sie waren ein Leckerbissen für ihre Kollegenschaft und jeder hörte sie gerne, daher musste sie immer öfter wiederholen und man musste zugeben, sie hatte zweifellos einen Sinn für Dramatik, geradezu schauspielerisches Talent hatte sie, bald flossen ihre Tränen wie von selbst.

Sie hätte das natürlich nicht gewollt, sie würde sich ab sofort mehr anpassen, selbstverständlich gerne werde sie sich anpassen, sie werde sich so zu benehmen lernen, wie eine Fabrikarbeiterin sich zu benehmen hätte, sie werde nicht mehr aus der Reihe tanzen, ja, sie werde das grauweißfette Bauchfleisch essen und die Frittatensuppen auslöffeln und dabei – jawohl – dabei werde sie schlürfen, wie es sich gehört, sie wolle ja eh nichts Besseres sein, und um das letzte *Lackerl* von der Suppe sei es wirklich schade und deshalb werde sie aus dem Teller trinken, so wie auch die Hintermaier Fritzi es tut, und diese, stand weiß Gott nicht im Verdacht, arrogant sein zu wollen.

Na, seht ihr, jetzt habt ihr mich, wo ihr wollt. Wollt ihr mich jetzt akzeptieren als Arbeiterin, mich aufnehmen in euren Kreis? Nein? Recht habt ihr, mich abzulehnen, ich hab's verdient, grenzt mich aus, damit ich mich nicht akzeptieren muss, niemand kann von mir verlangen, dass ich mich selbst wertschätze.

Allmählich wurde dieses neue Leben ihr zur Gewohnheit und ihr Verstand folgte ihrem immer mehr absinkenden Bewusstseinszustand. So lebte sie dann also ihr "wahres" Leben. Es war ja immer schon so gewesen, nie hatte sie eine Chance gehabt, für die paar Jahre, in denen es ihr gut gegangen war, sei sie schwer gestraft worden und wenn sie sich so zurückerinnerte, war es nicht schon immer so gewesen, dass sie sich maßlos überschätzt hatte?

Nein, sie würde nicht nach Altenstätt gehen zum Härtling, sie würde nicht mehr in irgendeinem Büro arbeiten, sie würde nicht mehr ins Theater gehen. Ja, sie hatte sich entschlossen, langsam zu verblöden, sie wolle ihren schicksalhaften Weg gehen, allein, unbeeinflusst von irgendwelchen Männern, die eh nur mit ihr ins Bett hüpfen wollten.

Andere glaubten an den lieben Gott, Stephanie glaubte an ihre Inferiorität, und sie glaubte es so fest und innig, dass auch in ihrer Erinnerung Dichtung und Wahrheit allmählich miteinander verschmolzen.

War es nicht so, dass Hubert letztlich deshalb in Konkurs gegangen war, weil ich die Beiträge für die Krankenkasse nicht rechtzeitig überwiesen hatte, lief es eines Tages durch ihren Kopf, als sie in der Pause der zweiten Schicht hastig ihre Knackwurst mit Zwiebel hinunterwürgte.

Ihre Selbstprognose, dass sie nichts wert war, hatte sie sich selbst auf wundersame Weise erfüllt.

DIE REIFEPRÜFUNG

Juni 1973: Für Felix rückte der entscheidende Tag der Matura immer näher, und je näher der Tag kam, der auf sein weiteres Schicksal einen entscheidenden Einfluss ausüben würde, desto intensiver arbeitete er, er vergrub sich in die Arbeit, arbeitete bis spät in die Nacht hinein, als gäbe es keinen anderen Sinn auf der Welt als für die Matura zu lernen. Wie bei Stephanie, seiner Stiefmutter, so konnte auch er sich quälen, er brachte sich eine kompromisslose Härte entgegen.

Aber der Antrieb von Felix´ Härte war ein gänzlich anderer.

Felix war jetzt siebzehn Jahre alt, er war der Jüngste in der Klasse der 5 B der Handelsakademie. Aber während der vergangenen vier Jahre war er um gut dreißig Zentimeter gewachsen und er war größer als alle Mitschüler, mit Ausnahme des Walter Leitenbauer. Felix, der ehemalige *Drachensteiger*, war einer des besten Pivots in der Basketballmannschaft geworden.

Er speiste seine außergewöhnliche Energie nicht wie bei Stephanie aus einem seelischen Defekt, der sich in einen zwanghaften Wunsch zur Zerstörung transformiert hatte, sondern aus dem egoistischen Motiv, sein Leben wieder in den Griff zu bekommen, vor allem jedoch aus dem Wunsch heraus, sich selbst eine größere Wertigkeit zu beweisen, Tag für Tag, Stunde für Stunde, Minute für Minute sein durch den Konkurs schwer reduziertes Selbstwertgefühl wieder aufzuladen.

Nur die Überwindung seiner Trägheit erlaubte Felix ein Loslassen vom Gefühl der eigenen Minderwertigkeit, eine temporäre Erholung von jener tiefen Niedergeschlagenheit, die alle jene fühlen, denen Unrecht geschehen war. Der klar definierte Tagesablauf – aufstehen, bahnfahren, Schulunterricht, wieder bahnfahren, Tankstellenarbeiten, lernen, schlafen und wieder aufstehen – enthielt eine beruhigende Rhythmik, eine immer wiederkehrende Determiniertheit, ein fest definiertes, unverrückbares Ablaufschema, das nichts mehr zuließ, was außerhalb dieses Schemas sich entwickeln wollte. Und so wurde die stupide Regelmäßigkeit seines Tagesablaufs zugleich zu einer hilfreichen Stütze für seine Weiterentwicklung, er begann an dem geregelten, wiederkehrenden Ablauf seiner höchstpersönlichen Welt Gefallen zu finden, und was er ursprünglich als Quälerei empfunden hatte, begann er allmählich immer mehr zu schätzen und bald stellte er seine ganze Lebensenergie in den Dienst seines vollständig starr geregelten, individuellen Tagesablaufs. Auf diese Weise waren die vier Jahre vergangen, die für Felix besonders langsam liefen. Es schien ihm, als hätte die Zeit sich seit dem Bankrott seines Vaters ausgedehnt.

Erst ein paar Tage vor der entscheidenden Reifeprüfung, im allmählichen Abklingen seiner seelischen Verletzungen, welche die Ereignisse verursacht hatten, war Felix aufgefallen, dass die zeitweiligen Trübungen seines Bewusstseins seit dem missglückten Versuch, sein Leben zu beenden, nicht mehr aufgetaucht waren. Die Rückbildung seines Bewusstseins war zum Stillstand gekommen, seit Oma Sterzinger mit ihrem Holzbottich und dem Blasebalg in Felix´ Leben getreten waren. Die mächtigen Kräfte der Selbstbehauptung hatten sich aktiviert und die auf Rückbildung und Zerstörung gerichteten schizoiden

Impulse unterdrückt. Obwohl die Krankheit seiner Seele immer noch latent vorhanden blieb, kam sie nicht mehr zum Ausbruch.

Und so schien es, dass die Magie des hölzernen Bottichs und die mehrmalige Beschwörung des vermeintlich unsinnigen Blasebalgspruchs, der in Wirklichkeit möglicherweise ein jahrhundertealter Zauberspruch Waldviertler Hexen war, den Felix Penzinger von seiner Seelenkrankheit geheilt hatten. Oder waren es die fauligen Dörrpflaumen der Oma Sterzinger gewesen? Waren es am Ende doch die unerklärbaren Kräfte der Homöopathie?

Am Tag vor der schriftlichen Buchhaltungs-matura konnte er nicht schlafen, er hatte Angst vor dem unkontrollierten Vorurteil des Professors Berger und am Tag der Prüfung fühlte er sich wie betrunken von der Schlaflosigkeit und der Anstrengung der voran gegangenen Tage.

Als dann die Maturafragen ausgeteilt wurden, konnte er vor anfangs vor Aufregung nicht arbeiten, dann begann er, mehrere der Aufgaben gleichzeitig zu lösen, aus Angst, die Zeit konnte zu früh ablaufen.

Felix brachte nichts zu Ende und fing an, alle paar Minuten an einer anderen Aufgabe zu schreiben, er war so überdreht und aufgekratzt, dass er überall kleine Fehler machte, indem er die Buchungssätze nur halb hin kritzelte, die Ziffern in falscher Reihenfolge aufschrieb, solcherart einen *Ziffernsturz* verursachend.

Hektisch begann er, die halb gelösten Aufgaben nachzurechnen, suchte Fehler, wo keine waren, strich ganze Textblöcke durch, um sie dann durch das Untersetzen von Punkten unter den durchgestrichenen Text wieder als gültig zu erklären, so dass ein heilloses, schwer durchschaubares Durcheinander von unterschiedlichen Schriften herauskam - die Buchstaben abwechselnd einmal nach links gelehnt, einmal nach rechts gelehnt, manches war mit Bleistift geschrieben, ein anderer Teil mit Kugelschreibern unterschiedlicher Farben.

Nach einer Weile hörte er, wie Dr. Berger einer Schülerin leise eine Frage beantwortete, etwas mithalf, und dann - kaum hörbar - flüsterte der Lehrer "...noch eine dreiviertel Stunde..."

Und da passierte es, dass Felix von einem Augenblick auf den anderen begriff, dass er noch eine Chance hatte. Eine dreiviertel Stunde lang konnte er noch arbeiten. Zeit genug, dachte er, um sämtliche Aufgaben neu zu beginnen, komplett durchzuarbeiten, die Buchhaltungsmatura doch noch erfolgreich abzuschließen.

Felix erhob sich, ging auf die Toilette, drehte den Wasserhahn auf und ließ sich das kalte Wasser über Stirn und Gesicht laufen. Den fließenden Aufprall der Wasserstrahlen empfand er wie eine nach außen gestülpter Gehirnwäsche, welche die wattige Müdigkeit, die er zuvor noch verspürt hatte, schlagartig verschwinden ließ.

Er erkannte mit sicherer Gewissheit, dass er die Aufgaben jetzt mit Leichtigkeit lösen würde können, es war ihm, als hätte er den durch überhektische Betriebsamkeit fest verknüpften Knäuel aus einstürzenden Gedanken und peinigenden Angstgefühlen mit einem lässigen Kunstgriff gelöst, so als dirigierte er mit seinen sehnigen Händen die Melodie seiner Gedanken zu einer wohlklingenden Symphonie selbstbewusster Gelassenheit.

Aber in jenem Augenblick, als er wieder klaren Kopf bekommen hatte, in der unverhofft triumphalen Empfindung seiner Überlegenheit, durchzuckte sein Bewusstsein die Vorahnung, dass sich während seiner Abwesenheit im Klassenzimmer etwas ereignet haben könnte, das ihn mitten in seiner Seele treffen würde, dort wo sich seine Kraftquelle befand, die seine Liebe zum Leben speiste.

Das Unheil hatte sich ereignet, *es* war passiert, das fühlte er mit der Gewissheit des Opfers: Professor Berger hatte seine Arbeit...

Nein! Felix stürzte zur Tür hinaus, hastete zurück zu seinem Platz im Klassenzimmer, wo seine Maturaarbeit auf dem unebenen, zerkratzten Schreibpult liegen musste, die karierten A-4-Bögen mit der Aufschrift *schriftliche Reifeprüfung in Buchhaltung und Rechnungswesen*, seine hektisch hingekritzelten, abgekürzten Buchungssätze, seine zifferngestürzten Steuerberechnungen und die Textaufgaben zur *kaufmännischen Betriebskunde*.

Er hatte seine Maturaarbeit in seinem überaktivierten Sturm der Emotionen vor seinem Aufenthalt auf dem Klo auf seiner Sitzbank zurücklassen müssen. Aber jetzt, wo er sich im Zustand des Gewinners befand, würde er die karierten Bögen öffnen und sofort damit beginnen, die komplette Arbeit in die klare Struktur eines braven und ordentlichen Buchhalters bringen. Saubere, nett geschriebene Buchungssätze mit deutlichen, lesbaren Zahlen würde er hinterlassen auf dem Karopapier, auf dem er seine Zukunft, sein Leben, seine Selbstachtung schreiben würde. Ein Buchhalter musste pedantisch sein, Korrektheit bis zur Hölzernheit war angesagt, ein Buchhalter konnte dünne Haare, schlechtsitzende Anzüge, Mundgeruch haben, aber er durfte sich keine eselsohrigen Maturabögen leisten, keine abwechselnd nach rechts und links hängende Schrift, keine undeutlichen, individuell gewählten Abkürzungen. *"680 AfA an 170 BGA 1,5 Mio.S* - Was zum Teufel heißt das?", hatte Dr. Berger schon bei seiner letzten Arbeit genörgelt.

"Hören Sie endlich auf, diese unklaren Abkürzungen zu verwenden, schreiben Sie ordentlich, Ihre Schrift ist unausgeglichen, sie dreht sich wie die Fahne im Wind, man sieht auf dem ersten Blick, Sie sind nicht konstant, Sie sind nicht ausgeglichen, Penzinger. Man merkt ihre chronische Charakterschwäche, mein lieber Penzinger, ja schon an Ihrer Schreibschrift, führen Sie die Konten anständig, schreiben sie die Ziffern lesbar, ihre Neuner sehen aus wie Nullen, wo bleiben die Tausenderpunkte bei Ihren Zahlen, schreiben sie die Buchungssätze anständig aus, ich bin ja nicht ihr privater Gedankenleser, wie oft habe ich Ihnen schon gesagt, sie sollen nach der Kontensaldierung eine *Buchhalternase* einfügen, damit man das Konto als abgeschlossen erkennen kann, sonst kann ja hinterher jemand das Konto manipulieren. Ihre Schlampigkeit öffnet Tür und Tor für spätere Unterschlagungen, sie ist die Keimzelle für fahrlässige Krida, Penzinger, gerade Sie sollten das wissen, Penzinger, lernen Sie doch endlich was aus ihren Lebenserfahrungen..."

Aber Felix´ düstere Vorahnungen hatten sich tatsächlich erfüllt. Die Maturabögen auf seinem Pult waren verschwunden... sie mussten auf den Boden gefallen sein...

176

Er streckte seinen Kopf weit vor, pendelwiegend und in nervöser Seitwärtsrotation suchte Felix in wachsender Verzweiflung seine verschwundenen Papierbögen. Schildkrötenartig und erschütternd komisch wie der Chefnarr der allmächtigen Erzengel aller Buchhalter, Steuerberater und Wirtschaftstreuhänder.

Felix war bereits vollständig unter sein Schreibtischpult gekrochen, als er der hohnbrüllenden Lächerlichkeit seiner aussichtslosen Verrenkungen endlich einsichtig wurde.

Fakt war, seine Buchhaltungsmatura war weg. Lag nicht mehr dort, befand sich ganz einfach nicht mehr an ihrem Platz.

Es war also tatsächlich passiert, seine Voraussage hatte sich selbst erfüllt, war Wirklichkeit geworden: Berger hatte seine Maturaarbeit vom Pult genommen, konfisziert, eingesammelt, aus dem Bewerb genommen, aus dem Spiel gestellt. Aber das durfte nicht sein, dachte Felix, es musste ein Irrtum des Schicksals sein, denn er würde es nicht ertragen können. Gleich, noch in diesem Moment würde dieser Zustand der ultimativen Unerträglichkeit aus sich heraus eine gefühlsgesteuerte Korrektur der fehlgeleiteten Ereignisse vornehmen, gleich würde der Teufel Felix´ karierte Maturabögen aus dem Hut ziehen, würde sich lächelnd entschuldigen für seinen derben, bitteren Streich. Felix würde sich wieder an sein Schreibpult setzen, die rollgeknickten Papiere von den Spuren des beelzebübischen Missbrauchs fingerspitzig glattstreichen, würde die Aufgaben lösen wie ein geborener Buchhalter, für die letzte halbe Stunde seines ungebrochenen Willens würde er ein grandioser Schauspieler sein, der einen hohen Ministerialbürokraten von Adel verkörperte, der schon bald sitzen würde zur

Rechten des Ministers am Stubenring in der Hauptstadt, er würde seine Rolle gut spielen, dieses letzte Mal würde er auf Doktor Bergers kariertem Klosettpapierbögen seine Buchhalternasen inskribieren...

Der Buchhaltungsprofessor Berger saß auf seinem Frontpult, vor seinem Klassenbuch und dem Zeigestab, den Insignien seiner Macht, und schielte über seine Lesebrille hinweg zu Felix hinüber.

"Falls du deine Arbeit suchst, die liegt hier bei mir. Wird dich hoffentlich nicht wundern, dass ich sie eingezogen habe, nachdem du über zehn Minuten verschwunden warst. Wo bist du übrigens gewesen, bist wohl ins Klosett gefallen, oder was?"

Berger hatte die Anrede vom distanzierenden *Sie* zu einem herablassenden *Du* gewechselt.

Felix´ pendelartigen Kopfbewegungen stoppten, denn es ging ein Ruck durch ihn, wie ein elektrischer Blitzschlag, der Seele, Nerven und Gehirn getroffen hatte und jetzt über die elektromagnetischen Ladungen des Körpers unter heftiger Benutzung der überspannten Muskelstränge effektvoll ventilierte.

Seine Hände zitterten, die weißschimmernden Knöchel umklammerten die Pultkante, er wurde überflutet von den plötzlichen Adrenalinwellen, die sich in die Blutbahnen seiner überhitzten Körperlichkeit ergossen, die Seele krampfte sich wie unter mentalen Stromstößen, er wollte augenblicklich sterben, er war bereit, einfach loszulassen, ja er wollte wirklich kapitulieren, die Segel streichen, sich abtakeln lassen, im leckgeschlagenen Fährschiff seiner fragwürdigen Existenz würde er untergehen im Ozean seiner Verzweiflung. Nein, es war kein Alptraum, aus dem er erwachen durfte, es gab keine Lösung.

Da war es wieder: Die Bilder waren *gesprungen*, das Bewusstsein hatte sich verengt. So war es schon vor vier Jahren gewesen, als die ganze Klasse und das ewig lächelnde Bildnis des Herrn Bundespräsidenten zum Zeugen seines Bankrotts geworden war, als er wenig später vergeblich versucht hatte, in der Kirche den Apostel Paulus zu verlesen und als er auf dem Kretzenberg endlich aufhören wollte, mit seiner Existenz sinnlos zu prassen.

Erst jetzt wurde es ihm wirklich einsichtig, erst in diesem Augenblick hatte er zum ersten Mal wirklich verstanden: Doktor Berger war nur der Konkursverwalter von Felix´ menschlicher Würde. Aber der Schuldige war er selbst, Felix: er hatte sich selbst in eitler Aufsässigkeit ein Bein gestellt und sich zu Fall gebracht, weil er wider besseres Fühlen, seinen authentischen Empfindungen zum Trotz, geglaubt hatte, es gäbe keine Schuld des Sohnes für die Taten des Vaters.

Hatte er wirklich gedacht, er wäre den Opfern seines Vaters nichts schuldig gewesen? Er hatte sich davonstehlen wollen, er wollte dem Schicksal *ein Schnippchen schlagen*, ein pragmatischer Pfiffikus hatte er sein mögen, er hatte es sich einfach machen wollen, mit der übelriechenden Krankheit seiner eigenen Eitelkeit hatte er sich selbst infiziert, in fahrlässiger Weise hatte er die Opfer seines Vaters brüskiert, in eitler Selbstgefälligkeit die Matura machen wollen, die Schande abwaschen wollen, er wollte ein Revisionist seines Schicksals sein, ein Egoist, der seine finanziellen Verpflichtungen nicht erkennen wollte.

Seine Schuldverantwortlichkeiten hatte Felix insgeheim, ohne vorherige Konsultation seiner

179

Gläubiger reduzieren wollen, wie ein fieser Betrüger, ein Hochstapler des Schicksals hatte er sich benommen.

Erst jetzt wurde ihm die biblische *Gnade der Erkenntnis* zuteil, erst in diesem Augenblick erlebte er die nackte Erfahrung seiner höchstpersönlichen, individuellen Wahrheit: Er war der Räuber auf dem Weg nach Golgota, er trug das Kreuz der Herkunft, auf das er genagelt werden würde, denn er war der Sohn seines Vaters, der ein Täter war, und es war nur recht und billig, dass der Sohn das Kreuz seines Vaters trug, seit biblischen Zeiten war es so gewesen.

Der Kelch, den der Sohn trinken musste, war mit den salzigen Tränen der Opfer des Vaters gefüllt. Es stand in der Bibel, im jahrtausendealten Testament stand es geschrieben, in den *Rollen von Qumran*, den Geheimnissen der Thora und der Kabbala, aber bis zu diesem Augenblick hatte er nicht das Geringste davon verstanden. Er war ein übeltätiger Ignorant, ein Narr gewesen, wenn er geglaubt hatte, den vor-gegebenen Pfad seines Schicksals entrinnen zu können.

Es war falsch, unrecht und hochmütig von ihm gewesen, wenn er angenommen hatte, dass er in seinem Leben unter sich allein bleiben hätte können, sich abkoppeln konnte von seinem Vater. Das *ewige Leben* manifestierte sich auch im Weiterschleudern der eigenen Schuld, in der Ejakulation der Doppelhelix auf die Söhne und Töchter.

Ja, es gibt eine ererbte Schuld, dachte Felix, sie ist die Basis des menschlichen Gewissens. Die Erbschuld gehörte zum Geheimnis des ewigen Lebens, wie hatte er diese Erkenntnis in all den Jahren ignorieren können, sie lebte in den menschlichen Chromosomen, sie war der Motor der menschlichen Weiterentwicklung. Ohne sie bliebe die Menschheit statisch und unentwickelt. Erst wenn die Schuld der Kinder durch die DNS, das Transportmittel jahrtausendealter Informationen, in den Kosmos des Fleischlichen, Vergänglichen, Verwesenden ausgestoßen worden waren, würde sie ihren Zweck erfüllen, und ihre Legitimation war die Reifung des Bewusstseins, dachte Felix.

Er gab auf. Er nahm seinen mehrminigen Kugelschreiber, die Bleistifte und das Lineal, steckte es in seine Rocktaschen und verließ das Klassenzimmer. In der Erkenntnis seines vorbestimmten Schicksals hatte Felix aufgegeben, er hatte seine Lektion endlich gelernt.

Anstatt die Maturaarbeit fertigzumachen, kehrte Felix also zurück in "sein" WC, setzte sich auf den Klodeckel, seine Beine mit dem Armen umklammernd, mit geschlossenen Augen tastete er mit den Fingern um sich, wickelte sinnlos, in seinem merkwürdig reduzierten Bewusstseinszustand eine Rolle Klopapier ab und zerriss sie in kleine Teilchen, ergriff den Stiel der Klobürste, ein vor Dreck starrendes Handtuch, ein paar abgedrückte Zigarettenstummel.

Dann öffnete Felix eine Plastikflasche mit Reinigungsmittel und verrieb das Pulver auf seinem Unterarm.

Die seelische Qual, die er empfand, wurde schlagartig von einem körperlichen Schmerz überlagert. Es brannte, pochte, peinigte ihn auf seinem Unterarm, es war ihm, als hielte jemand glühendes Metall an seinen Arm, und je mehr er zurückwich, desto stärker wurde das Pochen, Bohren, Brennen, so dass er sich vor Schmerzen krümmen musste und zu seiner Beschämung leise winselte, ähnlich wie jener Setter, dem Hubert vor ein paar Jahren in der Garage den Schweif *kupiert* - also abgehackt - hatte, um seinem Sohn zu beweisen, dass ein fünfjähriger Bub seine Mannhaftigkeit auch durch tätige Grausamkeit beweisen musste.

Der pochende Schmerz auf seinem Unterarm ließ Felix´ biblisches Bewusstsein, ein mit der Vaterschuld behafteter Täter zu sein, der zum Versagen verurteilt war, allmählich in den Hintergrund treten. Der wuchtige Schmerz des Körperlichen hatte die diffizile Qual seines Bewusstseins überlagert, so dass er gerade in jenen Augenblicken, als der Schmerz am Unterarm am unerträglichsten geworden war und die Schwelle des hündischen Winselns überwunden war, in jenen Sekunden, in denen es keine adäquate Ausdrucksform mehr gab, für die Qual, die er empfand, den Konkurs und die offensichtlich gescheiterte Matura vergessen hatte.

Erst jetzt, in den Momenten höchsten körperlichen Schmerzes hatte er sich die Absolution für seine Schuld gewährt, denn die Schuld seines Vaters war auf ihn übergegangen. Durch den Schmerz zahlte er für die rücksichtslose Ausbeutung der Ellender Arbeiter, den Missbrauch des Dienstmädchens, die hohnlachende Demütigung der Gasthausgäste, für seine abstoßende Körperlichkeit, die ihn mehr und mehr anwiderte, für das langsame Dahinfaulen seines Körpers, der in abstoßender Weise jene menschlichen Exkremente produzierte, die an dieser Örtlichkeit wieder heraus gepresst und in die Kanalisation geschleudert wurden.

Ein einsames Stückchen Schmutz, so dachte er, hatte jene Örtlichkeit aufgesucht, welche die stärkste Affinität zum Körperlichen besaß, dort wo die verzweifelte Gefangenheit des Menschen, das Eingesperrt sein in seine stoffliche Umhüllung und seine

Verdammung zum Stoffwechsel stündlich, bei jeder Unterrichtspause immer wieder in seiner ganzen Lächerlichkeit und Stinkigkeit demonstriert wurde.

Hier, in diesem winzigen Raum, in seiner engen Beschränktheit, offenbarte sich jetzt *Felix' Wahrheit* über die Menschen, die zur Fäulnis verdammt waren, durch die lästerliche Sünde ihrer Existenz.

Der körperliche Schmerz der Säure, die sich in sein Fleisch brannte, ließ ihm eine weitere *Erkenntnis* aus der Seele fallen: Er hatte sich schuldig gemacht, indem er seine vorbestimmte Schuld nicht akzeptiert hatte, aus den Motiven der Eitelkeit heraus hatte er seine Vorbestimmung nicht ernst genommen, er hatte sich über sein Schicksal lustig gemacht, aus bloßer intellektueller Hoffart hatte er sich verleiten lassen, für sich selbst das Beste als gerade noch akzeptabel gelten zu lassen.

Warum war er in die Stadt gefahren und hatte sich die neuen Schischuhe aus Hartplastik gekauft? Warum hatte er nicht einfach die alten *Doppelschnürer* aus Leder anziehen können? Erst jetzt erinnerte er sich, dass er von der alten Sterzinger gewarnt worden war:

"Willst du wirklich neue Schier und Schuhe kaufen, Felix? Die alten tun es doch auch noch" flüsterte die Oma Sterzinger in seinem Kopf, ihr Blasebalg war schon schwach und schlaff, sie konnte nicht mehr viel Druck durch Mund und Nase erzeugen und ihre Kraft schien allmählich nachzulassen, sie schien leer zu werden. Ja, er war hoffärtig und eitel gewesen, das wusste er jetzt mit Gewissheit. Er hatte versucht, die Sünde seiner Herkunft zu ignorieren, seine Arroganz war seinem Karma widerlich geworden, und deshalb hatte es ihn bestrafen müssen, ihn zur Einsicht bringen müssen.

Irgendjemand klopfte an der Tür des Klosetts. Berger! „Ich weiß genau, dass du da drin bist, Felix!" rief der Professor.

„Du machst jetzt sofort auf und gibst mir deine *Schummelzettel*. Aus dir wird nichts mehr als eine unbedeutende Schreibkraft in irgendeinem konkursreifen Unternehmen. Aber ich möchte nicht, dass man mir hier vorwirft, ich hätte dich aus dem Klassenzimmer in eine Art selbstgewähltes Exil in den Abort getrieben." Felix antwortete nicht.

„Wenn du rauskommst, gebe ich dir deine Maturabögen wieder zurück. Ich habe sie hier in der Hand, geh in die Klasse zurück, du hast noch eine gute Viertelstunde."

Die Worte seines Todfeindes rissen Felix aus der totalen Lethargie aus Selbstmitleid und Resignation.

Aber es dauerte fast eine Minute, Felix die Tür der Toilette aufriss, dem überraschten, völlig konsternierten Professor seine halbfertige Maturaarbeit aus der Hand riss, in die Klasse stürmte, sich an seinen Platz setzte, und begann, die Prüfungsfragen mit ungeheurer Konzentration und Geschwindigkeit zu Papier zu bringen. Felix arbeitete wie eine Buchungsmaschine. Er war aufgewacht. Er hatte begriffen, dass es seine letzte Chance war, aus seinem elenden Ellend herauszukommen. Er fokussierte seine gesamte Energie und Kraft auf die Beantwortung der Fragen. Er dachte an New York, an Tokio und an sein neues Leben in der Anonymität der Großstadt, in Wien, wo er nach der Matura Wirtschaftswissenschaften studieren würde.

Alles war plötzlich ganz leicht. Die Welt lag vor ihm, das Leben wartete auf ihn.

Ich werde Berger widerlegen, ich werde ihn auslachen, dachte Felix, als er die letzte Aufgabe der Matura gelöst hatte. Denn ich werde kein Buchhalter werden, ich werde Unternehmer oder Geschäftsführer großer Unternehmen sein, und zwar einer der Besten und Erfolgreichsten, wusste Felix plötzlich mit absoluter Gewissheit. Er wusste, er würde seinem vorbestimmten Schicksal die lange Nase zeigen.

Berger kam vorbei, um die Maturaarbeit einzusammeln, wollte etwas zu Felix sagen, aber der ignorierte ihn.

Felix wusste mit Sicherheit, dass er die Matura bestanden hatte.

Typen wie Berger", dachte Felix, …werden mir in Zukunft bestenfalls die Aktentasche tragen können.

Felix Penzinger blickte auf seine Uhr: es war 15:00 Uhr - am 21. Juni 1973. Er hatte gewonnen.

2. Teil
VIERZIG JAHRE SPÄTER

JUNI 2009

VIERZIG JAHRE SPÄTER

40 Jahre später, am 24. Juni 2009, schlitterte die Journalistin Rapota in ein Desaster.

Ihr richtiger Name war Walpurga Johanna Weinbergbauer. Sie stammte aus dem idyllischen Ort Rappottenstein im nordwestlichen Waldviertel. Zur Ortschaft Rappottenstein gehört die imposante Burg, benannt nach ihrem Erbauer Rapoto. Die Burg wurde nie erobert, vermutlich, weil eventuelle Belagerer nach wenigen Tagen erfroren wären.

Das Waldviertel ist eine der kältesten Regionen Österreichs und Rappottenstein liegt mit einigen Orten im hinteren Lappland im virtuellen Wettstreit darüber, wo das europäische Zentrum für Doppelkonsonanten und klappernde Zähne zu finden ist.

Walpurga Weinbergbauer alias Rapota arbeitete als Journalistin für die renommierte Wirtschaftszeitung *Vienna Economy Express*.

Ihren Spitznamen *Rapota* verdankte sie dem legendären Raubritter *Rapoto von Kuenring*, der die besagte Burg vor acht Jahrhunderten auf einem steilen Felsen mitten im Wald errichtet hatte; er lebte davon, die wenigen wetterfesten Reisenden, die es ins Waldviertel verschlagen hatte, in mäßiger Weise zu berauben.

Rapotas Berufsethos und dessen weltanschauliches und moralisches Gerüst war im Gegensatz zu jenem ihres Namensvetters auf Ehrlichkeit und Wahrheit gegründet: tradierte Werte in der urwüchsigen und faszinierenden niederösterreichischen Region, in der sie aufgewachsen war.

Sie war eine für diesen Landstrich typische Persönlichkeit: geradlinig, erdig, fallweise schroff und unkorrumpierbar. Daran hatte auch ihre mehrjährige Tätigkeit in der Redaktion des *Vienna Economy Express* nichts geändert.

Wer Rapota sprechen hörte, war irritiert. Ihre Worte hatten offenbar große Entfernungen zurückzulegen, bis sie mittels Zunge und Stimmbildungsorgane ausgeformt und endlich in den öffentlichen Raum hinaus entlassen wurden. Sie sprach so, als müsste sie jeden einzelnen Satz erst aus dem urigen Waldviertler Dialekt in etwas wie Hochsprache übersetzen. Vielleicht lag es ja auch am mentalen Gewicht der unablässigen Übersetzungsarbeit, dass sie nach und nach zu einer wahren Virtuosin des geschriebenen Wortes geworden war. Für den Zuschauer war ihre Sprechweise hingegen höchst interessant. Die einprägsame Prosodie ihrer Rede verlieh ihrer Ausstrahlung etwas Exotisches und Paradoxes.

Es schien, als hätte Rapota die Begabung, der Ambivalenz mancher Gefühle und Gedanken einen besonderen Ausdruck zu verleihen. Durch die Spannung zwischen der Art, wie sie etwas ausdrückte und dem Inhalt ihrer Aussagen entstand manchmal beim Zuhörer der Eindruck, dass Rapota in einem und demselben Augenblick hoch konzentriert und tief entspannt wirken konnte. Für ihre Gesprächspartner bedeutete das eine große Herausforderung. Wie immer sie es anstellten, es gelang ihnen nicht, Rapota in eine Schublade zu pressen. Je nach Charakter und Stimmungslage des Betrachters löste ihr Auftreten amüsiertes Schmunzeln oder misstrauisches Stirnrunzeln aus.

Männer und Frauen schienen gleichermaßen fasziniert von ihrer moiréartig changierenden Ausstrahlung. Nichts an Rapota erschien künstlich oder aufgesetzt. Sie trug kein Makeup, sondern wirkte allein durch den Effekt ihres extravaganten, unsymmetrischen Gesichts, ihrer angeborenen Uneindeutigkeit und ihrer gepowerten Körperlichkeit.

Rapota von Kuenring alias Walpurga Weinbergbauer repräsentierte in der Redaktion des *Vienna Economy Express* eine Manifestation konzentrierter weiblicher Kraft. Vielleicht war es ja das äußerliche Äquivalent eines überlegenen Immunsystems, das sich aus den millionenfachen frühkindlichen Kontakten mit Waldviertler Viren und Bakterien aller Art herausgebildet hatte, die in den warmen Ställen und zugigen Stuben des bäuerlichen Elternhauses in Rappottenstein gedeihten.

Rapota holte den morgendlichen Tab-Kaffee aus dem Espresso-Automaten in der Küche und ging in ihr kleines Büro zurück, um ihren Macintosh einzuschalten. Auf dem Schreibtisch lag wie immer die aktuelle Ausgabe des *Vienna Economy Express*.

Heute war ein besonderer Tag, denn die aktuelle Titelseite des Vienna Economy Express gehörte wieder einmal ganz ihr.

„EGT-Chef Engelbert Varus: Verträge müssen eingehalten werden!" prangte die Schlagzeile in großen Lettern am Cover.

Auf Seite 3 war Rapotas Interview mit dem Vorstandsvorsitzenden der EGT-Gruppe, Engelbert Varus abgedruckt, das große Foto zeigte die Werkseinfahrt der Wilhelmus-Schokoladenfabrik mit heruntergelassenem Schranken, auf den ein Foto des Vorstandsvorsitzenden des EGT-Konzerns, Engelbert Varus montiert war, darunter stand: *14 Fragen an EGT-CEO Engelbert Varus (von Rapota Weinbergbauer)*

RAPOTA: Herr Doktor Varus, Sie sind Vorstandsvorsitzender eines der größten Unternehmen der Welt, des EGT-Konzerns.

Sie propagieren eine neue Wirtschaftsideologie, eine neue Moral für die Ökonomie, die sie die neue, innovative Ideologie des *Virtualismus* nennen.

VARUS: Ja. Es ist höchste Zeit, dass das populärste Wirtschaftsmodell des 21. Jahrhunderts – das Business mit derivativen Finanzprodukten – einen tragfähigen ideologischen Unterbau bekommt. Zumal es sich mit Abstand um den größten Wirtschaftszweig handelt: An einem Tag werden beispielsweise 20 Milliarden an Waren umgesetzt und 900 Milliarden an irgendwelchen Krediten, Swaps und Optionen gehandelt. Noch vor 20 Jahren haben sich die Finanzströme und die Warenströme ungefähr gedeckt. Der Markt der Finanzprodukte steigt ständig, denn es gibt jede Menge billiges Geld, das profitabel *arbeiten* muss.

RAPOTA: Was sind die Bestandteile Ihrer Virtualismus-Ideologie?

VARUS: Die drei wichtigsten Grundsätze des Virtualismus sind:

Erstens: Nur eine geschäftliche Transaktion ohne realwirtschaftliche Grundlage ist ein höherwertiges Geschäft, das den intellektuellen Idealen des Virtualismus entspricht.

Zweitens: Nur ein freier Mensch, der sich vom psychologischen Druck emanzipiert hat, eine reale Arbeitsleistung erbringen zu müssen, erfüllt die Voraussetzungen dazu, ein tüchtiger Player im Derivat-Business zu werden.

Drittens: Das virtuelle Glasperlenspiel mit hochkomplexen derivativen Finanzprodukten kann nicht jeder X-Beliebige spielen, es erfordert intellektuelle Brillanz.

RAPOTA: Wie soll ich das verstehen?

VARUS: Stellen Sie sich einfach vor, Produktion und Derivat-Business seien Kartenspiele. Dann entspricht die reale Produktion dem Bauernschnapsen, das derivative Finanzprodukt dem Bridge-Spiel.

RAPOTA: Aha! Oft wird behauptet, dass sich Kapitalismus und Marktwirtschaft in einer Krise befinden. Was sagen Sie dazu?

VARUS: Wer behauptet denn, dass wir uns noch im Zeitalter des Kapitalismus befinden? Seit einigen Jahren sind wir im *Zeitalter des Virtualismus.* Der Kapitalismus ist tot, es lebe der Virtualismus! *(lacht).* Während der letzten Dekade hat die Spekulation mit Finanzderivaten das Match gegen den Realo-Kapitalismus haushoch gewonnen. Nicht zuletzt auch durch den Einstieg vieler Sparkassen und Geschäfts-banken in das CDS-Geschäft.

RAPOTA: Was sind CDS?

VARUS: CDS ist die Abkürzung für *Credit Default Swaps.* Sie sind komplexe Finanzprodukte. Aber, um es vereinfacht auszudrücken: CDS sind Wetten auf das Unglück anderer.

RAPOTA: Wie funktioniert das?

VARUS: Also, ich kann es Ihnen – niveau-adaptiert – wie folgt erklären: Wenn Sie Ihr Haus gegen Feuer versichern und es brennt ab, bekommen Sie die Versicherungssumme. Wenn ich Ihr Haus mit CDS gegen Feuer versichere und es brennt ab, bekomme ich die Versicherungssumme.

RAPOTA: Und was bekomme ich dann als Hausbesitzer, der den Schaden hat?

VARUS *(lacht)*: Nichts! Das ist ja das Zauberhafte an CDS: Sie haben den Schaden – und ich bekomme ihn ersetzt. Von den CDS sind Hunderte Milliarden im Umlauf. Aber keiner weiß, wer CDS hat. Es ist wie beim *Schwarze Peter* Spiel. Kein Wunder, dass manche Banken einander kein Geld mehr borgen.

RAPOTA: Ist unser amerikanischer Traum – *vom Tellerwäscher zum Milliardär* noch am Leben?

VARUS: Selbstverständlich. Aber die Idole der MBA-Absolventen sind heute nicht mehr die Unternehmer der sogenannten realen Marktwirtschaft, wie Henry Ford, sondern die Könige des Virtualismus, von denen einige übrigens auch wunderbar amüsante Bücher über Spekulation mit Rohstoffen verfasst haben, und zwar für neue Zielgruppen, wie spekulierende Hausfrauen, die sich mit Terminkontrakten für ihre Kochzutaten ein bisschen was dazuverdienen wollen.

RAPOTA: Mit Rohstoffen spekulieren? Ist das nicht ein bisserl unmoralisch?

VARUS: Ich verrate Ihnen was: Man hat in letzter Zeit viel Unsinn hören müssen, was Rohstoffe betrifft. Der Anbau von Biosprit soll allein für den Anstieg der Weizenpreise verantwortlich sein? Derartige Erklärungen für die Preisentwicklung am Rohstoffmarkt heranzuziehen, ist ähnlich unsinnig, als würden Sie die Qualität eines beliebigen Objektes, das Sie auf einem Digitalfoto sehen, ohne Ansicht des Originals bewerten wollen. Verstehen Sie, was ich meine?

RAPOTA: Ehrlich gesagt: … nein.

VARUS: Optionsgeschäfte mit Rohstoffen sind wie Digital-Fotografien: Sie wissen nie, was aus dem

Original zuletzt werden wird, im Grunde existiert überhaupt gar keines. Weizen, Kaffee, Saftkonzentrat, Mais, Soja, Zucker, Kakao etc. werden auf virtuelle Weise zigmal verkauft und gekauft. Aber in der Realität existiert nur ein Bruchteil des gehandelten Volumens. Optionshandel bedeutet, dass man Digital-Fotografien der Rohstoffe handelt, nicht aber die Produkte selbst. Die Rohstoffe selbst braucht man ja auch nicht. Jedes Foto, jeder Kontrakt, ist wie eine Investition in ein Kunstwerk. Und dabei gibt es nur zwei Möglichkeiten: Top oder Flop!

RAPOTA: Aber das hat doch Auswirkungen, wenn man mit Grundnahrungsmitteln spekuliert! Und das nicht nur bei den Ärmsten der Armen, auch für die Hersteller von Lebensmitteln. Die Preise für Rohstoffe fahren Achterbahn, seit große Finanzinvestoren massiv in die Spekulation eingestiegen sind. Der *FAO-Food Price Index* der United Nations, der Monat für Monat die Preise der fünf wichtigsten Warengruppen und der 73 wichtigsten Rohstoffe für Lebensmittel erhebt, ist von 127,2 im Jahr 2006 auf 213,4 im Jahr 2012 angestiegen. Das bedeutet, dass die Preise für Rohstoffe in nur sechs Jahren im Durchschnitt um zwei Drittel teurer geworden sind!

VARUS *(euphorisch)*: Ja, sehen Sie: Daran können Sie erkennen, wie faszinierend Virtualismus ist! Reale Produktion ist dagegen langweilig. Virtuelles Geld ist besser als reales, denn es verzinst sich in der Regel wesentlich höher als das Kapital, das in die Produktion oder in eine Dienstleistung investiert wird.

RAPOTA: Darf ich Sie dann etwas uncharmant und in alpiner Direktheit fragen: Heißt das, dass jeder, der etwas produziert, ein Depp ist?

VARUS: So krass würde ich das nicht ausdrücken wollen. *(lacht)* Aber Sie sollten schon verstehen: Produktion und Realwirtschaft kann keine Angelegenheit der entwickelten Staaten sein. Denn mittlerweile haben sogar schon die hartnäckigsten Sozialromantiker mitbekommen: Wir leben nicht mehr im Zeitalter der Produktion, sondern in der Ära der Information. Information ist Wissen über Virtualität. Wer virtuelles Wissen hat, hat Macht. Ohne virtuelles Wissen sind Sie kein Insider und ohne Insider-Wissen können sie keine Insider-Deals abschließen – dann sind sie wirtschaftlich ein Niemand.

RAPOTA: Herr Doktor Varus, noch eine abschließende Frage: Die traditionsreiche Schokoladen-fabrik Wilhelmus steht angeblich kurz vor der Insolvenz, es sind über fünfhundert Arbeitsplätze in Gefahr. Die Ursache, so hört man, sind die in jüngster Zeit exorbitant gestiegenen Preise für Rohstoffe, insbesondere für Kakao, den wichtigsten Rohstoff für die Herstellung von Schokolade. Manche machen dafür Spekulation für verantwortlich, aber es gibt dieses Jahr auch eine sehr schlechte Ernte und ein Rohstoffhändler hat angeblich 8.5 % der Ernte aufgekauft und dadurch eine künstliche Verknappung ausgelöst. Es gibt ein Gerücht aus der Branche, dass die EGT-Gruppe sich weigert, ihrem Lieferanten, der Wilhelmus-Gruppe, die erforderliche Preisanpassung zu geben. Stimmt das?

VARUS: Ja, natürlich. Verträge müssen ein-gehalten werden. Wir können doch nicht die Risiken unserer Lieferanten absichern, das müssen die schon selbst tun. Wozu gibt es *Hedging*, wozu haben wir bei Rohstoffen denn das Instrument der *Terminkontrakte*? Die *Wilhelmus AG* gibt es schon seit über hundert

Jahren. Aber die Zeiten ändern sich halt. Wir sind für unsere Kunden da und wir vertreten die Interessen der Konsumenten. Für die Arbeitsplätze der Lieferanten sind die Lieferanten ausschließlich selbst verantwortlich. Unseren hohen Marktanteil verdanken wir unserer eigenen Arbeit und dem Vertrauen unserer Kunden, die preiswerte und qualitativ hochwertige Produkte von uns erwarten. Sie können mir also glauben: Preiserhöhungen sind das Letzte, was unsere Kunden wollen.

RAPOTA: Die Arbeitsplätze bei Ihrem Stammlieferanten, der Firma Wilhelmus sind Ihnen also gleichgültig?

VARUS: *(verärgert):* Verträge müssen eingehalten werden. Jeder Manager ist für die Arbeitsplätze seiner eigenen Firma verantwortlich, aber nicht für die Jobs seiner Lieferanten. Mehr ist dazu nicht mehr zu sagen.

RAPOTA: Herr Direktor Varus, vielen Dank für das Interview.

SCHICKELGRUBER

Rapotas Telefon schnarrte, die Assistentin des Chefredakteurs teilte ihr mit, dass die Redaktionssitzung um eine halbe Stunde verschoben worden war. Kaum hatte Rapota aufgelegt, schnarrte es neuerlich.

Am Apparat war Senator Kommerzialrat Doktor Gerhard Schickelgruber, der Herausgeber des *Vienna Economy Express* persönlich. *His Majesty Himself*, nicht die üblicherweise von ihm vorgeschobene Assistenz-Perle, die blondblasse Klara Scheibenreif. Es musste etwas passiert sein.

„Frau Weinbergbauer! Ich erwarte Sie in fünf Minuten in meinem Büro", intonierte Schickelgruber knapp und legte gleich wieder auf, ohne eine Reaktion Rapotas abzuwarten.

In Rapota meldete sich das hochempfindliche Frühwarnsystem. Die vertikale Grübelfalte auf ihrer Stirn schien mit einem Mal tiefer. Nie zuvor hatte sie Schickelgruber direkt kontaktiert, dafür war sie dann doch eine zu kleine Nummer im Verlagsgeflecht. Wenn sie ihm auf den Gängen begegnete, verhielt er sich ausnehmend charmant, schon mehrmals hatte er sich nach ihr umgedreht, ja, auch er schien magnetisch angezogen von ihrer mehrdeutigen Aura.

Der Tonfall am Telefon passte da nicht dazu, und er passte schon gar nicht zu Schickelgrubers zwanghaftem Harmoniebedürfnis. Aggression war diesem Mann fremd, Konflikte ignorierte er, indem er sie einfach aussitzen ließ. Seine Mitarbeiter überließ er den Prinzipien Charles Darwins, Mobbing ignorierte er, zumindest so lange es möglich war. Schickelgrubers herausragende Stärke lag in der Fähigkeit, Inserenten aufzutreiben. Wie bei jedem Printmedium bildeten die groß flächigen Inserate auch das finanzielle Rückgrat des *Vienna Economy Express.*

Vor seiner steilen Karriere im Verlag war Schickelgruber Besitzer eines Werbemittlungsbüros und eines kleinen Verlages gewesen. Beide Unternehmen waren am Rande des Bankrotts entlang geschrammt, aber in diesem Existenzkampf hatte er das Handwerk des Anzeigenkeilens bis zum Exzess gelernt.

Zum erfolgreichsten Trick seines umfangreichen Keiler-Repertoires gehörte es, dem potenziellen Kunden zu erzählen, dass ein anderer Kunde sein Inserat kurzfristig und ohne Vorwarnung, auf Grund höherer Gewalt - *force majeure*, wie Schickelgruber sein Schulfranzösisch gelegentlich bemühte – kurz vor Druckbeginn zurückgezogen hatte. Also ersuchte er den Neukunden um Hilfe, indem er an dessen Mitleid appellierte und zusätzlich dessen professionelle Gier und Eitelkeit aktivierte.

Er bot dem auf diese Weise ins Vertrauen gezogenen Kunden an, das Inserat zum halben Listenpreis als „außergewöhnliches Not-Schnäppchen" zu schalten.

„Alles streng vertraulich, versteht sich, niemand darf davon erfahren", raunte er dem beeindruckten Kunden verschwörerisch zu.

Wenn der Kunde dann argumentierte, dass ein Inserat so kurzfristig nicht in Frage komme, da er weder einen Anzeigentext noch ein Sujet parat habe, kam Schickelgrubers schöner Coup: Er erklärte dem Klienten, dass er binnen zweier Stunden einen fertigen PR-Text entwickeln werde: „gratis, das versteht sich von selbst." Anschließend appellierte er an die Eitelkeit des potenziellen Inserenten, indem er ihn ersuchte, ihm ein *gutes Portraitphoto* zu schicken, das er in den PR-Text integrieren könne. Mitleid, Gier und Eitelkeit – aus diesen drei Grundmodulen bestand Schickelgrubers werbetechnisches Klavier.

Als Rapota eintrat, saß Schickelgruber lesend hinter dem Schreibtisch. Er erhob sich nicht, er blickte nicht einmal auf. Auch Schickelgrubers magersüchtige Assistentin, Clara Scheibenreif, die normalerweise den ganzen Tag wie ein ausgemergelter Cerberus im Vorzimmer ihres Chefs wachte, blieb diesmal unsichtbar.

„Wir haben uns alles sehr ausführlich überlegt", begann Schickelgruber, ohne Rapota dabei anzusehen.

„Untragbar! Wie konnten Sie einen solchen Wahnsinn schreiben? Ohne jeden Beweis. Ich muss Sie entlassen, Frau Weinbergbauer"

Das sagte er beiläufig, so als würde er ihr erzählen, dass er am Abend vor dem Nachhause gehen regelmäßig das Licht im Büro ausschaltet oder im Restaurant um die Ecke gestern Abend einen guten Rotwein getrunken hatte.

Als von der Journalistin Rapota keine Reaktion kam, setzte Schickelgruber auch gleich eine vermeintliche Entschuldigung nach und appellierte um ihr Verständnis für die schwere Entscheidung, dass er sich entschlossen hatte, sie zu feuern.

„Glauben Sie mir, das tut mir sehr, sehr leid. Sie waren eine ausgezeichnete, Journalistin, und, glauben Sie mir, ich weiß nicht, was in Sie gefahren ist. Wir sind sehr, sehr enttäuscht von Ihnen, Frau Weinbergbauer, wie konnten Sie dem Verlag so etwas antun?"

Rapota musste lächeln. Sie wusste nicht warum. Das alles war einfach zu absurd. Ihr ungläubiger Blick zielte auf Schickelgrubers ausweichende Augen, ihre Lippen schienen etwas sagen zu wollen, aber die Tonspur setzte erst mit einiger Verzögerung ein.

Schickelgruber war von Rapotas gefasster Reaktion überrascht, möglicherweise sogar erleichtert. Er hatte befürchtet, sie könnte ihm eine Szene machen.

Als Rapota erkannt hatte, dass diese Situation real war, schüttelte sie lange den Kopf und versuchte, die wild durcheinanderlaufenden Gedanken in eine Struktur zu bringen. Das Gefühl, auf diese billige Art verraten worden zu sein, blockierte ihren Verstand.

Jahrelang hatte sie diesem amöbenhaften Schickelgruber die besten Berichte geliefert, hatte sie seine eitlen APA-Aussendungen mit Inhalten gefüttert, die sie allein, in wochenlanger Arbeit und größter Sorgfalt zusammengetragen hatte.

Es gehörte zu ihrem hohen journalistischen Berufsethos, niemals nachlässig oder schlampig zu arbeiten, und *nicht um die Burg* würde die Waldviertlerin jemanden beschuldigen, ohne dafür eindeutige Beweise zu haben, jedem Beteiligten würde sie mehrmals die Möglichkeit geben, seine Sicht der Dinge darzulegen, bevor die publizistische Sachverhaltsdarstellung in Druck ging.

Was diesen speziellen Fall, die Reportage über Wilhelmus und den EGT-Konzern anbelangte, hatte Rapota besonders genau und gründlich gearbeitet. Jedes Detail hatte sie vorab mit ihrem Chefredakteur, Alfred Kewer, besprochen.

Erst als das Beweismaterial vollständig auf der Festplatte des Redaktionscomputers gespeichert war, hatte sie die Geschichte – mit Kewers ausdrücklicher Genehmigung – in die Morgenausgabe gesetzt. Jedes Wort der Reportage stimmte, war nach den Regeln des Qualitätsjournalismus doppelt recherchiert und dokumentiert.

Die Geschäftsführung des EGT-Konzerns hatte sich beharrlich geweigert, die enormen Steigerungen der Herstellkosten, die durch den weltweiten, spekulativen Anstieg der Kakaopreise und der Zuckerpreise unvermeidlich waren, als Preiserhöhung zu akzeptieren. Wilhelmus produzierte Diskontware für die EGT-Gruppe, daher waren die Margen für EGT-Ware sehr niedrig.

Nachdem sich der Weltmarktpreis für Kakao, den wichtigsten Rohstoff für die Schokoladeproduktion, innerhalb weniger Wochen verdoppelt hatte, war bei den geringen Margen der Diskontproduktion eine Preisanhebung unvermeidlich. Die EGT-Einkäufer hatten sich geweigert, diese gerechtfertigte Preis-anhebung zu akzeptieren.

„Wir haben einen gültigen Vertrag", hatten die EGT-Einkäufer wie tibetanische Gebetsmühlen wiederholt, die Konkurrenz sei hart, eine Preisanhebung daher unmöglich. Basta!

Carlo Wilhelmus, der Eigentümer und Geschäftsführer von Wilhelmus hatte daraufhin mit Engelbert Varus telefoniert, einen Gesprächstermin hat er nicht bekommen.

„Erfüllen Sie zuerst einmal den bestehenden Vertrag, dann können wir weiterreden", lautete Varus' lakonischer Bescheid gegenüber dem Chef des traditionsreichen Familienunternehmens.

Rapota hatte, mit dem Wissen und der ausdrücklichen Billigung durch den Chefredakteur Alfred Kewer die Geschichte recherchiert, dann das Interview mit Varus geführt, aufgezeichnet und ohne die kleinste Veränderung daran vorzunehmen, geschrieben, jeder einzelne in der Redaktion wusste davon. Und dafür wollte sie der Herausgeber feuern?

„Herr Schickelgruber, das Ganze kann nur ein Irrtum sein", fasste sich Rapota.

„Alles ist in der Redaktion abgesprochen. Es gibt das Interview mit Generaldirektor Varus auf Band, es gibt Zeugenaussagen auf Band und Kopien vom Schriftverkehr zwischen dem EGT-Einkauf und dem Wilhelmus-Verkauf, alles eindeutige Beweise. Alles ist in unserem Redaktionscomputer gespeichert. Fragen Sie den Chefredakteur Kewer, fragen Sie die komplette Redaktion, die Kolleginnen und Kollegen... Dös is alles doppelt checkt woan."

Wenn Rapota aufgeregt war, verfiel sie noch stärker in ihre kantige Waldviertler Sprechweise. Ihr asymmetrisches Gesicht sah aus jedem Blickwinkel, in jedem Lichteinfall anders aus, die wachen und intelligenten Augen waren gerötet vor Zorn auf den ignoranten Schickelgruber, der sie nach fünfeinhalb Jahren auf Grund eines Missverständnisses und ohne mit ihr vorher darüber zu sprechen, einfach – *mir nix dir nix* - wie man im Waldviertel sagte, feuern wollte.

„Da ist der Herr Kewer anderer Ansicht", antwortete Schickelgruber unterkühlt.

„Es stimmt zwar, dass er von der Sache gewusst hat, aber die Veröffentlichung in der heutigen Ausgabe passierte seiner Meinung nach zu früh. Kewer sagt, und ich gehe mit ihm da völlig d'accord, dass Sie die Beweise gegen EGT nochmals hätten prüfen müssen, bevor Sie damit an die Öffentlichkeit gehen. Die Suppe, liebe Frau Weinbergbauer, die Sie für EGT gekocht haben, ist zu dünn. Sie sind, aus welchen Motiven heraus auch immer, vorsätzlich oder zumindest grob fahrlässig vorgegangen. Sie haben unserem Verlag damit großen Schaden zugefügt. Wie stellen Sie sich das vor? Sie sind doch kein Branchenneuling. Sie können doch nicht Rufmord begehen an einem der wichtigsten Inserenten unseres Verlages" brachte Schickelgruber seine Anklagerede zuletzt auf den entscheidenden Punkt.

„Blödsinn!" entfuhr es Rapota, wobei sie im gleichen Augenblick über die urgewaltige Heftigkeit und Wut ihrer Reaktion erschrak.

Du hinterhältige, feige Ratte, dachte sie, wobei ihr immer neue, immer eindrucksvollere Waldviertler Kraftausdrücke für Männer wie Schickelgruber eingefallen waren, die sie sich nur mit großer Mühe zwischen den Zähnen zerbeißen konnte.

„Was Sie da sagen, Schickelgruber, stimmt nicht. Ich habe die Beweise auf meinem Laptop gespeichert, ich werde Ihnen alles zeigen."

„Das interessiert mich jetzt nicht mehr, liebe Frau Weinbergbauer. Ich biete Ihnen kulanterweise eine einvernehmliche Kündigung zu gleichen Bedingungen an. Es tut mir alles sehr, sehr leid" jammerte Schickelgruber wie ein kleiner Bub, der bei etwas Unanständigem erwischt wurde, um sich dann in seinem falschen Mitleid wieder zu fangen.

Schließlich herrschte einen Augenblick lang Stille, dann nahm Schickelgruber ein Blatt Papier in die Hand, auf welchem er sich offensichtlich Notizen für die

Kündigung gemacht hatte und las wie ein *Taferlklassler* den vorbereiten Schlusstext vom Blatt:

„Sie brauchen morgen nicht mehr zum Dienst erscheinen; den Resturlaub werden wir Ihnen auszahlen. Guten Tag."

„Schi-ckel-gru-ber!", rief Rapota, jede Silbe einzeln betonend, es hörte sich beinahe so unheilvoll an wie der Ruf des Todes bei der Jedermann-Aufführung am Salzburger Domplatz. Die elementare Kraft ihrer Raubritter-Ahnen blitzte auf.

Die wutwilde Rapota ergriff die Füllfeder, die vor Schickelgruber auf dem Schreibtisch lag und schleuderte sie ihm mit der geballten Energie Waldviertler Granitgesteins entgegen.

Schickelgruber wurde von nur durch seine hypersensible Nervosität gerettet, denn er ließ sich, aufs höchste geschockt durch die energetische Eruption der *brutalen Provinzlerin* nach hinten in seinen verstellbaren Chefsessel fallen.

Sein Gesichtsausdruck spiegelte seine innere Reflexion auf den brutalen Angriff mit dem gleichermaßen pikierten und entsetzten Gesichtsausdruck eines Döblinger Villenbewohners.

Die distinguierte, grüne Tinte seines exaltierten Schreibgeräts spritzte an die Wand, zwei Münzen stoben unter der Gewalt des improvisierten Geschoßes auseinander, sie mussten am Einschlagsort herumgelegen sein.

Nachdem die Kuenringerin ihre verzweifelte Wut ventiliert hatte, wurde ihr klar, dass sie das Spiel verloren hatte. Ein paar Sekunden lang blieb sie breitbeinig vor Schickelgrubers Schreibtisch stehen, bereit zu weiteren

Gewalthandlungen. Schickelgrubers Hände zitterten wie der Schweif eines Junglämmchens.

Dann wandte sich Rapota abrupt um, stürmte aus dem Raum und schlug die Tür hinter sich zu.

In ihrem Büro angekommen, versuchte sie, den PC hochzufahren. Sie probierte es etwa ein Dutzend Mal, dann war ihr Verdacht bestätigt: Der Zugang zu ihrem Computer war gesperrt, die Files mit den Beweisen waren für sie verloren.

Schickelgruber griff zum Telefon und wählte Varus' Nummer. Er stieß nur auf dessen Mailbox. Aber der Verleger, der es kaum erwarten konnte, die unangenehme EGT-Geschichte wieder auszubügeln, nahm das Risiko in Kauf und sprach auf die Mailbox.

„Alles in Ordnung, Herr Doktor Varus, die Ursache für das Problem sind wir los, und wir werden die Angelegenheit in der übernächsten Ausgabe klären. Unser Chefredakteur, Magister Kewer, wird den Bericht selbst schreiben. Er wird die Sache auf elegante Weise wieder ins rechte Licht rücken. Ich kann Ihnen versprechen, Sie werden zufrieden sein. Hinsichtlich der doppelseitigen Einschaltung am Sonntag habe ich übrigens ein spezielles Zuckerl für Sie, und zwar im redaktionellen Teil. Das kostet Sie gar nichts und bringt ein Vielfaches an Goodwill für Ihr Haus. Es nennt sich *Advertorial* und ist eine Mischung aus Inserat und redaktionellem Bericht. Wir dürfen doch wieder Ihr autorisiertes und retuschiertes Foto aus dem letzten Bericht verwenden. Ich entschuldige mich nochmals für die Unannehmlichkeiten und wünsche Ihnen einen schönen Tag. Ich bin für Sie, Herr Doktor Varus und Ihr Team, wie immer, selbstverständlich jederzeit erreichbar. Mein Mobiltelefon ist ständig eingeschaltet, sollte es besetzt sein, bitte sprechen Sie mir auf Mobilbox, ich rufe dann sofort zurück. Danke und einen wunderschönen Tag!"

Schickelgruber hatte kaum aufgelegt, als sein Telefon klingelte. Der Leiter der EDV-Abteilung war in der Leitung.

„Alles Okay, Chef. Elf Einwahlversuche hat sie gemacht, alle vergeblich. Und für die private Mailbox der Frau Redakteur haben wir uns auch was Kreatives einfallen lassen. Da geht für die nächste Zeit sicher nichts mehr."

DISCONTCLUB

„Mann, schaust Du vertrottelt aus in deinem Frotteemäntelchen", unkte Varus und versuchte, der Wasserstoffblonden mit den aufgespritzten Lippen, die in Stilettos an ihm vorbeihinterte, ein Bein zu stellen.

„*Vertrottelt*... "

Wer von Varus' Lieblingswort erfasst wurde, geriet unter ein hinteres Traktorrad, wurde unsanft ins Erdreich geschraubt und kam auf der anderen Seite platt und bekleckert wieder heraus.

Der junge Diplomingenieur Julius Härtling war etwas gekränkt durch die respektlose Umgangsform, die sich sein Chef, der alte Doktor Varus ihm gegenüber angeeignet hatte.

Seit drei Jahren arbeitete Härtling Junior nun als Produktionsleiter im EGT-Konzern. Sein Chef, der Vorstandsvorsitzende Engelbert Varus, behandelte ihn herablassend und nutzte jede Gelegenheit, um ihn ein wenig zu demütigen.

Seinen gutdotierten Job als Produktionsleiter hatte er seinem Vater, dem Buchhalter Günther Härtling zu verdanken. Der Papa hatte über jahrzehntelange gute Kontakte zu Doktor Engelbert Varus, dem CEO des EGT-Konzerns verfügt. Sein Vater und sein Chef mussten sich schon sehr lange kennen, mindestens seit vierzig Jahren, hatte sein Vater einmal gesagt.

Härtlings Vater, der voriges Jahr an Kehlkopfkrebs erstickt war und Engelbert Varus hatten bei einem Konkurs eines Mühlenbetriebes in der Waldviertler Provinz vor langer, langer Zeit gemeinsam gutes Geld gemacht. Das war alles, was *der Junior*, wie er in der Firma oft genannt wurde, darüber wusste.

Aus einem Reflex heraus streckte er seine dünnen, hühnerbeinartig behaarten Beine aus, zog sie jedoch sofort wieder ein, als sein weißer Bademantel aufging und ihn vom Nabel an abwärts im Freien sitzen ließ. Seine Füße, Schuhnummer zweiundvierzig, steckten in weißen Badeschlapfen aus undefinierbarem Kunststoffmaterial. Um den Habitus weltmännischer Lässigkeit, der ihm kurzfristig abhandengekommen war, wiederherzustellen, begrabschte Härtling die stark blondierte Saunanachbarin, die sich zu ihm an die Bar gesetzt hatte.

Neben Varus, dem grauen *Altpanther*, hatte sich eine weitere, chirurgisch massiv und kunstvoll nachbearbeitete Schönheit platziert. Sie ließ ihren Hintern auf *Highheels* einschaukeln und warf unvermittelt den Routinebetrieb ihres Brotberufs an. Nach zahlreichen und gleichermaßen verzweifelten wie auch vergeblichen Versuchen, ihren Lebensunterhalt durch das Arbeiten in konventionellen Jobs zu verdienen, waren die beiden *Professionistinnen* in diesem Saunaclub gestrandet. Das Repertoire an Tricks und Fertigkeiten, die sie zum Überleben brauchten, hatten sie durch jahrelanges *Training on the Job* erweitert und perfektioniert.

Die Kunstblonde quittierte die Begrabschung durch Härtling, indem sie sich ihm in provozierender Langsamkeit entgegen drehte. Sie linste dem potenziellen Kunden mit einer hochgezogenen Augenbraue in dessen bartloses Gesicht, perzipierte die unterkühlten Augäpfel und drapierte dann ihren professionellen Röntgenblick taxierend auf Härtlings geöffneten Bademantel.

„Ich glaube, eine kleine Aufmunterung würde Dir guttun, mein Süßer", gurrte sie und begann unverzüglich, ihr geübtes *Standardprogramm für Badeschlapfen-Freier* abzuspielen, indem sie sich vorbeugte, um die Assets ihres Gewerbes ins rechte Licht zu rücken. In gleitender Anflugform, sanft einstreichend wie eine Taube auf ihren letzten Metern, legte sie ihre linke Hand auf Härtlings Oberschenkel, während sie mit der rechten ihre Diskont-Haarspange stummfilmgerecht adjustierte.

„Ich heiße Aphrodite, meine Süßen", lockte die chirurgisch perfektionierte Liebesgöttin und warf dem alten Varus und dem *Frischling* Härtling in ihrer denkwürdigen *Schlapfenprozession* bewundernde Blicke zu, die so echt waren wie ihre überdimensionierten Silikonimplantate.

Härtling, inzwischen ein wenig beunruhigt über das prangende Selbstbewusstsein der Dame, schüttelte erschrocken den Kopf und fasste seinen viel zu engen Bademantel im Pinzettengriff, die Reste des mit dem Zeigefinger ausgepulten Naseninhalts applizierte er diskret ins mäßig flauschige Frottee.

Schließlich erhob er sich in intendierter Lässigkeit, ließ seine Dame, nur mäßig angebaggert, an der Bar stehen und stakste in Badeschlapfen dem Chef und Freund Varus und dessen *Bay Watch* Schönheit hinterher.

Der über siebzigjährige Varus fasste mit zielsicherem Griff in das Umkleidekästchen, entnahm die doppelte *Saunagebühr* aus seiner Brieftasche und reichte sie Aphrodite.

„Für mich und meinen jungen Freund!"

Mit einer schwungvollen Kopfbewegung deutete er in Härtlings Richtung, währenddessen ließ er den Schlüssel zu seinem Kästchen in der Hülle des

Plastikbands verschwinden, das er sorgfältig auf dem Handgelenk festband.

Alle drei marschierten in Richtung Kino. Trotz des einschlägigen Repertoires, ausschließlich Diskontpornos, stand es so gut wie leer. Nur zwei Pensionisten befanden sich im Raum.

Härtling wählte, gemäß seiner jahrelang in Eliteschulen eintrainierten Schamhaftigkeit, exakt jenen Sitzplatz, der von den beiden älteren Solokünstlern am weitesten entfernt war. In bemühter Unauffälligkeit kreiste er zunächst um die ersten beiden Sitzreihen, um sich dann seufzend, als würde ihm das Betreten eines Kinos größte Qualen bereiten, dem Randsitz in der ersten Reihe zuzuwenden.

Mit weicher Lautlosigkeit sackte er in den Stuhl, wobei er, einem römischen Senator zu Beginn einer Rede ähnlich, seine *Diskonttoga* anmutig mit den Händen zusammenraffte.

Varus bezog unmittelbar neben Härtling Position, seiner *Bay Watch Beauty* bot er den Sessel auf der anderen Seite an. Er streckte seine langen Beine lässig aus, wendete sich Härtling zu und brummte in gönnerhafter Zuwendung:

„Alsdann, Härtling, wie heißt das erste Gebot unserer Bruderschaft?" Härtling zögerte keinen Sekundenbruchteil, die Antwort kam wie aus der Pistole geschossen: *„Das einzige was zählt, ist das EGT"!*

„Exakt"! knurrte Varus zufrieden. Er klatschte mit seiner breiten Hand anerkennend auf Härtlings Rücken.

„Was glaubst Du, Härtling, warum unsere Beauty hier Aphrodite heißt?" ätzte Varus und lieferte sich selbst gleich die Antwort mit:

„Dr. Aphro und seine Ditten!"

Der Umstand, dass die routinierten, stets lösungsorientierten Aktivitäten der Liebesgöttin Aphrodite zunehmend seine Konzentration reduzierten, schien seinen Sinn für primitiven Humor in keiner Weise zu schmälern.

Härtling lachte pflichtbewusst über den rassistischen und geschmacklosen Witz seines Vorstandsvorsitzenden.

Mit der Billigtoga bedeckte er seine fortschreitende Blöße, während die beiden pensionierten Buchhalter abwechselnd auf das virtuelle Treiben auf dem Bildschirm und die realen Aktivitäten des mäßig infernalischen Trios starrten.

„Und wie definiert sich das EGT, Julius"? japste Varus und schob Aphrodite behutsam zu Härtling hinüber, wo sie ohne Umschweife einen Neustart ihres Programms vornahm.

„Das ist doch klar, Chef" replizierte Härtling.

„Das EGT ist doch unser Erkennungszeichen, das Lineal und die zwei Münzen – und es ist das *Pfidschigogerl*, unsere rituelle Sportübung…"

„Unsinn!" korrigierte Varus schroff seinen treuen Freund und Mitarbeiter Julius Härtling.

„Weißt du mein Junge, ich frage mich manchmal, wo sich bei dir der Knopf zum Einschalten deiner abgezählten Ganglien befindet. Als Techniker müsstest du das eigentlich wissen" ätzte Varus.

„Hab's Dir schon zigmal erklärt, also jetzt noch ein letztes Mal, langsam und zum Mitdenken" dozierte der Vorsitzende Varus:

„Das EGT ist das in Zahlen gegossene doppelte Antlitz unserer Bruderschaft. Und daher wurde es auch doppelt definiert, schließlich sind wir ein Konzern mit vertikaler Integration. Wir produzieren in unseren eigenen Betrieben und wir verkaufen in unseren eigenen Betrieben. Nur was wir selbst noch nicht herstellen können, kaufen wir zu", vollendete Varus seine kleine Lehrstunde und zwinkerte dabei Aphrodite freundlich grinsend zu. Seiner Meinung nach konnte sie für die mühevolle Tätigkeit an Härtling eine kleine Ermunterung dringend gebrauchen.

„Für mich als Händler", setzte er die improvisierte Rede fort, „der ich ja die größere Verantwortung für die Allgemeinheit trage als jener Teil unserer bruderschaftlichen Dualität, der den Zugang zum Konsumenten besitzt, übersetzt sich unser EGT mit *Einheitlicher Grundnutzen-Tarif.*"

Definiert wurde unser Einheitlicher Grundnutzen-Tarif vor mehr als fünfzig Jahren, und zwar von unserem verehrten und geliebten Gründervater Erwin Hony, der Gigant aus Halle an der Saale, ja, so haben sie ihn genannt.

Aber Du, Härtling, Du bist der verantwortliche General Manager für sämtliche Produktionsbetriebe in unserem Konzern. Aber für Dich, mein Freund, bedeutet EGT etwas ganz anderes. Denn für den Produzenten ist das EGT das *"Ergebnis gestriger Tradition."*

„Ja, Chef. Denn wer will denn heute noch etwas produzieren. Galoppierende Kosten Rohstoffe, hohe Investitionen, und dann die lausigen Preise, die man erzielt."

Härtling stockte. Nun war er es, der von Aphrodite in ein Stadium äußerster Unkonzentriertheit transportiert wurde.

„Aber, aber! Nicht gleich übertreiben", rügte ihn der alte Varus.

„Der Handel ist die Dynamik, denn er hält den Kontakt zum Kunden, er ist der Mittler zum Markt, und der Handel definiert den Wert einer Ware oder einer Dienstleistung über den EGT, den Einheitlichen Grundnutzentarif. Aber du, Härtling, du bist der Garant für die Beständigkeit unserer Bruderschaft, indem du alles das produzierst, was wir dann guten Gewissens unseren Konsumenten zum EGT, zum Einheitlichen Grundnutzentarif, verkaufen werden."

„Ja, sicher..." nickte Härtling eilfertig. Es war für ihn wie ein Augenblick der Erleuchtung, eine Teilfusion spiritueller und körperlicher Erfüllung. Da saß er nun, im Kino, mit der schönen Aphrodite an seiner Seite, welche die jahrelange Erfahrung der Profi-Sauniere seinem Wohlbefinden angedeihen ließ.

„Wir sind ein Geheimbund, Härtling, Du und ich, wir sind *Brüder im EGT*", schwelgte Varus in regressiver Redundanz.

„Du produzierst, und ich verkaufe. So wie wir das schon seit Jahrzehnten tun. So wie das schon unsere Väter getan haben, denn auch sie haben ihr Leben nach dem verbindlichen Lebenscodex des EGT gelebt. Auch sie haben alle Vorschriften unseres Geheimbundes studiert, sie kannten die Regeln, Rituale und Erkennungszeichen wie niemand sonst. Wie sie, unsere ehrwürdigen Ahnen, legen auch wir unser Lineal und die beiden Münzen auf den Tisch, wenn wir uns treffen, auch wenn wir uns schon seit Jahren kennen. Niemals würde ein Mitglied unserer Verbindung eine Regel unseres Bundes aus Schlamperei oder Nachlässigkeit vergessen."

„Es wird immer so bleiben, wie es war. Hoch lebe EGT!" ergänzte Härtling pflichtschuldig.

„Ganz recht", schloss Varus zufrieden, erhob sich und ging ab, ohne Aphrodite eines weiteren Blickes zu würdigen.

Er ging auf die Toilette. Im WC positionierte sich Varus wie die Denkerstatue von Rodin. Er wollte aus der Perspektive des EGT-Fundamentalisten ein wenig über die Welt räsonieren.

Sein Blick fiel auf eine Rolle Toilettenpapier, die etwa in Kopfhöhe der sitzenden Gestalt auf einer silbernen Halterung befestigt war. In diesem Augenblick der kontemplativen Entspannung offenbarte sich ihm eine jener großartigen geschäftlichen Imaginationen, die ihn, im Verbund mit seinem untrüglichen Instinkt und dem ausgeprägten Gefühl für Macht und die präzise Analyse der Motivbündel verschiedenster Menschen, an die Spitze seines EGT-Konzerns gebracht hatte.

„Die Würde des Menschen ist unantastbar", sprach es aus ihm, „auch und vor allem am WC. Wir werden den Menschen ihre Toilettenwürde zurückgeben, denn sie ist ein Grundrecht."

Der Humanist in Varus schien auf einen Schlag entfesselt, ganz automatisch entfaltete er eine dieser seltenen, subjektiv als bahnbrechend empfundenen, philosophischen Erkenntnisse.

Wessen Stimme war es, die Varus diese aktuelle Eingebung zuflüsterte?

Mit einem Mal war er sich sicher: Es war die Stimme des Firmengründers Erwin Hony, die da aus ihm sprach.

Varus war überwältigt: Und wieder hatte der Vorsitzende Recht behalten! Die Geschichte mit dem WC-

Papier musste, neben dem profanen geschäftlichen, auch einen tieferen spirituellen Sinn haben.

Varus war zutiefst berührt. Der ehrwürdige Vorsitzende höchstpersönlich, der unvergessliche Begründer der EGT, hatte sich ihm jetzt und hier, an diesem unauffälligen Ort offenbart. „Toilettenpapier ist der wichtigste Lockartikel im Handelsgeschäft", erinnerte sich nun Varus an eine Studie von Professor Vlesoty.

Dieser begnadete Forscher hatte in mehreren empirischen Marktstudien den wissenschaftlichen Nachweis erbracht, dass Flugblätter, auf denen Klopapier zu Diskontpreisen beworben wird, eine besondere Anziehungskraft auf jene Kunden ausüben, die überdurchschnittlich wertvolle Warenkörbe aus dem Geschäft rollen.

WC-Papier war der magische Köder, der die besten Kunden anlockte. Jene Kunden, die Klopapier im Aktionsangebot kaufen, legen bei dieser Gelegenheit, wenn sie einmal im Geschäft sind, auch andere Artikel in ihren Einkaufswagen, gute Weine, hochwertige Kosmetika, Vitaminpillen usw., lauter Produkte mit außerordentlich hohen Deckungsbeiträgen. Diese Erkenntnis musste Professor Vlesoty dermaßen fasziniert haben, dass er in einem zweiten Schritt versucht hatte, die psychologische Ursache für dieses Phänomen herauszufinden.

Schließlich gelang es ihm mittels Tiefeninterviews und Korrelations-Analysen, die dem Kaufverhalten zugrunde liegende Motivation der Klopapierfreunde herauszufinden. Seine wichtigste Entdeckung in der so genannten Regressionsanalyse, bei der er die Cluster der klopapieraffinen Konsumenten mit jenen der

Grundgesamtheit verglich, war die, dass Menschen mit überproportionalem Interesse für Klopapier ihren Einkauf nicht zufällig vornahmen, sondern im Voraus sorgsam planten.

Hinzu kam, dass diese Klientel ein überdurchschnittlich hohes Stadium der Sozialisation aufwies, das heißt, sie genierte sich schneller als andere und war stärker statusorientiert, besser angepasst und in höchstem Maße gesellschaftlich integriert. Daher war es nur logisch, dass diese Leute auch über ein überdurchschnittliches Einkommen verfügten. Es bestand eine direkte Proportionalität und Kausalität zwischen dem Klopapierpreis und der Höhe des Einkaufs.

Je attraktiver der Kaufanreiz für Klopapier, je niedriger sein Preis, desto höher der positive Effekt beim Gesamteinkauf. Denn was die Leute beim Toilettenpapier einsparten, gaben sie vervielfacht für andere Artikel wieder aus.

Varus war am Sprung. Es konnte es nur mehr ein kleiner Schritt sein; ein kleiner Schritt für ihn, aber ein großer für die Welt der Konsumenten.

Mehr und mehr setzte sich die revolutionäre Überzeugung in ihm fest: *Die EGT braucht ein Diskont-Klopapier!*

Die inneren Ereignisse überschlugen sich. Die eine bahnbrechende Erkenntnis war noch nicht ganz fertig gedacht, da stellte sich bereits eine weitere unternehmerische Vision ein, die sein Geschäft und seine persönliche Karriere entscheidend weiterentwickeln würde:

Das optimale Konzept für den EGT, den Einheitliche Grundnutzentarif, kann letztlich nur eines sein: *Klopapier um null Euro!*

Klopapier ist ein Artikel, den der zivilisierte Mensch braucht wie die Luft zum Atmen, entwickelte Varus nun den ideologischen Überbau seiner Konzeption.

Wir ziehen Luft in unsere Lungen, ohne dass wir dafür etwas bezahlen müssen, seit Jahrtausenden schon, seit Anbeginn der Menschheit ist es so gewesen. Wenn also der EGT des Input, der Luft, die wir einatmen, zu einem EGT von Null in das menschliche System eingespeist wird, so ist es nur logisch, dass es der Wille unseres verehrten Gründers und Vorbilds Erwin Hony und zugleich der imperative Zweck unseres merkantilen Geheimbundes sein musste, auch den Preis für den körpersystemischen Output, welches ja den EGT darstellt, zu nullen.

„Aber" sprachen nun Vlesoty und Hony aus Varus, „um dieses Konzept des Null-EGT für Klopapier realisieren zu können, brauchen wir natürlich eine Klopapierfabrik. Wir haben dutzende Fabriken im EGT-Konzern, aber noch keine Papierfabrik, die uns das Papier so kostengünstig herstellt, dass wir es zum Nulltarif verkaufen können."

Varus erhob sich, wollte sich gerade dem Waschbecken zuwenden, als er in einem verborgenen Winkel des stillen Ortes zwei glitzernde Münzen entdeckte, eine kleine *Eincentmünze* und ein *Zwanzigerl*.

Einundzwanzig Cent! – Ja, durfte das wahr sein? Erwin Hony selbst musste sie ihm hinterlegt haben. Und auch wenn Varus nicht der Typ war, der ein positives Orakel brauchte, um einen Entschluss zu fassen, der kleine Fund bestärkte ihn dennoch, er verlieh seinem

Gedankengang den besonderen Glanz. Er wusch die Hände und Münzen in beinahe ritueller Form und verstaute die Letzteren sorgsam unter seinem Plastikarmband. Dann trat er hinaus, um seine visionäre Eingebung aller Welt, zunächst aber nur seinem EGT-Kollegen und Freund Julius Härtling, zu verkünden.

„Wir kaufen eine Papierfabrik fürs Klopapier!"

Varus stellte den verdatterten Härtling, der an der Saunabar mit einem viel zu kurzen Strohhalm an einem frischgepressten Diskontsaft nuckelte, vor vollendete Tatsachen. „Und du, Härtling, wirst der General Manager für das *Häuselpapier* sein, du wirst in unserer neuen Fabrik das Klopapier produzieren, das wir in der Folge gratis an unsere Kunden abgeben werden."

Härtling, dem als Leiter der Produktionsbetriebe der EGT-Gruppe die Aussicht auf ein weiteres Verlustgeschäft sichtlich nicht behagte, äußerte Bedenken.

„Okay, aber die Leute werden uns leerkaufen, wenn das WC-Papier nichts kostet. Für alles Mögliche werden sie es verwenden, nur nicht für den Zweck, für den es gedacht ist. Also müssen wir es rationieren."

„So ist es, mein Freund, wir werden es begrenzen, indem wir für je drei leere Klopapierrollen, die zurückgebracht werden, eine neue Einzelpackung ausgeben. Was glaubst Du, was sich dann abspielt. Wir kriegen einen Traffic wie am *Times Square* in New York. Die leeren Rollen stapeln wir in einem Container hinter der Kassa, von dort fahren wir sie zurück in deine Papierfabrik, die wir noch kaufen werden. Auf diese Weise tun wir was fürs Recycling, und zugleich geben wir den Menschen ihre Würde zurück. *Ein Grundrecht der Konsumenten* wird neu konstituiert. Wir propagieren die

Grundrechte der Revolution auch fürs WC: Freiheit, Gleichheit, Brüderlichkeit. Außerdem leisten wir durch diese Aktion, oder besser, diese Mission, einen substanziellen Beitrag zur nachhaltigen Entwicklung unseres Unternehmens, und zwar nicht nur in ökonomischer, sondern auch in ökologischer und sozialer Hinsicht. Unser ehrwürdiger Gründer, Erwin Hony, wird postum weitere Ehrungen erhalten, die wir stellvertretend für ihn und sein gigantisches Lebenswerk, das wir weiterführen dürfen, entgegennehmen werden. Die Sympathie und Liebe unserer Kunden sind uns sicher. Unsere Konkurrenz am Klopapiermarkt, ja der ganze Clan der Mehrwert-Fanatiker mit ihrem ‚Mehrwert-Verein', dem Verein der mehrwertigen Markenartikler, diese verhärmten Marketing-Fundamentalisten, diese ferngesteuerten Anhänger der Thesen des Sebastian Petschowitsch und seiner Philister, werden eine empfindliche Niederlage hinnehmen müssen. Diese Heuchler! Das erste Gebot ihres Vereins lautet: *Du sollst nicht an Diskontisten liefern.* Aber, lieber Härtling, was glaubst du, wie viele von den Leuten, die im Vorstand der Mehrwert-Sekte sitzen, mich insgeheim mit EGT-Artikeln beliefern, obwohl es gegen ihr wichtigstes Dogma verstößt?"

„Keine Ahnung", entschloss sich Härtling, das Frage- und Antwort-Ritual seines Chefs auch diesmal mitzuspielen, obwohl er die Frage schon zigfach gehört hatte und die Antwort auswendig wusste.

„Fünfundfünfzig Prozent!", donnerte es aus dem alten Varus.

„Mehr als die Hälfte der Mehrwert-Fanatiker beliefern mich mit Diskont-Produkten, und trotzdem polemisieren sie unentwegt gegen uns, gegen EGT und gegen unser *Prinzip des Einheitlichen Grundnutzen-tarifs.* "

„Das mag schon sein", entschloss sich Härtling nun zu einem Themenwechsel. Er kannte seinen Freund gut genug, um zu wissen, wie zwecklos es war, ihn umstimmen zu wollen.

„Mit Verlaub, dieses *Schlapfenpuff* hier ist eine Zumutung. Der Orangensaft schmeckt scheußlich, auf den Badeschlapfen schleicht man daher wie auf zugeschnittenen Damenbinden, der Bademantel ist für die Körperstatur eines bis heute nicht entdeckten urwaldbrasilianischen Pygmäenstamms konstruiert, wir watscheln hier wie die Trottel über die Billigfliesen, die Saunaprinzessinnen ziehen bei jeder Gelegenheit ihre Gummis aus ihren Diskont-Handtaschen. Fehlt nur noch, dass sie beim Kassieren ihrer hundert Euro auch noch Handschuhe aus Latexgummi überstreifen."

Varus, der die Aktivitäten seiner Ganglien nur mehr um das Klopapier kreisen lies, reagierte auf Härtlings Vorhaltungen nüchtern und entspannt. Er postulierte neuerlich:

„Was willst du, Härtling, das hier ist eben ein *Diskontclub.* "

DER CEO

Felix Penzinger war Mitte Fünfzig. Nachdem er die die Matura bestanden hatte, leistete er seinen Militärdienst, zog nach Wien in ein Kolpinghaus, arbeitete während seines Studiums als Werksstudent als Nachtportier in der IT-Abteilung eines amerikanischen Computerkonzerns und schloss sein Studium in der Mindeststudienzeit ab. Seit mehr als zehn Jahren war er Geschäftsführer der Papierfabrik Bedres & Stassny.

Felix fuhr direkt vom Flughafen ins Friessnitztal. Es war sechs Uhr morgens, die ganze Nacht über war er im Flugzeug wachgelegen.

Die Sitze waren für seine 192cm-Länge zu kurz, das Flugzeug überbucht, der eingesetzte Flugzeugtyp bestenfalls für Städteflüge bis maximal fünf Stunden Flugzeit geeignet. Selbst die Piloten gaben zu, dass das eingesetzte Fluggerät für einen Nachtflug von Dubai nach Wien nicht geeignet war. Er schwor sich, beim nächsten Mal eine andere Airline zu wählen und lieber den Umweg über Frankfurt in Kauf zu nehmen. Dann konnte er auf dem Nachtflug nach Dubai schlafen und war am nächsten Morgen für die Zeit fressenden und Kräfte raubenden Verhandlungen mit seinen Geschäftspartnern in den Emiraten besser gerüstet. Der Geschäftsführer der Papierfabrik Bedres & Stassny war gezeichnet von Schlafentzug und Jetlag. Er musste jetzt höllisch aufpassen, um nicht in Sekundenschlaf zu fallen. Einen Fahrer wollte er sich nicht leisten, einerseits erschien ihm das als reine Geldverschwendung, andererseits wollte er auf die

Mitarbeiter der Papierfabrik keinen abgehobenen Eindruck machen, sondern lieber ein Vorbild in Sachen Sparsamkeit sein.

In der Morgendämmerung passierte er endlich den Schranken zur Papierfabrik in Friessnitz. Er parkte unter dem überdimensionierten Werbeplakat für seine Premium-Marke *Popschi*, „das wahrscheinlich beste Klopapier der Welt."

Er sperrte sein Büro auf, schaltete das Licht ein, ließ den PC hochfahren und ärgerte er sich über die 48 ungelesenen E-Mails, die er während der letzten zwei Tage erhalten hatte, und die er nun möglichst rasch und effizient beantworten sollte. Er hasste diese Mails, die nur scheinbar als Mittel zu einer Verbesserung der Kommunikation taugten. Seiner Meinung traf das genaue Gegenteil davon zu.

E-Mails waren ein ideales Biotop für Miss-verständnisse aller Art und eine Dauerressource für Ärger in multipler Ausprägung.

Einige Mitarbeiter schienen das Medium Mail vor allem dazu zu nutzen, ihre Verantwortung abzuschieben.

CMA-Mails nannte Penzinger diese Form elektronischer Post, *Cover My Ass*-Messages. Wenn er an ein solches geriet, sandte er es mit folgendem Kommentar an den Absender zurück: „*CMA-Mail: Absender ist selbst gemeint. EMG, FP.*"

Zu seinen kreativen Spleens zählte es auch, die Mails nicht mit den üblichen Grußformeln ‚MfG', ‚mit freundlichen Grüßen', oder dem seiner Meinung nach komplett verlogenen LG für ‚liebe Grüße', zu unterzeichnen – denn er fragte sich, was denn an den Grüßen in geschäftlicher Korrespondenz schon „lieb"

sein sollte, sondern mit seinem individuellen ‚EmG' für
‚E-maillierte Grüße'.

Ganz besonders ärgerte sich Felix Penzinger, wenn
jemand versuchte, mittels E-Mail einen individuellen
Konflikt wie einen Virus auf die ganze Firma
auszudehnen. Diese Leute teilten ihre ungelösten
Konflikte mit ihren Kollegen über sichtbare und
unsichtbare Kopien, *Blindcopies*, kurz ‚bcc', möglichst
vielen ihrer potenziellen Verbündeten mit. Die anderen,
auf den normalen Kopien im so genannten cc-Modus
angesprochenen Unschuldigen, Penzinger nannte sie die
innocenten CC'ler, sollten in den Konflikt hineingezogen
werden, um vom eigentlichen Thema abzulenken oder
eine Schwächung des Kontrahenten herbeizuführen.
Zuweilen kam es auch vor, dass heftig von Tür zu Tür
emailliert wurde, ohne dass die Kontrahenten auch nur
theoretisch in Betracht gezogen hätten, das Problem
durch das einfache Öffnen der Tür zum Nachbarbüro
von Angesicht zu Angesicht zu regeln.

Auch diese Leute wurden von Sankt Penzinger auf
den rechten Weg zurückgeführt: *„Emaillieren zwecklos,
Reden erforderlich. EMG, FP"*, war der einschlägige
Response, den Penzinger in standardisierter Form für
besonders schwere Fälle von E-Mail infiziertem
Autismus vorprogrammiert hatte. Bei außerordentlich
hartnäckigen Konfliktfällen zitierte er die streitenden
Parteien zu einem Gespräch in sein Büro: *„Erwarte
gemeinsamen Bericht über die Lösung des Problems. Bis zum
nächsten Jour Fixe, EMG, FP. "*

Seit sechs Jahren war er nun Geschäftsführer der
Papierfabrik Bedres & Stassny GmbH im Friessnitztal.

Nach dem Konkurs seines Vaters und der
bestandenen Reifeprüfung an der Handelsakademie war

Felix ein Jahr als Freiwilliger zum Bundesheer gegangen, dann nach Wien in ein selbstverwaltetes Kolpinghaus gezogen, hatte einen Job als Geldtransporter bei einer Security-Company angenommen und nebenbei an der Universität Betriebswirtschaft studiert.

Nach dem Studienabschluss nahm er ein Job-Angebot der US-Amerikanischen Fitch Paper Group an und arbeitete eineinhalb Jahrzehnte in Wien, in der Zentrale in New York, in Venezuela und zehn Jahre in der deutschen Regionalzentrale in Wiesbaden. 2007 bot ihm Hans Bedres, einer der Eigentümer der Papierfabrik Bedres & Stassny eine Beteiligung und den Job als Geschäftsführer der Papierfabrik in Friessnitz an.

Auf diese Weise hatte das Schicksal Felix, den Sohn des Bankrotteurs Hubert Penzinger, nach mehr als drei Jahrzehnten wieder zurück ins Friessnitztal geführt, allerdings nicht direkt in seinen Heimatort Ellend, sondern in die Kleinstadt Friessnitz, die nur knapp zwanzig Kilometer von Ellend entfernt war.

Felix hatte 1973 das Friessnitztal als tragischer, nahezu hoffnungsloser junger Mann verlassen. Als ein Jugendlicher, der das Kunststück zustande gebracht hatte, bereits mit dreizehn Jahren bankrott zu gehen.

Zurückgekehrt war er nach dreieinhalb Jahrzehnten als Unternehmer und Geschäftsführer.

Das Schicksal des Felix Penzinger hatten nur wenige in Friessnitz mitbekommen und es war seit dem Konkurs so viel Zeit vergangen, dass er kaum mehr jemanden im Friessnitztal interessierte.

Felix verbrachte seine Wochenenden in seiner Wohnung in Wien und war nur von Montag bis Freitag in Friessnitz, wo er ein kleines Reihenhaus gekauft hatte, das er allein bewohnte.

Sein Privatleben reduzierte er auf die Wochenenden in Wien, die er mit seiner Freundin verbrachte. Felix war achtzehn Jahre mit Lynn, einer amerikanischen Investmentbankerin verheiratet gewesen und seit einigen Jahren geschieden. Aufgrund seines Nomadenlebens als *Expatriate* hatte er auf Kinder verzichtet. Seit der Scheidung von Lynn hatte er außerdem darauf verzichtet, sich privat zu binden.

Felix kannte beinahe jeden der 215 Mitarbeiterinnen und Mitarbeiter der Papierfabrik, täglich drehte er seine Runden durch den Betrieb und redete mit den Frauen und Männern, die an den Maschinen arbeiteten. Manchmal kam er sogar zur Nachtschicht. Im Lauf der letzten sechzehn Jahre hatte er jeden Winkel und jede Maschine in seiner Fabrik kennengelernt.

„Der Penzinger kennt jede Klorolle beim Vornamen", hieß es im Friessnitztal.

Seine Assistentin hatte ihm eine Mappe mit Dokumenten vorbereitet, die er ebenfalls noch an diesem Tag aufarbeiten musste, der nächste war mit Besprechungen verplant, und am übernächsten musste er wieder ins Flugzeug steigen und die Beine einziehen, um einen Großkunden in Köln zu besuchen.

Nach etwa eineinhalb Stunden und drei doppelten Espressos hatte Penzinger die E-Mails beinahe durchgearbeitet. Als seine Assistentin im Büro eintraf, brachte sie mit der Postmappe den vierten doppelten Espresso gleich mit, sie wusste, dass ihr Chef kaffeesüchtig war.

„Alles paletti", knurrte Penzinger und winkte ihr freundlich zu. Er griff die Kaffeetasse, machte einen herzhaften Schluck, „good stuff", um gleich anschließend aus seinen Gesichtszügen zu entgleisen.

Misstrauisch starrte er auf das Fax, das ganz oben in der Postmappe lag. Es war ein Schreiben des Investmentfonds KTP, Klimt, Trenzler & Partner.

Penzinger las das Papier diagonal durch, den Sinn des eineinhalbseitigen Schreibens hatte er in wenigen Sekunden erfasst:

Jemand wollte die Papierfabrik kaufen!

Das Fax der KTP richtete sich an alle Gesellschafter der Bedres & Stassny GmbH.

Ja, es war eindeutig ein unmoralisches Angebot an die Eigentümer der GmbH, ihre Anteile an Bedres & Stassny an den KTP-Fonds zu verkaufen.

Penzinger rechnete nach und stellte fest, dass das Angebot von Klimt, Trenzler & Partner sehr großzügig war. Stellte man den angebotenen Verkaufspreis für das Unternehmen in Relation zum Umsatz, so ergab sich ein Verhältnis von zwei zu eins, in Beziehung zum operativen Cash Flow war es der achtfache Wert.

Dieses Angebot der KTP-Investmentbank würde die Eigentümer des Unternehmens in große Versuchung führen. Es bestand die realistische Gefahr, dass das Unternehmen in ein paar Wochen verkauft sein würde. Wer aber stand hinter diesem Angebot des Fonds?

Wen reizte eine Papierfabrik, die hauptsächlich davon lebte, Klopapier an den Lebensmittelhandel in Deutschland und Österreich zu verkaufen?

Ein Konkurrent?

Das würde keinen Sinn machen, grübelte Penzinger, kein Mitbewerber könnte auf unsere Kapazitäten angewiesen sein, nachdem aktuell kaum jemand in dieser

Branche ausgelastet ist und es zudem massenhaft ungenutzte Produktionskapazitäten gibt.

Außerdem: ein Konkurrent, der lediglich an der Marke *Popschi* interessiert wäre, müsste dafür nicht gleich die ganze Firma kaufen.

Es musste ein Unternehmer oder ein Konzern sein, der die Produktionsmöglichkeiten der Bedres & Stassny Paierfabrik wirklich benötigt und beabsichtigt, die Kapazitäten der Anlagen maximal auszulasten.

Nur bei einer vollständigen Auslastung im Dreischichtbetrieb, bei einer „Rund-um-die-Uhr-Produktion", könnte sich ein so hoher Kaufpreis für den Investor rechnen.

Felix Penzinger griff zum Telefon, leerte die eine Kaffeetasse und erbat von der Assistentin die nächste, die Nummer fünf dieses Vormittags. Unversehens überkam ihn Appetit auf eine Zigarette, rauchend wäre ihm das Nachdenken noch leichter gefallen, aber vor drei Jahren hatte er mit dem Rauchen aufgehört.

„Frau Bauer, schenken Sie mir eine Zigarette, ich muss jetzt rauchen", rief Penzinger ins Nebenzimmer, aber Victoria Bauer blieb hart.

„Kommt nicht Frage, Herr Dr. Penzinger. Ich darf Sie daran erinnern, dass Sie mir ausdrücklich verboten haben, Ihnen jemals eine Zigarette zu geben, auch wenn Sie sich vor lauter Gier in Krämpfen winden."

„Okay, man wird ja noch fragen dürfen", knurrte Felix in einer Mischung aus tiefster Frustration und höchster Freude über die unbeirrbare Standhaftigkeit seiner Mitarbeiterin.

„Herr Stassny…", knurrte Penzinger ins Telefon, während er nervös den Kugelschreiber zwischen den Fingern drehte.

„Ich habe Ihren Anruf erwartet", sagte Stassny ohne jede formelle Eröffnung.

„Guten Tag, Herr Stassny, bin gerade von einer Geschäftsreise zurückgekommen und ich habe einen Brief von …"

„Sie brauchen mir nichts zu erklären, ich kenne das Schreiben schon seit gestern. Die haben übrigens ihr Angebot an die Gesellschafter – völlig überflüssig, meiner Meinung nach – in einem ganzseitigen Inserat in der gestrigen Ausgabe des Vienna Economy Express öffentlich gemacht. Sie haben einfach den Brief an die Gesellschafter im Faksimile abgedruckt. Offensichtlich war hier jemand dem Economy Express noch einen Gefallen schuldig, denn dieses Inserat macht keinerlei Sinn, aber es kostet locker 20.000 Euro. Wozu das ganze PR-Theater, frage ich mich. Ein Rieseninserat, wegen ein paar Gesellschaftern? Lächerlich. Die sind doch ohnehin bekannt. Um es kurz zu machen: Ich werde meine achtunddreißig Prozent an Bedres & Stassny nicht verkaufen, und dasselbe erwarte ich auch von Ihnen."

„Natürlich werde ich nicht verkaufen, Herr Stassny. Zum einen weiß ich, dass ein neuer Eigentümer mich nach einiger Zeit sowieso rausschmeißt, zum anderen verfüge ich noch über ein gutes Gedächtnis. Ich versichere Ihnen, dass ich mich immer daran erinnern werde, wie ich meine zwei Prozent von Ihnen gekauft habe, übrigens zu einem sehr guten Preis", sagte Felix Penzinger.

„Schon in Ordnung, Felix, ich habe keine Zweifel an Ihrer Loyalität zum Unternehmen und zu den Mitarbeitern" antwortetet Stassny.

„Aber ich habe kein gutes Gefühl, was die vierzig Prozent von Bedres betrifft. Meine Enkel, Cornelia und Karl, haben je fünf Prozent der Anteile. Sie werden nicht verkaufen, mit ihnen habe ich schon geredet. Das sind anständige junge Leute, die wissen ganz genau, dass sie um ihr Erbe umfallen, wenn sie ihre Anteile an die KTP-Spekulanten verkaufen. So steht es jedenfalls in meinem Testament, da fährt die Eisenbahn drüber. Also halten wir zusammen immer noch fünfzig Prozent. Aber Bedres wird der Versuchung, seine Anteile zu verkaufen, kaum widerstehen können. Und was die zehn Prozent betrifft, die in der Bedres-Familie irgendwie aufgeteilt sind, können wir davon ausgehen, dass diese Anteile ebenfalls in irgendeiner Form mit den Geschäftsanteilen von Bedres syndiziert sind. Diese Gesellschafter sind es ja, an die sich das Angebot der KTP in erster Linie richtet. Die sollen zum Verkauf motiviert werden. Ich bin mir sicher, sie werden tun, was Bedres ihnen empfiehlt. Wenn sich also Hans Bedres zum Verkauf entschieden hat, könnte es fünfzig zu fünfzig ausgehen, ein klassisches Patt. Das wird dann kein Honiglecken. Wir müssen umgehend mit den Bedres-Leuten reden."

„Ich werde eine außerordentliche Versammlung der Gesellschafter einberufen", schlug Penzinger vor,

„...vielleicht sind ja irgendwo noch ein paar Bedres-Anteile zu haben."

„In Ordnung", brummte Stassny besorgt.

„Halten Sie mich auf dem Laufenden, Felix. Ich finde inzwischen heraus, wer hinter diesem Übernahmeangebot steckt. Dem Bedres Hans habe ich schon dreimal auf die Mailbox gesprochen und um Rückruf gebeten. Bis jetzt hat er sich nicht gerührt. Das gefällt mir gar nicht."

KLIMT

Das Grafenzimmer des Schlosshotels Friessnitz füllte sich. Pünktlich betraten die Gesellschafter das knarrende Parkett mit seiner schachbrettartigen Musterung aus dunklem und hellem Edelholz. Die Spieler oder auch Spielfiguren nahmen, gemäß der aktuellen Konstellation, die ihnen zugewiesenen Plätze ein. Innerhalb weniger Stunden würden sich die Machtkonstellationen verändert haben.

Und auch wenn es sich bei den meisten Anwesenden um ausgefuchste Profis handelte, es war eine enorme Anspannung spürbar, vergleichbar der meditativen Ruhe vor einer sportlichen Verausgabung. Die eilig einberufene Veranstaltung barg gleich mehrere Überraschungen. Es erschien kein Vertreter der Familie Bedres. Hans Bedres, der die Firma in den Siebzigerjahren gemeinsam mit Stassny gegründet hatte, war ebenso abwesend wie irgendeine andere Person, die sich seinem Umfeld hätte zuordnen lassen.

Neben Penzinger, Kommerzialrat Stassny, dessen Enkeltochter Cornelia, die eine Vollmacht ihres Bruders Karl vorlegte, Penzingers Assistentin Victoria Bauer, dem Notar Dr. Schreiber und dem Firmencontroller Dr. Erbsen waren zwei bislang unbekannte Personen anwesend: Ein älterer, distinguierter Herr im Maßanzug mit einer etwas antiquierten Fliege, der wie der Inbegriff des britischen Gentleman aussah, und eine sehr attraktive, intelligent wirkende junge Frau, Mitte Dreißig, im anthrazitfarbenen Businesskostüm.

Als sich der ältere Herr ins Gesellschafterverzeichnis eingetragen hatte, eröffnete sich Penzinger und Stassny die nächste, noch unangenehmere Überraschung: Der

Gentleman im Maßanzug trug sich als Michael Klimt in die Liste ein, seines Zeichens Vorstandsvorsitzender der KTP-Investmentbank. Er präsentierte Dr. Schreiber einen Notariatsakt über die rechtmäßige Übertragung der Geschäftsanteile von exakt fünfzig Prozent. Die KTP-Gruppe hatte also nicht nur die Anteile von Hans Bedres, sondern, wie Stassny befürchtet hatte, alle Geschäftsanteile der Familie Bedres aufgekauft.

Der kleine, drahtige Gentleman war niemand Geringerer als „der" legendäre Klimt, den man in der Bankenszene ehrfurchtsvoll den „Senator" nannte.

Stassny wurde bleich und wandte sich kurz vom Spielfeld ab. Aus dem Fenster des Schlosshotels warf er einen selbstreflexiven Blick hinunter ins Friessnitztal, dann suchte er Blickkontakt zu Penzinger, der einen sehr gefassten Eindruck vermittelte.

Als notorischer Skeptiker hatte er die Katastrophe im Geiste bereits antizipiert. Nach vielen Jahren als Geschäftsführer der Bedres & Stassny kannte er die Verhältnisse, und er wusste, wie schwer Stassny vom opportunistischen Verhalten seines Kompagnons Bedres getroffen sein musste.

Ein knappes Kopfnicken Penzingers reichte aus, um Stassnys überfallsartige Resignation wieder aufzulösen, sie waren jetzt *brothers in arms*. Nun stand es also fünfzig zu fünfzig, und das Schicksal des Unternehmens auf des Messers Schneide.

Die junge, elegante Dame im anthrazitfarbenen Business-Outfit hatte in der ersten Reihe Platz genommen, ohne sich ins Gesellschafterverzeichnis einzutragen.

Welche Überraschung war nun aus dieser Ecke zu erwarten?

„Gnädige Frau, es tut mir leid, aber das hier ist eine private Veranstaltung. Unser Firmenstatut sieht vor, dass nur die Gesellschafter an einer Gesellschafterversammlung teilnehmen dürfen. Ich darf sie daher auf einen Drink in der Hotelbar auf Kosten des Hauses einladen, aber jetzt muss ich sie höflich bitten, den Saal zu verlassen."

Rapota lächelte mehrdeutig. Sie nahm Penzingers Hand, warf einen kurzen Blick darauf, hielt sie fest und zog ihn nach draußen, vor die riesige doppelte Flügeltür mit den Holzeinlegearbeiten, die sogar den Lulatsch Penzinger klein erscheinen ließ.

„Hören Sie zu, Herr Doktor Penzinger, jede Art von Aufdringlichkeit ist mir zutiefst zuwider. Normalerweise würde ich mir einen derartigen Stilbruch nicht durchgehen lassen, aber in diesem Fall geht es nicht anders. Sie und ich, wir haben etwas zu bereden. Daher nehme ich Ihre Einladung gerne an. Ich habe das Inserat der KTP-Gruppe im *Economy Express* gesehen. Egal, wie lange diese Gesellschafterversammlung dauert, ich werde an der Hotelbar auf Sie warten."

„Neugierig, was Sie mir zu sagen haben", presste Penzinger eine erstbeste Antwort heraus, und er ärgerte sich, dass seine Stimme so kehlig und hoch klang, ganz anders als man es von ihm gewohnt war, denn sein ruhiger Redner-Bariton war unter normalen Umständen eine seiner verlässlichsten Stärken im Geschäftsalltag.

„Na, wenn mir jetzt schon die Stimme kippt", dachte Penzinger, während er in den Saal zurückging, wo Notar Dr. Schreiber bereits auf den feierlichen Einsatz seiner alles klärenden Eröffnungsrede wartete.

Die neue Konstellation war so beschaffen: die KTP Gruppe hatte glatte fünfzig Prozent, die Familie Stassny hielt noch achtundvierzig, er selbst besaß die verbleibenden zwei.

Felix hatte die 2% Anteile bei seinem Einstieg als Geschäftsführer zu einem außerordentlich günstigen Preis – beinahe geschenkt - erworben.

Der Deal war allerdings nur unter sehr komplizierten vertraglichen Bedingungen zustande gekommen.

Stassnys Kompagnon Bedres akzeptierte den Kauf nur auf der Basis eines umfangreichen Vertragswerks, das siebzehn Paragraphen umfasste. Eine Vorbedingung dieses Kaufvertrages war, dass Penzinger den Gesellschaftern ein Vorkaufsrecht einräumen musste. Wenn er also seine Anteile verkaufen wollte, musste er sie zuvor den Gesellschaftern der Bedres & Stassny GmbH zum Kauf anbieten.

Nun hielten beide Gruppen jeweils fünfzig Prozent, aber für die Veräußerung des Unternehmens an eine Gruppe mit mehr als fünf Prozent und für die Abberufung des Geschäftsführers war, gemäß den Statuten, die einfache Mehrheit von mindestens fünfzig Prozent plus einer Stimme erforderlich. Eine Mehrheit, über die derzeit niemand verfügte.

Also standen sich die beiden Gruppen jetzt in einer vollendeten Pattsituation gegenüber. Keiner hatte die geringste Chance, aus eigener Kraft aus dem Dilemma herauszukommen.

„Meine Damen und Herren Gesellschafter, die außerordentliche Gesellschaftersitzung, die auf Wunsch des Firmengründers, Gesellschafters und Vorsitzenden unseres Aufsichtsrats, Herrn Kommerzialrat Hans Stassny einberufen wurde, ist hiermit eröffnet", hatte inzwischen der Notar das Wort ergriffen.

„Es sind hundert Prozent des stimmberechtigten Kapitals anwesend. Einziger Punkt der Tagesordnung ist die Abstimmung über das Übernahmeangebot der KTP-Investment-Gruppe. So zu diesem Thema noch weitere Erörterungen erwünscht sind, kann ein zweiter Punkt, Allfälliges, hinzugefügt werden."

„Sehr geehrter Herr Vorsitzender, verehrte Damen und Herren, wenn ich ein paar Worte sagen darf", schaltete sich nun der Senator ins Geschehen ein. Notar Schreiber blickte fragend zu Hans Stassny, der mit seiner zustimmenden Handbewegung das Freizeichen erteilte.

„Ich darf mich zunächst vorstellen", intonierte nun der Senator in seinem an Gustaf Gründgens geschulten nasalen Burgtheaterdeutsch. „Mein Name ist Michael Klimt, ich bin *Chairman* des Investmenthauses Klimt, Trenzler & Partner. Unser Haus hat von der unsererseits sehr geschätzten Familie Bedres fünfzig Prozent der Anteile der Bedres & Stassny-Gesellschaft erworben. Unser Haus steht, wie Sie vielleicht wissen, für Seriosität und Stabilität, aber auch für Diskretion und absolute Reliabilität. Ich will Sie daher weder über unseren Klienten, noch über dessen Intentionen im Unklaren lassen. Unser Klient, die traditionsreiche und renommierte EGT-Gruppe, hat uns beauftragt, das schriftliche Angebot für die restlichen fünfzig Prozent an der Bedres & Stassny Gesellschaft mit beschränkter Haftung, welches ja, wie sie als ausgewiesene Experten und Connaisseurs der Branche wissen, sehr großzügig bemessen ist, bis auf Weiteres aufrecht zu halten."

Felix Penzingers Erinnerung kehrte mit einer Wucht zurück, dass ihm plötzliche schwere Übelkeit verursachte.

Varus! Der korrupte Konkursverwalter steckte also hinter dem Angebot, der EGT-Konzern wollte seine Papierfabrik kaufen. Varus! Der hatte eine Bilderbuchkarriere bei EGT hinter sich.

Varus! Felix hatte vor kurzem einen Bericht des Management Magazins gelesen. Kurz nach dem Masseverwalter-Job war Varus bei EGT als Leiter der Rechtsabteilung eingetreten und im Konzern rasch bis zum CEO aufgestiegen, mittlerweile musste er um die Siebzig sein.

Einen Typ, den er während der letzten vierzig Jahre nie vergessen konnte: clever, skrupellos, gierig, bösartig, unmoralisch. Felix Penzinger war nahe daran, sich zu übergeben.

„Felix! „Alles in Ordnung mit dir?" flüsterte Stassny besorgt „du bist so blass, ist alles in Ordnung?"

Felix hatte sich an die Szene im Büro in Ellend erinnert, als der Jungakademiker Varus seine Lesebrille von der Nase nahm, sie mit einer affektiert-langsamen, halbkreisförmigen Bewegung auf die aufgeblätterten Seiten des Hauptbuchs legte und den Bankrott seines Vaters verkündigt hatte. Das war vier Jahrzehnte her, aber Felix hatte es nie vergessen.

Klimt sprach weiter:

„Zusätzlich zu diesem, in schriftlicher Form vorliegenden Angebot hat uns die EGT-Gruppe ermächtigt, für den Fall, dass auch jene Alt-Gesellschafter, die bis dato unser Angebot noch nicht angenommen haben – also der sehr geehrter Herr Kommerzialrat Stassny, Frau Magister Cornelia Stassny, Herr Diplomingenieur Karl Stassny und Herr Doktor Penzinger – geneigt wären, ihre Geschäftsanteile zu divestieren, für alle Alt-Gesellschafter eine zusätzliche

Nachbesserung in Höhe von drei Prozent auf den Kaufpreis ex post, also auf kurzem Weg und im nachträglichen Verrechnungsmodus anzuweisen. Denn, meine sehr verehrten Damen und Herren, unser Klient, die renommierte EGT-Gruppe, ist an klaren Verhältnissen interessiert und so mögen Sie, geehrte Damen und Herren, in ihrer Eigenschaft als verantwortungsbewusste Investoren bei näherer Prüfung sicherlich auch ein gewisses, wenn auch vielleicht nicht primäres, in jedem Fall aber doch marginales Interesse für unser Angebot ventilieren, und ergo die Aussicht auf eine überdurchschnittlich hohe Rendite – zumal in dieser Branche, die ja bekanntlich unter starkem Wettbewerbsdruck steht – als durchaus motivierend erachten wollen."

Plötzlich war es Felix klar geworden, dass es heute im Grunde genommen um das Gleiche ging als vier Jahrzehnte zuvor: Varus, Klimt und diese Typen von der Investmentgesellschaft wollten ihm das Unternehmen wegnehmen. Aber diesmal würden sie es nicht mehr so leicht haben, er war kein Kind mehr und er würde alles in den Kampf werfen, was er in den letzten vier Jahrzehnten gelernt und an Erfahrung gefestigt hatte:

„Sehr geehrter Herr Senator Klimt, vielen Dank für Ihr Angebot", konterte Felix Penzinger

„Wäre es nicht angebracht, bevor wir vom Geld reden, uns etwas über die Absichten Ihres Klienten, der EGT-Gruppe, zu erzählen. Wie sieht der Business-Plan aus, auf den sich Ihr Optimismus in Bezug auf die zukünftige Entwicklung gründet? Wo und in welche Richtung will das Management der EGT investieren, um einen entsprechenden Return on Investment zu erreichen? Meines Wissens produziert und verkauft die

EGT-Gruppe fast ausschließlich im Diskont. Wie passt das zu unserer Premium-Marke *Popschi*? Wollen Sie unser Qualitätspapier in den Outlets der EGT-Gruppe verkaufen? Und, falls ja, was werden unsere anderen Kunden dazu sagen, wenn das Qualitätspapier plötzlich zum Diskontpreis verhökert wird? Wie sieht es aus mit einer Garantie für unsere Mitarbeiterinnen und Mitarbeiter? Wird die EGT-Gruppe weiterhin in neue Maschinen und Infrastruktur investieren? Diese und andere Fragen sind zu beantworten, bevor wir daran gehen können, an die eigene Rendite zu denken. Herr Kommerzialrat Stassny und Herr Ingenieur Bedres, der heute bedauerlicherweise nicht mehr erschienen ist, haben dieses Unternehmen aus dem Nichts heraus aufgebaut. Sie haben mutige unternehmerische Entscheidungen von großer Tragweite getroffen. Sie haben laufend investiert und eine starke Marke aufgebaut. Das ist das Kapital des Unternehmens, und dieses Kapital sollte meines Erachtens weiterentwickelt werden." Felix hatte sich ein wenig in Rage geredet und zog nun selbst die Notbremse.

„Mein lieber Herr Doktor Penzinger", sang der Senator und lächelte charmant, „verzeihen Sie mir bitte, wenn ich, entgegen meiner sonstigen Gewohnheiten, die in der heutigen Zeit, in der sich junge Manager lieber über die Medien zu Wort melden, vielleicht etwas unmodern anmuten, zunächst noch etwas in eigener Sache sagen: Ich bin jetzt zweiundsiebzig Jahre alt, und die Brutalität des modernen Managements liegt mir nicht. Die Businesspläne der EGT-Gruppe sind mir offen gestanden nicht detailliert bekannt, und ich brauche sie auch nicht zu kennen, denn ich bin ja kein Papierindustrieller, sondern ein Dienstleister. Ich verdiene mir meinen bescheidenen Lebensunterhalt damit, dass ich für unsere Klienten Geschäfte abwickle. Ich stelle nichts her und ich zerstöre nichts, ich stelle keine Mitarbeiter ein und ich entlasse sie auch nicht. Ich bemühe mich nach bestem Wissen und Gewissen, eine von meinen sehr geschätzten Geschäftspartnern gewünschte Dienstleistung zu erbringen. So helfe ich beispielsweise mit, soweit mir dies mit meinen bescheidenen Mitteln möglich ist, neue und vorteilhafte Eigentumsverhältnisse für ein Unternehmen zu finden, oder auch, in einem beschränkten Ausmaß, etwa im Umfang einer halben Milliarde Euro per anno, Warentermingeschäfte und Immobilientransfers für ausgewählte Kunden optimal abzuwickeln. Das ist, wenn Sie so wollen, meine Welt. Sie müssen sich das, lieber Herr Doktor Penzinger, so vorstellen: Ich kaufe an den Warenterminbörsen Rohstoffe ein, aber ich lasse sie mir nicht wirklich, also physisch, vor meine Haustüre stellen, da ich ja weiß, dass ich sie wiederverkaufen werde. Stellen Sie sich vor, was passiert, wenn sich alles, was ich an Dienstleistungen für meine Kunden erbringe, real manifestieren würde: Ganz Österreich wäre übersät mit Zucker, Soja, Reis, Kaffee, Saftkonzentraten, Rohöl, Kakao, Weizen oder Milchpulver. In unserem schönen Land würde es dann zwar aussehen wie im Schlaraffenland, aber wir könnten uns vor lauter Waren nicht mehr bewegen. Und was die Immobilien betrifft, die ich in den USA auf dem Papier gehandelt habe, so hätte die gesamte österreichische Bevölkerung darin Unterkunft gefunden."

Penzinger wollte zu einer Antwort ansetzen, aber Stassny unterbrach ihn.

„Herr Senator Klimt", rief Stassny über den Besprechungstisch, „sie sind ein erfolgreicher, renommierter Investor, dazu kann ich Ihnen nur gratulieren, denn wir spielen nicht in der gleichen Liga. Wenn sie in der Champions League agieren, kicke ich bestenfalls in der Bundesliga oder in der Regionalliga Ost. Aber ich bin Unternehmer und kein Investor, und genau darauf bin ich stolz. Ich denke, wir beide wissen sehr genau, worin der Unterschied liegt. Unsere Ziele und Methoden sind verschieden wie Tag und Nacht.

„Ich frage Sie, Herr Senator Klimt, jetzt und hier: Wodurch unterscheidet sich ein Unternehmer von einem Investor?", schallte Stassnys kräftiges Organ durch den Saal.

„Na, das werden sie uns sicher gleich erklären" replizierte Klimt gelassen.

„Ein Investor fragt immer nur nach der Rendite und dem Profit, EBIT oder EGT, dem ‚Ergebnis der gewöhnlichen Geschäftstätigkeit', und vielleicht auch nach dem Jahresüberschuss, denn ihn interessiert nur, was er zuletzt vom Unternehmen ausgezahlt bekommt" begann Stassny seinen Monolog.

„Der Unternehmer dagegen fragt nach dem Cash Flow, er will wissen, welche flüssigen Mittel sein Unternehmen erwirtschaftet, denn er will in erster Linie wieder in sein Unternehmen investieren und nicht abschöpfen, in dem er Substanz daraus abzieht. Ein Unternehmer hat unablässig die Kunden und den Markt im Auge, daher wird er laufend investieren, sei es in innovative Produkte, in die Steigerung seiner Leistungsfähigkeit oder in die ständige Verbesserung der Qualität seiner Produkte und Dienstleistungen. Deshalb fällt es ihm leicht, die Mittel des Unternehmens für neue

Maschinen oder für den Aufbau einer Marke zu verwenden. Er will ein überlegenes Produkt herstellen, und er will es zu einem hohen Preis verkaufen. Er wird die nötigen Aufwendungen für Abschreibungen, Instandhaltungen, Forschung und Entwicklung, Qualitätsmanagement, Werbung, Marketing oder auch für nachhaltige Entwicklung in Ökologie und Soziales gerne in Kauf nehmen."

Stassny redete sich mehr und mehr in eine Art Vorlesung hinein, was ihm nicht gerade die Sympathien der anwesenden Alphatiere einbrachte, ließ sich jedoch auch durch die warnenden Blicke von Felix Penzinger nicht mehr davon abbringen, den Mitgliedern der Mehrwertgruppe die Welt zu erklären.

„Ein Unternehmer ist ein Stratege, ein Investor ist ein Taktiker. Ein Stratege denkt langfristig, denn er weiß, dass man eine Kuh, die man melken will, und die vor allem gute Milch geben soll, auch füttern und pfleglich behandeln muss. Ein Unternehmer will gewinnen, ein Investor will verdienen. So einfach ist das. Haben Sie schon einmal Schach gespielt mit einem Investor? Sie werden sehen, dass der Investor ganz anders spielt als ein Unternehmer."

Penzinger räusperte sich laut, konnte jedoch die Aufmerksamkeit seines Kompagnons Stassny nicht mehr gewinnen, der unbeirrt weitersprach.

„Bieten Sie einem Investor beim Schach einen Damentausch an. Er wird seine Dame opfern, wenn er sich davon einen kurzfristigen Vorteil erhofft, denn einem Investor, oder, wenn wir es ausnahmsweise einmal weniger diplomatisch ausdrücken wollen, einem Spekulanten, macht es nichts aus, das Spiel durch den Verlust von Ressourcen zu zerstören, wenn er glaubt, dass er durch das Opfern der Ressourcen, und die Dame ist, wie Sie wissen, die stärkste Figur im Schach, kurzfristig einen relativen Nutzen daraus ziehen kann. Ein Unternehmer hingegen, lieber Herr Senator, wird den Verlust seiner wichtigsten Spielfigur in den wenigsten Fällen akzeptieren, denn erstens liegt ihm mehr an seinen Kernkompetenzen, weil sein Augenmerk auf den Markt gerichtet ist, und zweitens ist es ihm wichtig, dass ihm das Spiel auch Spaß macht und es für ihn interessant bleibt. Der marktorientierte Unternehmer will nicht Rendite, sondern Marktposition und Ertragskraft gewinnen – aber nicht um jeden Preis, und schon gar nicht um den Preis, die menschlichen Ressourcen seines Unternehmens zu opfern, um damit gleichzeitig, in einem faulen Kompromiss, das für ihn so faszinierende Spiel am Markt zu zerstören."

Der Senator lächelte ebenso charmant wie maliziös. Weil Stassny sich ein wenig in Rage geredet hatte, konterte Klimt mit demonstrativer Gelassenheit, indem er kurz replizierte:

„Lieber Herr Stassny, so glauben Sie mir doch bitte eines: Ich würde niemals Leute kündigen, und wenn, dann lasse ich kündigen…"

Stassny griff sich erbost auf die Stirn und zwang sich in einem fast übermenschlichen Akt der Selbstzensur zum Schweigen.

Er trat Penzinger unter dem Tisch ans Bein und zischte ihm zu:

„Felix, der Alte spinnt komplett. Wir beenden dieses Schmierentheater. Du weißt, ich sitze im Vorstand der Mehrwert-Gruppe. Ich werde unverzüglich eine Vorstandssitzung der Interessensvertretung einberufen. Wir haben gute Verbindungen zu den Medien, schließlich pumpt die Mehrwert-Gruppe jährlich zig-Millionen in Zeitungs-, Fernseh-, Plakat- und Rundfunkwerbung. Sollen die doch diesen Junk Bond-Freunden in den Hintern treten. Wir lassen uns jedenfalls von diesen Spekulanten unser *Popschi* nicht ruinieren.

„So ist es", wiederholte Penzinger, der seit jeher ein Faible für Doppeldeutigkeiten hatte.

„Unser *Popschi* muss gerettet werden."

PUBLIC RELATIONS

Sie wusste, dass ihre Karriere als Journalistin nachhaltig beschädigt, wenn nicht überhaupt zu Ende war. Sie konnte sich nicht damit abfinden, auf so billige Weise aus ihrer Profession gekippt worden zu sein. Sie wollte es noch einmal wissen. Die Ereignisse der vergangenen Tage hatten sie verstört und zugleich ein bisher unbekanntes Kraftreservoir in ihr freigesetzt. *Chuzpe*, dieses Wort war ihr ganz plötzlich eingefallen und nicht mehr aus dem Sinn gegangen.

Die Bar im Schlosshotel Friessnitz war praktisch leer, nur ein etwa achtzehnjähriger, von Akne geplagter Aushilfskellner, der immer wieder für zehn Minuten vom Tresen verschwand, war kurz zu sehen.

Durch eine glückliche Fügung sollte es Rapota trotzdem gelingen, ihn herbeizurufen. Mit demonstrativem Widerwillen nahm er ihre Bestellung auf. Offensichtlich hielt er es für eine Zumutung, um halb zehn Uhr morgens einen einzelnen Gast an der Bar zu haben.

Vielleicht wollte er sich irgendwo im Hotel zum Faulenzen verdrücken oder an einem seiner zahlreichen Pickel herumdrücken, vielleicht musste er aber auch hinter der Bühne des Barbetriebs tonnenweise Kartoffeln schälen, Rapota wusste es nicht, aber sie war fasziniert von dieser beinahe schon dämonischen Antriebslosigkeit.

Als der Kellner wieder mal kurz seine Nase hinter der Theke herausstreckte, um der Routine seines mühsamen Dienstes zu entsprechen, bestellte sie eine Flasche Grünen Veltliner und einen Behälter mit Eis.

„Eine ganze Flasche?", replizierte der Junge ungläubig. Durch diese unerwartete Aufgabe wurde seine innere Disposition, die nur auf die Kognition des Allernotwendigsten programmiert war, aus der sichernden Stabilität der inneren Dumpfheit gerissen.

„Ja, eine Flasche ‚Federspiel, Freie Weingärtner, Wachau', so steht es jedenfalls in der Getränkekarte, und dazu bitte einen Sektkübel mit Eisstücken und, ja richtig, ein zweites Weißweinglas."

Rapotas vertikale Stirnfalte verlängerte sich schlagartig angesichts dieses unerwarteten interterrestrischen Dialogs. Dieser Junge schien tatsächlich nicht von dieser Welt zu sein.

„Wozu einen Sektkübel für Weißwein, warum ein zweites Glas?", fragte der Aushilfskellner frech. Womöglich war er ja von der *Abteilung für Kundenabwehr* an die Frontlinie der Schlossbar abkommandiert worden, dachte Rapota

„Den Weißwein brauche ich zum Trinken", begann Rapota geduldig ihr Anliegen zu entfalten, „den Sektkübel mit Eis zum Kühlen des Weißweins. Die beiden Gläser, um den bereits ausgeschenkten Wein sachgerecht an den Mund zu führen. Wenn ich großen Durst habe, müssen Sie wissen, trinke ich beidhändig."

Der Aushilfskellner trollte sich verstört, vielleicht wollte er jeden von ihr ausgesprochenen Satz in aller Ruhe noch einmal durchgehen.

„Das Elend der Welt", murmelte Rapota leise und wurde wieder von einer dieser Flutwellen des Unbehagens erfasst. Es war nicht Angst, schon gar nicht Resignation, sondern eine Mischung aus Ohnmacht, Zorn und unbändiger Überlebenskraft, in die sich aber zwischenzeitlich ein tückischer Zweifel mischte: Würde sie für das, was jetzt kommt, noch stark genug sein? Ihr ganzes Leben hatte sie damit zugebracht, eine erstklassige Journalistin zu werden.

Sie wollte ihren Eltern, den Gastwirten aus Rappottenstein, beweisen, dass sie das Zeug dazu hatte, sich in der Stadt als Intellektuelle einen Namen zu machen. Sie hatte rasch gelernt und sich durch harte Arbeit einen Platz in der Branche erkämpft. Sie wurde geachtet, respektiert, geschätzt.

Und dann, von einer Minute auf die andere, war ihr Berufsleben zu Ende. Kein Medium, keine Zeitung hatte mehr den Mut, ihr eine Anstellung als Journalistin anzubieten. Jeder konnte sich vorstellen, was dann passieren würde.

Die EGT-Gruppe gehörte zu den mächtigsten Inserenten des Landes, der Konzern schaltete diese ganzseitigen, spartanisch anmutenden Anzeigen mit schlechten Produktfotos in beinah allen Printmedien. „EGT – alles zum Einheitlichen Grundnutzentarif" lautete der Slogan, dem man nirgendwo entkommen konnte.

Rapotas Stimmung besserte sich ein wenig, als der sonderbare Jungkellner nach vergleichsweise kurzer Zeit, mit Sektkübel und Weinflasche bewehrt, an die Bar zurückkehrte. Irgendwie war er ihr abgegangen. Zu ihrem tiefsten Erstaunen war der Wein tatsächlich gekühlt, und das Eis war zwar nicht gehackt, aber immerhin vorhanden. Es war in runde Plastikbeutel eingeschlossen.

Auf den Plastikbeuteln prangte das wenig dezente, beinahe bedrohliche Logo der EGT. Das Markenzeichen bestand aus den drei Großbuchstaben, darüber war, wie ein Heiligenschein, eine liegende Acht platziert, das Zeichen für Unendlichkeit.

Die drei Großbuchstaben waren zudem in cyrillischer Schrift gedruckt, das ‚G' sah also aus wie ein ‚L', dessen waagrechter Strich nicht unten, sondern oben angesetzt war.

Durch die cyrillische Schreibweise setzte sich das Logo der EGT aus acht gleich langen Strichen zusammen. Mit der Gewissheit der Insiderin wusste Rapota, dass diese Kühlbeutel aus der EGT-Aktion zum „Sommerpicknick" stammten, die jedes Jahr zur gleichen Zeit, in der Verkaufswoche Nummer 25, in den Diskontfilialen der EGT durchgeführt wurde.

Das zweite Glas hatte der Junge aus Beschränktheit, Bequemlichkeit oder Boshaftigkeit vergessen. Rapota verzichtete darauf, die Bestellung zu urgieren. Vielleicht hatte der junge Mann ja aus Versehen Recht, denn bei näherer, vernunftgebremster Betrachtung, könnte der erwartete Doktor Penzinger das bereitgestellte zweite Glas für eine Aufdringlichkeit halten.

Hier sitze ich nun, sagte sich Rapota, stumm, aber mit bewegten Lippen, in einer Bar, um zehn Uhr morgens, und trinke Wein, allein…

Ehemalige Starjournalistin, gefeuert, oh Schande, Rappottenstein, die Dorfbewohner, wie zufrieden manche von denen wären, mich so zerstört zu sehen, sie schauen ohnehin jeden schief an, der sein Geld nicht auf dem Traktor sitzend mit ehrlicher Landarbeit verdient…

Misstrauen, Neid, schlechte Nachrede, aber das spielt jetzt auch keine Rolle mehr…

Unverheiratet, kinderlos, arbeitslos, hoffnungslos, deprimiert, am Nullpunkt angelangt…

Habe ich wirklich nur für die Arbeit gelebt, wie Martin immer wieder behauptet hat, habe ich das Privatleben tatsächlich für den Erfolg geopfert und mich zum Karriereweib konditioniert...

Martin, wie fremd er mir jetzt erscheint, dabei ist er noch nicht länger als ein paar Wochen weg...

„Ich gehe!" hatte er gesagt – „Dann geh doch! habe ich geantwortet" – ja, es stimmt schon, ich habe mich in die Wilhelmus-Geschichte regelrecht verbissen, habe Martin tatsächlich kaum mehr wahrgenommen.

„Du bist besessen! Besessen davon, dich mit Leuten anzulegen, die stärker sind als du", hatte der Ex gebrüllt, bevor er ging.

„Diese Burschen sind keine Chorknaben, die schrecken vor nichts zurück", hatte er gesagt.

„Du hältst dich wohl für die Jeanne d`Arc von Rappottenstein ...", hatte er mich angeschrien,

„... aber die spucken dich aus wie einen Waldviertler Kirschenkern! Versteh' das doch endlich", hatte er gerufen, verzweifelt, beschwörend,

„Fahren wir lieber ein paar Tage weg, nach Podersdorf, an den Neusiedler See, wälzen wir uns im Schlamm, lieben wir uns vor allen Leuten im Strandbad", hatte er mir vorgeschlagen.

„Gehen wir zum Heurigen, lassen wir uns volllaufen, lassen wir den lieben Gott von Rappottenstein einen guten Mann sein."

Aber meine Antwort darauf?

„Du siehst doch alles nur aus dem Blickwinkel des Hedonisten", habe ich gesagt,

„Ich habe eine Aufgabe zu erfüllen, und ich werde sie durchziehen. Geh' doch, wenn du mich als berufstätige Frau nicht akzeptieren kannst, schleich dich, wenn dein Selbstwertgefühl eine Frau wie mich nicht erträgt", habe ich gesagt, aber das spielt jetzt auch keine Rolle mehr…"

Rapota bemerkte, dass sie im Taumel der schonungslosen Selbstinquisition ihren Barhocker verlassen hatte und mit dem Weinglas in der Hand – federleicht und gedankenschwer – vor der Theke auf und ab ging. Und sie bemerkte noch etwas: Als wäre ein Kippschalter in ihr umgelegt worden, fühlte sie plötzlich wieder etwas wie positiven Energiefluss. Der Bruchteil einer Sekunde hatte ihr genügt, sich wieder zu entspannen. Etwas musste geschehen sein.

Felix Penzinger betrat den Raum.

Dieser Mann kommt daher wie ein großer, Energie geladener Teddybär, dachte Rapota, wie oft musste er sich schon den imposanten Bärenschädel angeschlagen haben, wenn er durch einen viel zu niedrigen Türstock schritt? Etwas in ihr sagte ihr, dass es der große Brummbär gut mit ihr meinte, etwas anderes in ihr war sich nicht ganz sicher.

„Unlustige Veranstaltung da oben", knurrte Felix Penzinger sein Resümee zur Gesellschaftersitzung. Vorsichtig reichte er Rapota die breite Hand, keinesfalls wollte er die ihre quetschen. Er blickte geradewegs in ihr asymmetrisches Gesicht, wobei sich seine viergleisig verlaufenden Stirnfalten für einen Augenblick glätteten. Entspannt lehnte er sich neben sie an die Bar, wobei er, nicht zuletzt, um den Anstand zu wahren, die mentale Forschungsexpedition in Rapotas Gesicht einige Male unterbrechen musste, um nach dem verschwundenen Aushilfskellner zu linsen.

„Ich bin - besser gesagt, ich war - Journalistin beim Economy Express", eröffnete Rapota die Unterhaltung ohne Umschweife. Sie setzte das Weinglas an die Lippen und stellte es wieder hin. Kurz entschlossen sprang sie hinter die Bar und holte ein zweites Glas für Felix Penzinger, der von dieser Selbsthilfeaktion so beeindruckt war, dass er beinahe aus der grüblerischen und grimmigen Stimmung gekippt wäre, in die ihn die vorangegangene, turbulente Gesellschafterversammlung versetzt hatte.

„Ich habe vor ein paar Tagen einen Bericht über den Wilhelmus-Fall geschrieben. Er hat enorme Wirkung gezeitigt, wenn auch nicht die erwünschte. Darf ich Sie auf ein Glas Grünen einladen, ich glaube, ein Drink wird Ihnen jetzt guttun."

Ohne eine Antwort abzuwarten, füllte sie Felix Penzingers Weinglas.

Der war so überrascht wie fasziniert von Rapotas Direktheit und ihrem multiplen, geheimnisvollen Gesicht, dass er vergaß, mit ihr anzustoßen.

„Auf das Wohl ihrer Firma, auf Ihre Gesundheit, Herr Doktor Penzinger", lächelte Rapota, hob das Glas und wurde wieder sehr ernst.

„Haben Sie meinen Artikel über Wilhelmus gelesen?"

„Ja, sicher", sagte Felix automatisch, er kannte den Bericht auf der Titelseite, war aber mit seinen Gedanken noch immer in Rapotas Gesichtszügen und auf der Gesellschafterversammlung. Er zoomte ein Gesicht nach dem anderen noch einmal an sein geistiges Auge heran, um daraus Schlüsse auf die möglichen weiteren Spielzüge seiner Gegner zu erhalten.

„Man hat mich gefeuert", brachte Rapota ihre Einleitung auf den Punkt.

„Damit nicht genug: Ich kann keine E-Mails mehr verschicken, weil mich irgendjemand bei mehreren internationalen Internet-Servern als Versenderin von Spam-Mails diffamiert hat. Ich stehe auf einer Art *Watchlist*. Alle E-Mails, die ich verschicke, werden nach kurzer Zeit vom jeweiligen Provider auf die Spam-Blocker-Liste gesetzt. Man könnte meinen, die Behebung dieses Problems sei einfach, ein Anruf beim Provider sollte genügen, aber weit gefehlt…"

Brummbär Penzinger hatte Rapota behutsam zu einer ledernen Sitzgruppe in einiger Entfernung von der Theke geleitet. Die Absenzen des Aushilfskellners waren auffällig kürzer geworden, und man konnte nie genau wissen, wie Rapotas Redefluss auf anderen Planeten ausgewertet wurde. Zudem zeichneten sich vor seinem inneren Auge die Umrisse eines Kanals an, der geradewegs zur Lösung des Bedres & Stassny-Patts führen könnte.

Er verstand zwar nicht alles, was Rapota ihm über die genaueren Umstände ihrer Entlassung gerade erzählte, dass es sich dabei aber um eine Art *informationstechnologischen Super-Vernichtungsschlag* gehandelt haben musste, war ihm klar. Vielleicht erwog er, hatte ihm der Himmel selbst diese junge Journalistin geschickt, diese einzigartige Erscheinung, die nicht wusste, wie ihr geschah, und die trotzdem jeden einzelnen Schritt des feindlichen Manövers nicht nur nachvollziehen, sondern auch exakt beschreiben konnte.

„Man kommt sich vor wie der Landvermesser in Kafkas ‚Schloss'", beendete Rapota ihren detaillierten Bericht über die Manipulation ihres Mail-Accounts.

„Ich bin arbeitslos. Kein Zeitungsverlag in Mitteleuropa wird sich noch trauen, mir einen Job anzubieten. Ich kann keine Mails mehr versenden, aber ich habe alle Beweise dafür, dass die EGT-Gruppe Wilhelmus' alte Schokoladenfabrik vorsätzlich ruiniert und beabsichtigt hat, selbst eine zu bauen, um noch günstiger anbieten zu können, und zwar zum Einheitlichen Grundnutzentarif. Aber alle Protokolle, Dokumente, Beweise zu diesem Fall sind, besser gesagt, waren, im Redaktionscomputer gespeichert, und dazu hat man mir den Zugang gekappt. Das heißt: Ich kann den Beweis, dass mein Bericht über EGT und Wilhelmus hundertprozentig korrekt und durch Fakten untermauert ist, nicht mehr erbringen. Mein Chefredakteur ist auf Tauchstation, offiziell im Urlaub, ich kann ihn nicht erreichen..."

Felix Penzinger nahm einen tiefen Schluck aus dem Weinglas und zog eine *Cohiba* und lange Streichhölzer aus seiner Jackentasche. Langsam und bedächtig bereitete er die Zigarre vor und zündete sie an.

„Ich hoffe, es stört sie nicht, dass ich rauche", brummte er nach dem ersten tiefen Zug.

„Ihre berufliche Existenz ist zerstört? Das glaube ich nicht. EGT will unsere Papierfabrik übernehmen. Ich habe noch nicht herausgefunden, wozu. Das Spiel ist noch nicht zu Ende, derzeit steht es fünfzig zu fünfzig, es geht um alles oder nichts. Wir werden die Hilfe der Öffentlichkeit brauchen, um diesen Kampf zu gewinnen. Bedres & Stassny braucht jetzt dringend eine Beraterin für Öffentlichkeitsarbeit. Achttausend pro Monat plus Spesen, fixer Vertrag für drei Jahre. Wenn wir gewinnen, verlängert sich der Vertrag automatisch. Und wenn Sie uns helfen, die Manipulationen und wirklichen Absichten der EGT-Gruppe herauszufinden und der Öffentlichkeit transparent zu machen, können

Sie ihre Reputation als Journalistin wiederherstellen. Sie sind dann der Superstar. Wenn wir verlieren, muss ihnen EGT zumindest die restliche Laufzeit ihres Vertrages auszahlen. Also, schlagen Sie ein", grinste Felix, blies den Rauch der Zigarre genussvoll über den linken Mundwinkel seitwärts aus und streckte ihr die Bärentatze zum Handschlag entgegen.

Rapotas Bauchgefühl sagte ihr, dass der Mann es ehrlich meinte, aber ihr geplagter Intellekt ließ sie noch an dem Angebot zweifeln.

Sie war allzu verblüfft, wusste nicht gleich, was zu tun war. Zu schön das Ganze, um wahr zu sein.

Ein wenig zögerlich nahm sie Felix Penzingers Handschlag an.

Die Begegnung seiner breiten Pranke und ihrer zarten Hand wirkte eher wie eine rituelle Handversenkung, aber es war nicht nur der Handschlag zweier Geschäftspartner, sondern auch von einer Frau und einem Mann, die sich voneinander angezogen fühlten.

KRETZENBERGER

„Na, das ist ja gar nicht so schlecht gelaufen", resümierte der Senator.

„Jetzt spielen wir unsere nächste Karte aus. Der Bedres hat mir freundlicherweise eine Kopie der Gesellschaftsverträge zukommen lassen. Sie sind sehr aufschlussreich. Es verhält sich wie folgt: Penzinger hat die 2,0 % an Bedres & Stassny von Robert Stassny ad ultimo 2008 zum Nennwert erhalten. Bei genauerer Analyse des Vertrags findet sich eine bemerkenswerte Klausel, die für unseren lieben Herrn Doktor Penzinger zum spitzen Haken werden könnte und unseren Absichten sehr entgegenkommt. Punkt achtzehn des Optionsvertrages vom 30.11.2008 bestimmt nämlich, dass im Falle eines Ausscheidens Penzingers aus dem Unternehmen vor Erreichen des gesetzlichen Pensionsalters von 65 Jahren, beispielsweise durch Selbst-kündigung oder Tod, die Gesellschaft das Recht hat, Penzingers Anteil von 2,0 % zurückzukaufen.

„In diesem Fall", warf sich nun Varus in Pose, „...wenn er also selbst kündigt oder verstirbt, bevor er in Pension geht, würde unser lieber Penzinger, dieser Sohn eines bäuerlichen Bankrotteurs, respektive seine Erben, als Ablöse für die 2,0 % Gesellschaftsanteile, die ja selbst nur zum Nennwert gekauft hat, auch nur den Nennwert der Anteile, verzinst mit 3,5 % pro Jahr, erhalten. Das heißt, wir bekommen die Anteile um einen Bruchteil ihres Wertes, um einen Pappenstiel, so gut wie geschenkt. Penzinger, dieser überdimensionierte Parvenü, könnte sich dann brausen gehen, und wir könnten das läppische *Popschi* endlich liquidieren und unseren Gratisklopapier-Coup durchziehen."

Der drahtige, beinahe siebzigjährige Varus lachte laut auf und schlug sich, wie immer, wenn ihm etwas besonders gelungen erschien, belustigt auf den rechten Oberschenkel.

Zu seinem Zynismus, den er schon als Rechtsanwalt mit seiner Menschenverachtung kombiniert hatte, hatten sich im Laufe seiner Tätigkeit bei EGT auch sein kraftvoll imponierender Habitus und das laute Sprechen addiert.

Fünf Jahre nach seinem lukrativen Job als Masseverwalter der Penzingermühle hatte er ein sehr attraktives Angebot von EGT bekommen und seine Anwaltskanzlei zugunsten eines Vorstandspostens bei EGT aufgegeben.

Seine Spezialität waren Preisgespräche mit kleinen und mittleren Lieferanten. Viele Vertreter seiner „Partner" aus Industrie und Handel, vor allem aber junge Verkaufsleiter, ließen sich durch seine donnergrollende Artikulation, die haarscharf an der Grenze zum Brüllen entlang schrammte, leicht aus der Fassung bringen.

Eine weitere Taktik Varus' bestand im unentwegten Wiederholen sinnloser Phrasen, die er wie tibetanische Gebetsmühlen immer wieder repetierte, bis die Geschäftsfreunde mürbe wurden und erste Anzeichen von Konzentrationsverlust zeigten.

Der altersweise Varus, dem ein gewisser Hang zur Selbstironie innewohnte, wurde nicht wieder in facettenreicher Eindringlichkeit zu warnen:

„Ein schlechter Handelsmanager", drohte er,

„wird sich in seinem nächsten Leben entweder als Laubfrosch oder vielleicht sogar als Industrieverkäufer reinkarnieren müssen. Und dreimal dürft ihr raten, welche der beiden Alternativen die bessere ist…"

„Also los, Kretzenberger, was haben Sie dazu zu sagen!" ratterte Varus' Stimme wie ein Traktorrad auf den schweigsamen Assistenten zu. *Kretzenberger,* das war ein Name nach Varus' Geschmack. Diese vier Silben mit ihren neun Konsonanten ergaben eine vollendete Umdrehung.

„Ich habe hier das Berechnungsmodell von Professor Vlesoty bezüglich des Kaufverhaltens der Konsumenten im Hinblick auf Lockangebote", begann Kretzenberger sehr ruhig und konzentriert.

Er galt als der Buster Keaton der Diskonterfraktion. Kretzenberger war niemals betrübt, fröhlich oder zornig, Kretzenberger war einfach.

Nichts in seinem Gesicht ließ auf einen Gemütszustand schließen, ein lebendiges Mienenspiel war ihm ebenso fremd wie befreites Lachen oder eine spontane Geste.

Die einzige menschliche Regung, die man an ihm beobachten konnte, war das kurz aufflackernde Feuer in seinen Augen, wenn es um das Identifizieren einer konkrete Einsparungsmöglichkeit ging. Dann hellten sich seine Gesichtszüge einen Moment lang auf und es ging ein besonderer Glanz von ihm aus, etwas wie innere Schönheit.

„Alles ist auf diesem USB-Stick. Es hat uns, um der Vollständigkeit halber auch darauf hinzuweisen, nichts gekostet. Wir haben es sozusagen gratis bekommen. Wir haben solcherart etwa 150.000 Euro gespart."

Kretzenberger leuchtete kurz auf. Er strahlte von innen heraus. Er hatte Kosten gespart. Er war jetzt ein sehr glücklicher Mann.

„Das Konzept unseres Vorsitzenden, Herrn Generaldirektor Varus", reduzierte er sich sogleich wieder auf seine normale Betriebstemperatur, „den Konsumenten im Abtauschverhältnis drei zu eins, sprich: drei leere Rollen Klopapier gegen eine neue zum einheitlichen Grundnutzentarif von null Euro anzubieten und diese sozial motivierte Aktion auf adäquate, also aggressive Weise zu bewerben, ist für unsere EGT-Gruppe insgesamt hoch effizient, obzwar der Produktionsteil der Gruppe unter der Leitung von Herrn Direktor Härtling aller Voraussicht nach ein wenig zu leiden haben wird."

Senator Klimt fasste sich unwillkürlich an die etwas antiquierte Fliege aus dunkelblauer Seide mit den kleinen, weißen Tupfen darauf. Vielleicht konnte er sie notfalls wie einen Propeller anwerfen, um sich vor überlangen Besprechungen oder allzu detailreichen Ausführungen himmelwärts davonzumachen.

„Ich habe die Konsumeffekte mithilfe des Vlesoty-Modells und anhand verschiedener Hypothesen und Annahmen in mehreren Varianten durchgerechnet", dozierte Kretzenberger unbewegt.

Varus bemerkte bereits den Anflug eines nächsten Leuchtens in den sonst eher gelangweilt über die Lesebrille blickenden Augen Kretzenbergers.

„Die Aktion rechnet sich in jedem Fall!" verkündete Kretzenberger schließlich triumphierend.

Varus klopfte sich ausnahmsweise nur ganz sacht auf den Oberschenkel, keinesfalls wollte er Kretzenbergers Ausführungen stören.

Kretzenberger kam zum Schluss: „Die Aktion rechnet sich, indem sich der Wert des Einkaufskorbs der Konsumenten durch die Zero-EGT-Klopapier-Aktion signifikant erhöht. Selbst im ungünstigsten Fall bleibt eine Renditeerhöhung von 0,3 % auf den Gesamtumsatz. Wie wir wissen, ist das eine gewaltige Steigerung der Rendite, die im Handel bei durchschnittlich zwei bis vier Prozent liegt. Eine Renditesteigerung von 0,3% auf die Erlöse bedeutet einen dreistelligen Millionenbetrag, das sind im Einzelhandel sozusagen Welten. Die Aufgabe des Herstellers, sprich: der Bedres & Stassny GmbH, wird es nun sein, unter diesen besonderen Umständen zu einem Verkaufserlös von null Euro möglichst lange lieferfähig zu bleiben. Aus gesetzlichen Gründen darf das Grundkapital der Gesellschaft nicht unter den Level von acht Prozent fallen. Sinkt das Grundkapital unter diesen gesetzlich geforderten Mindestanteil von acht Prozent der Bilanzsumme, so müssen wir einen positiven Fortführungsplan vorlegen oder frisches Geld nachschießen. Ersteres ist bei einem Verkaufserlös von null Euro naturgemäß nicht möglich.

„Und Letzteres kommt nicht in Frage!" wurde Kretzenberger von Varus brutal unterbrochen.

Kretzenberger räusperte sich irritiert und wartete, ob Varus noch etwas sagen wollte.

Varus lehnte sich zurück und zischte kalt „Also, wie soll das funktionieren, Kretzenberger?"

„Herr Diplomingenieur Härtling, der Leiter unserer EGT Produktionsbetriebe, wird die EGT-Gruppe mit Klopapier zum Nullerlös beliefern, aber wir werden das Projekt nur umsetzen, solange dies ohne weiteren Kapitaleinsatz möglich ist. Wenn also Bedres & Stassny zu den gegenwärtigen Kosten weiter produzieren und mit einem Null-Erlös verkaufen, dann ist das Grundkapital in etwa zwei Jahren auf acht Prozent. Wenn es uns aber gelingt, die Produktionskosten und

Overheads von Bedres & Stassny um zehn Prozent zu reduzieren und etwa achtzig Prozent des restlichen Umsatzes, beispielsweise mit Taschentüchern oder Servietten, zu gleichen Deckungsbeiträgen zu verkaufen, was durchaus realistisch erscheint, so halten wir es immerhin drei bis vier Jahre aus."

Varus grunzte zufrieden.

Er mochte diese kleinen Scharmützel, bei denen immer gewiss war, dass er sie gewinnen würde. Das puritanische Sitzungszimmer in der EGT-Zentrale mit seinen grauen und beigefarbenen Billigsdorfer-Büromöbeln erschien ihm jetzt heller denn je.

„Die wirklich *nachhaltige* Lösung…", lächelt Kretzenberger erleuchtet und setzte nach einem Schluck aus dem Wasserglas fort,

„…liegt natürlich in einer *Reduktion der Kosten.* Wesentlich einfacher und kostengünstiger wird es, wenn Bedres & Stassny in der Klopapierproduktion ausschließlich unseren Artikel herstellt und die Produktion des übrigen Klopapiersortiments einstellt. Statt 42 Artikeln am Klopapiersektor hätten wir dann nur mehr einen. Der Effekt wäre signifikant. Unser EGT-Klopapier könnte dann rund um die Uhr, ohne Umstellzeiten, ohne Rüstzeiten, mit minimalstem Effizienzverlust durch das produktionstechnisch notwendige Umspannen neuer Rollen auf der neuen Hochleistungsanlage, der Papiermaschine ‚PM 15/08', produziert werden.

„Die Marke *Popschi* ist dann allerdings im Arsch. Die werden wir bei unserer Umstellung auf die neue Monoproduktion einfach vergessen" meldete sich wieder Varus.

„Ja, Chef" schleimte Kretzenberger. „Erstens sind die Herstellkosten dieses Markenartikels durch die feinere Papierqualität höher als beim Diskontartikel, zweitens werden die Mitbewerber im Lebensmittelhandel das Markenartikelzeug sowieso aus dem Regal werfen, wenn wir mit unserem Zero-EGT-Papier auf den Markt kommen. Bedres & Stassny produziert und verkauft zu viele Artikel, also müssen ihre Produktionsanlagen fortwährend umgestellt werden. Auf diese Weise erreichen sie nie die Kostendegression, die sie brauchen, um unsere EGT-Gruppe länger als maximal drei Jahre zu Nullpreisen beliefern zu können. Dieses unsinnig hohe Ausmaß an Komplexität erscheint mir recht typisch für die Markenartikler, die ihren Profit fast ausschließlich auf der Erlösseite holen, einen Haufen Geld für Werbung verschwenden und viel zu hohe Vertriebskosten mit sich herumschleppen."

„Nach drei oder vier Jahren wird das Grundkapital von Bedres & Stassny so oder so verbraucht sein, dann müssen wir die Fabrik zusperren", antwortete Varus.

Kretzenberger nickte dienstbeflissen.

„Wenn wir das Abtauschverhältnis auf zehn zu eins erhöhen, also für zehn leere Rollen eine neue abgeben, hält es Bedres & Stassny noch ein paar Monate länger aus, aber die geringe Kostenreduktion, die sich durch das Wiederverarbeiten der leeren Klorollen bei den Rohstoffkosten des Papiers ergibt, würden wir mit großer Sicherheit durch den geringeren Promotion-Effekt wieder verlieren"

Senator Klimt hielt die Augen geschlossen und lauschte den Ausführungen Kretzenbergers.

Wenn man diesem Vortrag menschliche Regungen wie das Rümpfen der Nase, das Zucken im Mundwinkel oder Zusammenziehen der Augenbrauen etc. hinzudachte, entstand für ihn als Vorsitzender des Kontrollorgans daraus ein durchaus respektables und wohlfundiertes Ganzes.

Es war gut, sagte sich Klimt, einen wie Kretzenberger in seinen Reihen zu haben. Der Bursche war ein Schweiger und kein Quatscher, er hatte kein Charisma und konnte keine Belegschaft motivieren, er eignete sich nicht als Frontmann, aber er deckte den Hintergrund mit viel Wissen und großer Genauigkeit ab. Der alte Varus sollte dankbar sein, eine solche Lichtgestalt an seiner Seite zu wissen.

„Ich darf also zusammenfassen", kam Kretzenberger mit flackernden Augen zum Schluss:

„Die Idee unseres Herrn Generaldirektor Varus bringt unserer Firmengruppe eine Ergebnisverbesserung in dreistelliger Millionenhöhe, und die Bedres & Stassny-Gesellschaft bleibt uns bei konsequenter Umsetzung der vorgeschlagenen Maßnahmen noch drei bis vier Jahre als Produktionsbetrieb erhalten. Damit danke für Ihre Aufmerksamkeit. Für allfällige Fragen stehe ich gerne zur Verfügung."

Senator Klimt blickte erwartungsvoll auf Varus.

„Wir bleiben bei drei zu eins", polterte Varus, „Wir reduzieren die Kosten der Produktion, wir erhöhen den Basket-Value, wir bringen Traffic in unsere Läden, wir stellen unsere Kunden zufrieden und blasen ganz nebenbei diesen arroganten Industriefritzen von der Klopapierfraktion der Mehrwert-Gruppe den Hobel aus. Genial!"

„Schön, schön", meldete sich nachdenklich Klimt, der Senator zu Wort, „aber noch haben wir die Kontrolle über Bedres & Stassny nicht erlangt. Dieser

Penzinger hat klare Position gegen uns bezogen, und er wird alles tun, um zu verhindern, dass wir die Gesellschaft bekommen. Solange wir nicht mehr als fünfzig Prozent der Anteile haben, können wir ihn nicht eliminieren. Wenn wir ihn also loswerden wollen, müssen wir ein bisschen nachhelfen. Wir müssen ihn ja nicht gleich um die Ecke bringen, es würde sicherlich schon reichen, diskret darauf einzuwirken, seine momentane Motivationslage zu verändern."

„Gute Idee, Herr Senator, aber wie wollen wir diesen Tanzbären zum Tanzen bringen?" platzte Varus heraus, und brachte die flache Hand in Position, um sie bei der nächstbesten Gelegenheit auf den Oberschenkel zu klatschen.

„Da müssen sie sich selbst was einfallen lassen", sagte Klimt. „Ich bin hier nur Aufsichtsratsvorsitzender, nicht das operative Management."

Varus ließ seine Hand behutsam auf den Schenkel sinken, und der Senator zog das zerlesene Exemplar der Economic News an sich heran und begann darin zu blättern; ein deutliches Signal, dass er seinen Part innerhalb dieser Besprechung als erledigt betrachtete.

„Kretzenberger", donnerte Varus, „Sie gehen auf die Bank, heben hunderttausend Euro ab und regeln die Angelegenheit mit diesem Penzinger."

„Wenn Sie meinen, Chef", fing Kretzenberger ungerührt den Ball auf, „aber sind Hunderttausend nicht ein bisschen viel?"

„Wenn Sie mit weniger auskommen... - tausend Rosen!", lachte Varus.

Zum Zeichen, dass die Sitzung beendet war, legte Klimt sein siebzehn Zentimeter langes und zwei Zentimeter breites Lineal auf den Sitzungstisch, sodass es als eine aufsteigende Diagonale von links unten nach rechts oben bildete.

In die obere Hälfte legte er ein Cent-Stück, in die untere eine Zwanzig Cent-Münze. So positioniert, bildeten Lineal und Münzen ein Prozentzeichen, das geheime Symbol der EGT.

Der Senator wartete, bis auch seine Topmanager Varus und Kretzenberger ihre Kultgegenstände auf dieselbe Weise angeordnet hatten.

Nach einem knappen Kontrollblick erhob er sich langsam und würdevoll.

„Im Namen unseres Großen Ehrenvorsitzenden Erwin Hony: die Sitzung ist beendet."

MARKENARTIKEL

Im Holz getäfelten Sitzungssaal der Privatbrauerei Adam AG in der Nähe des Flughafens formierten sich die Gegner der Diskontisten.

Konrad Stassny hatte als Vorstandsmitglied der Mehrwert-Verbandes diese außerordentliche Sitzung der *Mehrwertigen Markenschutzgruppe* im Palais Auerspach einberufen. Neben dem Präsidenten des Mehrwert-Verbands, Doktor Anastasius Kowalsky, im Zivilberuf geschäftsführender Gesellschafter einer Suppenfirma, erschienen sechs weitere Mitglieder des Vorstands, darunter Alfonsus Berger-Krautky, der sich mit Bedres & Stassny seit Jahren ein Kopf an Kopf-Rennen um die Marktführerschaft bei Papiertaschentüchern lieferte. Außerdem war Felix Penzinger anwesend, Stassny hatte ihn als Gast eingeladen.

Der einzige Tagesordnungspunkt lautete: *„Bedres & Stassny Gesellschaft mbH, Antrag von VD KR Stassny, Diskussion und Beschlussfassung.*

Präsident Anastasius Kowalsky hatte die Sitzung, dem schönen und ehrbaren Ambiente des Palais Auerspach entsprechend, sehr würdevoll eröffnet und Stassny das Wort erteilt. Trotz des enormen Drucks, dem er seit einigen Tagen ausgesetzt war, gelang es Stassny, die unerfreuliche Situation der Bedres & Stassny-Gesellschaft sehr ruhig und sachlich zu schildern.

„Auf welche Weise der traditionsreiche Mehrwert-Verband unserer alteingesessenen Gesellschaft Unterstützung geben könnte, liebe Freunde, das bitte ich Sie, den Ausführungen unseres Geschäftsführers, Doktor Penzinger, zu entnehmen. Er wird unser

Ersuchen argumentativ untermauern und präzisieren." Präsident Kowalsky dankte Stassny und intonierte ein weiteres Mal seinen obligatorischen Appell zur Mehrwert-definierten Sauberkeit:

„Wie hat unser verehrter und leider viel zu früh verstorbener Professor Sebastian Petschowitsch immer wieder betont?", begann er den im Lauf der Jahre etwas automatisierten Monolog: *‚Du sollst nicht an den Diskonthandel liefern!'* Immer wieder und nicht ohne guten Grund hatte Professor Petschowitsch vor der ideologischen Unterminierung seiner Ideen durch scheinbar anonyme Warenlieferungen von Mehrwert-Mitgliedern an den Diskonthandel gewarnt. Wir alle wissen, dass einige unter uns sind, die das Gebot der Diskontfreiheit zuweilen übertreten. Immer wieder müssen wir feststellen, dass es schwarze Schafe in unserer Gesinnungsgemeinschaft gibt, die unseren Zusammenhalt schwächen, indem sie sich mit der EGT oder der GTI-Gruppe oder gar mit dem berüchtigten ZBV-Konzern ins Bett legen. Sie können der Versuchung nicht widerstehen, die Amortisationszeit ihrer Investitionen durch die kurzfristige Volums-steigerung, wie sie der Diskont verspricht, zu verkürzen, wenn auch nur, um ihre Kapazitäten besser auszulasten. Aber, meine lieben Freunde, schauen wir uns doch an, was mit Herstellern passiert, die sich auf eine solche destruktive Vorgangsweise einlassen. Die Schokolade-fabrik Wilhelmus, einer der bekanntesten und traditionsreichsten *Chocoladiers,* gegründet im Revolutionsjahr 1848, musste nach – sage und schreibe – 160 Jahren den Konkurs beantragen. Sie erinnern sich noch, verehrte Kollegen, wie wir voriges Jahr, und leider ohne Erfolg, versucht haben, Wilhelmus zu retten, aber die Banken waren nicht mehr bereit, einem außergerichtlichen Vergleich zuzustimmen. Wilhelmus" Schicksal soll uns eine Warnung sein. So kann und wird es jedem ergehen, der die Grundsätze unserer Vereinigung unterminiert, nur um damit einen kurzfristigen Vorteil zu lukrieren."

Penzinger lauschte dem Sermon des Präsidenten mit einiger Skepsis. Allzu routiniert kam diese Rede daher. Einst mochte sie leidenschaftlich und kämpferisch gemeint gewesen sein, inzwischen wurde sie nur mehr auf Knopfdruck abgespult, wie die Kassetten mit Weihnachtsliedern, die in den Warenhäusern zur Adventszeit die Kundschaft stimulieren sollen. Penzinger traute dem Frieden dieser stimmungsvollen Veranstaltung nicht, an eine tatkräftige Unterstützung der Bedres & Stassny durch die Mehrwert-Lobby wollte er nicht recht glauben. Als Felix Penzinger seine Hand hob und der Präsident ihm das Wort erteilte, zeichnete sich vor seinem inneren Auge der vage Umriss einer scharfen Weckrede ab.

„Sehr geehrter Herr Präsident Kowalsky, sehr geehrte Mitglieder des Vorstands, sehr geehrte Damen und Herren", begann Penzinger, …ich darf nahtlos an die Ausführungen des Herrn Präsidenten anschließen, denn Bedres & Stassny könnte sich schon bald in einer ähnliche Situation wie Wilhelmus befinden, und zwar dann, wenn es der EGT-Gruppe gelingt, die Mehrheit an unserem Unternehmen zu bekommen. Eine Übernahme unserer Firma durch EGT würde uns zu bloßen Hardwarelieferanten und in weiterer Folge zu einer verlängerten Werkbank der EGT-Gruppe degradieren. Professor Petschowitsch hat noch kurz vor seinem Dahinscheiden, bei der Sitzung im Mai 1998 in großer Deutlichkeit darauf hingewiesen, bei der Aufnahme von Geschäftsbeziehungen die Zwei Fragen-Probe anzuwenden. Ich habe die ‚dualistische Abfrage', als die sie gemeinhin bekannt ist, in meiner Praxis als Geschäftsführer selbst häufig angewendet, vor allem, wenn ich nicht mehr weiterwusste oder verzweifelt war. Lassen Sie uns daher, meine Damen und Herren, die dualistische Abfrage von Professor Petschowitsch in ihrer Einfachheit und Schlichtheit auf unser heutiges Problem, die geplante Übernahme von Bedres & Stassny durch EGT, anwenden:

Wie Sie selbst besser wissen, geehrte Herren des Vorstands, richtet sich die erste Frage an den Betrieb. Es ist die mikroökonomische Seite des Petschowitschschen Axioms, die nach der *Mehrwertsmaxime* anzulegen ist: ‚Ist es Wert erhöhend?'

Sie werden mir zustimmen, dass eine Übernahme der Papierfabrik durch den EGT-Konzern keinen Wert erhöhenden Effekt für Bedres & Stassny initiieren würde. Diese Frage kann also nur mit einem klaren Nein beantwortet werden. Das Gegenteil ist der Fall, die Preispolitik der EGT-Gruppe wird Werte vernichten, indem sie den Cash Flow von Bedres & Stassny reduziert und damit die Ertragskraft des Unternehmens schwächt und die Möglichkeit, Investitionen zu finanzieren, kontinuierlich verringert.

Die zweite Frage ist eine makroökonomische. Sie lautet: ‚Wird es die Prosperität und das Wachstum unserer Volkswirtschaft fördern?' Wir sehen, geehrte Damen und Herren, was heute in unserer globalisierten Volkswirtschaft passiert: US-Immobilienfonds vergeben windig besicherte Hypothekarkredite und verkaufen diese über so genannte Sub-Prime-Papiere an ihre

268

europäischen Kollegen. Unter diesen befinden sich auch solche, die den Ausdruck *mündelsicher* mit *Mundl-sicher* verwechseln: Denn kaum transformieren sich die Sub-Primes, die Papiere für Sub-Primaten, über die virtuellen Grenzen, sind sie nichts mehr wert. Das aber heißt: Die Fonds müssen ihre Strategie quasi über Nacht ändern.

Viele Pensionskassen und Hedgefonds haben sich, aufgerieben durch den Zusammenbruch des amerikanischen Subprime-Marktes, auf das zweifelhafte Handwerk der derivativen Rohstoffspekulation umgestellt. Seither spekulieren diese Fonds nicht mehr mit Immobilien oder Währungen, sondern sie spielen ihre ‚Long & Short-Spielchen' mit dem Wichtigsten, dem Essenziellsten, was wir haben: mit den Rohstoffen.

Sie spekulieren auf Termin mit virtueller Ware und treiben solcherart die Preise hoch für Erdöl, Metalle und in letzter Zeit auch für agrarische Rohstoffe wie Weizen, Zucker, Mais, Soja, Milchpulver, Saftkonzentrat, Kaffee und Kakao; letzterer ist bekanntlich der wichtigste Rohstoff für die Schokoladenerzeugung, was ja, wie wir alle wissen, bereits Wilhelmus umgebracht hat. Spekuliert wird mit ausgeklügelten Methoden der Statistik und mit Insiderwissen, und zwar von zuhause, vom Personal Computer aus.

Diese Leute haben nicht den Funken eins schlechten Gewissens und nicht die Spur von Unrechtsbewusstsein, aber sie sind Auslöser von Hungersnöten, sie schädigen bewusst die Realwirtschaft und wissen, dass die Rechnung für ihre derivative Spekulationsgier von den Schwächsten beglichen werden wird. Man ist beinahe gerührt, wenn Börsengurus sich für ihre Schlauheit feiern lassen, weil sie konsequent auf globale Preisteigerungen bei Lebensmitteln haussiert hatten.

Hunderttausende Menschen in den Entwicklungsländern hungern, weil sie sich hinterher die tägliche Portion Reis nicht mehr leisten konnten.

Das Ganze hat sich noch weiter zugespitzt, weil die Banken einander kein Geld mehr leihen wollen; sie befürchten, dass die Kollegen noch ein paar Unterprimaten-Papiere im Keller haben, die noch nicht sozialisiert, also von der Allgemeinheit bezahlt wurden, indem sie von der Steuerleistung der beteiligten Fonds und Banken über das Instrument der außerordentlichen Abschreibung abgesetzt werden. Skurrilität am laufenden Band.

Die Verluste der Fonds werden sozialisiert, also der Allgemeinheit angelastet, wohingegen die Gewinne den Spekulanten bleiben, sie werden privatisiert. Das ist exakt die Umkehrung des *imparitätischen Realisationsprinzips:* Für Verluste zahlt der Steuerzahler, die Gewinne gehen an die Banken. Aber immer noch sind viele Schrottpapiere im Umlauf und die Banken wissen nicht, wer welche faulen Papiere hält. Sie borgen einander kein Geld mehr.

Der nächste Schritt: Um den Zahlungsverkehr am Leben zu halten, senken die Zentralbanken den Preis fürs Geld. Aber das Fiat Money kommt nie in der Produktion an. Es wird zum Stopfen von Bilanzlöchern, Staatsanleihen und für Derivatspekulation verwendet.

Zu Recht werden Sie sich jetzt fragen, geehrte Herren, was die uns allen bekannte globale Spekulationsblase für Rohstoffe mit der Schokoladefabrik Wilhelmus oder der Papierfabrik Bedres & Stassny zu tun hat. Ich will es Ihnen sagen:

Jene Unternehmen, die heute noch etwas Reales herstellen, die noch nicht in die Luftgeschäfte der

Cyber-Spekulanten eingestiegen sind, die also noch nicht resigniert haben und nach wie vor daran glauben, dass reale Wirtschaft auch reale Werte, also Mehrwert im Sinne Professor Petschowitschs schaffen muss, diese ‚Realwirtschaftler', wenn wir sie so nennen wollen, befinden sich in einer Doppelmühle zwischen den Rohstoffspekulanten einerseits und den Verfechtern des Einheitlichen Grundnutzentarifs, der ja bekanntlich die Geschäftsgrundlage der EGT-Gruppe darstellt, andererseits.

Die zunehmende Derivatspekulation bei den Rohstoffen zwingt die Hersteller also permanent in Verhandlungen: Einkaufsseitig müssen sie Preissteigerungen so gering wie möglich halten, verkaufsseitig fighten sie um die Ausschreibungen der Handelsketten.

Unablässig melden sich politische Aktionisten, die den *Schwarzen Peter* für die Preissteigerungen den wenigen, noch existierenden mittelständischen Realwirtschaftlern zuspielen wollen. Nach Auffassung Professor Petschowitschs und nach unseren Statuten ist der entscheidende Maßstab für wirtschaftliches Handeln, ob dadurch Werte geschaffen oder Werte vernichtet werden.

Bis zum *großen Blasensprung* im Sommer 2007 war die Situation am Rohstoffmarkt noch relativ stabil, und die Kontrakte, die die Hersteller mit der Belieferung von Diskontern wie EGT, GTI oder ZBV geschlossen hatten, waren ohne Preiserhöhung erfüllbar.

Aber in der gegenwärtigen Situation, wo die Rohstoffmärkte volatil geworden sind, können die Jahres-Kontrakte nicht mehr erfüllt werden. Ich vermute daher, dass es die fatale Kombination von volatilen

Rohstoffen und starren Lieferkontrakten war, die Wilhelmus in den Ruin getrieben hat.

Wilhelmus musste ein Jahr lang zu den vereinbarten Preisen liefern, obwohl er mit jedem Stück Schokolade nicht einmal die Herstellkosten verdient hatte. Daher, meine sehr geehrten Damen und Herren, bitte ich Sie um ihre Unterstützung: ein *unfriendly takeover* von Bedres & Stassny würde das Unternehmen mittelfristig ruinieren.

Im Namen unseres Unternehmens, insbesondere im Namen von Herrn Kommerzialrat Stassny, der diesen Antrag gestellt hat, ersuche ich Sie, Bedres & Stassny dabei zu helfen, die Unabhängigkeit zu bewahren, indem Sie uns mediale Unterstützung in Form einer gemeinsamen Pressekonferenz des Verbandes zukommen lassen. Mehrwert investiert Jahr für Jahr hohe zweistellige Millionenbeträge für die Bewerbung ihrer Produkte.

Eine Pressekonferenz der Mehrwert zum Thema Bedres & Stassny mit einer klaren Stellungnahme des Vorstands würde also sicherlich nicht ungehört bleiben. Mit Unterstützung der Medien in Verbindung mit dem Mehrwert-Schutzverband würde sich nicht nur die Chance, die Unabhängigkeit von Bedres & Stassny zu erhalten, schlagartig erhöhen, eine gemeinsame Aktion des Mehrwert-Schutzverbandes würde mit Sicherheit auch einen positiven Effekt auf das Ansehen und das Profil der Mehrwert als eine aktive, verantwortungs-bewusste und mächtige Vereinigung nach sich ziehen." Damit schloss Felix Penzinger seinen flammenden Appell.

„Ich danke Herrn Doktor Penzinger für seine inte-ressanten Ausführungen", ergriff Kowalsky wieder das

Wort, „…gibt es dazu noch die eine oder andere Wortmeldung, bevor wir zur Abstimmung kommen?"

„Ja, Herr Präsident", meldete sich nun ihr stärkster Konkurrent auf dem Hygienepapiersektor, der Taschentuchfabrikant Alphonsus Berger-Krautky zu Wort.

„Meine hohen Herren!" begann Berger-Krautky in seiner sympathischen, Tiroler Klangfärbung, die seinen Worten das Urwüchsige und die Unverrückbarkeit der Tiroler Berge verlieh.

„Also, wenn wir jedes Mal, wenn jemand ein Unternehmen kaufen will, der uns nicht passt, eine Pressekonferenz machen, dann könnten wir das ganze Jahr über nur mehr bei Pressekonferenzen verbringen. Außerdem: Bei Wilhelmus haben wir keine Pressekonferenz gemacht, und als vor ein paar Jahren mein früherer Compagnon seine Sperrminorität an meinem Unternehmen an eine Investmentgesellschaft verkauft hat, hat es da eine Pressekonferenz der Mehrwert gegeben? Nein. Ich hätte mich ja nicht einmal getraut, etwas Derartiges vom Verband zu verlangen. Außerdem bezweifle ich, ob wir überhaupt Erfolg damit hätten. Glauben Sie im Ernst, Herr Doktor Penzinger, dass die Medien auch nur eine kritische Zeile über EGT schreiben würden? Jeder hier im Saal weiß doch, dass die EGT der größte Auftraggeber für Medienwerbung in diesem Lande ist." Berger-Krautky pausierte kurz, holte ein Papiertaschentuch aus seinem Anzug und schnäuzte sich umständlich und lautstark.

„Mander!" wechselte der gewiefte Tiroler Geschäftsmann abschließend in den kernigen Tiroler Dialekt,

„Ich kann Euch nur abraten, so was Destruktives und Sinnloses zu inszenieren!"

Berger-Krautky setzte sich wieder zufrieden und beschäftigte sich mit dem Öffnen einer Mineralwasserflasche. Er benutzte dazu sein Feuerzeug, denn es gab auf dem Tisch keine Öffner für Kronkorken. Nach ein paar Sekunden des Herumfummelns hatte es Berger-Krautky, als passionierter Jäger mit den Tücken des Kronkorken Öffnens bestens vertraut, geschafft, aber er hatte die Flasche offenbar zu fest geschüttelt; das ausströmende Mineralwasser setzte die vor ihm liegenden Papierstapel unter Wasser.

Penzinger hob die Hand, um sich mit einer kräftigen Replik zu Wort zu melden, doch Kowalsky ignorierte ihn und bemerkte lakonisch:

„Wenn es keine weiteren Wortmeldungen gibt, kommen wir jetzt zur Abstimmung. Wer ist für den Antrag des Kollegen Stassny, den Herr Doktor Penzinger so eloquent vorgetragen hat?"

Stassny und zwei weitere Vorstandsmitglieder hoben die Hand, darunter der Geschäftsführer einer Kartoffel-chipsfabrik und der Prokurist eines Unternehmens, das Fertiggerichte herstellte.

„In Ordnung", sagte Kowalsky,

„Drei Stimmen dafür. Gibt es Gegenstimmen? Wer von Ihnen stimmt dagegen?" Erwartungsgemäß meldete sich Berger-Krautky.

„Und wer enthält sich der Stimme?" Kowalsky selbst hob nun die Hand und mit ihm auch seine beiden Stellvertreter und eines der Mitglieder des erweiterten Vorstands.

„Also" resümierte Kowalsky,

„Ich halte fest: Acht Mitglieder des Vorstands sind anwesend, davon sind drei Stimmen für den Antrag und ein Votum gegen den Antrag, und zwar bei vier Stimmenthaltungen. Das heißt, der Antrag hat die gemäß unseren Statuten erforderlichen mindestens fünfzig Prozent der Stimmen nicht erreicht und gilt daher als abgelehnt. Tut mir leid, lieber Freund Stassny, Herr Doktor Penzinger, aber eine Pressekonferenz wird es nicht geben."

Dem *heiligen Herz Jesu* sei Dank, schickte Berger-Krautky einen Stoßseufzer in den Himmel, wenn die EGT-Gruppe die Bedres & Stassny übernimmt, bin ich der einzige große Markenartikler im Papierbereich.

Dann kann ich meine Markenartikel bei den Konkurrenten von EGT zu anständigen Preisen liefern und meinen Marktanteil locker verdoppeln.

EINUNDZWANZIG CENT

Einundzwanzig Cent. Das bedeutete mehr als bloß die Addition der zwei kleinen Münzen, das war die Weltanschauung, die Ideologie, die voll-dogmatisierte Firmenreligion des EGT-Konzerns. Und es entsprach nicht zufällig dem Werkzeug für das rituelle Kultspiel im EGT-Umfeld, für das Pfidschigogerln.

Ursprünglich waren es ja nicht einundzwanzig Cent gewesen, sondern einundzwanzig Pfennig, die der Gründer und Ehrenvorsitzende des EGT-Konzerns, Erich Hony vor 50 Jahren nach monatelangen *Exerzitien* in den Wäldern des ostdeutschen Marktfleckens *Hundeluft* definiert hatte.

Im idyllischen Ort Hundeluft im Sachsen-Anhalt der Sechzigerjahre hatte er auch sein monumentales Buch *„EGT - Der Einheitliche Grundnutzen-Tarif"* zu Papier gebracht.

Das Münzenritual bestand aus drei Modulen: einem Lineal und den zwei kleinen Cent-Münzen.

Der *Senior-Münz*, wie das Zwanzig Cent-Stück genannt wurde, war einfach im normalen Zahlungsverkehr einzutauschen. Er fungierte als der Impulsgeber, der mit dem Lineal auf das Ein Cent-Stück, den ‚Junior-Münz', losgeschossen wurde, um diesen in die markierten Tore auf jeder Seite des Tisches zu befördern.

Den *Junior-Münz* erhielten die Mitglieder der Bruderschaft am leichtesten in ihren eigenen Diskontgeschäften.

Denn der Einheitliche Grundnutzentarif für den Großteil der EGT-Artikel endete mit Preisen, die auf eine Neun endeten, etwa € 0,59 oder € 0,99. Diese

Neunerpreise wurden also nicht nur aus Gründen der Verkaufspsychologie festgelegt, sondern sollten auch den Nachschub an Einsermünzen für das rituelle Pfidschigogerln gewährleisten.

Das Lineal wurde der *eilige Geist* genannt, weil es sehr flink und intelligent geführt werden musste.

„Der Stab oder das Lineal des Spielers", heißt es bei Hony, „ist wie der Dirigentenstab ein Instrument, um Energie zu konzentrieren und zu leiten."

Erich Hony war es auch, der dem Spiel die psychologisch-philosophische Dimension verlieh und einen bemerkenswerten Konnex zur „wahren Bedeutung der Symbole und Archetypen im Tarot" herstellte.

Der Einser gilt seit jeher als die Zahl des Magiers im Tarot; er ist ein Symbol des Anfangens und der Ursubstanz, der *prima materia*.

Im ältesten bekannten Tarot-Deck, dem *Tarot de Marseille*, hält der Magier in der einen Hand einen Stab, der wie ein Lineal aussieht, und in der anderen eine kleine Münze.

Basierend auf den Lehren Erich Honys betrachteten die *Diskontisten* der EGT-Gruppe das Spiel des Pfidschigogerl, das mit dem Stab bzw. den Münzen des Magiers ausgeübt wurde, als den *Archetypus des magischen Effekts*.

In seinem zweitem, etwa vierhundert Seiten starken Werk *Die Psychologie des Pfidschigogerlns* befasste sich Hony mit dem merkurischen Geist dieses Spiels – und entwickelte die theoretischen Grundlagen für den zweiten Teil des EGT-Rituals, *den Obolus der Erleuchteten*.

Dieser Ritus verpflichtete jedes Mitglied des EGT-Konzerns, für jede erhaltene Dienstleistung ein *Trinkgeld von exakt 21 Cent* zu spenden, unabhängig vom Rechnungsbetrag und verpflichtend für jede Dienstleistung, die von einem EGT'ler in Anspruch genommen wurde.

In Erich Honys Schriften war nachzulesen, dass der tiefere Sinn dieses demonstrativen Münzenrituals darin zu suchen sei, die Geber und Nehmer der Trinkgelder an die eigene ökonomische Verwundbarkeit zu erinnern.

In seinem späten Meisterwerk „*Über die ökonomische Determiniertheit der menschlichen Existenz*" hatte Hony die Abgabe des diskontischen Obolus von 21 Cent als eine therapeutische Handlung beschrieben, in der es um das Auslösen sozialer Interaktionen im naturgegebenen Konfliktraum der Ökonomie gehe.

Bei Gebern und Nehmern der 21 Cent, der Obolus der Erleuchteten, sollte ein katharischer Effekt ausgelöst werden. Während das rituelle Pfidschigogerl-Spiel seine Wirkung nur im inneren Kreis der EGT-Bruderschaft entfaltete, kam das Spenden des Einundzwanzig Cent-Obolus auch der ahnungslosen Außenwelt zu Gute.

Kretzenberger, der autistische Finanzchef der EGT-Gruppe, der vom Geist der Sparsamkeit beseelt war, genoss das Ritual. Er liebte es, der Umwelt bei jeder Gelegenheit die 21 Cent, den ‚Obolus des Erleuchteten' zu spenden.

Am faszinierendsten empfand er den Effekt des obolusken Rituals, wenn er bei einer Einladung zu einem Geschäftsessen in ein teures Restaurant die Sünde der exzessiven Geldverschwendung kompensieren konnte, indem er sich beim Trinkgeld auf die einundzwanzig Cent beschränkte.

Die Reaktion der Gastronomen reichte von ungläubigem Staunen über offene Aggression bis zum völligen Ignorieren des Münzenpaares.

Die vielleicht interessanteste und mit Sicherheit verderbteste Reaktion war jene des Oberkellners im Nobelrestaurant *Zum Kärntnereck*, der die beiden Münzen mit einer Bröselbürste auf eine kleine goldene Schaufel fegte und ohne weiteren Kommentar entsorgte.

DER AUFTRAG

Kretzenberger war von dem Auftrag, der ihm zugeteilt worden war, alles andere als begeistert.

Er sollte also Penzinger bestechen, ausgerechnet er, der Denker und Rechner im Team, das ökonomisch-moralische Rückgrat der Gesellschaft. Rein äußerlich ließ er sich nichts anmerken, aber er war empört.

Es machte ihm nichts aus, schwierige Probleme zu analysieren, er konnte gut damit leben, Mitarbeiter zu kündigen, obwohl es ihn immer noch einige Überwindung kostete. Er war jederzeit bereit, den Mund zu halten, wenn es in den Sitzungen heiß her ging, solange es nur der Sache dienlich war. Meistens war er es, der durch seine hellsichtigen Analysen darauf aufmerksam machte, dass etwas geändert werden musste.

Wie konnte man da von ihm verlangen, dass er die nötigen ‚Restrukturierungen' auch noch selbst umsetzt? Dafür musste es doch andere, geeignetere Leute geben. Dieser Auftrag war ihm eine Qual. Er widersprach allen Kretzenbergischen Grundsätzen. Es schien ihm geradezu widernatürlich.

Das Pfidschigogerln und das Trinkgeldritual waren die würdigen, äußeren Zeichen von Kretzenbergers spiritueller Praxis als bekennender EGT-Jünger.

Aber jemanden zu bestechen, noch dazu mit einem weit überhöhten Betrag? Wie passte das zusammen? Eine Bestechung musste Kretzenberger als eine Todsünde erscheinen, als etwas, das nicht nur moralisch bedenklich war, sondern seiner gesamten genetischen Programmierung widersprach.

Ein Sakrileg, welches er gezwungenermaßen selbst begehen musste, wenn er sich nicht massive Probleme im Job einhandeln wollte.

Kretzenberger war ratlos. Er wusste nicht, wie man eine Erpressung vornimmt, wie man so etwas anfängt, und es war niemand da, den er hätte fragen können. Sollte er den Zyniker Varus mit seiner Ratlosigkeit konfrontieren?

Niemals! Der würde sich hämisch lachend auf die Schenkel klopfen und ihm Unfähigkeit vorwerfen. Was also tun? Es musste, soviel war klar, möglichst geheim geschehen, an einem geheimen Ort ohne Zeugen. Also rang er sich endlich durch, Penzinger anzurufen.

Felix Penzinger war keineswegs überrascht, er hatte damit gerechnet, dass die EGT-Gruppe bald Kontakt zu ihm aufnehmen würde. Aber er tat so, als wäre er höchst erstaunt, als Kretzenberger ihn um ein vertrauliches Gespräch an einem vertraulichen Ort bat.

Felix, der jeder Lebenslage eine schalkhafte Idee abringen konnte und den die offensichtlich Verlegenheit Kretzenberger ungemein amüsierte, schlug vor, das konspirative Treffen in der Mitte des Radwanderwegs von Kiesting nach Friessnitz abzuhalten.

„Also gut, morgen um zwölf Uhr, *high noon*", nahm Penzinger den betretenen Kretzenberger auf die Schaufel,

„Am Radwanderweg, vor dem alten Friedhof von Forsteck, bei der kleinen Kapelle. Um diese Zeit ist dort niemand, und am Friedhof können wir in Ruhe reden, ohne dass uns jemand stört. Die Toten können ja angeblich nichts mehr hören und auch mit dem Sprechen haben sie in den meisten Fällen Probleme. Sie sehen also: Noch vertraulicher geht es wirklich nicht."

Am nächsten Tag fuhr Kretzenberger mit der Bahn zweiter Klasse nach Kiesting, er lieh sich beim Gasthaus am Bahnhof ein Fahrrad, es war nur mehr ein Damenfahrrad vorhanden, und einen Fahrradhelm, sowie zwei Wäscheklammern, um seine Anzughosen davon abzuhalten, sich in der öligen Fahrradkette zu verheddern.

Er reichte dem verblüfften Wirt einundzwanzig Cent Trinkgeld und radelte vereinbarungsgemäß von Kiesting nach Friessnitz, das wunderschöne Friessnitztal entlang.

Der Radweg führte entlang des Flusses, dessen Wasserqualität erstklassig war, seit Penzinger vor ein paar Jahren in eine Wasseraufbereitungsanlage für die Papierfabrik investiert hatte, die zig-Millionen gekostet hatte.

Penzinger radelte Kretzenberger von der anderen Talseite her auf seinem Mountainbike entgegen. Er hatte es sich speziell für seine Körpergröße anfertigen lassen. Auf dem idyllischen Weg erinnerte sich daran, wie das Projekt beinahe gescheitert wäre.

Nur seiner Beharrlichkeit und dem unbeirrbaren Verständnis Stassnys war es zu verdanken, dass es letztlich doch noch realisiert wurde. Die Kläranlage, das saubere Gebirgswasser, der Radwanderweg von Kiesting nach Friessnitz, das waren Dinge, auf die Penzinger stolz war, dafür hatte er damals sogar auf seinen Jahresbonus verzichtet, der ja vom Geschäftsergebnis abhängig war.

Die Abschreibungen für die Kläranlage hatten ein großes Loch in den *free cash flow* von Bedres & Stassny gerissen, sodass die Gesellschafter zwei Jahre lang keine Dividende erhalten hatten.

Einzig der Intervention Stassnys war es zu verdanken, dass die von Bedres geforderte Abberufung Penzingers als Geschäftsführer nicht realisiert wurde.

Als Felix beim Friedhof von Forsteck einfädelte, war Kretzenberger bereits da. Er wirkte unruhig und bekümmert, was eher aus seiner Körperhaltung, nicht aus der starren Mimik ersichtlich war.

„Haben Sie zufälligerweise eine Rolle Klopapier bei sich, Herr Doktor Penzinger?"

„Na, sicher doch!", lachte Penzinger, „ich habe immer alle Produkte unserer Firma in der Satteltasche. Man weiß ja nie, ob sich eine Gelegenheit gibt, etwas zu verkaufen. Welches darf ich Ihnen anbieten, unser Qualitätspapier *Popschi*, Taschentücher mit Aloe Vera oder Menthol, oder wollen Sie lieber Servietten, ich habe hier verschiedene Qualitäten und Bedruckungen."

„Ehrlich gesagt hätte ich am liebsten ein billiges Papier, denn Verschwendung ist mir ein Gräuel", sagte Kretzenberger erleichtert.

„Was kostet das billige Papier?"

„Für sie kostet es gar nichts, lieber Herr Kollege" grinste Penzinger.

„Es ist doch selbstverständlich, dass man einander in solchen existenziellen Notfällen aushilft. Man kann doch von einem Geschäftspartner kein Geld annehmen. Ich lade Sie herzlich ein auf ein flauschig weiches Premium-Papier, *Popschi*, ich glaube, diese edle Marke wäre Ihrem Allerwertesten am ehesten angemessen."

„Nein danke, ich will Sie keinesfalls verletzen, Herr Doktor Penzinger, aber ich nehme doch lieber das kostengünstige Papier und zahle dafür einundzwanzig Cent, wie es uns vorgeschrieben ist."

„Wie Sie wollen", sagte Penzinger konsterniert. Die plötzliche Großzügigkeit des bekannt knausrigen Kretzenberger überraschte ihn.

Er fasste das billige Toilettenpapier aus der Satteltasche seines Mountainbikes und tauschte es gegen die einundzwanzig Cent.

Kretzenberger lief mit der Klorolle in der Hand, dem Fahrradhelm auf dem Kopf und den Wäscheklammern an den Hosenbeinen in die Büsche des angrenzenden Straßengrabens.

Nach ein paar Minuten kam er zurück. Erleichterung war ihm keine anzusehen. Wortlos retournierte er den Rest der Klorolle, fasste in die linke Brusttasche seines Jacketts und zog ein Kuvert hervor.

„Ich will es kurz machen, Herr Doktor Penzinger. Ich biete Ihnen hiermit meine Zusammenarbeit an. Ich würde mich freuen, wenn wir kooperieren könnten. In diesem Kuvert befinden sich zehntausend Euro. Sie gehören Ihnen. Alles was wir von Ihnen als Gegenleistung verlangen, ist die Bereitschaft, einen Ihrer Anteilsscheine, der derzeit nicht mehr als fünfzig Euro wert ist, an mich zu verkaufen."

Kretzenberger schwenkte das Kuvert vor Penzingers Nase hin und her.

„Sie können es gerne nachzählen", sagte er, als er bemerkt hatte, dass das Schwenken bereits Überlänge hatte. Etwas musste geschehen.

Penzinger zeigte keinerlei Reaktion. Er betrachtete Kretzenberger, und Kretzenberger betrachtete ihn. Nur Vogelgezwitscher war zu hören, und eine Motorsäge aus einiger Entfernung. Kretzenberger wurde der Arm schwer. Er steckte das Kuvert zurück in die linke Brusttasche, ließ den rechten Arm sinken und holte mit dem linken ein weiteres, weitaus dickeres Kuvert aus der rechten Brusttasche.

„In diesem Kuvert befinden sich neunzigtausend Euro!" rief Kretzenberger.

Penzinger zeigte keinerlei Reaktion.

„Ich darf Sie noch einmal darauf hinweisen, dass Sie nichts dafür tun müssen als eine Abtretungserklärung für einen Gesellschaftsanteil von fünfzig Euro zu unterschreiben."

„Mit dem Inhalt Ihrer Kuverts hätten sie sich den Hintern wischen können. Schade um unser gutes Papier", sagte Penzinger.

Felix stieg auf sein Mountainbike und radelte davon.

Kretzenberger ließ den Arm sinken.

„Sie sind sich selbst ihr größter Feind!" rief er Felix Penzinger nach.

„Ihr stures Verhalten bei ihrer Gesellschafterversammlung vorige Woche lässt große Zweifel an Ihrer fachlichen Qualifikation aufkommen!"

COHIBA

Das Arbeitsessen im Restaurant *New Orleans*, zu dem Penzinger seine neue PR-Beraterin Rapota eingeladen hatte, um die weitere Vorgangsweise im Kampf gegen die Übernahme der Bedres & Stassny durch den EGT-Konzern abzustimmen, erhielt schon durch die Wahl des Restaurants eher privaten Charakter, der sich mit fortschreitender Stunde verstärkte. Penzinger hatte das *New Orleans* ausgewählt, weil er sich selbst eine Freude machen wollte. Er mochte Jazz und zum *New Orleans* gehörte neben dem Restaurant auch der *New Orleans Jazzclub*. Seit der Trennung von seiner Frau Lynn vor sieben Jahren, war Penzinger vom Mustergatten in Hausschlapfen zum tendenziellen Womanizer mit Resthemmungen geworden.

Der Perfektionsdrang und der kleinbürgerlich Zug zu übertriebener Korrektheit, dem er als gut sozialisierter Romantiker und ehemals praktizierender Ministrant gerne nachgegeben hatte, war mit seinen zunehmenden Erfahrungen in Frankfurt, London, New York und anderen Städten, wo es gute Lokale mit Livemusik gab, nach und nach im Nebel der Abenteuer verschwunden. In privaten Belangen war er zu einem Pragmatiker geworden, der die vielen Chancen, die er im Laufe seines Lebens nicht genutzt hatte, aufrichtig bedauerte. Am liebsten hätte er sich ex post bei den Damen entschuldigt, die er im Lauf seines Lebens aus Biederkeit oder Ignoranz verschmäht hatte.

Rapotas unsymmetrisches und faszinierendes Gesicht, ihre geballte weibliche Energie, ihr Witz, ihre Intelligenz, ihr Selbstvertrauen taten ihm gut, das hatte er schon bei ihrem ersten Zusammentreffen im Rahmen der Gesellschafterversammlung bemerkt. Als er ihr jetzt den ganzen Abend gegenübersaß, musste er feststellen, dass er in diese Frau vernarrt war. Er ahnte bereits, dass es ihm kaum noch möglich sein würde ohne massive Selbstverletzung von ihr loszukommen. Penzinger war verliebt.

„Ich glaube, ich weiß jetzt, was Varus, Klimt und Härtling vorhaben", sagte Rapota nüchtern. „Die sind sich so sicher, Bedres & Stassny zu bekommen, dass sie bereits Aufträge an einen Grafiker zur Entwicklung einer speziellen Verpackung für EGT-Diskontpapier vergeben haben."

„Sie haben ein geradezu unglaubliches Tempo drauf, die Dinge zu recherchieren. Wie haben Sie das so schnell herausgefunden?"

„Der Graphiker ist ein Freund von mir, besser gesagt, er war ein sehr guter Freund von mir", lächelte Rapota geheimnisvoll. Penzinger wurde ein wenig verlegen. Er strich sich mit der Hand durch seine dichte, dunkelbraune Haarmähne.

„Derartige Aktionen der EGT überraschen mich nicht, sie sind typisch für die Strategie der eingefleischten Honyaner. Die haben es quasi in ihrer DNA, jede Gelegenheit zum Diskontieren maximal zu nutzen. Jeder, der sich in der Branche einigermaßen auskennt, würde unter diesen Umständen von der EGT-Gruppe ein Diskontpapier erwarten, warum sonst sollten sie eine Papierfabrik kaufen wollen", erwiderte Penzinger und blies den Rauch seiner *Cohiba* nachdenklich aus seinem linken Mundwinkel.

„Stimmt. Aber das Verrückte daran ist, dass sie das WC-Papier nicht verkaufen, sondern gratis abgeben wollen", wunderte sich Rapota. „Dieser Fall entbehrt nicht einer gewissen Skurrilität. Ich habe die Layouts für die Packungen selbst gesehen, es ist auf der Packung aufgedruckt. Für drei leere Klorollen wollen sie eine neue gratis abgeben. Haben Sie eine Ahnung, was die EGT damit bezweckt? Was, in Gottes Namen, soll das bringen?"

„Es holt die Leute in ihre Geschäfte und gibt EGT gleichzeitig einen ökologischen Anstrich, so nach dem Motto: Seht her, bei uns wird nichts weggeschmissen, wir tun was für die Umwelt." Penzingers Folgerung klang eher wie eine Frage.

„Die Umtauschaktion im Verhältnis drei zu eins muss auch noch andere Gründe haben", meinte Rapota nachdenklich. Ihre vertikale Stirnfalte verlängerte sich in beide Richtungen. „Wir werden es schon noch herausbekommen."

„Haben Sie übrigens gewusst, dass die EGT-Gruppe groß in das Geschäft mit Bioethanol-Sprit eingestiegen ist?", brachte Penzinger ein neues Element in die Unterhaltung. „Sie haben eine eigene Gesellschaft in Polen gegründet, die sich nur damit beschäftigt, Weizen und Mais zu Biosprit zu verarbeiten.

Nahrung für Mensch und Tier wird dort zu Nahrung für Maschinen denaturiert. Raten Sie, wer in der Biosprit-Gesellschaft in Gdansk der Vorsitzende des Aufsichtsrats ist: unser lieber Freund Casimir Varus. So ganz nebenbei betreibt die Gesellschaft auch Warentermingeschäfte und handelt mit agrarischen Rohstoffen, Weizen, Mais, Zucker, Soja, Kaffeebohnen, Kakao, Speiseöl, Saftkonzentrat - et cetera, mit allem, was es an den internationalen Warenbörsen an agrarischen Rohstoffen zum Dealen gibt."

„Das muss man sich auf der Zunge zergehen lassen", zeigte sich Rapota beeindruckt, „die EGT besteht einerseits auf Einhaltung des Liefervertrages mit Wilhelmus, und lässt andererseits die Wilhelmus in Konkurs gehen, weil sie die Rohstoffkostensteigerung nicht mehr verkraften kann. Gleichzeitig sind sie aber damit beschäftigt, die Preise für Kakao, Milchpulver und Fette, alles wesentliche Bestandteile für die Schokoladeproduktion, kräftig in die Höhe zu treiben, um dann den Spekulationsgewinn abzuzocken."

„Wenn das wirklich stimmt", ätzte Penzinger, „dann sind das noch größere Heuchler, als ich mir bis jetzt vorgestellt habe. Die Moral der EGT, so wie sie sich heute darbietet, scheint mir schon lange doppelbödig. Der alte Erwin Hony, der Begründer ihrer Sekte, würde sich angesichts der Praktiken seiner Jünger im Grab umdrehen, sofern er dazu genügend Platz hätte, denn vermutlich wurde er in einem Platz sparenden Diskontsarg bestattet." Penzinger hatte es inzwischen geschafft, einen guten Teil des Lokals in dichten Zigarrenrauch einzunebeln, ohne dass der Restaurantmanager auch nur die geringste Missbilligung gezeigt hätte. Der Herr Doktor Penzinger war Stammgast im *New Orleans* und obendrein für seine großzügigen Trinkgelder bekannt.

„Was wir heute erleben", geriet Rapota allmählich in Fahrt, „ist die zunehmende Virtualisierung unserer Wirtschaft, die sich von den realen Warenströmen so sehr abgekoppelt hat, dass sie die reale Weltwirtschaft in ihre spekulative Geiselhaft genommen hat. Die Repräsentanten der Generation der Fünfziger- und Sechzigerjahre, die heute an den Hebeln der Wirtschaft und Politik sitzen, haben als aktive Teilnehmer des gesellschaftlichen und wirtschaftlichen Liberalismus, der ja einen enormen Wirtschaftsaufschwung gebracht hat, noch an die Selbstreinigungskraft der Märkte geglaubt. Sie dachten noch, dass der Wettbewerb ein ausgeglichenes System schafft, in dem der Egoismus der einzelnen Marktteilnehmer zu einer altruistischen und selbstregulierenden Weltwirtschaft führt.

Wer in der Leistung untertreibt oder beim Preis übertreibt, den bestraft der Markt, in dem laufend neue Mitbewerber antreten, die das Gleichgewicht der Volkswirtschaft wiederherstellen.

Wir hatten immer Angst vor der Lohn-Preis-Spirale, vor einem Antreiben der Inflation durch übertriebene Lohnerhöhungen. Eine Befürchtung, die so lange berechtigt war, bis wir vor etwa zwei Jahren, als die Banken und Fonds massiv in die Derivatspekulation eingestiegen sind.

Als wir noch in einer Welt der realen Warenströme gelebt haben, war die derivative Spekulation zwar vorhanden, aber sie nur von wenigen Leuten ausgeübt. Spekulation gab es immer, aber erst durch den massiven Einstieg der Fonds und Banken vor etwa 15 Jahren ist sie von einem wirtschaftlichen Nebengeräusch zum dominierenden Faktor der Weltwirtschaft geworden.

Heute haben sich die Verhältnisse und Kausalitäten komplett umgekehrt. Aus der aufwärtssteigenden Lohn-Preis-Spirale ist eine abwärtsführende Preis-Lohn-Spirale geworden, die sinkenden Preise drücken jetzt das Realeinkommen.

„Ich gebe Ihnen Recht", sagte Penzinger „die Virtualisierung der globalen Ökonomie hat das System der sich selbst regulierenden Marktwirtschaft ad absurdum geführt. Die makroökonomischen Theorien stimmen zum größten Teil nicht mehr, weil sie nur auf die reale Wirtschaft anwendbar sind.

Die reale Wirtschaft beruht auf dem Prinzip der sichtbaren Konkurrenz. Wettbewerb beruht also darauf, dass jemand eine Leistung zu einem bestimmten Preis anbietet, und ein anderer bietet entweder eine bessere Leistung zum gleichen Preis an, oder aber die gleiche Leistung zum niedrigeren Preis.

Aber dieser Kampf, dieser Wettbewerb, spielt sich real und sichtbar auf den Märkten ab und erfolgt iterativ, also in Stufen. Die Angebote der Wettbewerber sind immer die Reaktion auf die Angebote des anderen, und sie sind sichtbar: an den Preisschildern der Waren und an den Preislisten der Dienstleistungen, die erbracht werden."

„Genau", meinte darauf Rapota, „darum frage ich Sie: Was ist an der Spekulation noch sichtbar? Sie sehen die Angebote ihrer Mitbewerber nicht, da ja Derivatspekulation nicht auf die Erbringung einer bestimmten Leistung zum gegenwärtigen Zeitpunkt an einem bestimmten Ort abzielt, sondern auf eine Erwartungshaltung in Bezug auf die zukünftige Entwicklung eines virtuellen, also konkret nicht vorhandenen Produktes. Da diese Bedingung nicht gegeben ist, funktionieren die Gesetzmäßigkeiten der realen Märkte für den Bereich der Spekulation nicht, und daher führt bei dieser Variante der Spekulation, im Gegensatz zur Realwirtschaft unter marktwirtschaftlichen Bedingungen, der Egoismus der einzelnen Teilnehmer nicht zu einem altruistischen System für die Gesamtwirtschaft, sondern zum genauen Gegenteil."

„Das will ich jetzt nicht hoffen. Außerdem führt nicht jede Spekulation automatisch zu einem destruktiven Effekt", zwinkerte Penzinger und stieß neuerlich eine aromatisierte Rauchwolke aus.

„Wie meinen sie das?", horchte Rapota auf, die mit einem Mal etwas verwirrt wirkte.

„Sehen sie, auch ich habe spekuliert. Und zwar auf einen schönen Abend mit einer intelligenten und charmanten Frau, die gerade zum richtigen Zeitpunkt in mein Leben getreten ist. Und ich habe recht behalten."

Rapota lachte.

„Abend gelungen, Spekulation hoffentlich aufgegangen. Trotzdem könnte das Resultat noch besser sein. Zum Beispiel, wenn Sie damit aufhören würden, sämtliche Gäste aus dem Lokal mit Ihrer Zigarre ins pulmologische Zentrum zu befördern" bemerkte Rapota und lächelte vergnügt.

„Um es Ihnen recht zu machen, lasse ich sogar meine gute *Cohiba* ausgehen" konterte Felix. Alles Mögliche würde ich ausgehen lassen, wenn ich Ihnen dadurch eine Freude bereiten kann. Aber im Gegenzug dafür müssen Sie mit mir einen Drink an der Bar nehmen. Mein Motto ist: Lieber trinken als Pfidschigogerl spielen."

„Ich bin zutiefst gerührt von Ihrer Großherzigkeit und ihrem warmherzigen Entgegenkommen; möge Sie der Dank meiner malträtierten Lungenbläschen bis in alle Ewigkeit verfolgen. Den Drink an der Bar wird meine robuste Waldviertler Leber auch noch verkraften… Aber, sagen Sie: Was genau meinen sie mit *Pfidschigogerln*? Allmählich fangen sie an, mich zu verwirren, Herr Doktor Penzinger…"

PJOTR

„*Hier spielt man Darts*" stand auf der schweren Eisentür mit der verstaubten Scheibe aus blickdichtem Sicherheitsglas.

Es war eine Vorstadtkneipe mit dubioser Besatzung. Der Ober mit den glasigen Augen, möglicherweise war er auch der Besitzer der Kaschemme, trug ein speckig schwarzes Jackett mit verschieden gut eingetrockneten Ketchupflecken. Die Farbskala reichte von tiefem Rot bis ins Bräunliche, die ältesten Flecken wirkten bereits wie Rostbefall.

Nicht weniger dubios erschien die Besetzung. Die Männer trugen als Merkmal ihrer Gemeinsamkeit schmutzige Fingernägel, die Frauen Dauerwellen und T-Shirts mit viel Las Vegas-artigem Glitzerkram. Alle paar Minuten entstand in irgendeinem Winkel des Lokals ein lautstarker Streit, der durch eine wortlose Intervention des Kellners mit den glasigen Augen sofort wieder verebbte.

Irgendwo in der Mitte hockte Kretzenberger mit unbewegter Miene. Er muss auf die anderen Gäste wie eine Litfaßsäule gewirkt haben, die für unverschuldet in Not geratene Mitmenschen warb. Er wartete auf den Mann, der das Problem mit Penzinger ultimativ lösen sollte. Und er wartete lange, zumindest hatte sein subjektives Zeitempfinden diesen Eindruck.

„Vertrottelt…", hatte Varus getobt, „mit Ihrem lächerlichen Geiz und Ihrer absoluten Unfähigkeit richten Sie Millionenschäden an." Tiefer hätte er den schweigsamen Kretzenberger, das ökonomisch-moralische Rückgrat der EGT, nicht treffen können.

„Lassen Sie sich was einfallen, Kretzenberger, etwas Nachhaltiges, verstehen Sie endlich, Kretzenberger, es geht auch darum, ihre Eier zu retten", hatte Varus immer und immer wieder geschrien. Und um die Demütigung perfekt zu machen, hatte er ihn scheinbar versöhnlich zu einer Pfidschigogerl-Partie eingeladen. Kretzenberger wusste, dass er im Spiel gegen den besessenen Varus nicht die geringste Chance hatte.

Das Spiel wurde mit dem rituellen Auflegen des Lineals, der Ein-Cent und der Zwanzig Cent-Münze begonnen. Es folgte ein kurzes Verlesen einiger Postulate Erwin Honys, dann konnte das Spiel beginnen. Es beruhte, wenn man es richtig spielte, auf ähnlichen Prinzipien wie Billard, und die Regeln waren beinahe so kompliziert wie jene des Baseballspiels. In der vereinfachten Version ging es allerdings nur darum, die Zwanzig Cent-Münze mit dem Lineal auf die leichtere Ein-Cent-Münze zu schießen und sie in einen aufgespannten Lederbeutel, der als Tor fungierte, zu versenken. Dieser Lederbeutel wurde einmal pro Jahr, zur Wiederkehr von Erwin Honys Geburtstag, vom EGT-Vorstand geleert. Der Inhalt des Beutels wurde dann feierlich an die Erwin Hony-Stiftung übertragen. Im Spiel des tobenden Varus gegen den kleinlauten Kretzenberger kam alles, wie es kommen musste: Der Angeklagte, Kretzenberger, verlor das Spiel gegen den Höchstrichter vier zu eins. Nicht zu Unrecht fühlte sich Kretzenberger dem Ende seiner EGT-Karriere nah, für ihn herrschte Handlungsbedarf, und der war es dann auch, der Kretzenberger in diese Vorstadtkneipe transloziert hatte, zu diesem an Dracula geschulten Oberkellner mit den Ketchupflecken am Revers, der die

Frage ‚was wünschen Sie bitte?' wortlos, mit einer einzigen ruckartigen Kopfbewegung stellte.

Etwa eine halbe Stunde nach dem vereinbaren Zeitpunkt klingelte Kretzenbergers Diskonttelefon. Er hatte es speziell für diesen Zweck anonym in einer der EGT Filialen gekauft.

„Gehen Sie zum Ober, verlangen Sie eine Pjotr-Rechnung, kontrollieren Sie sie genau, lesen Sie, was es zu lesen gibt, zahlen Sie die Rechnung, befolgen Sie die Anweisungen."

Vlad Dracul, der schweigsame Kellner, übergab Kretzenberger die Rechnung. Kretzenberger zahlte und reichte ihm die einundzwanzig Cent. Kretzenberger inspizierte die Rechnung genau, konnte jedoch nichts Besonderes daran feststellen. Erst beim Umdrehen entdeckte er auf der Rückseite den kurzen, mit einer Kofferschreibmaschine getippten Text.

„Schalten Sie ihr Handy ab, geben Sie es dem Ober, Treffen im Vergnügungspark ‚Alsta', gehen Sie zur Hochschaubahn, kaufen Sie zwei Fahrkarten, gehen Sie in die Mitte des Alsta-Platzes, halten Sie in jeder Hand eine Karte. Warten Sie dort, Sie hören von mir."

Der Mann, der sich Pjotr nannte, erschien. Er war gekleidet wie der Eigentümer einer Privatbank, trug eine Armani-Krawatte und einen Maßanzug von Knize, Sonnenbrillen von Gucci und handgefertigte Budapester Kalbslederschuhe und fummelte fortwährend an seinem neuen i-Phone herum, nur der Apple Laptop und die Aktentasche aus Krokoleder fehlten.

Sie stiegen in die Hochschaubahn. „Ich brauche seine Adresse, ein paar Fotos, hunderttausend Euro", versuchte Pjotr den enormen Lärm zu übertönen. Kretzenberger schwieg. Das schrille Kreischen der

Passagiere in der ersten abschüssigen Kurve war ihm Antwort genug.

„Na, was ist? Schlag ein, Kumpel", schrie Pjotr, der Kretzenbergers Zögern als Zustimmung interpretierte.

Kretzenberger schwieg während der gesamten Fahrt, er wirkte käsig und war sichtlich bemüht, sich nicht zu übergeben. Erst als sie wieder festen Boden unter den Füßen hatten und auf den gegenüber liegendem Biergarten zusteuerten, kam mit der Gesichtsfarbe auch das Sprechvermögen zurück.

„Herr Pjotr, seien Sie mir bitte nicht böse, aber hunderttausend Euro, das kann nicht Ihr Ernst sein. Ich kann Ihnen maximal Zehntausend zahlen, wir sind eine Firma, für die Sparsamkeit das oberste Gebot ist."

Pjotr, den seine Existenz als Auftragskiller schon seit einiger Zeit frustrierte, und der nichts mehr hasste als kleinkarierte Auftraggeber, antwortete mit einem Wutanfall:

„Was glauben Sie, wie beschissen dieser Job ist. Sie müssen grässliche Dinge tun, Sie bekommen weder Dank noch Anerkennung, Sie haben jede Menge Spesen, überlegen Sie einmal, was allein so ein Präzisionsgewehr kostet.

Und dann diese verdammten Psycho-Profiler und CSI-Verschnitte, die jeden Schmarren, jeden Nasenpopel am Tatort genauestens untersuchen. Das Risiko wird von Tag zu Tag größer.

Manchmal bekommen Sie monatelang keinen Auftrag, weil die Leute heutzutage zu viel Fernsehen, das schürt den Hang zur Brutalität.

Jeder, der eine Automatikpistole oder ein Küchenmesser in der Hand halten kann, will alles selbst machen, wie die Häuslbauer, die sich ja auch alle für

Architekten oder Baumeister halten. Man liest jeden Tag, wo das hinführt. Die Aufträge werden schlampig und dilettantisch ausgeführt, alles Pfusch, ohne jede Garantie.

Ich bin ein Mann vom alten Schlag, ich habe dreißig Jahre Berufserfahrung, und Sie verlangen von mir, dass ich im Diskont arbeite. Was glauben Sie eigentlich, mit wem sie es zu tun haben, Mann!"

Kretzenberger quittierte den jähen Gefühlsausbruch Pjotrs mit dem faszinierten Staunen des situativen Autisten. Gefühlsdinge waren ihm fremd, deshalb konnte er ihre Bedeutung selten richtig interpretieren.

Überhaupt war ihm die Killerbranche fremd. Alles was er über diese Branche wusste, hatte er aus dem Film *Leon, der Profi* mit Sean Reno. Einen solchen Typ, der, wenn er nicht gerade mit Töten beschäftigt ist, unentwegt Liegestütze macht, hatte er sich erwartet, keinesfalls einen wie Pjotr. Wenn sich Kretzenberger an Pjotr das Business-Outfit und die Sonnenbrillen wegdachte, sah er den prototypischen EGT-Kunden vor sich.

Dafür konnte man unmöglich einhunderttausend Euro ausgeben, auch nicht, wenn damit alle Probleme dieser Welt gelöst wären.

„Also gut", fasste Kretzenberger alle verfügbare Kraft zusammen, um den inneren Sparefroh zu überwinden, „zehntausend Euro, bar auf die Hand, und weitere fünftausend nach Erledigung des Auftrags."

Nun war es um Pjotrs Contenance geschehen:

„Sie kleinkarierter Nudeldrucker, Sie Möchtegern-Geschäftsmann, Sie Diskont-Hallodri, Sie…, Sie…", rang er um Worte, sprang auf, griff sich einen Stapel Bierdeckel vom kleinen Beistelltischchen, auf dem

Bestecke, Servietten, Salzstreuer, Maggi-Flaschen und ähnliche Dinge deponiert waren, und begann sie in erstaunlich schneller Abfolge wie fliegende Untertassen durchs Lokal zu schleudern.

Die wenigen Gäste starrten auf das ungleiche Paar. Es war keiner unter ihnen, der wusste, was in einer solchen Situation zu tun wäre, aber es war auch keiner dabei, der etwas unternommen hätte, wenn er es gewusst hätte.

Der Wutanfall hatte Pjotr erschöpft. Er setzte sich unvermittelt wieder hin, vergrub das Gesicht eine Weile in seinen Händen und begann dann gedankenverloren an seinen Fingernägeln zu kauen.

Für den phlegmatischen Kretzenberger war es die Gelegenheit, endlich von seiner nicht mehr ganz heißen Käsekrainer abzubeißen und einen Schluck von der Kräuterlimo zu trinken.

Pjotr schien wieder vollkommen ruhig. Er erhob sich, bestellte ein Glas Wasser, holte eine grüne Tablette aus einer blechernen Pillendose, von deren Deckel ein gelber Teddybär winkte, schluckte sie und nahm sein *iPhone* zur Hand.

„Ich muss mit meinem Coach telefonieren. Könnten Sie mich bitte ein paar Minuten allein lassen."

Kretzenberger war einverstanden und zog sich zufrieden auf die Toilette zurück. Pjotrs Gespräch mit dem Coach würde das seine dazu tun, den verstörten Killer in seinen Honorarforderungen zu besänftigen. Als er nach zehn Minuten an den Tisch zurückkehrte, hatte Pjotr ein Bier vor sich stehen. Er wirkte ruhig und gelassen, beinahe geläutert.

„Hören Sie, Mann", nahm Pjotr den Gesprächsfaden wieder auf, „ich mache es, ausnahmsweise, nur für

Sie, weil Sie ein sympathischer Kerl sind, für fünfzigtausend, aber die ganze Summe im Voraus.

Nur für Sie, verstehen Sie, und auch, weil ich dem Therapeuten… - äh meinem Coach" korrigierte sich Pjotr verlegen und rückte sich seine Sonnenbrille zurecht, "…noch einen Packen Geld schulde, er macht mir einen Höllendruck, verstehen Sie, er nimmt den Seelendruck und schürt den finanziellen, so läuft das nun einmal ab.

Sie müssen wissen, ich bin einer der Besten der Branche. Vor dreißig Jahren, als ich mit diesem Job begann, war ich ein Nichts, ein Niemand. Heute bin ich der Beste, sie werden es sehen. Ich habe viele Opfer bringen müssen, um dahin zu gelangen, wo ich jetzt bin. Sogar meinen Namen musste ich ändern. Ich weiß nicht, ob Sie eine Vorstellung davon haben, wie schwer das ist, in diesem korrupten Land, auf legale Weise seinen Namen zu ändern, und es zu bewerkstelligen, ohne jemanden umzubringen…"

„Wie war denn Ihr ursprünglicher Name", unterbrach Kretzenberger.

„Georg Waserl" flüsterte Pjotr verschwörerisch.

„Verraten Sie es niemandem! Sie sind der einzige, der davon weiß. Andernfalls müsste ich Sie leider umlegen", setzte Pjotr Waserl lässig hinzu, „was schade wäre, denn Sie sind ein feiner Kerl."

„Und können Sie sich vorstellen, wie man mich damals genannt hat?", setzte der inzwischen sehr redselige Pjotr nach. Kretzenbergers beharrliches Schweigen schien ihn anzuregen.

„Waserlschurl?", riet Kretzenberger behutsam.

„Woher wissen Sie das?", antwortete Pjotr wie vom Blitz getroffen und schwieg dann einige Sekunden lang, gleichermaßen überrascht wie gerührt von der emotionalen Anteilnahme seines sonst so gefühlskalten Diskontkunden.

„Also gut. Für Sie, nur für Sie, mache ich es um zwanzigtausend, ausnahmsweise, und im Voraus" sagte Pjotr alias Waserlschurl kurz entschlossen.

„Sie müssen sich vorstellen, wie schwierig diese Arbeit heutzutage ist: zunächst muss ich eine Pistole kaufen, die speziell für diesen Auftrag präpariert ist, also eine ohne Seriennummer, ohne Stammbaum, Sie wissen was ich meine. So eine Waffe kostet gut und gern fünftausend Euronen. Mein Minutensatz ist auch fünftausend, das bedeutet, ich habe in unserem Fall nicht mehr als drei Minuten, um den Job in Normalarbeitszeit durchzuziehen. Pfusch kann ich mir keinen leisten, schließlich habe ich einen Ruf zu verlieren. Aber die übliche Gewährleistung für meine Dienstleistung, meine berühmte *Totblasungsgarantie*, wenn sie Jäger sind, wissen sie ja, was ich meine – kann ich zu diesem Diskonttarif nicht geben."

„In Ordnung", sagte Kretzenberger und gab Pjotr zwei bereits vorbereitete Kuverts mit je zehntausend Euro und ein drittes mit einem Foto und den persönlichen Daten Penzingers.

Kretzenberger, der Buster Keaton des Finanzbusiness, dem Gefühle fremd waren, war bemüht, sich von Pjotr - so herzlich es ihm - als Stoiker und Nicht-Empathiker möglich war - zu verabschieden. Bei diesem Versuch übertrieb er leicht, indem er dem Berufskiller etwas überschwänglich „Recht viel beruflichen Erfolg und alles Gute für den künftigen Lebensweg" wünschte.

Erst hinterher wurde es Kretzenberger bewusst, was er da dem Berufsmörder gewünscht hatte. Nach kurzem Nachdenken entschloss er sich jedoch, es nicht mehr zurücknehmen.

Kretzenberger zahlte die Rechnung, gab dem verblüfften Kellner den Obolus der Erleuchteten in Form der obligaten einundzwanzig Cent Trinkgeld und eilte glücklich, mit sich und der Welt zufrieden, zur U-Bahn, um endlich nach Hause zu fahren.

In den U-Bahnstationen wurden gerade die neuen Plakate der Freunde der Markenartikel, die ihre erbitterten Gegner waren, affichiert.

„Mehrwert ist Fairwert", lautete dir Headline des Plakates.

Darunter war ein spärlich bekleidetes, offensichtlich frierendes Mädchen in einer klirrend kalten Winterlandschaft zu sehen. In der einen Hand hielt es eine Streichholzschachtel der Marke ‚Mehrwert', in der anderen ein brennendes Streichholz, welches es an das Holz eines Lagerfeuers hielt, um es zu entzünden und sich daran zu wärmen.

Das Mädchen auf dem Plakat schaute mit herzergreifendem Blick auf den autistischen Kretzenberger, der beinahe etwas wie Mitleid empfand.

Ihrem Mund entstieg eine Sprechblase mit einem flammenden Appell:

„Seien Sie fair – zahlen Sie mehr. "

DAS ATTENTAT

Pjotr war deprimiert. Als er nach der Verabschiedung des sonderbaren neuen Auftraggebers allein zurückgeblieben war, fiel er in ein tiefes Loch. Was ist bloß los mit mir, hämmerte eine hartnäckige Frage in seinem Kopf, liegt es am Wetter, an der globalen Wirtschaftslage, ist es das Alter oder nur ein vorübergehender Schwächezustand, ist der Anfang eines Wahns? Wie hatte es dieser gesichtslose Nudeldrucker geschafft, seine fixen Tarife zu stürzen? Was hatte ihn, den Profi mit dreißigjähriger Berufserfahrung, an diesem starren Klotz so sehr fasziniert, dass er sich diese Blöße geben konnte?

Pjotr fühlte sich gewaltig über den Tisch gezogen. Statt der üblichen Hunderttausend nur Zwanzigtausend, eine Schande war das, die asiatischen Vorväter seiner Zunft hätten auf der Stelle Harakiri gemacht. Unter normalen Umständen hätte er einem solchen Diskontdeal niemals zugestimmt, aber es schien plötzlich keine normalen Umstände mehr zu geben. Was ist passiert, mit ihm und überhaupt? Wann und wodurch hat diese umfassende Katastrophe begonnen?

Pjotr im Eck. Vor ein paar Jahren hatte er sein ganzes Geld in Hedgefonds investiert. Ein alter Bekannter, dem er blind vertraute, hatte ihm dazu geraten. Jetzt auf Kaffee und Kakao spekulieren, hatte der Bekannte immer wieder gesagt, eine absolut sichere Sache. Pjotr wusste, dass es in seiner Branche mit den Pensionsansprüchen nicht weit her war, also musste er private Vorsorge treffen, wenn er etwas auf die hohe Kante legen wollte.

Er hatte alles riskiert, und er hat verloren. Der gute Bekannte war inzwischen verstorben, Toten soll man nichts Schlechtes nachsagen, aber wenn Pjotr jetzt an ihn dachte, oder an die fehlende Liquidität, oder an den üppigen Lebensstil, den er sich früher leisten konnte, stieg enormer Zorn in ihm auf. Die Situation mit dem neuen Auftraggeber hatte ihn unwillkürlich an die Sache mit den Hedgefonds erinnert. Überhaupt: Dieser neue Auftraggeber hatte ihn irgendwie an den alten Bekannten erinnert…

„Zwanzigtausend", wiederholte Pjotr unentwegt, und so wie er es aussprach, klang es wie ein Todesurteil. „Zwanzigtausend für einen Mord."

Was tun? Er konnte schwerlich zur Bank gehen und um einen Kleinkredit ansuchen. Er war ja quasi freischaffender Künstler, fallweise hatte er auch hohe Kontoeingänge, aber der Großteil seiner Honorare wurde in bar ausbezahlt, schwarz sozusagen, an der Finanz vorbei und damit auch an seinem Girokonto bei der Banca Italia, wo er bereits seit vielen Jahren Stammkunde war. Vielleicht wäre ein Banküberfall die Lösung seiner Misere gewesen, aber der gehörte nicht zu seinem Berufsbild. Eine so lärmige und brutale Art des Broterwerbs stand seiner natürlichen Sensibilität und seinem ausgeprägten Sinn für Harmonie und Eleganz diametral entgegen.

Was tun? Er hatte nun einmal zugesagt, die Arbeit um ein Fünftel des normalen Tarifs zu erledigen. Und er war Geschäftsmann genug, um zu wissen, dass man bei sinkenden Erlösen an den Kosten sparen musste. Ein Diskontgeschäft hatte er noch nie gemacht, darin fehlte ihm die Erfahrung. Ungewollt war er in eine neue

Leistungskategorie eingetreten. Die *Diskont-Killerei* funktionierte nach anderen Regeln, aber nach welchen?

Pjotr ließ seinen anthrazitfarbenen Alfa stehen und holte die fliederfarbene Vespa aus der Garage. Vor ein paar Jahren wollte er sie seinem Sohn zur Matura schenken, wahrscheinlich um zu beweisen, dass man auch als Vertreter eines unkonventionellen Berufsstandes ein guter Vater sein konnte.

Der Sohn des Berufskillers wurde angesichts des fliederfarbenen Motorrollers vom blanken Entsetzen erfasst, er fühlte eine starke Affinität zu allem, was mit Motocross zu tun hatte, und brach den Kontakt zum Vater umgehend ab. Pjotr hatte es nicht übers Herz gebracht, die Vespa wieder zu verkaufen. Man weiß nie, wozu sie noch gut ist, hatte er sich gesagt. Jetzt wusste er es.

Pjotr tuckerte zunächst zu seinem Freund und Geschäftspartner Puelly. Wenn ihm jetzt noch jemand helfen konnte, war es Puelly. Der wusste, wie man an ausgesprochen kostengünstige Betriebsmittel herankam. Was er im Materialeinsatz einsparen konnte, erinnerte sich Pjotr an seine Zeit in der Handelsschule, konnte er bei gleichen Herstellungskosten dem Deckungsbeitrag seines Geschäftes hinzurechnen. Auf diese Weise, und wenn er zudem die Leistungsdauer entsprechend reduzierte, würde er bei diesem Diskontgeschäft doch noch eine einigermaßen vernünftige Gewinnmarge erzielen können.

„Du musst ja ordentlich auf den Hund gekommen sein, wenn Du auf eine solche Billigkrachen angewiesen bist", konstatierte Puelly.

„Ich gebe sie Dir abzüglich Mitleidsrabatt um Fünfhundert. Ich kann allerdings nicht garantieren, dass sie immer einwandfrei funktioniert. Manchmal klemmt der Schlagbolzen, dann geht der Schuss verzögert los, wenn man seitlich – da, schau genau her! – ein bisschen draufklopft. Ich bin noch nicht dazu gekommen, diese russische Armeepistole zu reparieren. Eigentlich wollte ich sie ja als Antiquität verkaufen, aber ich habe dafür keinen Stammbaum und die Nummer ist herausgefeilt. Zum Herumspielen ist sie aber noch gut, und in den meisten Fällen funktioniert sie klaglos."

Pjotr fühlte sich gedemütigt, in seiner Berufsehre gekränkt. Nur mit Mühe konnte er einen neuerlichen Wutanfall vermeiden.

Er warf die die fünf Hunderterscheine auf das Verkaufspult, steckte die Pistole in einen Plastikbeutel, stürzte aus dem Geschäftslokal und verstaute den Beutel unter dem Sattel der fliederfarbenen Vespa. Nach einem kurzen Telefonat mit seinem Therapeuten, war er zumindest soweit wiederhergestellt, dass er sich in einem windgeschützten Winkel den Fotos und Daten seines nächsten Opfers widmen konnte. Es handelte sich dabei um einen Ausschnitt aus der Firmenzeitung von Bedres & Stassny. Jemand hatte mit gelbem Marker einen Satz angestrichen:

„Unser Geschäftsführer hat seine Augen und Ohren am Markt. Jeden Werktag gegen 17.00 Uhr besucht unser Herr Kommerzialrat Dr. Felix Penzinger das Einkaufszentrum in Friessnitz, um sich direkt am *Point of Sales* einen Überblick über die aktuellen Markttrends zu verschaffen."

Pjotr fuhr zu einer der seltenen, noch funktionierenden Telefonzellen und rief Bedres & Stassny in Friessnitz an, um sich zu erkundigen, ob Penzinger heute im Büro sei. Positiv. Danach kurvte er zum

Bahnhof und besorgte sich ein Ticket zweiter Klasse nach Friessnitz und eine Wanderkarte vom Friessnitztal, die er während der Fahrt studieren wollte.

Einer alten Dame trug er den Koffer vom Bahnsteig bis ins Abteil und stemmte ihn noch ins Gepäckfach.

Es gehörte zu seinen fixen Ritualen, jedes Mal, bevor er einen Auftrag ausführen musste, zumindest eine gute Tat zu begehen. Beim Aussteigen aus Friessnitz teilte er seine Wurstsemmel mit einem abgemagerten Hund, der am Straßenrand hockte und ihm so leidtat, dass er beinahe in Tränen ausgebrochen wäre.

Pjotr fing sich wieder und marschierte im dunklen Maßanzug und den Gucci-Brillen zum so genannten Einkaufzentrum, das aus einem Elektrogeschäft, einem Friseurladen, einem Fastfoodlokal, einem Drogeriemarkt und der EGT-Filiale bestand.

Er setzte sich in den Fastfoodladen direkt gegenüber der EGT-Filiale, trank zwei Energy Drinks und wartete auf Penzingers Erscheinen.

Da war er!

Gegen 18.00 Uhr betrat Penzinger in Begleitung einer attraktiven jungen Frau das Shopping Center und nahm Kurs auf die EGT-Filiale.

Pjotr wartete, bis Penzinger und seine Begleiterin im Eingang der Filiale verschwunden waren, ging hinaus auf den Parkplatz und wartete in der Nähe von Penzingers BMW auf dessen Rückkehr.

Um 18.23 Uhr erschienen Penzinger und seine Begleiterin wieder im Ausgang und gingen geradewegs auf den BMW zu.

Pjotr stellte den Wecker seines Handys auf 18.27 Uhr, was exakt der vereinbarten Arbeitszeit von drei Minuten plus einer einminütigen Reserve für

Unvorhergesehenes entsprach. Keinesfalls wollte er um dieses kümmerliche Honorar, das ihm der sonderbare Unbekannte gezahlt hatte, länger als drei plus eine Minute arbeiten.

Sein Plan war einfach: Er würde zielen, abdrücken, sich über die Hinterseite des Gebäudekomplexes in den angrenzenden Wald absetzen, die drei Kilometer zu Fuß nach Forsteck gehen, von wo aus er mit der Schnellbahn zurück in die Stadt fahren konnte.

Penzinger und die Dame im anthrazitfarbenen Businesskostüm waren bis auf zwei Meter an den Wagen herangekommen.

Pjotr verließ seine Deckung, zog die Pistole, zielte aus kurzer Distanz auf Penzingers Kopf und drückte ab.

Die junge Frau schrie auf.

Penzinger zog nach einer Schrecksekunde sein I-Phone aus der Tasche und schleuderte es mit aller Kraft gegen den Unbekannten mit der russischen Armeepistole, traf ihn aber nur am Unterschenkel.

„Nudeldrucker, kleinkarierte Dilettanten, Erbsen-zähler, vermaledeite, Buchhaltergesindel, Amateure…", schrie daraufhin Pjotr.

Ein Wutanfall hatte ihn unversehens hinweggerafft, er war vollkommen aus der Rolle gekippt, fuchtelte wild mit der Waffe herum, hämmerte mit der rechten Faust auf ihren Lauf.

Dabei löste sich ein Schuss, der sich als Quer-schläger in den prall gefüllten Einkaufswagen einer älteren Dame bohrte, die ahnungslos aus dem Ein-kaufszentrum gekommen war, um Diskontwaren von EGT in den Kofferraum ihres Jaguars zu laden.

Pjotr warf die Pistole vor Schreck oder Wut auf den Boden und sprang, völlig außer sich, darauf herum. Nach einigen Sekunden hatte er sich wieder beruhigt.

Er hob die Pistole auf und nahm Penzinger ein zweites Mal ins Visier.

Diesmal war es der Handywecker, der ihn unterbrach, die Monty Python-Melodie *Always Look on the Bright Side of Life* wurde stufenweise lauter.

Pjotrs Zeitlimit war abgelaufen und er hatte folglich keine Lust, für das jämmerliche Honorar auch noch gratis Überstunden zu leisten.

„Gnädige Frau! Herr Kommerzialrat! Entschuldigen Sie bitte die Unannehmlichkeiten", wandte sich Pjotr höflich und weltgewandt an Penzinger und seine Begleiterin, die ihn noch immer fassungslos anstarrten.

Gemessenen Schrittes ging er auf den großen Müllcontainer zu, der an der Seitenwand des Einkaufszentrums stand, entschuldigte sich im Vorbeigehen mit einem lockeren „sorry" bei der völlig geschockten Dame, deren Einkaufswagen er gerade zerschossen hatte, warf die Diskontpistole in den Container und verschwand hinter der Hausecke.

Knapp zehn Minuten waren vergangen, als Ferdinand Leitner, der Postenkommandant der Polizeistation von Friessnitz erschien und die Ausweise aller am Parkplatz verweilenden Personen einzusammeln begann.

Die folgenden dreieinhalb Stunden waren der Tatbestandsaufnahme gewidmet. Postenkommandant Leitner notierte alle Details, die Penzinger, Rapota und die Dame mit dem zerschossenen Einkaufswagen zu berichten wussten.

Die Dame hieß Aurelia Kasser-Mandel. Ihr Mann war Mitglied des Vorstands der Mehrwert-Gruppe.

Sie erinnerte sich – nach dem Schock des Attentats – was ihr der Ehemann als Mitglied des Vorstands der Mehrwert-Gruppe immer wieder eindringlich ans Herz gelegt hatte:

„Nur Markenartikel kaufen! Nur beim Vollsortimenter einkaufen! Nicht an den Diskont liefern! Vor allem – und das ist das wichtigste Gebot und ein Verstoß dagegen eine Todsünde wider die freie Marktwirtschaft: Nicht beim Discount kaufen!"

Sie fühlte große Reue und gelobte sich, diesbezügliche Verbote ihres Ehegatten nicht mehr zu missachten. Sie würde nie mehr wieder beim EGT-Dicount einzukaufen. Zahlt sich ja doch nicht aus, dachte sie, wenn man dabei riskiert, von einem Wahnsinnigen erschossen zu werden.

VIDEO STARS

Sie standen am Parkplatz der einundzwanzig-tausendsten Filiale der EGT in Unteroberberg. Varus hatte zwei Gesichter und zwei Programme parallel laufen. Mit dem einen Gesicht lächelte er den allmählich eintrudelnden Gästen der feierlichen Filialeröffnung entgegen, mit dem anderen, zu einer grausamen Fratze verzogenen, quälte er Kretzenberger.

„Kretzenberger", wiederholte er unablässig den konsonantenreichen Namen.

„Du bist unfähig, ein unternehmerischer Schlapp-schwanz, du bist das Allerletzte!"

Kretzenberger hatte die unangenehme Aufgabe, seinem Chef vom gescheiterten Anschlag auf Penzinger zu berichten. Angesichts dieser fatalen Verkettung unerfreulicher Ereignisse und Misserfolge waren für Varus alle Schamgrenzen gefallen, er wollte, ja musste geradezu, seinen getreuen Kollegen Kretzenberger symbolisch vernichten:

„Das Allerletzte!", repetierte er gebetsmühlenartig,

„Kretzenberger! Du bist für jeden Job, der mit Geld-ausgeben verbunden ist, zu geizig. Du bist nicht in der Lage, jemanden zu bestechen, weil es Dir um jeden Cent leidtut. Kretzenberger! Du verweigerst einem Bestattungsprofi, der, wie man hört, schon dutzende Aufträge zur völligen Zufriedenheit seiner Kunden abgewickelt hat, den gerechten Lohn, das Letzte! Kretzenberger, Du begeilst dich daran, dem Experten nur einen Bruchteil der Gage zu bezahlen und wunderst Dich dann, wenn das Ganze in einem blamablen, gigantischen Pfusch endet. Kretzenberger, Du bist echt das Letzte!"

Nun war es wieder Zeit für das lächelnde Gesicht. Immer mehr Geschäftspartner und Freunde aus Wirtschaft und Politik winkten Varus zu, er durfte sich seinen Zorn auf Kretzenberger nicht so deutlich anmerken lassen, also schaltete er einen Gang zurück.

„Kretzenberger, hör mir zu! Wir eröffnen heute unsere einundzwanzigtausendste Filiale, Du weißt hoffentlich, was das heißt? Bald werden wir in allen EGT-Läden unser Gratisklopapier haben, die Leute werden uns die Tür einrennen. Wir müssen das Problem mit Kommerzialrat Penzinger lösen, und Du, Kretzenberger, hast bereits zweimal versagt, ein drittes Mal wird es nicht geben. In jedem amerikanischen Konzern wärst Du schon beim ersten Mal hochkant hinausgeflogen. Wir von EGT sind bei solchen Angelegenheiten humaner, nicht zuletzt aufgrund der Soziallehre unseres verehrten Firmengründers Erwin Hony. Wir sind gewohnt, die Dinge etwas toleranter und menschlicher anzugehen, eigentlich sind wir eine einzige große Familie, ein Familienunternehmen sozusagen, aber das entbindet uns nicht davon, unseren Job gut zu machen. Ich warne Dich, Kretzenberger, diesmal ist es wirklich Deine letzte Chance, beim dritten Anlauf muss wirklich alles funktionieren. Ich gebe Dir bis Ende nächster Woche Zeit, bis dahin hast Du das Problem gelöst. Ich werde Dir helfen, wenn Du allein nicht weiterkommst, und auch der Aufsichtsrat wird Dir mit seinen Ratschlägen zur Seite stehen. Aber denk immer an eines, Kretzenberger - keinesfalls Direktkontakt mit den Herren Aufsichtsräten! Wenn Du eine Frage an den Aufsichtsrat hast, lass sie über mich laufen. Die Sache ist hoch konfident."

Varus unterbrach seine Drohungen und Beschimpfungen, um einem gerade angekommen Gast vergnügt zuzuwinken.

„Wo ist die Rede, die Sie für mich geschrieben haben?", wollte Varus von Kretzenberger wissen. Nach dem emotional vorgetragenen Sermon waren die beiden wieder per Sie.

„Ich sollte sie mir vorher wenigstens durchlesen und ein paar persönliche Worte einflechten, ein paar Ausdrücke, die typisch für mich sind, das macht das Ganze etwas authentischer.

Authentizität, Kretzenberger, ist heutzutage oberstes Gesetz, zumal in Zeiten wie diesen, in Zeiten der Nachhaltigkeit, wo wir als Wirtschaftstreibende sogar für das Abschmelzen der Polkappen verantwortlich gemacht werden. Früher hat es der Öffentlichkeit gereicht, wenn ein Unternehmen vielen Menschen Arbeit gegeben hat, es sollte einen Gewinn erzielen, der gerade angemessen war, also auch nicht zu viel Gewinn, denn das hätte den Neidkomplex angeheizt. Heute ist das anders, Kretzenberger, heute lastet man es der Wirtschaft an, wenn die Eisbären am Nordpol nichts zu futtern haben. Weil die dussligen Eisbären auf ihren Eisschollen herumpaddeln müssen und nicht mehr genug Robben erwischen, verschärft man laufend die Umweltgesetze. Manche Politiker sind solche Lulus, Kretzenberger, sie lassen sich widerstandslos von den Brüsseler Technokraten den Marsch blasen."

„In Ordnung, Chef", sagte Kretzenberger, ohne eine Miene zu verziehen, „Alles wird nach Wunsch erledigt. Ende nächster Woche ist das Problem bereinigt, aber jetzt entschuldigen Sie mich bitte für ein paar Minuten, ich muss auf die Toilette."

„Sicher, sicher, machen Sie nur", antwortete Varus gönnerhaft. Er blickte auf seine Uhr. Bis zur Eröffnung war noch eine knappe Stunde Zeit. Klimt und Härtling würden bald da sein. Es bleib ihm noch eine gute Viertelstunde, um sich die neue Filiale in aller Ruhe anzuschauen, das könnte ihn inspirieren.

Kretzenberger lief zum Lieferanteneingang, wo zwei Mitarbeiter des technischen Dienstes und der Filialleiter sichtlicher nervös damit beschäftigt waren, das Mikrophon für die Eröffnungsreden einzustellen.

„Kretzenberger, Assistent des Generaldirektors, ich brauche die Schlüssel für die Filiale", sagte Kretzenberger und zeigte dem gestressten Filialleiter seinen Ausweis.

Der Schlüsselbund wurde ihm bereitwillig ausgehändigt. Die Tür zu dem Zimmer neben der Toilette war immer versperrt.

Um den Technologieraum zu öffnen, benötigte man nicht nur den Schlüssel, sondern man musste auch einen achtstelligen Zahlencode eingeben, den nur wenige Personen in der Zentrale kannten. Kretzenberger war einer von ihnen, der Filialleiter gehörte nicht zu den Auserwählten.

Kretzenberger schob den Sicherheitsschlüssel ins Schloss, gab den elektronischen Code über die Tastatur ein und öffnete das Steuerzentrum der Filiale. Er schaltete die Videoanlage zur Überwachung der Filiale ein, aktivierte das Innenmikrophon, schloss wieder ab und ging zurück auf den Parkplatz. Er kam gerade rechtzeitig, um den eben eintreffenden Härtling zu begrüßen.

Zur Eröffnung der einundzwanzigtausendsten Filiale waren mehr als hundert VIPs gekommen, darunter auch der Bürgermeister, mehrere Abgeordnete, der Landeshauptmann und sogar der zuständige Minister für Wirtschaft.

Varus erhielt von seiner PR-Assistentin eine aktuelle Liste der erschienenen Teilnehmer und begann mit der Begrüßungszeremonie.

Er hieß die wichtigsten Gäste in der richtigen Reihenfolge namentlich willkommen und streute das eine oder andere Kompliment in humorvoller Form ein. Er las das Blatt Papier mit der von Kretzenberger konzipierten Rede gekonnt vom Blatt, wobei er sich gleichzeitig auf die Reaktion seines Publikums konzentrierte, und je nach deren Reaktion die Rede in Tempo, Betonung und Inhalt an die augenblicklichen Erfordernisse anpasste.

Nach etwa zwanzig Minuten Redezeit beschloss er seine Wortspende mit einer kleinen Spitze gegen die Markenartikler. Wie beiläufig ließ er die Bemerkung fallen, dass in letzter Zeit mehr und mehr Mehrwert-Fanatiker nicht nur privat bei EGT einkaufen gingen, sondern sich zunehmend auch darum anstellten, die EGT beliefern zu dürfen.

„Schauen Sie sich unseren Parkplatz an", rief Varus mit gespielter Begeisterung, „fast nur teure Mittelklasseautos. Aber morgen, wenn der Normalbetrieb einsetzt, werden hier auch Ferraris, Porsches, Jaguars herumstehen, Automarken, die wir heute noch vermissen, denn unsere sehr verehrten Politiker und Manager dürfen solche Autos ja nicht fahren…"

Varus übergab das Mikrophon an den Wirtschaftsminister, der die humorvolle Überleitung dankbar aufgriff, um sich routiniert bei dem mächtigen EGT-Konzern einzuschleimen:

„Wenn EGT nicht so preisgünstig wäre, gäbe es sicherlich weniger Mittelklasseautos in unserem Land."

Die Veranstaltung war ein voller Erfolg. Es brauchte vergleichsweise lange, bis sich die Filiale wieder leerte.

Kurz vor 21.00 Uhr befanden sich nur mehr die beiden Freunde Varus und Härtling und der Filialleiter am Betriebsgelände. Der Filialleiter wartete in einigem Respektabstand darauf, dass die beiden Bosse endlich nach Hause gingen.

Varus und Härtling hatten zur Feier des Tages eine Flasche EGT-Wein, eine Tafel feiner EGT-Schokolade und eine Packung EGT-Chips aufgemacht.

„Dein Wein ist nicht zum Saufen, den Geschmack der Schokolade kannst du in Spurenelementen isolieren, die Waffeln kratzen im Hals", kritisierte Varus die Qualität der firmeneigenen Produkte mit vorwurfsvollen Blicken auf seinen Produktionsleiter.

Härtling zuckte schuldbewusst mit den Achseln. „Die Verrechnungspreise im Konzern passen einfach nicht mehr. Die Controller haben offensichtlich nicht mitbekommen, dass die Kosten gestiegen sind."

„Von dem ganzen Zeug hier im Laden kann man bald überhaupt nichts mehr fressen!", donnerte Varus, entschloss sich aber dann, Milde walten zu lassen:

„Fahren wir halt in die City, ziehen wir uns in der Ritz-Bar etwas Bekömmliches rein."

„Okay, Chef", antwortete Härtling erleichtert, der froh war, dass dieses heikle Thema eine glückliche Wendung genommen hatte.

Sie entließen den Filialleiter in den Feierabend, nicht ohne Ermahnungen, Ratschläge, Kalendersprüche, Anweisungen und guten Wünsche zur Filialeröffnung.

Varus und Härtling stiegen in ihre Autos und bretterten in Richtung City.

Kretzenberger saß in seinem Wagen. Er hatte ihn keine zweihundert Meter entfernt, am stadtauswärts verlaufenden Straßenrand, abgestellt und gewartet, bis die beiden Kollegen den Schauplatz verlassen hatten.

Als die beiden Limousinen an ihm vorbeigeprescht waren, rollte er gemächlich auf den Parkplatz zurück und ging in die Filiale. Der Filialleiter war gerade dabei, das Licht abzudrehen.

„Ich mache noch den vorgeschriebenen letzten Rundgang durch die Räumlichkeiten", klärte er den verzagten Filialleiter auf. „Das ist für neue Filialen so vorgeschrieben. Danach können Sie absperren und nach Hause fahren. Wenn alles in Ordnung ist, bin ich in zehn Minuten fertig. Also, die Schlüssel, bitte…"

Kretzenberger wartete, bis er das Startgeräusch des Dienstwagens seines Filialeiters hörte, dann nahm er die Videoaufzeichnungen aus dem Recorder. Er war sich jetzt sicher, dass er sich nie mehr von Varus beschimpfen lassen musste.

BIG BROTHER

„Houston, wir haben ein Problem!"
Frau Christiane Schöberl-DeColle, Michael Klimts
Chefsekretärin, hatte die Tür zu dessen Büro ohne
vorher anzuklopfen geöffnet. Sie sprach den Unheil
verkündenden Houston-Satz sehr ruhig und gefasst aus.
Klimt kannte diese Redewendung so gut wie seine
Chefsekretärin. Seit Jahrzehnten begleitete sie ihn auf
allen geschäftlichen Wegen.

Sie war seine innigste Vertraute, was zwischen ihnen
lief, war nur einer Ehe vergleichbar, mit dem einzigen
Unterschied, dass sie einander immer noch mit ‚Sie'
anredeten.

Wenn Frau Schöberl-DeColle – von ihrer äußeren
Erscheinung her hätte man sie für die Gastgeberin eines
bürgerlichen Salons des 19. Jahrhunderts halten können
– sich in ihrer extravaganten Wortwahl für diese
spezielle Wendung entschied, war Feuer am Dach.

„Die Pressestelle der EGT steht vor dem Zusammenbruch, wir haben ein Beben der Stärke minus
Einundzwanzig auf der nach unten offenen Katastro-
phenskala zu verzeichnen."

Nichts, aber auch wirklich nichts konnte Frau
Schöberl-DeColle aus der Ruhe bringen. Klimt blickte
besorgt auf. Er war gerade mit dem Online-Studium der
Kurse an den Warenterminbörsen in New York und
London beschäftigt. Dieses geheiligte Ritual eröffnete
und beschloss jeden Klimtschen Bürotag.

Der Senator folgte Frau Schöberl-DeColle ins
Vorzimmer. Sie hatte auf ihrem Computer,
ausnahmsweise handelte es sich dabei um kein
Diskontgerät, eine kleine Videoeinspielung für ihn

vorbereitet. Glaubte man den Statistiken der Internetplattform, auf der das Video zu sehen war, so hatte es das maximale Rating erzielt und euphorische Kommentare bewirkt. Binnen kürzester Zeit, offenbar war es erst seit wenigen Stunden online, wurde es tausende Male angeklickt oder heruntergeladen.

Klimt musste sich setzen. Das Video enthielt in einem Schriftbalken das Datum der Filialeröffnung, die vorgestern stattgefunden hatte. Varus und Härtling waren zu sehen, die unzertrennlichen Freunde im Gespräch über die Qualität EGT-eigener Lebensmittel.

„Dein Wein ist nicht zum Saufen, den Geschmack der Schokolade kannst du in Spurenelementen isolieren, die Waffeln kratzen im Hals", hörten tausende Konsumenten der EGT-Gruppe das vernichtende Urteil des EGT-Generaldirektors über die Qualität der Konzernprodukte.

Dem Senator wurde rasch klar: Varus und Härtling hatten dem Konzern einen irreversiblen Schaden zugefügt, dessen Ausmaß in diesem Moment noch nicht zu ermessen war.

Die Glaubwürdigkeit von EGT war aufs Schwerste erschüttert, und zwar in doppelter Hinsicht: Zum einen legte das geheime Video aus der Filiale den Schluss nahe, dass EGT die Mitarbeiter und Kunden ohne ihr Wissen überwacht, zum anderen unterminierte es die gesamte Unternehmensphilosophie des Konzerns, die auf das Vertrauen der Kunden und auf ein konkurrenzloses Preis-Leistungs-Verhältnis aufgebaut war. Klimt griff zum Telefon.

Kurz darauf saßen Varus, Härtling und Kretzenberger wie Schuljungen in der Konzernzentrale. Klimt stand vor ihnen und blickte sie schweigend an.

Neben der Türe stand mit verschränkten Armen Frau Schöberl-DeColle.

Varus und Härtling schienen zu wissen, dass sie unmittelbar vor dem Ende ihrer Karriere angelangt waren, Kretzenberger wirkte ungerührt. Lange Zeit fiel kein Wort.

Auf ein Zeichen Klimts hin, hatte Frau Schöberl-DeColle den Marken-Beamer angeworfen. Erstmals lief das Video im Breitwandformat. Kretzenberger, der als Varus' Stellvertreter auch für die Öffentlichkeitsarbeit zuständig war, empfahl ein sofortiges Dementi.

„Dieses Video ist eine Fälschung. Es hat eine Fälschung zu sein", sagte er, ohne dabei eine Miene zu verziehen, „eine andere Möglichkeit gibt es nicht. Dementieren, dementieren, das Dementi zementieren! Gegenüber der Presse lassen wir die Rollbalken herunter, wir schicken eine knappe Presseaussendung los und gehen ein paar Wochen auf Tauchstation."

Kretzenberger ließ es sich nicht anmerken, aber er genoss jedes Wort, das ihm über die Lippen kam.

Nach den Anfeindungen und Demütigungen der letzten Wochen, war er dringend darauf angewiesen, wichtig zu sein. Die Video-Katastrophe war für ihn die ideale Gelegenheit dazu.

„Nein", funkte Klimt dazwischen, „nur was das Video anbelangt, Herr Doktor Kretzenberger, gebe ich Ihnen recht: Es muss sich dabei geradezu zwingend um eine Fälschung handeln. Eine andere Möglichkeit ist nicht denkbar. Aber, verehrter Herr Kretzenberger, wir werden nicht in die Defensive gehen, sondern uns auf den Angriff als die beste Form der Verteidigung besinnen. Wir werden sofort reinen Tisch machen. Nur so lässt sich der Schaden, der sich im Einzelnen noch nicht beziffern lässt, in Grenzen halten."

„Herr Doktor Kretzenberger", setzte Klimt nach einer Nachdenkpause und einem vielsagenden Blickwechsel mit Frau Schöberl-DeColle neuerlich an.

„Bitte organisieren Sie für morgen früh eine Pressekonferenz. Die Herren Varus und Härtling werden den Herrschaften von der Presse Rede und Antwort stehen und das Video in aller Öffentlichkeit als plumpe Fälschung deklarieren. Herr Kretzenberger, Sie sorgen auch dafür, dass noch heute über unseren Firmenanwalt bei der Kriminalpolizei Anzeige gegen unbekannte Täter erstattet wird."

„Lieber Herr Varus", wandte sich Klimt an den Generaldirektor. Keiner der im Raum anwesenden Personen hatte ihn jemals so kleinlaut erlebt.

„Sie werden im Anschluss an die Pressekonferenz bis zur endgültigen Klärung des Falls zwei Wochen Urlaub nehmen. Danach werden sie unsere Filialen in Afrika leiten."

Varus entfuhr ein nicht definierbarer und kaum artikulierter Schmerzenslaut, eine Art Urgeräusch.

„Sagen sie nichts, Varus, halten Sie nur inne! Gehen Sie in sich, meditieren Sie, wenn Sie wollen. Jedes weitere Wort könnte Sie nämlich ein paar tausend Kilometer weiter weg transferieren, es ist nicht ganz ausgeschlossen, dass EGT demnächst eine Filiale in Wladiwostok eröffnet."

„Freund Härtling", wandte sich Klimt nun in der dritten Person Einzahl an den Chef der Produktion, „übernimmt die Leitung der Kakaoplantagen an der Elfenbeinküste. Auf diese Weise kann er auch in Hinkunft mit Varus kommunizieren."

„An der Elfenbeinküste soll es übrigens sehr schön sein", grinste der Senator maliziös, „es herrscht dort meistens schönes Wetter, manchmal gibt es Unruhen, dann steigen die Kakaopreise, aber in diesen Spielchen kennen wir uns doch bestens aus, meine Herren."

„Ich werde den Aufsichtsrat zu einer außerordentlichen Sitzung am heutigen Nachmittag einberufen", verkündete Klimt. „Ich werde vorschlagen, dass unser Herr Doktor Bernhard Kretzenberger zum Vorsitzenden des Vorstands designiert wird", wandte sich Klimt schließlich zu Kretzenberger und blickte ihm tief in die Augen.

„Kretzenberger, ich halte Sie für einen ausgezeichneten Fachmann. Zugegeben, Sie sind ja nicht gerade das, was man einen Macher oder gar einen Guru nennt", feixte der Senator,

„…aber Sie bringen die richtigen Eigenschaften für diesen Job mit. Sie wissen, wem Sie verpflichtet sind, Sie können gut rechnen und Sie wissen auch, wann es besser ist, seinen Mund zu halten. Leute wie Sie, Kretzenberger, braucht die Wirtschaft. Ich bin stolz auf Sie und ich denke, meine Kollegen im Aufsichtsrat werden das genauso sehen. Ihren Produktionsleiter können Sie sich selbst aussuchen, dahingehend genießen Sie unser vollstes Vertrauen."

Kretzenberger tat, wie ihm geheißen. Er sagte nichts, stand auf, drückte dem Senator lange die Hand und setzte sich wieder. Beinahe hätte sich ein Lächeln auf sein Gesicht gelegt.

„Übrigens …", wechselte Klimt das Thema und kostete eine der vor ihm auf dem Teller liegenden Diskontwaffeln,

„…Diese Schnitten kratzen ein wenig im Gaumen, aber sonst schmecken sie ausgezeichnet. Schon jetzt haben wir diesbezüglich eine hervorragende Qualität anzubieten. Wie wird das erst sein, wenn Sie, meine Herren, das Rohmaterial, respektive den Kakao, direkt vor Ort kontrollieren können. Kompliment, Herr Härtling!"

Klimt nahm sein Lineal aus der Tasche, legte es auf den Schreibtisch, und fügte die beiden Münzen hinzu: oben links die eine, unten rechts die andere.

Er wartete einen Augenblick, bis auch die übrigen Sitzungsteilnehmer ihre Utensilien in Bereitschaft gebracht hatten, dann blickte er bedeutungsvoll in die Runde und sprach feierlich wie ein Hohepriester des Geldes:

„Meine Herren, ich danke für Ihre Aufmerksamkeit. Im Namen unseres Gründers und großen Vorsitzenden Erwin Hony: die Sitzung ist geschlossen."

ABIDJAN

Generaldirektor Kretzenberger hasste nichts mehr als Verschwendung und Gratisaktionen waren ihm zutiefst zuwider.

Ihm war von Beginn an klar gewesen, dass Varus' Klopapieraktion nichts als grober Unfug sein konnte. Aber worüber man nicht reden konnte, darüber musste man während des Varus-Regimes schweigen.

Die Sache mit der Papierfabrik Bedres & Stassny weckte in ihm nur unangenehme Erinnerungen, je deutlicher er sich diese Dinge vergegenwärtigte, desto unbehaglicher wurde ihm zumute.

Der Erpressungsversuch, das Anheuern des Auftragskillers... Die Zehennägel wollten sich ihm aufbiegen, wenn er nur daran dachte.

Aber es waren weniger die kriminellen Sachverhalte, die ihn daran störten, sondern vor allem diese unmittelbare Körperlichkeit, in die solche Aktionen zwangsläufig führten; mit Penzinger vor der Kapelle im Friessnitztal, mit Pjotr im versifften Vorstadtbeisl. Kalte Schauer rannen über seinen Rücken, wenn ihn die Erinnerungsbilder einholten.

Mit alldem wollte er nun nichts mehr zu tun haben. Und trotzdem: Es gelang Kretzenberger nicht, die Sache ein für alle Mal auf sich beruhen zu lassen.

Manchmal, an einsamen Abenden, konnte er der Versuchung nicht widerstehen, sich selbst die Kretzenbergersche Heldengeschichte zu erzählen.

Varus, der Boss, hatte sich mit der Klopapieraktion in ein vollkommen sinnloses Projekt verrannt", analysierte Kretzenberger, ...aber wegen ein paar blöder Klopapierrollen lässt sich ein Kretzenberger nicht in

Schwierigkeiten bringen. Also musste ich eine Entscheidung treffen: Entweder ich riskiere meinen Job, indem ich diesen ferngesteuerten Auftragskiller noch einmal anrufe – großes Risiko, geringer oder gar kein Nutzen für mich –, oder aber ich schlüpfe selbst in die Rolle des Vorstandsvorsitzenden der EGT und finde eine andere Lösung.

Die Entscheidung ist mir nicht schwergefallen. Dann der grenzgeniale Coup: Kretzenberger at his very best. Das Video und seine offizielle Premiere in Klimts Büro, sogar die charismatische Christiane Schöberl-DeColle zählten zu den Ehrengästen.

Varus: gerädert.

Härtling: geschlaucht.

Sie beide: in die Dritte Welt katapultiert.

Klimt: ein Mann von Welt.

Und immer wieder Kretzenberger: ein neuer, heller, aufleuchtender Stern…"

Kretzenberger war rundum zufrieden, er hatte erreicht, was er wollte. Er war der neue CEO des EGT-Konzerns und er analysierte die Situation blitzschnell.

Die blöde Papierfabrik brauchen wir jetzt nicht mehr, das war ohnehin eine idiotische Idee von Varus, analysierte der pragmatische Kretzenberger glasklar. Ein Produktionsbetrieb, insbesondere eine Papierfabrik bringt nur Verluste, bringt nur Ärger. Das spekulieren wir lieber mit Optionen und Termingeschäften für Rohstoffe. Das ist einfacher und macht mehr Spaß und die Renditen sind um ein Vielfaches höher als in der Produktion.

Ich werde die Anteile Felix Penzinger zum Kauf anbieten, schloss Kretzenberger seine Analyse.

Am Montag erhielt Felix den Anruf Kretzenbergers, der ihm die Anteile zum Kauf anbot. Felix musste sich beherrschen, um nicht schon am Telefon in Euphorie auszubrechen. Er war überglücklich und er wollte es zunächst gar nicht glauben, als er Kretzenbergers unerwartetes Angebot für den Rückkauf der Bedres-Aktien erhielt.

Er zögerte nicht lange: Schon nach wenigen Wochen hatte er die Aktien mithilfe eines Bankkredites und gemeinsam mit Stassny zu einem fairen Preis von EGT zurückgekauft.

Felix und Rapota heirateten am 26. Oktober 2009, dem österreichischen Nationalfeiertag und exakt 44 Jahre nach dem schlimmsten Tag seines Lebens, als der dreizehnjährige Bursch in Ellend vom Konkurs erfahren hatte.

Die Firma nannte sich von da an *Stassny & Penzinger*. Rapota arbeitete als Geschäftsführerin der Papierfabrik gemeinsam mit Felix und als Korrespondentin einer renommierten deutschen Wochenzeitung.

Für ihre satirische Reportage über Varus und Härtling in Abidjan, der unter dem Titel *Varus, Varus, gib mir meine Legionellen zurück!* veröffentlicht wurde, erhielt sie den *Egon-Erwin-Kisch-Preis*.

Der alte Varus und sein Freund Härtling Junior spielten in der vollklimatisierten Zentrale in Abidjan täglich mehrere Partien Pfidschigogerl. Aufgrund ihres Organisationstalents hatten sie es binnen weniger Monate geschafft, das Pfidschigogerln zum Volkssport an der Elfenbeinküste zu machen. Das Spiel erwies sich als ideal für den Export. Man konnte es überall spielen, ein Lineal und zwei Münzen reichten aus, und die waren ja in jedem Winkel der Erde zu finden.

Eines Nachmittags entschlossen sich Varus und Härtling, einen Brief an das olympische Komitee zu schreiben und um breit angelegte Sportförderung anzusuchen. Von einer Antwort seitens des Komitees wurde nichts bekannt.

Um die ideale Lebensweise, wie sie Erwin Hony in seinen Schriften umrissen hatte, nicht nur im geschäftlichen, sondern auch im täglichen Leben zu realisieren, lebten sie fortan in einer Art Wohngemeinschaft und teilten ihre Güter auf brüderliche Weise.

Durch ihr schweres Schicksal geläutert, beschlossen sie, die oberste Regel der Sparsamkeit durch das Gebot der Güterteilung zu veredeln. Seither hatten sie begonnen, immer mehr Güter des täglichen Bedarfs zu teilen, auch ihre Bekleidung, sogar ihre Unterwäsche. Die höchste Weiterentwicklung ihres Honyschen Karmas erreichten sie, als sie am Neujahrstag 2014 damit begannen, dieselbe Zahnbürste zu benutzen.

Dass es in Varus' und Härtlings neuem Leben nicht immer ganz friktionsfrei zugegangen sein dürfte, geht aus einem Email hervor, das Härtling im Varus' Namen an eine gemeinsame Bekannte schrieb, die ihren Unterhalt als Traumdeuterin verdiente:

„Erbitte dringend kostengünstiges Exemplar der Freud'schen ‚Traumdeutung' und jüngerer Publikationen zum Thema."

Die Traumdeuterin, eine fünfundsiebzigjährige Jugendfreundin von Varus, hatte die Bücher persönlich an die Elfenbeinküste gebracht, zum einen, weil sie sich ein klares Bild vom Zustand ihres einstigen Liebhabers verschaffen wollte, und zum anderen, weil sie diesen Aufenthalt zugleich als Urlaub nutzen konnte.

Darüber, was die Dame in Abidjan konkret zu sehen bekam, hüllte sie sich in Schweigen, sie berief sich auf das Berufsgeheimnis. Einen wiederkehrenden Traum Varus' hatte sie allerdings in einer ihrer späteren Publikationen erwähnt:

V* liegt, gefesselt oder anderwärtig fixiert, rücklings in der altmodischen Kanzlei eines Mühlenbetriebes und blickt auf einen riesigen Börsen-Ticker.

Auf der Stirnseite der Wand sind Wörter eingeblendet wie…

Entrepreneurship, Realwirtschaft, Verantwortung, Forschung, Personalentwicklung, Fairness, Produktivität, Wettbewerb, Sicherheit, QM, Umweltzertifizierung, Triple Bottom Line, Nachhaltigkeit, Ökologie, Investitionen, Kundenorientierung, Produktnutzen, Wachstum, Beschäftigung, Bruttonationalprodukt

…die sich blitzschnell verändern und deren Lesbarkeit gestört wird von Geldbeträgen und Börsenkursen, die wie die Spruchbänder in den Fernsehnachrichten über V*s gesamte Körperlänge flackern.

Rechts und links von ihm ist je eine Münze platziert, die ebenfalls ihre Gestalt beliebig verändern kann. Blickt V*, sofern seine Bewegungsfreiheit es zulässt, genauer hin, sind ganz deutlich die Ein Cent- und die Zwanzig Cent-Münze aus dem Pfidschigogerl-Spiel zu erkennen, sobald er aber seinen Kopf leicht abwendet, werden leibhaftige und erschreckende Gestalten daraus, die ihm irgendwie aus der Vergangenheit bekannt vorkommen.

Überdies können diese Münzwesen sprechen. Sie unterhalten sich in ziemlich respektloser Weise, laut schreiend, hysterisch, ununterbrochen über den zum Lineal erstarrten V* hinweg, über allgemeine Fragen der Geldwirtschaft. Bald gebärden sie sich als Rachegötter, die den irreversiblen Wert- und Werteverlust beklagen, dann wieder als dämonische Verführer, die mit goldenen Zauberworten, wie *Credit Default Swaps, Asset Backed Securities, Bootstrapping* und ähnlichen „nützlichen Instrumenten zur Risikostreuung" locken.

„Kannst dich noch erinnern", soll der Senior-Münz im Traum gerufen haben, „wie V* uns auf der Toilette im Saunaclub angestarrt und eingeheimst hat? Damals hat er noch geglaubt, er sei der Boss und wir seine Mittel."

„Wie Schuppen dürfte es ihm von den Augen gefallen sein", habe der Junior-Münz darüber schallend gelacht, „als er erkannte, dass wir der Motor waren, seit jeher, und er nur die Trägersubstanz, ein Botenstoff, der uns beförderte."

„Doch er und wir – wir alle sind Verlorene", soll der Senior-Münz ausgerufen haben. „Aus Metall wurde Papier, und aus Papier wurde Luft. O treue Münzen, die wir einst waren – von Gold und von Silber gedeckt –, man hat uns an die Luft gesetzt…"

„O lange ist's her! O wunderbares *Bretton Woods!*" brüllte der Senior-Münz. „Der Goldstandard von Bretton Woods war das *Woodstock* der Finanzpolitik. Aber das war nur unser letztes Aufbäumen. Denn seit den Achtzigerjahren hat man uns gewissermaßen *papierlt;* die Notenpressen der Zentralbanken immer mehr angeworfen. Am Ende haben die gar nicht mehr gewusst, wie hoch die Geldmenge ist, die sie im Umlauf hatten. So hat die US-Zentralbank dann einfach erklärt, dass sie die Geldmenge aus statistischen Gründen nicht mehr veröffentlichen könnte."

„War echt cool und krass von den Jungs in der Fed. *In God we trust!* haben sie auf papierene Scheine gedruckt", jaulte der Junior-Münz.

„Aber erst die virtuellen *Trust*-Papiere, die *Subprime*-Spezialisten, die von lustigen Unternehmen, wie *Freddy Mac* und Mickey Mouse oder so ähnlich nach Europa verkauft haben. Herrlich. Und die vielen sozialisierten Bankenverluste, *too big to fail*, die Reduktion der Staatsschulden und die Enteignung der Sparer und des Mittelstandes durch die Geldentwertung, die sinnlosen Basel-III-Regeln, die gleichermaßen zunehmenden wie dauernd dementierten Kreditklemmen, die tollen Bonifikationen vom Umsatz, die 25 % Renditen und die 13% Überziehungszinsen."

„O lange ist's her!", soll dann wieder der Senior-Münz zu hören gewesen sein, „der *Trust der Ahnungslosen* und der *Greed der Subprimaten-Fans*"

„Aus Tausch wurde Täuschung, die Nullpapiere hatten wunderschöne Namen und versprachen den höheren Ertrag…"

So ging das Gezänk, Geklage und die hektischen Debatten oft die ganze Nacht weiter.

Wenn man den Aussagen der Traumdeuterin Glauben schenkt, dürfte Varus, sowie er sich zum Schlafen legte, die Hölle auf Erden erlebt haben. Ob Varus den Alpdruck je wieder loswurde, ist nicht überliefert.

Der Diskontkiller Pjotr entschloss sich nach dem so kläglich missglückten Auftrag und angesichts des unaufhaltsamen Preisverfalls in seiner Branche, sein Studium der Literaturwissenschaft mit dem Bachelor abzuschließen. Er wurde, nicht zuletzt aufgrund seiner Anfälle, die ihm immer theatralischer gerieten und dank ihres hohen Unterhaltungswerts bei den diversen Literaturveranstaltungen immer beliebter wurden, zu einem allseits geachteten und gefürchteten Kritiker von Kriminalromanen.

Pjotrs Durchbruch als so genannter *Krimipapst* soll im würdigen Rahmen eines literarischen Salons stattgefunden haben, den – kleine Welt! – Christiane Schöberl-DeColle in Klimts kleinem Innenstadt-Palais ausgerichtet hatte.

Pjotr, heißt es, sei dort auf den Manuskripten der jungen Krimi-Autoren wie Rumpelstilzchen herumgesprungen, einige Bücher habe er dabei in Fetzen zerlegt und, außer sich vor Zorn, in Form von Papierfliegern ins Publikum schweben lassen. Frau Schöberl-DeColle soll sehr amüsiert gewesen sein.

VIRTUALISMUS

„Ein Glas Champagner, Herr Doktor Penzinger?"
lächelte die attraktive AUA- Stewardess

„Nein, danke", antwortete Penzinger freundlich.
Felix hatte allen Grund, mit der Entwicklung der letzten
Monate zufrieden zu sein.

Mit EGT hatte er sich auf amikalem Weg geeinigt.
Der neue Direktor Kretzenberger hatte die Tradition
seines Vorgängers Varus weitergeführt und Penzinger zu
einer Partie Pfidschigogerl eingeladen. Als Anfänger
hatte Penzinger das Spiel mit fünf zu zwei verloren.

Felix dachte an das Gespräch beim Pfidschigogerl
mit Kretzenberger. Fast jedes Wort hatte er noch im
Gedächtnis, obwohl seitdem schon mehrere Monate
vergangen waren.

„Machen Sie sich nichts draus, Penzinger", hatte
Kretzenberger verständnisvoll gesagt.

„Wir werden für Ihre begreifliche Frustration über
das verlorene Pfidschigogerl-Spiel einen adäquaten
Ausgleich finden. Was halten Sie davon, Penzinger,
wenn wir Ihnen einen stehenden Kontokorrentkredit bei
unserer KTP-Investmentbank einrichten. Sie können
dort, sagen wir mal, über Fünfhunderttausend zinsenfrei
verfügen. Investieren Sie dieses Geld, am besten gleich
in einen unserer Rohstoff-Fonds, oder beteiligen Sie sich
an unserem Bioethanol-Projekt. Wir garantieren Ihnen,
dass Ihr Kapital nie unter den Anfangsbestand sinken
wird, und Sie profitieren vom Wertzuwachs. Ohne jedes
Risiko. Wir hedgen die Kontrakte, und wir kontrahieren
die Rohstoffe so multipel, dass wir doppelt gesichert
arbeiten."

„Mit Rohstoffen spekulieren?", hatte Felix geantwortet „…ist das nicht ein bisserl unmoralisch?"

„Ich verrate Ihnen was, Penzinger", begann Kretzenberger ein wenig gequält. „Man hat in letzter Zeit viel Unsinn hören müssen, was Rohstoffe betrifft: Das Dümmste war wohl, das Klima und die Witterung für die Preisschwankungen bei den Rohstoffen verantwortlich zu machen. Oder auch die Geschichte von den Chinesen und Indern, die unseren armen Bauern angeblich die gute heimische Milch wegtrinken, sodass Milchpulver und Laktose knapp werden. Grober Unfug, nichts weiter. Derartige monokausale Erklärungen für die Entwicklung der Preise am Rohstoffmarkt heranzuziehen, ist so, als würden Sie die Qualität eines beliebigen Objektes, das Sie auf einem Digitalphoto sehen, ohne Ansicht des Originals bewerten wollen. Verstehen Sie, was ich meine? Termingeschäfte mit Rohstoffen sind wie Digitalphotographien. Sie wissen nie, wie viele Kopien vom Original angefertigt wurden, manchmal existiert überhaupt kein Original. Das Original kann zig-Mal verändert und manipuliert worden sein, es ist nur scheinbar real."

Kretzenberger nahm einen Schluck Kaffee, bohrte kurz in der Nase und machte einen neuen Zug beim Pfidschigogerl.

„Warenterminhandel bedeutet, dass man die Photographien der Produkte handelt, nicht aber die Produkte selbst. Jedes Foto ist ein Kunstwerk, top oder flop. Aber je virtueller und unwirklicher das Geschäft, desto sicherer und höher sind die Renditen. Weizen, Mais, Soja, Reis, Zucker, Kakao, Kaffee, Saftkonzentrate etc. werden auf virtuelle Weise hundertmal verkauft und gekauft, real existiert nur ein Bruchteil des gehandelten Volumens. Reale Produktion, lieber Penzinger, ist unkreativ, langweilig, prozessorientiert und arm an Überraschungen. Ganz im Gegensatz zum *Trading* mit virtuellen Rohstoffen. Terminwarenhandel ist kreativ, spekulativ, intelligent, ein Spiel nur für die eingeweihten Glasperlenspieler des Virtualismus. Nicht jeder kann mitspielen, die Regeln sind schwierig, man muss das Geschäft gründlich verstanden haben. Nur ein freier Mensch mit einem Intelligenzquotienten, der über das durchschnittliche Ausmaß hinausreicht, und der vom psychologischen Druck, er müsse für etwas Reales arbeiten, befreit ist, erfüllt die Voraussetzungen dazu, ein cleverer Spekulant zu werden."

Felix fragte sich, ob Kretzenberger sich bewusst war, dass er exakt das Gleiche wiederholte, dass sein Vorgänger Varus bereits immer wieder vorgetragen hatte, aber er verzichtete darauf, ihn darauf hinzuweisen, denn er kannte Kretzenberger zu gut, um zu wissen, dass es sinnlos gewesen wäre, mit ihm über seine abstruse ökonomische Ideologie zu diskutieren.

„Stellen Sie sich einfach vor, lieber Penzinger, Produktion und Derivatspekulation seien Kartenspiele" strapazierte Kretzenberger einen Vergleich.

„…dann entspricht die reale Produktion dem Bauernschnapsen, die Derivatspekulation dem Bridge-Spiel."

Felix kam dieser seltsame Vergleich irgendwie bekannt vor.

„Die Realität ist zweidimensional geknebelt", setzte Kretzenberger nach.

„Realwirtschaft wird durch Ort und Zeit dominiert. Die Ware muss zu einem bestimmten Zeitpunkt an einem definierten Ort sein. Realwirtschaftler nennen das *Prozess.*"

Kretzenberger stoppte seinen Monolog, nahm sein Lineal und kickte die kleine Münze mit dem Seniormünz ins Tor von Penzinger. Er führte mittlerweile 3 : 0.

Felix war das mittlerweile egal, er spielte einfach mit und wusste, dass er kaum eine Chance hatte, gegen Kretzenberger, den *Buster Keaton des Pfidschigogerls* zu gewinnen.

Kretzenberger setzte seinen Vortrag über die Wirtschaftsideologie des Virtualismus ungerührt fort:

„Ich frage Sie, Penzinger, was assoziieren Sie mit dem Begriff *Prozess*? Etwas Schönes? Lustvolles? Interessantes? Nein, Penzinger, Sie wissen es ebenso gut wie ich: Prozesse sind fehleranfällig, materialistisch und stupide. Wir leben nicht mehr im Zeitalter des Adam Smith, wo die Materie unser aller Leben bestimmt hat. Seit mehr als zwei Jahrzehnten, seit dem Durchbruch des Personal Computers und dem Internet, befinden wir uns im Zeitalter des Virtualismus. Durch Fernsehen und noch mehr durch das demokratische, globale Medium Internet, haben wir uns multiple, virtuelle Welten geschaffen."

Wieder ein erfolgreicher Schuss: das Ein-Cent-Stück, genannt *der Juniormünz* flutscht in Felix' Tor: 4:0 für Kretzenberger im Pfidschigogerl.

„Was glauben Sie, Penzinger, wie viel Zeit die Kinder heutzutage in der Virtualität verbringen? Vor dem Fernseher, im Internet, mit ihren Playstations, Gameboys, multifunktionalen Mobiltelefonen. Ich werde es ihnen sagen: mehr als zwei Stunden pro Tag! Zehn Prozent unserer bewussten Zeit verbringen wir also in der Virtualität. Vierzig Prozent verdämmern wir im Schlaf, was auch nichts Anderes ist, als eine spezifische Ausprägung von Virtualität. Du siehst also, Penzinger: Den Großteil ihrer Lebenszeit verbringen unsere Kinder in einer virtuellen Welt – und der Teil, der ihnen für das wirkliche Leben bleibt, schrumpft jeden Tag mehr und mehr. Die Virtualisierung unseres Lebens schreitet zügig voran, sie ist unaufhaltsam. – Und der ökonomische Zwillingsbruder der Virtualisierung ist eben die Derivatspekulation!"

Felix hatte Glück, er verkürzte mit einem *Tausendguldenschuss* auf 4 : 1.

„Wir sind abhängig geworden von digitaler Information. Timothy Leary, ein amerikanischer Zeitgenosse Honys, hat diesen Trend schon in den Neunzigerjahren erkannt. Ohne eine bewusste Wahl getroffen zu haben, sagte Leary, haben wir uns aus den *wirklichen* Welten der Stimme, der Hand oder der Maschine in digitalisierte Infowelten hinein bewegt. Diese Virtualisierung ist das Lebensglück zukünftiger Generationen, aber konterkariert die Realität. Erwin Hony wollte diese Diskrepanz zwischen dem Realen und dem Virtuellen deutlich machen. Schon eine geringfügige Vermischung von Realität und Virtualität betrachtete er als verwerfliches Grundübel seiner Zeit."

Felix verkürzte auf 4:2, denn Kretzenberger war etwas unachtsam geworden, setzte aber vollkommen ungerührt seinen Vortrag fort:

„Das Virtuelle haftet dem Realen an, sagte Hony, Imagination ist nach Meinung unseres großen Vorsitzenden eine *Erbsünde* unserer Wahrnehmung. Marketing ist, nach den Postulaten unseres großen Ehrenvorsitzenden, eine Technik zur Virtualisierung des Realen zu kommerziellen Zwecken. Deshalb hat Hony die Trennung des virtuellen Zusatznutzens vom realen Grundnutzen propagiert, und er hat dieses Projekt Zeit seines Lebens mit Vehemenz verfolgt, indem er den *Einheitlichen Grundnutzentarif (EGT)* eingeführt hat. Er wollte die Materie von allem Virtuellem *entkleiden*, um die Menschen glücklicher zu machen.

Plötzlich beugte sich Kretzenberger unvermittelt vor und flüsterte verschwörerisch, wobei Felix fast so etwas wie Emotion bei Kretzenberger spüren konnte.

„Aber in einem Punkt, Penzinger, in einem ganz wesentlichen Aspekt irrte Erwin Hony, unser großer Vorsitzender, nämlich im Hinblick auf die derivative Spekulation. Derivatspekulation beruht nicht auf mechanischem, prozessorientiertem Denken, sondern auf den Prinzipien der Virtualität, gepaart mit geistiger Flexibilität und moralischer Relativität. Derivatspekulation ist der monetäre Einsatz individueller Erwartungen auf der Grundlage der freien Kommunikation. Derivative Spekulation bedeutet gleichermaßen volkswirtschaftliche Unbestimmtheit wie individuelle Selbständigkeit und Unabhängigkeit. Daher ist Derivatspekulation jene zeitgemäße Form des Wirtschaftens, die unserer neuen, virtuellen Lebensform am besten entspricht. Virtuelles Geld, mein Freund, ist daher besser und treuer als reales."

„Heißt das, dass jeder, der real etwas produziert, ein Trottel ist?", fragte Felix aus einem plötzlichen Erkenntnisblitz heraus.

„Die Produktion kann keine Angelegenheit der entwickelten Staaten sein" antwortete Kretzenberger trocken.

„Ein vernunftbegabter, gebildeter und einigermaßen intelligenter und informierter Unternehmer wird nichts mehr produzieren" ergänzte Kretzenberger.

„Er wird sich auf die höhere Stufe der Virtualisierung begeben. Und eine der höheren Stufen der Virtualisierung ist eben die Derivatspekulation und das fulminante Wachstum der derivativen Finanzprodukte. Diese sind ein Musterbeispiel für die Abkoppelung des virtuellen Business vom Realen. Wir leben nicht mehr im Zeitalter der Produktion, sondern in der Ära der Information. Und wenn wir gemeinsam ein bisschen philosophieren wollen, lieber Penzinger, dann sage ich Dir: Materie ist auch nichts anderes als gefrorene Information" schloss Kretzenberger und stellte auf den Endstand von 5:2.

Das war vor drei Wochen gewesen. Felix dachte, dass Kretzenberger damals grundsätzlich recht hatte, obwohl er vielleicht etwas übertrieben hatte, was den letzten Punkt anbelangte.

In der Maschine nach Dubai streckte Felix zufrieden seinen Körper, der innerhalb der letzten zwei Jahre etwas zugelegt hatte und nahm das Angebot der Stewardess auf ein Glas Rotwein gerne an.

Die Investition in Rohstoffe in Tim Bluffers Hedgefonds war ein voller Erfolg. Auf seinem Kontokorrentkonto hatte sich inzwischen viele Euros angesammelt, die Bioethanolproduktion war mittlerweile voll angelaufen und warf gute Gewinne ab.

Felix hatte alles erreicht, was ein wirtschaftlich erfolgreicher Mensch erreichen konnte. Unterdessen hatte sich Rapota mehr und mehr um die Führung der Papierfabrik gekümmert.

Das einzige, was Penzinger gelegentlich nervte, war die niedrige Rentabilität des Klopapiergeschäfts. Seit die Marke *Popschi* auch in den Läden des EGT-Konzerns erhältlich war, fiel der Preis immer tiefer, und es blieb kein Geld mehr für neue Produkte und der Spielraum für Investitionen in neue Maschinen reduzierte sich.

„Ich müsste schön blöd sein", dachte Felix, „wenn ich bei diesen niedrigen Renditen in die Realwirtschaft investieren würde."

Penzingers und Rapotas gemeinsamer Sohn Pecuniarus feierte gerade seinen zweiten Geburtstag. Daher dachte Penzinger darin, im duty-free Airport Shop in Dubai beim Retourflug etwas Nettes für den Kleinen zu besorgen, über einen kleinen, ferngesteuerten Ferrari würde sich mein kleiner Pecuniarius sicherlich freuen, dachte Penzinger.

Ein paar Stunden später stieg Penzinger im Dubai Airport aus dem Flugzeug. Das Welcome-Service des Sieben Sterne-Hotels *Burj al Arab* holte ihn am Gate ab.

Welcome Abu Pecuniarius! begrüßte ihn herzlich der stellvertretende Leiter des *Marhaba-Services* und nahm ihm den Handkoffer ab. Auf der Tafel, die er in der Hand hielt, stand in großen Lettern: *His Excellency, Sheik Nemsa, Dr. Felix Penzinger.* Felix hatte es geschafft. Er war als der größte Hersteller von Biosprit in die OPEC aufgenommen worden, und er durfte den *Titel Sheik Nemsa, Abu Pecuniarius, Felix Austria* tragen.

Felix Penzinger fuhr in der Hotel Limousine ins 7-Sterne Hotel Burj *Al Arab*. Er freute sich auf die Tagung der Ölproduzenten, und noch mehr auf das anschließende Pfidschigogerl-Match in den Gemächern des Prinzen von Sharsharundu.

EPILOG

So schloss der Senior-Münz die Erzählung über Felix Penzinger, der es vom Sohn eines Bankrotteurs zum Millionär gebracht hatte.

Dem Junior-Münz hatte es die Rede verschlagen, und auch der Senior-Münz wollte selbst nicht recht glauben, was er dem Kleinen da erzählt hatte. „Wenn ich es nicht selbst, mit eigenem Bild und eigener Zahl, gesehen und gehört hätte…"

„Und Kretzenberger", fragte das kleine Ein-Cent-Stück erschüttert, „ist er tatsächlich zu einem führenden Wegbereiter des Virtualismus in der Wirtschaft geworden?"

"Kretzenberger war nicht nur ein tüchtiger Spekulant", antwortete die Vatermünze matt. „Seine historische Bedeutung liegt darin, dass er der Derivatspekulation als erster ein ideologisches Fundament gegeben hat. Denn er hatte von Anfang an erkannt, dass auch die derivative Spekulation mit Agrarrohstoffen – wie die Realwirtschaft – zu ihrer Rechtfertigung einen ideologischen Überbau benötigt" erklärte der Vatermünz dem kleinen Juniormünz, dem die Bedeutung dieser Worte allmählich klar wurde.

Schließlich nahm der Vatermünz all seinen Mut zusammen, um seinen Sohn auch noch den Rest der Geschichte zu erzählen: „Dadurch ist Kretzenberger zum Wegbereiter der innovativen Wirtschafts-Philosophie des Virtualismus geworden; er hat das ideologische Grundgerüst für Derivatspekulation und derivative Finanzprodukte geschaffen - ein unschätzbares Verdienst für die neuen, virtuellen

Volkswirtschaften der Pensionsfonds und derivativen Hedgefunds" seufzte der Vatermünz mit letzter Kraft.

„Stimmt es, dass nicht nur Banken, sondern auch Städte, Bundesländer und sogar ganze Staaten bankrottgehen können?" fragte der Junior aus einer plötzlichen Erkenntnis heraus. „Ja! Ganz sicher! Leider..." antwortete die Seniormünze bedauernd. „Aber Kretzenbergers dynamische Wirtschafts-religion des Virtualismus und die derivative Spekulation mit Rohstoffen, Staatsanleihen, Währungen und CDS werden trotz der Beteuerungen der Verantwortlichen dennoch weitergespielt werden, denn die Spieler werden tanzen, bis die Musik aus ist."

Dabei erinnerte sich der greise Seniormünz an seinen USA-Urlaub mit seinen Eltern, Andrea Nickel und Fritz Dimes in *Bretton Woods*, 1944, vor siebzig Jahren, als er noch ein Kind war. „Früher..." stöhnte der Seniormünz mit letzter Kraft „...hat man uns Münzen noch mit Gold aufgewogen. Aber heute werden wir bestenfalls zum *Pfidschigogerln* verwendet. Wir Münzen haben keinen Wert mehr für die Wirtschaft. Der *Goldstandard* von Bretton Woods ist durch ungedecktes Luftgeld – der Fachausdruck dafür heißt *Fiat Money* - abgelöst worden. Geld immer weniger dazu verwendet, um der Wirtschaft zu dienen, sondern mehr und mehr zum Spielen und Wetten. Alles ist heute schon verwettet und verbraucht, selbst die zukünftigen Steuern von Kindern und Enkelkinder sind heute schon längst ausgegeben."

Das waren die letzten Worte des Seniormünz und damit beendete er seine Erzählung.